周大新文集

你能拒绝诱惑

NI NENG JU JUE YOU HUO

周大新／著

人民文学出版社

图书在版编目(CIP)数据

你能拒绝诱惑/周大新著. —北京:人民文学出版社,2016
(周大新文集)
ISBN 978-7-02-011502-0

Ⅰ.①你… Ⅱ.①周… Ⅲ.①散文集—中国—当代
Ⅳ.①I267

中国版本图书馆CIP数据核字(2016)第058295号

选题统筹 付如初
责任编辑 于 敏
装帧设计 陶 雷
责任校对 刘光然
责任印制 苏文强

出版发行 人民文学出版社
社 址 北京市朝内大街166号
邮政编码 100705
网 址 http://www.rw-cn.com

印 刷 三河市鑫金马印装有限公司
经 销 全国新华书店等

字 数 317千字
开 本 640毫米×960毫米 1/16
印 张 28.5 插页2
印 数 3001—5000
版 次 2016年10月北京第1版
印 次 2018年4月第2次印刷

书 号 978-7-02-011502-0
定 价 42.00元

自 序

自 1979 年 3 月在《济南日报》发表第一篇小说《前方来信》至今，转眼已经 36 年了。

如今回眸看去，才知道 1979 年的自己是多么地不知天高地厚，以为自己的生活和创作会一帆风顺，以为自己可支配的时间多得无限，以为有无数的幸福就在前边不远处等着自己去取。嗨，到了 2015 年才知道，上天根本没准备给我发放幸福，他老人家送给我的礼物，除了连串的坎坷和成群的灾难之外，就是允许我写了一堆文字。

现在我把这堆文字中的大部分整理出来，放在这套文集里。

小说，在文集里占了一大部分。她是我的最爱。还在我很小的时候，就对她产生了爱意。上高小的时候，就开始读小说了；上初中时，读起小说来已经如痴如醉；上高中时，已试着把作文写出小说味；当兵之后，更对她爱得如胶似漆。到了我可以不必再为吃饭、穿衣发愁时，就开始正式学着写小说了。只可惜，几十年忙碌下来，由于雕功一直欠佳，我没能将自己的小说打扮得更美，没能使她在小说之林里显得娇艳动人。我因此对她充满歉意。

散文，是文集的重要组成部分。如果把小说比作我的情人的话，散文就是我的密友。每当我有话想说却又无法在小说里说出来时，我就将其写成散文。我写散文时，就像对着密友聊天，海阔天空，话无边际，自由自在，特别痛快。小说的内容是虚构的，里边的人和事很少是真的。而我的散文，其中所涉的人和事包括抒发的感情都是真的。因其真，就有了一份保存的价值。散文，是比小说还要古老的文体，在这种文体里创新很不容易，我该继续努力。

电影剧本，也在文集里保留了位置。如果再做一个比喻的话，电影剧本是我最喜欢的表弟。我很小就被电影所迷，在乡下有时为看一场电影，我会不辞辛苦地跑上十几里地。学写电影剧本，其实比我学写小说还早，1976 年“文革”结束之后，我就开始疯狂地阅读电影剧本和学写电影剧本，只可惜，那年头电影剧本的成活率仅有五千分之一。我失败了。可我一向认为电影剧本的文学性并不低，我们可以把电影剧本当作正式的文学作品来读，我们从中可以收获东西。

我不知道上天允许我再活多长时间。对时间流逝的恐惧，是每个活到我这个年纪的人都可能在心里生出来的。好在美国麻省理工学院的布拉德福德·斯科博士最近提出了一种新理论：时间并不会像水一样流走，时间中的一切都是始终存在的；如果我们俯瞰宇宙，我们看到时间是向着所有方向延伸的，正如我们此刻看到的天空。这给了我安慰。但我真切感受到我的肉体正在日渐枯萎,我能动笔写东西的时间已经十分有限,我得抓紧,争取能再写出些像样的作品,以献给长久以来一直关爱我的众多读者朋友。

感谢人民文学出版社给了我出版这套文集的机会!

感谢为这套文集的编辑出版付出大量心血的付如初女士!

2015 年春于北京

目　录

甲

乙

丙

甲

文学:一种药品

说文学是一种药品,有点危言耸听了。

可我信。

这种药品有兴奋作用,有时能使人去除忧愁,忘却烦恼。

我记得我少年时期的许多个日子就充满了忧愁:家里缺吃的、缺烧的,没有像样的衣服,母亲有病却没钱买药,上学交不起学费,每当放学回家听见母亲病中的呻吟声,心就往下沉,少小的我已经学会了皱眉头。为了排遣忧愁,我常在晚饭后去听大人们讲故事,那些故事多是从古典小说《红楼梦》《三国演义》《水浒传》和《西游记》中挑出来的。那些漆黑的只有夜风呼啸和狗吠的愁烦之夜,因为有黛玉和宝玉的斗嘴,有诸葛亮的"空城计",有武松和老虎的搏斗,有孙悟空的金箍棒,而变得五彩缤纷极有趣味了。它让我把忧愁一下子忘到了脑后,每当我听罢故事沿着村中的小道往家走时,竟有些心旷神怡了，竟有一种想哼唱歌曲的冲动在心里升起。今天回想起来，当年我所以会那样，就是文学这种药品的兴奋作用使然。

这种药品还有致幻作用，有时能使人产生美妙的幻觉，进入一种非现实的神奇世界。

有一段时间，我读了许多描写爱情的小说，像《茶花女》《伊豆的歌女》《爱情故事》《霍乱时期的爱情》《红与黑》等等，我在被那些故事感动的同时，也开始幻想自己有一天能遇上一个美丽的姑娘或少妇，也开始一场感天动地的爱情。幻想的时间长了，有一些幻想出的情节便像真的一样存在于自己的脑子里，在一些细雨抛洒的白天和微风轻拂的月夜，幻想中的女性会飘然走到眼前，尽管来者似裹在薄雾之中，可那真是美妙的瞬间。

这种药品还有治疗健忘症的作用，常能使人回想起被遗忘了多年的往事。

我们每个人一生中经历的事情太多了，大脑不可能全都记下，没办法，便靠遗忘来帮忙。有的人干脆得了健忘症，把所有过去的事情都忘了。健忘症是需要治疗的，治疗这种病的药物很多，文学似乎也可以算作一种，文学作品中的人物、事件、情节、语句，都可能成为触发记忆复苏的媒介。我记得我在读鲁迅的《故乡》和沈从文的《边城》这两篇小说时，被其中的一些描写勾起了许多早被我忘掉的少年时代的往事：和伙伴们在小河里抓鱼，月夜里去生产队的西瓜地里偷瓜吃，和母亲一起在田野里蹦跳着寻找野菜，夏季的正午去荷塘里游泳，秋天的午后爬上树去捅鸟窝，坐在小船里摇摇晃晃渡过白河……那一幕幕早被忘却的趣事又一一在脑海里浮出，这种记忆的复现不仅让我意识到自己其实也拥有过许多美好的日子，这个世界并没有太亏待自己；同时也让我发现，自己那颗已被世俗生活磨硬了的心因这些往事的忆起而重新变得柔软了。

这种药品也能治疗人的心理失衡，多少能使人的胸怀在不知不觉间往大处变。

我们在生活中难免要遭遇挫折，挫败感和不平衡感可能随时产生，比如，同样做工作，别人提升了；同样的年龄，别人事业有成了；同样的努力，别人赚钱成了富翁；同样的条件，别人娶了年轻貌美的妻子；同样的家庭人口，别人住上了面积很大的房子。这都容易让我们心理失去平衡，产生痛苦。这个时候，如果我们去看看《红楼梦》，去看看贾、王、史、薛四个家族各色人等的下场，你就会明白世上的一切都是转瞬即逝的，没有什么东西可以永久归一个人，我们辛辛苦苦获得的一切，最终又都要被上帝一样一样收走。既是这样，我们又何必为没有得到某一点东西而耿耿于怀痛苦不已？如此一想，人大约就会变得达观起来，心理就可能恢复平衡。

这种药品还能对治疗人的孤独症发挥作用，能让一些患了孤独症的人重新回到人群中。

有的人患了孤独症，希望避开人群，喜欢独居一室，不愿与他人接触，不过只要这个人还爱读文学作品，他的孤独症就仍然可能治好——文学作品总要抒发人喜怒哀乐的情感，这种情感不可能不对孤独症患者的内心造成冲击；文学作品总要讲述一个人、几个人或一群人的故事，这些他人的故事总要在孤独者的内心引起或大或小的波澜；文学作品要使用优美的语言，这种文学语言不可能不在孤独者的内心里引起或强或弱的快感。这些内心的变化，最终会使他感觉到人群对他的吸引力，使他能慢慢地重新回到人群里。

这种药品也能对人的冷漠症起疗治作用，把人失去的爱心或多或少地唤回来。

好的文学作品，不管它是写什么的，内中必然都饱含着爱，或是爱异性，或是爱生命，或是爱孩子，或是爱社会，或是爱自然。这种爱被作家用语言的糖衣裹好后，很容易被读者也包括那些患了冷漠症的读者咽进肚里，久之，冷漠症患者肚里积存的爱多了，那爱就会燃起火苗，将原有的冷漠一点一点蒸发掉。

文学这种药品所起的作用，只限于人的精神和心理方面的疾患，而且也只能作为辅助药品。不能过分夸大它的作用，过分夸大，就可能误人治病。

文学既然是一种药品，它的制造者——作家，就应该小心它的质量，不能出残次品，否则，是要害人的。

作家造这种药品时不能掺水太多。掺水多了，就要影响药效，读者拿到药品，闻上去没有半点药味，吃下去没有半点作用，是要骂人的。

作家造这种药品时不能随便加有毒成分。加了毒物，读者拿过去吃下，或拉或吐，或出血或休克，可是要伤人的。

作家造这种药品时不能随便减少应有的成分，比如语言的韵味，少了它，作家固然可以省力，可也会降低药品的质量，使读者蒙受损失。

不论哪朝哪代，做药的人都要讲个医德。没有医德这个无形的东西束缚，这个动辄就可能出人命的行当怕是很难维持下去。作家既是也可以称为造药品的人，那就也要遵守医德，就是说，不胡来。不能为了钱什么都干。钱这个东西谁也离不开，药工需要，作家也需要，但需要必须取之有道，否则，就叫缺德。历史上缺德的作家并不是没有，不过他们都已经被钉在了耻辱柱上。

作家还是要认认真真地带着一点责任心去写,也就是去造一种治不了多少病可也能治一些病的药品——文学作品,这才算作讲了良心。

简论“窥视欲”

窥视欲,每个人都有。窥视别人的生活情景,是人的一种本能欲望。它是好奇心在日常生活中的一种表现。它的存在,为文学的存在和发展提供了重要的心理基础。雅文学和俗文学都有一个功能,那就是满足读者窥视别人生活的愿望。我们每个人平时阅读文学作品的心理动因中,都有窥视别人生活的欲望因素在。身为一个男人,常期望通过阅读去窥视和了解女人的内心世界,窥视和了解她在家庭里和卧室里的生活情状,窥视和了解她和她所爱的男人在一起时的样子。身为一个女人,常期望通过阅读去窥视和了解男人的内心世界,窥视和了解他在家庭里和卧室里的生活情状,窥视和了解他和女人在一起时的样子。身心健康的人,常期望通过阅读去窥视和了解身心有残疾的人的生活情状;身心有残疾的人,则渴望通过阅读去窥视和了解健康人的生活情状。

中外的许多作家，用他们的文学作品给我们展示了一个又一个独具个性的人物的独特生活情状，使我们在阅读中除了满足通常的心理需求之外，还部分地满足了我们的窥视欲。司汤达在他的《红与黑》中，对于连和德·瑞那夫人私通的过程作了精彩的描述，这种描述使我们在了解复辟王朝耶稣会教士和回国的流亡贵族得势时的法国社会各阶层人心理的同时，也窥见了男女私通的情状，使我们的窥视欲部分地得到了满足。巴尔加斯·略萨在他的《绿房子》中，对妓女们的生活作了艺术的展示，这种展示使我们了解了20世纪20年代以来整个秘鲁北部长达四十年的社会生活，同时，也使读者窥视妓女生活情状的欲望得到一定程度的满足。谷崎润一郎在《春琴抄》中，把一个九岁就失明的女子春琴的变态心理和有受虐病的佐助的交往写得惊心动魄，使我们在了解人性奥秘的同时，也窥视了有生理和心理疾患的人的生活情状。在一定程度上满足读者的窥视欲望，是作家在写作中应该注意到的问题。

但和其他任何事情一样，满足读者的窥视欲也有一个度的限制。这就像现实社会生活中人们对窥视欲望的满足有一个限度一样，你可以到剧院的后台去窥视演员们换戏服的情景，演员们可能不满意，不过他们至多是把你赶走罢了；你可以到病房门外窥视病人被疼痛折磨的情景，一旦被病人和病人家属发现，他们至多是白你一眼；你可以窥视一个新娘在新房里抓紧时间偷偷吃东西的情景，倘是被发现，至多是落一句笑骂而已；可如果你一个男人趴在女浴池的窗外窥视裸体的女人，潜进人家的屋子窥视人家的夫妻生活情景，那你就是流氓行为，就要受到道德的谴责和法律的惩处了。文学创作也是这样，当你掌握好了满足读者窥视欲的限度，你作品的各种功能的发挥不会受到影响，读者在你的作品里获得的，除了窥视欲的满足外，还有许多别的东西。如果过了度，整篇作品完全变成了一个窥视的窗口，读者读完之后，除了窥视欲的满足外一无所获，那这篇作品的成色就会降低许多，有追求的读者最终也不会满意。他们很可能在合上书本之后不屑地说：呸，什么东西！

毋庸讳言，现在流行于世的一些通俗文学作品，完全就是为了满足读者的窥视欲，作者写作的目的，就是展览人们想窥视的那些内容。你想窥视男女交合的情景吗？他就把男女在一起的那些事情原原本本地写出来；你想窥视罪犯犯罪的过程吗？他就把一桩谋杀案里罪犯杀人的血腥过程津津有味地写出来；你想窥视少女闺房里的情状吗？他就给你描述一些少女处理月经来潮的场景。更有甚者，有的人干脆就写自己的隐私，靠出卖自己的隐私来吸引读者，让读者来窥视自己的私生活。一切都是为了迎合，没有其他任何文学上的目的，只要能满足你的窥视欲望，他也就完成了任务。这样的作品读者读了之后，其后果可想而知，在最初的窥视欲望满足和感官刺激过后，是一阵心灵的空虚。读者们只是借助这些文字让眼睛看到了过去不容易看到的东西，心灵上并没有得到任何滋养。而凡是文学作品，不管是雅文学还是俗文学作品，只要能称得上是文学作品，它就或多或少地应该给读者一点心灵上的滋养，当然这里说的滋养是广义的，它包括安抚、宽慰、充实、升华等等内容。

这些现象的出现，究其缘由，主要是钱在作怪。为了书和刊物的发行量上去，作者能多赚稿费，编者能多赢利，便牺牲文学的声名，把文学作品变成了满足读者窥视欲望的工具。笔者以为，世上赚钱的法子很多，写作者大可不必靠此法去读者口袋里掏钱。因为靠此手段赚钱，其实是无异于骗的。这有点像大街上卖假药的人，他高声宣称他的药能治病，人们买回去吃到肚里以后，病情既未见好转也未见恶化，没有任何作用。实际上他卖的是既不治你的病也不坏你的病的东西。中国人历来讲究赚钱有道，靠此法赚钱，时间长了，会为人不齿。对这一点，有些写作者心里也是明白的，他们中不少人是不用真名而只用化名的。可这种事做久了，难免要走漏风声，我看还是不做为好。钱和文人的节操相比，还是后者重要。

应特别引起我们重视的是，窥视欲这个东西，它和占有欲有相似的地方，你若是不加限制，一味地想满足它，其实你是没法完全满足它的。你越是想迎合和满足它，它的胃口就越大。这有点像那些贪污犯，他贪了一千元之后，如果被发现并受到了处分得到了限制，他的贪占欲也就不再膨胀，可能就从此罢手了。而如果不被发现未受到限制，他的贪占欲望就会越来越强烈，他贪了一千之后还想再贪一万，他贪了一万之后还想再贪十万，他贪了十万之后还想再贪一百万，没有满足的时候。社会上有些贪污了几千万公款的大贪污犯被揪出来后，我们有人不理解这种行为，说，你贪污一百万就够你过好日子了，为什么要贪污那么多？这就是不了解贪占欲望越不限制越膨胀的特性。窥视欲也是这样，你越不限制它就越强烈、越膨胀，你在作品中让它看了家庭的隐私，它不满足，它还要看卧室里的隐私；看了卧室里的隐私之后，它仍不会满足，它还要看床上的隐私；床上的隐私看完之后，它还要看厕所里的隐私，没有完的时候。你在作品中让它看了影视演员的隐私，它不满足，它还要看歌手的隐私；你让它看了歌手的隐私，它不满足，它还要看政治家的隐私；你让它看了政治家的隐私，它还不满足，它还要看教授的隐私；你让它看了教授的隐私，它不满足，它还要看作家的隐私，没有满足的时辰。它要你一直写下去，你怎么办？你有那么多的东西去写？你能一直写下去？当你有朝一日写不出它满足的东西时，它就会把你无情地抛弃，很可能还会骂你一句：这狗杂种，写的是什么玩意儿，根本不是我想看的东西！更重要的是，你用你的笔一直把读者往窥视的路上引，使读者的阅读趣味越来越卑下，这不可能不影响到他们人格的形成，影响到他们精神的质量。当你老了之后回首你的写作道路时，你的心灵是不会不增加重负的。

人们的窥视欲望常在，写作者就不得不经常与人们的窥视欲望打交道。司汤达、巴尔加斯·略萨和谷崎润一郎等许多作家已用他们的作品，为我们做出了怎样和读者的窥视欲望打交道的榜样。当然，满足读者窥视欲的度并不是可以用尺子去准确把握的，有时过一点也不是什么大不了的问题，重要的是我们写作者的心里该对这个问题重视起来。

漫说“故事”

我生在一个盛产故事的地方。

在我的故乡这儿，差不多人人的肚里，都装着一串一串的故事。

在独眼瞎爷那筋骨凸显的膝头上，我听到了诸如“北边的大山为啥叫伏牛山”这类的景物故事。

在娘那温暖的怀抱里，我听到了关于“鸡喝水为何要抬头”这类的动物故事。

在冬天的生产队的牛屋里，我从牛把式们噙着旱烟袋的口中听罢“智斗阎王”一类的鬼怪故事后，吓得不敢一人回家睡觉。

在夏夜的说书场上，我从一个叫秀成的鼓书艺人那里听完“刘秀起兵南阳”的历史故事后，自己动手削了一把木刀，和伙伴们一起演习打仗。

在田间干活歇息时，我从那些年轻力壮、泼辣豪爽的哥哥、嫂嫂口中，听到了不少如“秦七进洞房”之类的荤故事，这些故事听得我脸红心跳却又快活无比。

就是这些故事，使我那穷困、枯燥的童年和少年时代的生活，变得有惊有喜有滋有味起来。

也因此，我养成了爱听故事的嗜好。

许多年后，我方从鲁迅先生的著作中知道，他老人家把我听到的这些故事称为：“这就是不识字的小说家的作品。”

知道小说中有故事是在识了不少字以后的事情。

初中时候，我一个姓孙的语文老师，常在正课开讲之前，绘声绘色地给我们讲一段故事，意在把我们的注意力从各种玩闹的场所里彻底收回到课堂上。故事有“武松打虎”“人血馒头”“双枪老太婆”，等等。每每讲完之后，他会告诉我们这些故事的出处：这个出自古典小说《水浒传》，那个出自现代小说《药》；这个出自当代小说《红岩》……于是，我开始对小说有了兴趣，我想从小说中寻来更多的故事。我那时无钱买小说，便四处借，这里借到半部《三国演义》，那里借到一本撕去了许多页的《二十年目睹之怪现状》，我如饥似渴地把书上的生字、熟字一齐吞到肚里，我被书中的故事所吸引，我对小说家生出了钦佩。

对小说家的钦佩渐渐使我也跃跃欲试地想写小说了。

我写小说的最初目的，是想把自己看到的、听到的、编出的各种各样的故事告诉别人，想让人知道我并未辜负家乡的养育，我也成了一个会讲故事的人！

在学写小说的实践中，我方更进一步明白了故事于小说的重要程度，懂得了它是小说最基本的成分，是小说中根本不应缺少的东西。

当年南部边疆战事起后，我曾经去做过一次较长时间的战地采访，军人们尤其是女军人们上前线时的表现很令我感动和激动，回来后便写了一篇以女军人生活为题材的小说。在那篇小说中，我写了一个我在前线听到的故事：一位家住苏州的女军人，有一个三个月的孩子，她爱人也是同一部队的军官，部队接到参战命令后，两个人要一同上前线，女的便决定把孩子由山东的军营送回苏州老家自己的妈妈身边。那女军人抱了孩子回到苏州老家做了一番安顿之后，归队参战的时间也已经到了，返回部队的火车票由她年迈的父亲买好，时间是在晚饭后。她边吃饭边把孩子搂在怀里让他吃奶，想把他哄睡后自己就去火车站。以往，这孩子都是很快就能哄睡熟的，但这晚有些奇怪，孩子似乎知道母亲要离去，噙着奶头瞪了眼望着母亲就是不睡，眼看去火车站的时间就要到了，孩子仍一点睡意没有，把他递给他姥姥他就蹬腿扬胳膊地大哭。她实在不愿听着儿子的哭声离家，可时间又不容许她继续耽误，无奈中，她端过桌上妈妈为她饯行而煮的一碗米酒，含泪用小匙很快地给孩子灌了一阵，几分钟后，酒力发作，那孩子醉得双颊发红，昏昏沉沉地睡着了。她这才急忙把孩子放到床上，匆匆在他额上亲了亲，便向火车站跑去……这篇小说在艺术上并无什么特色，不料发表后，我竟一下子收到许多读者来信，读者们都在信中谈到了读这段故事的感受，说就是因为这段故事使他们特别喜欢这个女军人，说他们是含泪读完这个故事的。有一位女读者还在信上说：看完这个故事，那位年轻的母亲仿佛已经站在了我的面前，我多想向她叫一声：姐姐，放心去吧，孩子由我来照看！……这是我第一次感受到故事的力量之大，也使我第一次懂得了，故事给小说家笔下的人物提供活动的时间、空间和内容，可以使他们变得有血有肉。

小说的一个基本任务是写人，不管是写英雄豪杰还是写卑微小人，不管是写历史人物还是当代人，也不管是男人还是女人，你只要是写人，而且是想让这个人在读者眼前活起来，你就不能忘记使用故事这个工具。

有一段日子，由于自己的一些亲身经历，我对人世间人们互相折腾这种现象十分憎恶，我把自己对这种现象的憎恶和憎恨写成了一篇散文，不料几位朋友看后笑笑说，人间的互相折腾由来已久，你不必因为身受了一次就来叫苦，眼闭闭也就过去了。这使我很感意外，我原本是想把我的憎恨之情传导给我的读者的，但是现在看来这个目的显然没有达到。这之后不久，我写了一部中篇小说，在这部小说里，我讲了一个鞭炮作坊主和他的一家邻居彼此进行残酷折磨的故事，故事中，两家人折磨的结果是彼此的子孙都在痛苦中浸泡着。小说发表后，那几位朋友看到了，他们专门把我叫去，激动地谈着对小说中两家人彼此折磨的故事的感受。我至今还清楚地记得，其中的一个朋友说：太可怕，也太可恨了！我当时听完这话一阵高兴。他到底也和我一样地对这种现象恨起来了！我的憎恨到底也传导给了他！也就是在这一刻我明白了，小说中的故事，将会使作家的情感传导任务得以顺利完成。小说的一个基本使命是传导情感，世上没有一本小说是不传导作家的情感的，而作家要想把自己的情感传导给读者，不借助故事便很难完成。你想把你对一个社会、一类人、一种现象的憎恶、喜爱传导给读者，你只消说说该憎恶该喜爱就行了？读者就和你一样去憎恶去喜爱了？不可能！你必须通过故事的发展来牵惹读者的感情，让他随着你的故事，不知不觉地和你一样去喜怒哀乐。

有一个时期，我也写过几篇故事性很淡甚至没有故事的

“小说”,这几篇作品的读者很少,我几乎听不到任何读者反映。我记得我那阵看到一种社会现象,就是一些在旧中国受地主欺负的农民,在新的农村经济政策的保护下富裕起来以后,采用当初地主欺负他们的办法,来欺负今日的还没有富起来的乡邻。这种现象使我思考了许久也想了很多,难道社会就必须按这种方式循环前进?我把自己对这个问题的思考写进了一篇没有什么故事情节的小说中,目的自然也是想引起读者对这个问题的注意,但遗憾的是,几乎没有人去读这篇小说。自然,也没有引起人们对自己提出的问题的关注。过了一段日子,我又写了一篇小说,在这篇小说里,我讲了一个故事:一个中年农民,从小被自己的父亲称为“野种”而冷眼相待,精神上受到很大创伤。他后来终于弄明白了原因所在,原来是自己的母亲当年去一地主家帮佣时,遭地主凌辱后生下了他,他父亲弃他不能、不弃心中又十分痛苦,所以才那样待他。他在今天因经商富裕后,利用手中的金钱,迫使一个貌好但根本不爱他的女人背弃自己的丈夫委身于他,并要那女人偷偷为他生一个孩子,那女人在悲愤之际怒叫:我不愿生一个“野种”!从而使他受到了极大的震撼……这个故事编的痕迹有些太重,但小说发表后,很快引起了人们注意,除了转载、评论之外,我又一次收到了许多读者来信,读者们纷纷在信中说我提出的这个问题带有普遍性,说应该想一个办法来终止这种恶的循环。我读着这些读者来信,心中才进一步明白了,故事其实是小说思想意蕴的负载者。如果没有故事,小说的思想意蕴就无车负载,就不能平安运抵读者心里。世上的小说家都不会无缘无故地去写作,任何小说都是作家有所思的结果,小说家要想把自己对世界的哲学思考,对人生、对社会、对自然界的一些新的认识和体验表达出来,应该而且必须借助故事。他不能像科学家那样直接说出自己的发现,小说家倘是把自己对人生、对社会和自然界的思考直白赤裸地说出来,读者就会掉头走开;他们或许还会说上一句,还不如我去读学术论文!故事在这里就像一辆运行终点为读者心区的大车,作家把自己的所有思考装进这辆车上,大车便会平安地拉到读者心里。

我常读小说,每每读到一些精彩的描写性语言和对话,便发现它们总是和一定的故事情节相联系,倘是没有那个故事情节,作者的这些精彩语言便也失去了喷发的机会。小说《围城》中,若没有汪处厚和太太要为方鸿渐和赵辛楣做媒请吃饭的那个故事情节,汪太太的那番话:“……你们新回国的单身留学生,像新出炉的烧饼,有小姐的人家抢都抢不匀呢。……”怕就写不出来了。而且“范小姐只是笑,身子像一条饧糖粘在椅子里”;高校长“喝了一口酒,刮得光滑的黄脸像擦过油的黄皮鞋”;“女人涂脂抹粉的脸,经不起酒饭蒸出来的汗气,和咬嚼运动的震撼,不免像黄梅时节的墙壁”;“范小姐虽然斯文,精致得恨不能吃肉都吐渣,但多喝了半杯酒,脸上没涂胭脂的地方都作粉红色,仿佛外国肉庄里陈列的小牛肉”,这一类的精彩描写性语言便也不会写出来了。我自己在创作中也时时感到,要想把描写性语言和人物对话写得精彩,提供具体的情、境是一个重要条件。有了具体的情、境,自己才能产生冲动从而不由自主地从自己的语言储存库里拿出好的东西,这就像诗人面对优美的景物时常会禁不住即刻就吟出优美的诗句一样。这种具体的情、境,当然要靠故事来提供。故事在这里像电影一样,提供一连串的画面,好让作者面对这些画面去发言。

今年秋天,我去湖南的张家界、天子山走了一趟。张家界、天子山的一些景点，就藏在那些山坳里和峰尖上，要想观赏那些景点，就必须走曲曲折折高高低低的山路。在那山路上走着时，虽然不免腰酸腿疼，但心情却是急迫而快活的，因为很想看到前边自己从没有见过的景致。山路的起伏使人不能放眼去看，反而增加了游人心中的兴致。这使我不由得想起了故事情节在小说中的作用，曲折的山路在景区的作用和故事情节在小说中的作用有点相似。前者可以增加游人的游兴，后者则可以增加读者阅读时的兴趣。为什么小孩子都爱听童话故事？为什么接近生命途程终点的老年人要看以讲故事为主要任务的电影、电视剧？这里边最主要的心理动因是好奇，是对他人曲折生活经历的好奇。相当一些人读小说，同样是怀着对他人命运的好奇来读的，小说中起伏跌宕的故事情节，恰恰会起到撩起读者好奇心的作用，诱使他手不释卷地读下去。如果小说家不再讲故事了，他也就等于自动放弃了在人们心中制造阅读魅力的主要手段。我自己也有这种阅读体会，拿到一本小说，如果其中有一个很好的故事，我会不歇气地把它读完；如果没有故事或故事性不强，我会读得很慢，有时甚至没有读完就不读了。当然，对一些没有故事但必须了解的小说，我也会读完它，不过是咬着牙读的，阅读时的快感实在不多，有时简直就是受罪，边读边需要不时地给自己鼓励：一定要读完它！

在这些年的创作实践中，我一直非常赞同更新小说观念，并努力去吸收外域的一些新的创作方法和技巧。但我想，不管用什么方法写小说，写什么样式的小说，这小说中总要有点故事，如果没有一丁点故事，小说怕就失去了它区别其他文学样式的最本质的界限。我们知道，中国的小说源于传奇故事，是从传奇故事脱胎而来的，故事其实就是小说的母亲。一个做儿子的，倘若他身上没有母亲遗下来的任何特征，他恐怕就不是亲生儿子；一篇小说，不管怎么写，如果其中没有半点故事，恐怕已经是另外的东西了！小说作为一种文学体裁和样式一代一代地留传下来，并不是因为它可以传导情感，诗、散文和报告文学同样可以传导情感；也不是因为它宜于表达作家的理性思考，诗、散文、报告文学也能完成这个任务；更不是因为它描写了人物，报告文学和散文也同样可以写人物；也不是因为它的语言特别，散文和诗的语言有时比它还有味道。它所以能留存下来，最基本的原因在于它有故事，读者只有在小说中才能获得阅读故事的快感，别的文学样式不能在这点上替代它。一篇小说，其中的故事在情节上可以有强有淡，但不能没有，没有了故事，它的属性就发生了变化，它就失去了区别于其他文学样式和体裁的最本质的特征，就变成了非小说！

知道了故事于小说如此重要，自然也就懂得了故事本身的质量是衡量小说品位、等级的一个标准。因此，我在小说创作中，便时时提醒自己把好故事的质量关，力争讲出好的故事来。

什么是质量好的故事？这在持不同创作方法的小说家那里，衡量的尺度是不一样的。我在“编故事”时，通常注意的是以下三个方面：

一是新，讲别人没讲过的故事。新，是人们对故事的基本要求。一篇小说里的故事如果读者看到以后有似曾相识的感觉，那这个故事就不是好的故事，小说的等级、品位自然也不会高。古今中外的小说家们已经讲了无数个故事，要想使自己讲的故事和他们讲过的完全不一样，并不是一件简单的事。我有一些废稿，丢弃它们的原因，便是写成之后忽然发现其中的故事与别的作家讲的故事在某些地方雷同。讲新故事需要有不同于别人的新发现、新体验、新感受，光靠硬编是编不出来的。

二是深，力争所讲的故事中包含着比较深刻的思想意蕴。同是故事，其中所包蕴的思想意义是有深浅厚薄之分的。今天的读者，尤其不愿听浅薄的故事。当然，“编”一个深刻的故事并不容易，它要求作者必须具备深刻的认识能力。我在创作中还遇到过这种情况，一个故事中所包含的思想意蕴，自己一时还把握不了，还不是十分明晰清楚，但我只要感觉到这个故事显得“分量很重”，便也动笔写出来，让读者在阅读中去自己进行咀嚼分析。

三是不媚俗，不迎合读者的庸俗嗜好。由于文化水平由于时尚也由于其他的原因，读者的嗜好会不断发生改变，面对这种情况，我注意不去巧意迎合，而是不慌不忙继续讲自己认为值得讲的故事。我想，倘是读者这一阵喜欢看打斗，你就在小说中来一段打斗故事；那几日喜欢看凶杀，你又在小说中来一节凶杀故事；过一阵喜欢看包文正，你就也来一段清官故事，这样写下来的故事质量不会高，小说的品位、等级也会降下来。

故事的质量既是衡量小说品位、等级的一个标准，寻找质量好的故事就成了小说家的任务之一。那么，好质量的故事的藏地在哪里？我在学写小说的实践中体会到，已经发生过的故事，通常就藏在历史典籍、历史传说和人们的记忆里，要想写这类故事，就要读史书、翻方志、听老人讲古，要去那些发黄的书页里和没牙了的老人口中去挖掘；正在发生的故事，就藏在现实生活里，要想写这类故事，你就必须沉进生活里，一边审视你自己的生活，一边去观察别人的生活，去体验去感触去发现；将要发生的故事就藏在科学家对未来的预测里，你要写这类故事，就要去读科学书，就要对人类的未来有一个了解，而后靠幻想去虚构。当然，从所有这些地方找出的故事，都还只是一个雏形，它们能否最后长成还依赖于小说家的脑子。小说家通常把许多故事的雏形移植到自己脑中的那块想象田中，给它们培土、施肥，使它们逐渐长成；其中当然有一部分会像田野里的庄稼苗一样，由于种种的原因枯萎死掉。

故事的质量有高低之分，但就某一个故事来说，它的质量并不是固定不变的，它会因小说家讲故事的技巧、本领不同而提高和降低，从而使小说的品位、等级也随之发生改变。同样是一个女人弃本夫另有所爱的故事，列夫·托尔斯泰可以讲得惊心动魄广阔深刻——如《安娜·卡列尼娜》，展现了俄国社会各个阶层的精神状态和伦理水平——从而使自己的小说成为世界名著；而我们的一些“地摊”作家，却总在“床上”做文章，把故事讲得味同嚼蜡、浅薄俗气，从而使自己的小说印出之后即死去。我在创作中体会到，作者在讲故事时所站的位置、所取的视角、所定的讲述顺序、所用的语言、所选的节奏，都影响着故事的质量，从而影响到小说的品位和等级。

作为一个小说家，既要有选择好故事的能力，还要具备讲故事的高超技巧和本领。

回头看一看自己这些年在小说中所讲的故事我开始脸红，令自己满意的实在太少，有的是因为故事本身的质量就差，有的是因为自己讲述的本领太低技巧太次而使它们原本还好的质量降了下来。自己今后在这个问题上的努力方向当然也是两个：一是选准好的故事，一是提高讲故事的技巧和本领。我知道这不是说说就成的，这关系到思想水平和艺术水平的问题，我必须做长期努力！

我愿意！

神妙的虚构

虚构就是无中生有。

虚构的人物，在现实世界看不见他的面目；虚构的故事，在现实世界不曾发生；虚构的场景，在现实世界无法找到。

虚构出的一切不供人们用手去触摸。

虚构是一种特权，并不是每个人都享有这种权力。

不论是政治家、军事家还是科学家，如果沉溺于虚构之中，那等待他的只能是失败。

不论是工人、农人还是商人，如果沉溺于虚构之中，最后只会去饿肚子。

虚构，是这个世界赐予文学家的一种特权。

只有文学家尤其是小说家才享有这种权力。

当然，骗子也常常虚构，不过他的虚构行为最后是要受惩罚的。

这世界把虚构的权力交给文学家并不是无缘无故。

文学家虚构出的东西能给人们提供美的享受和愉悦。吴承恩在《西游记》里虚构出的孙悟空给人们带来了多少惊疑和快乐;蒲松龄在《聊斋志异》里虚构出的那些狐生美女,给人们带来了多少惊异和激动;施耐庵在《水浒传》里虚构出的李逵、孙二娘等,给人们带来了多少惊奇和笑声。

人们在现实世界里无法找到的东西,诸如一无瑕疵纯而又纯的爱情,无忧无虑无烦无恼的生活,万事公平一切公正的社会,只有到虚构的世界里去找。虚构的世界是人们忘却现实世界的烦恼和不快,寻找安慰和抚慰的一个去处。虚构的世界是现实世界的一个补充。

虚构是凭想象去完成的。

想象力越丰富的文学家,虚构出的世界就越精彩。

但丁依靠自己神奇的想象力,在《神曲》中虚构出了地狱、炼狱和天堂,我们至今读起来还会被他虚构出的世界所震撼。

凡尔纳凭借自己的想象力,虚构出了《神秘岛》,这个岛时至今日还令无数的读者着迷。

想象力是虚构世界得以诞生的基础,文学家只有充分张扬自己的想象力,才能使虚构出的世界充满魅力。

在文学家的想象中,人可以无所不能。人能够凭想象在一瞬间登上天堂的大厅,也可以凭想象在一瞬间沉入海底漫游。缘于此,文学家在虚构时也可以不受任何限制,虚构出的世界在空间上可以无边无际，在时间上可以无始无终；虚构出的人物可以活在过去，可以活在现在，也可以活在未来；既可以虚构出人，也可以虚构出鬼、神、仙和天外来客。

没有什么东西是文学家虚构不出来的。

文学家的虚构本领也分等级。一等的虚构能使读者醉心其中，会使读者在虚构的世界里流连忘返，可让读者走出虚构世界时必有所得；二等的虚构能使读者勉强在其中停步，读者最后离开虚构的世界时常常两手空空；三等的虚构能让读者一眼就看出破绽，读者在其中半刻也不愿停留，离开后常会满脸不屑，个别的还会骂上几句：这写的都是什么玩意儿？

作家要想提高自己的虚构本领，除了放纵自己的想象力，无拘无束地去想象和向前辈作家学习之外，重要的是丰富自己的阅历和扩大知识面。因为想象力的张扬常常需要阅历和知识作为媒介，一个人如果根本没有过爱情经历和体验，他虚构出的爱情故事在感人程度上就可能打折扣；一个人如果对化学知识一窍不通，他虚构出的化学家，恐怕就很难让人认同。

虚构的东西有时也会惹来麻烦。这有两种情况：其一是作家虚构出的世界碰巧和现实世界的某一隅颇为相同，因而惹来现实世界的人去对号入座，从而引发状告作家的麻烦；其二是作家虚构的世界里的某些东西触动和刺激了一些人的神经，使他们觉到了不快，随之便来找作家的麻烦。这些麻烦只会促使作家去提高自己的虚构本领。

作家在虚构时其实充满了乐趣。眼见得现实中没有的一个世界被自己用文字造了出来，活灵活现地出现在人们眼前，其间活动着各种各样的人物，而且自己可以随意在其中设置道路、河流、田地、山头，随意决定其中一些人物的生死去留，那种创造者的快感是别人体会不到的，就好像自己也当了一回造物的上帝。

不管科学怎样发展，不管社会怎样变化，不管物质怎样丰富，人们都不会只满足于现实世界提供的东西，人的全部欲望尤其是精神上的欲望不是现实世界能够满足的，文学家虚构的世界永远会对人有吸引力。文学家特别是小说家，不必担心自己会失业，要紧的是把自己虚构的本领练到家。

文学经典的形成

身为一个作家,谁不想写出一部经典作品来传世?因此,考察一下经典作品的形成原因,对于作家,不会没有意义。

回眸古今中外经典文学作品的形成过程,我们会发现,一部作品成为经典,从作品本身来说,总会具有下列特点中的几个或全部:其一,它进入的题材领域,是别的作品所从未涉足的,给人一种强烈的新鲜感。比如纳博科夫的《洛丽塔》,写的是成年男人对女童的性兴趣,对于这个问题,人们连公开谈论都没有勇气,它是全人类都觉得羞耻的问题,是不约而同的禁忌,更别说把其作为文学作品的表现对象了。也是因此,在纳博科夫之前,从没有作家走进这个题材领域。但纳博科夫走进了,他的走进引起了轩然大波,引来了无数的责难,作品被查封,人遭侧目,但也同时引起了无数人的好奇和关注,为其成为经典打下了读者的数量基础。其二,它呈现的人物形象，是别人从未着力描画过的，给人一种极强的新奇感。比如列夫·托尔斯泰的《复活》，其中的主要人物之一聂赫留朵夫，是别人从未写过的人物。在托氏之前，有作家写过风流成性的纨绔子弟，也有作家写过不把女性当人的贵族男人，还有作家写过始乱终弃遭到报应和惩罚的负心汉，但从没人像托尔斯泰一样，写一个男人面对被自己抛弃而坠入生活深渊的女人，精神受到震撼从而开始自责，继而良心复活了，这样一个形象让我们觉得非常新奇。其三，它传达的思情，不专属于一个国家和民族，是全人类都能理解和关注的，使人的心灵产生强烈的共振。比如阿尔贝·加缪的《鼠疫》，写了一座小城遭受鼠疫之灾后的情景，他虽然暗指的是人们遭受德国法西斯大屠杀的灾难，但其传达出的人在面临死亡时的恐惧、焦虑、痛苦、挣扎之思想感情，却是全人类都能体会和感受到的，它能引起所有读者的心灵悸动。其四，它所使用的语言，是作家母语中最优美最有个人特色的语言，能给人带来一种极大的愉悦感。比如曹雪芹的《红楼梦》，我们读曹氏叙述时的语言感到优美雅致，心旷神怡；读人物对话时又感到非常通俗有个性，就像在听人讲话，常常会忍不住笑出声来，这种愉悦感就是曹氏语言的魅力所在。其五，它所使用的结构方式，是别的作家从未使用过的，给人一种陌生的审美享受。比如获得诺贝尔文学奖的英国女作家多丽丝·莱辛的代表作《金色笔记》，将故事分为五节，每节中依次插入黑、红、黄、蓝四种笔记，分别记录着作家过去的非洲经历、与政治相关的事件和体验。在第四节和第五节之间出现一个独立的金色笔记。整个小说像一个拼盘，是从来无人用过的结构方式，给人一种强烈的陌生感，也因此给读者带来新的审美享受。

写得好是作品成为经典的内在条件，但并不是写得好的作品都能成为经典,有些好作品因无人发现而淹没在浩瀚的作品之海中;有的因被禁被毁而没能流传下来;有的因刻本和印数太少而失去了踪迹。因此,经典的形成还需要外部条件。外部条件之一是作品刚一出现就要拥有一定数量的读者,使作品在读者中享有一定的口碑,读者能口口相传并自愿地去收藏它;之二是有艺术鉴赏才华的评论家能够评说并向更多的人群向社会推荐它,使作品在专业圈子里享有一定的地位,使其能够进入各种艺术收藏库里;之三是有眼光的后世出版家不断地将其重印并收入各种丛书套书之中,使其读者数量和影响力不断扩大。

一部作品能不能成为经典,常常还需要时间来辨认。不同的作品需要辨认的时间长短也不同。有的作品,可能出现几年十几年就被公认为经典作品,有的作品则可能需要几十年甚至更长的时间才能被认定。特别是对于当代作家的作品,由于错综复杂的人际关系和政治原因,经典作品的认定更加困难,从而不得不交给下一代人去确认。

身为一个作家,最重要的是去写好自己最想写最愿写的作品,把自己想对这个世界说的话都说出来,至于它能不能成为经典,则没必要太在意。把这事交给时间交给读者交给社会去处理。尤其是时间,时间是比较公正的。

文学与道德

道德与法律相比，是一种非暴力的、软性的精神力量。这种精神力量的形成，应该有文学的参与，因为文学有对人的精神发生影响的能量。我们社会上现存的道德规范，在形成的过程中，文学都曾贡献过力量。

黑格尔曾经说过，艺术是各民族最早的教师。文学作为艺术的一个门类，在国家道德建设上，也应该起到一种类似教师的作用。

文学作品可以把社会上非道德的恶行钉在耻辱柱上，以警示世人。应该承认，现在社会上不道德的恶行很多。政界里的权钱交易和不给好处不办事，商界里的唯利是图造假坑骗消费者，司法界里的吃罢原告吃被告，医疗界里的小病开大量的药，学术界里的小圈子内互相吹捧，等等。作家面对这些不道德的恶行，不能无动于衷熟视无睹，应该用作品使其现出真身，用鲜明的艺术形象把这些恶行钉在耻辱柱上，使它们不能在社会上横行。

文学作品可以把普通人身上闪现出的美德之光用文字固定下来，来感动世人。我们不少普通人的身上，经常会闪现出美德之光。比如对弱者的关爱，对亲情和友情的珍视，对国家尊严和利益的看重，对爱情的忠诚，对他人的诚实守信，对施恩于己的人的恭敬和尊重，等等。我们作家应该用自己的眼睛，去及时发现和捕捉这种闪光，而后用作品用文字将这种闪光固定下来，让这种闪光去照亮人间，使其长久地去感动他人，引来更多的效仿者。

文学作品可以对新的道德规范的建立进行呼吁，使符合时代要求的新的道德规范尽早得到社会认同。道德是一个历史的范畴，人们的道德观念是随着社会的发展变化而变化的，伴随着社会生活的改变，一些落后的道德观念会被抛弃，一些新的道德观念会逐渐形成。现在，随着市场经济在我们国家的建立，一些新的道德观念也开始出现端倪。比如平等竞争观念，我们这个民族在利益面前过去讲究的是互相谦让，认为竞争是不道德的，但现在大家都逐渐认识到，只要是在平等的基础上进行竞争，即使是在亲兄弟之间，也是道德的；又如有度享受观念，过去，我们是不大敢提个人享受的，总认为提享受是不高尚不道德的，但今天，随着市场经济社会有投入就应该有产出，有投资就应该有收益这些观念的确立，在人生态度上，人们开始既讲奋斗也讲有度享受。不少人开始认为，只要不是无度地妨害他人和社会的个人享受，都是道德的。面对这些新的道德观念的萌芽，作家应该用自己的作品给予关注，把它们更鲜明地提到人们面前，以使其更早地得到全社会的认同。

自由的阅读

如今能记起的我最早的一次阅读行为，发生在一个上午。其时是夏天，我似乎是七岁，赤裸着上身，只穿着一个小裤头在打麦场上玩，忽然间看见地上扔着一张报纸，便俯身捡了起来。是一张《河南日报》，大约是上边来的干部们扔掉的。最初引起我对那张报纸发生兴趣，可能是报纸上刊有什么照片，我在翻着那张报纸时，一个拿桑叉在场上摊麦的叔叔叫起来：嘀，这个小东西能看这么大的报纸了！他的喊声引起了其他摊麦的叔叔婶婶们对我的注意，人们围过来，问我报纸上都写了什么。那时的村人绝少有识字的，他们的询问既有考验我的意思，也有真想知道报纸上写了什么的意思。一定是不愿露怯的心理在起作用，我当时竟然能把我认识的一些字词读了出来，读得很不连贯，因为我当时认识的字词实在不多，只能跳跃着读，使得句子变成含义莫名很难听懂的东西。但就是这样阅读,也使我的乡亲们很高兴,他们听不懂,可他们知道我在读,能读的本身就让他们觉得了不起,他们高兴地夸我:行,这小子行,能读报纸了! 我被夸得很兴奋。当晚,娘为了奖励我这次为家庭争了光的阅读行为,煮了一个鸡蛋让我吃。我此后阅读兴趣的不断变浓,也许与乡亲们的夸奖和那个煮熟的鸡蛋不无关系。

随着所识字词的增多,我能读的东西也越来越多了。这时,来自老师、家长和社会的劝告都是让读书的,村里的叔叔婶婶们总把做官和读书连在一起,常说:小子,好好读书,将来好做官去。我那时虽不能理解他们的话,但对读书是一件好事的认识是形成了。于是便开始了我阅读史上的第一个阶段:乱读。

所谓乱读,就是不加选择地读。除了学校老师让读的书本之外,我见到什么读什么,大人给我什么读什么,我自己逮住什么读什么,饥不择食地读,没有任何预定目标地读,只是为了给空空的脑子里塞进更多的东西。我读过《万年历》,读过《百家姓》,读过《拖拉机使用说明书》,读过《一千零一夜》,读过《蔬菜种植法》,读过《青春之歌》,读过《南阳歌谣》,读过《豫西土匪介绍》……这种阅读带来的好处是我知道的东西越来越多,别人说什么话,我都能搭上腔,跟着说几句;坏处是脑子里塞得乱七八糟,不成条理。随着年龄的增大,随着阅历的增加,我慢慢知道,阅读必须有一定目标,最好是围着自己所做的事情读。这之后,我的阅读方进入了第二个阶段:为做好事情而读。

这时的阅读目的很明确,就是为了提高自己做事情的能力。为了当好测地兵,搞好控制点测量,我读了不少有关大地测量方面的书;为了做好宣传教育工作,我读了不少有关教育学和心理学方面的书；为了当好一个军官，我读了不少管理学和军事学方面的书；为了写好小说，我读了大量的中外文学作品。这种阅读当然有好处，它能让你把手上的工作和事情做好，但这种阅读其实是实用主义的阅读，有很强的功利性，对自己也带有强迫性，说到底是一种谋生的需要。这种不自由的阅读给自己带来的快感自然也有，但数量有限，它渐渐让我厌烦。

这之后，我的阅读便进入了根据自己兴趣自由选择的阶段。在这个阶段，阅读完全从自己的兴趣出发，想看什么就看什么；一本书拿到手上，愿看下去就看，不愿看下去就扔开。不再进行痛苦的阅读，不给自己找罪受。人生短暂，精力有限，我只读自己喜欢读的东西，让自己的心灵在阅读中得到滋养，让自己的心中因阅读而充满欢乐、惊奇和快感。我喜欢世界上的一部分小说，我就去找来这部分小说看；我喜欢那些相对客观描述历史事件的史书，我就找来这些史书看；我喜欢那些对世界有独到解释和思考的书，我就去找来这些哲学书看；我喜欢那些对人的身体奥秘有独特发现的书，我就去找来这些医书看；我喜欢了解当下世上发生的事情，我就去找来那些敢于登载真实消息的报刊看。

我不知道上帝给我的阅读时间还有多少，但我知道，只要我活着，只要我的视力还允许，我就会不停地读下去。自由的阅读其实是一件幸福的事，每当我舒服地半躺在那儿读自己喜欢读的一本书时，我就觉得那是一种真正的人生享受，心里也因而对这个世界充满了感激之情。

人能够自由阅读并不容易，我庆幸我到底走到了这一步。

四不读

很多年之前，阅读就如喝水一样成了我的日常生活需要。和多次离婚的男人再找女人会非常挑剔相类似，我在经历了漫长的乱读生涯之后，阅读口味也开始变得刁钻古怪起来，我给自己规定了四不读：

不读那些没有新思考灌注其中的东西。我读的书和文章，通常都在哲学、史学、经济学和文学这几个类别里，不管是哪一个类别，也不管作者是哪个国家哪个地域的，更不管作者的名气多大有什么来头，只要把他的书翻上那么几章，文章读上几段，觉得他说的东西似曾相识，没给我耳目一新的感觉，并无新思考新发现，那就对不起，扔一边去，咱不浪费自己的时间，拜拜了。这年头，书刊太多了；没有新东西的书刊太多了。谁有名有权就可以找人捉刀出本书，谁有钱有势就可以发表论文，谁都可以把写书译书作为赚取钞票的路子，谁都可以把发表文章作为谋名谋官的法子，我们作为读者自然就要小心了，进书店买书买刊物要像进菜市场买菜那样，仔细挑拣一番，开读时也要疑字当先，小心走进垃圾场，把自己有限的生命浪费了。

不读那些语言干瘪无味的东西。不管是文学作品还是学术著作抑或是学术论文，语言都应该是美的，是生动、幽默、传神、讲究音韵和饱含汁液的，让人看了能精神一振或会心一笑，就像看见一个唇红齿白妩媚动人的美女一样。语言这东西玩不了假，只要读几页或读几段就知道成色了。如果干枯乏味，感觉就如在看一个骨瘦如柴病入膏肓即将告别人世的老妪，在啃一根没有一点肉的骨头，尽管它的内容有新意，那咱也不读了。因为它吸引不了你，使你没法激动起来，使你面对着书一会儿想打瞌睡一会儿去想别的，如此读下去还有什么意义？咱何必要强迫自己？咱傻呀？

不读那些故作高深特别难懂的东西。有的书，其内容倒是自己未曾见过的，语言也颇有味道，可因为作者在论述和叙述时玩了很多花样，设了很多圈套，结果让人阅读时常常陷入茫然，如入雾中，有时读了许多页还不知作者在说什么，阅读变成了极其艰苦的猜谜行为，每朝前读一页就觉得痛苦多一分。逢了这时，我也会毫不客气地把它扔开，罢，罢，你另找聪明的读者吧，恕不奉陪。阅读既是为了求知也是为了享受，你一点享受不给还要拿痛苦来折磨我，我当然不干，我完全可以去找那些写得易懂的同类书来读，你的这本就靠边站吧。

不读那些充满假气的东西。很多书和文章你一读就觉得它充满假气，气这个东西虽无形，可它却实实在在地存在于任何书和文章之中，你只要仔细闻都可以闻得出来。比如，假姿态，作者假装着忧国忧民，其实一读他的书和文章就懂得他只是在发泄自己心中的不满;假感情,作者假装着对人满怀爱意,其实一读他的书和文章就明白他心里有着太多的怨恨;假清高,作者假装出一副对什么都不计较的模样,其实一读他的书和文章就知道他什么都在计较。读假气的东西让人心里别扭,就像在新婚之夜发现了妻子写给别人的情书,气也不是恼也不是笑也不是。为了不别扭,咱干脆扭开脸不读。

有了这四不读,我觉得我在阅读上节省了不少时间。人一生可用于阅读的时间十分有限,十岁前得识字和学语法,八十岁以后眼睛又不中用了,中间只有七十年的时间能够从事阅读,可这期间又要工作又要吃喝拉撒又要娶妻生子还要睡觉做爱和游乐,真正用于阅读的时间能有多少?因此,我们只能有所读有所不读,这样才对得起自己很短的人生,才不会在临终时后悔地感叹:我怎么会读了那么多没有价值的玩意儿?!

读书

世界上的书真多!

世界上读书的人也真多!

但有的人读了一辈子书却收获无几,而有的人只读了不多几年的书就给世界献出了颇有价值的东西。于是我悟到:读书有方法。

方法之一便是为了输出而读书。这似乎有点急功近利的嫌疑,但我想,如果不这样读,而是不加选择地、无目的地、单纯地输入,其后果不过是把自己的脑袋变成一个杂乱无章的仓库而已,书难以读完,仓库永远也装不满,于世有何益?我喜欢文学,希望能写出点东西,于是就围绕着这个目的读。读古今中外名家的代表作品,读文艺理论,读文学评论,读文学史,再旁涉一点哲、经、政、史、工、农、商、医。

方法之二是每一学科先选一本好的、已有定评的教科书读，而后再读与本门学科有关的参考书。先读权威教科书，是为了使这门学科在自己脑子里有一个清晰的线条，抓住最基本的东西。后读其他参考书，是为了了解不同观点和新的论点，从更广的方面把握它。

要读就读有所得，这既是要求也是方法。不管读什么书，只要决定读它，都力争要从中得点什么，哪怕只是一点点，决不空手闭卷。比如读别人的小说，或是思想，或是技巧，或是人物，或是语言，我总努力从中发现一点高明之处。

精力好时读“要书”，精力差时读“闲书”，这是安排上的技巧当然也算方法。我把要读的书分为“要书”和“闲书”两种，凡与自己的主攻方向联系紧密的，我称为“要书”；凡与自己的主攻方向有联系但不甚紧密的，我称为“闲书”。对前者，我把它放在大块时间、精力好的时候读；对后者，我则把其放在小块时间、精力差的时候读。之所以这样安排，是因为“要书”必须弄懂钻透，记在脑子里；而“闲书”则只需弄清它哪些对我有用，便于今后查找即可。

读小说

爱读小说是很早就养成的毛病。

了解自己没经历过的新奇生活，是我阅读小说的最初目的。生活在社会下层的我，生活面极其有限，我渴望了解五彩缤纷的外部世界，我发现好的小说可以部分地满足我这一愿望。读描写世界豪富们生活的小说，我也可以有幸去见识见识那些陈设豪华的客厅和设备新颖的游艇；读外国爱情小说，我可以知道外国男女间由接触到恋爱的程序和情状；读犯罪小说，我可以了解警察审讯破案的手段和监狱里的景况；读描绘妓女生活的小说，我可以懂得青楼里那些不为外人所知的规矩。

让自己随小说的故事情节去喜怒哀乐，暂时忘却身边的庸俗、烦恼和苦痛，是我读小说的又一个动机。心情不好时我总是紧忙去找小说，只要拿起一本好小说，自己转瞬间就进入了小说的情节世界。只关心安娜·卡列尼娜是怎样一个人生结局，只关注杜十娘将怎样去对待薄情郎，早把身边的烦心事忘干净了。

提高自己对内外宇宙的认识能力，是我读小说时注意的一个问题。好的小说，读完之后能给我们一些形而上的启迪，能对我们认识人自身和身外的世界提供帮助。我就是从一些好小说里知道了人的精神世界里有许多条街道和花园，知道了人的灵魂里有许多个魔窟和陷阱，知道了大自然对人类除了温柔和冷酷外还有另外几副面孔，知道了宇宙里还有许多诱人的奥秘等待我们去破译，知道了人类要建立一个美好的社会并不容易。

能获取美的享受是我一直迷恋小说的最根本的缘由。从好的小说中可以感受到汉语言文字经过作家们巧妙拼组后所产生的那种奇特的美的效果；可以看到由作家们用文字所描绘出的在人间难以找寻的美景；可以见到作家们用语言虚构出的世间少有的美人；可以结识到我们在生活中极难遇到的美的心灵。一句话，可以沉浸在一种令人心醉的美的享受里。

我愿意永远做小说的俘虏，在小说的诱惑面前我自愿放弃抵抗。当然，这小说须是那些真诚地献身于小说艺术的作家们呕心沥血写成的小说，而不是把小说当作升官的敲门砖和发财的摇钱树的匠人们制作出的东西。

小说的命运

小说在20世纪后半叶的中国有过辉煌的时候,那时候一篇小说全国人读,小说家因为一篇小说转眼间成了明星式的人物。但这似乎不是小说在国人精神生活中的正常地位,有点像平民女儿突然被皇帝看中选进宫成了宠妃一样。造成这种情况的原因很复杂,其中之一是当时的小说部分地完成着新闻应该完成的任务。

随着中国社会的变化尤其是市场经济的逐步建立,和其他国家的人们相比,中国人在精神生活的各个方面都开始趋于正常,小说这种精神产品也开始回复到它原本该有的地位——只被有闲的、有一定精神追求的、对文学有兴趣的人阅读。这就是我们惊呼读者大量减少的原因。这里还应该特别指明,小说中有一个品种——通俗小说,其读者不仅一直没有减少,反而在不断增多。

鉴于此，我们不能对小说的未来命运做出悲观性的判断。小说的数量是开始减少，小说家的创作热情是有些降低，严肃文学刊物是有些难办，但小说不会死。因为人们听故事的天性还在，人们窥视别人生活的欲望还在，人们寻求心灵安慰的要求还在，而只有小说才能给人们提供诱人的故事，提供窥视别人生活的机会，提供独特的心灵安慰。

严肃小说——只在和通俗小说相区别的意义上说——在未来不会是一个披金戴银雍容华贵令万人钦羡的贵妇人，也不会是一个光彩照人令无数人倾倒的影视女明星，她只可能是一位素衣淡妆容貌清秀的普通少妇，仅有那些有眼光的人才会向她投去一瞥，而她也必会向你回一个亮丽的笑容，从而把宁静和温馨送进你的心里。

小说的地位如此，小说家的地位也不会好到哪里去。从事严肃小说创作的人，别指望靠写小说能获得很高的社会地位，别指望靠写小说去挣来大量金钱，别把写小说看得过于神圣，别把自己看得高人一等。你也只是一个普通的人，在从事一项普通的工作。不过有一点小说家可以坚信：你一定会有一些读者，你一定可以感动某一些心灵，你一定会赢来一份尊敬。

人类社会最终会对小说家满怀感激之情。

准备吃苦吧，准备过寂寞的生活吧，准备付出你的健康吧，你既然选择了写小说，你就得选择跟随在这项职业后边的所有东西。

为了人类日臻完美

人们从事文学创作的最初动机可能多种多样并和世俗生活紧密相连,或为钱或为名或为权或为了获得异性的青睐;但只要他们一直沿着创作之路走下去,就会发现这条路的后半段上到处都写满了提醒行路者的文字:请你为了人类的日臻完美。

全世界所有的真正可称为作家的人,不管他居住于哪个国家属于哪个民族,不管他用何种语言何种方法创作,他们最后都会在那面写有“为了人类日臻完美”字样的旗帜下站立和汇聚。

作家作为人类中的成员,又以人为描写表现的对象,他们理应关心人类的发展。迄今为止世界上流传下来的文学名著,只要仔细分析就可以发现,它们都有益于人类向完美处发展。列夫·托尔斯泰的长篇小说《战争与和平》,让人们对战争这个怪物的狰狞、可怕处有了极为详尽的了解,使人们懂得了理智地处理民族与国家间的争端以及抑制我们内心的一些欲望对于人类的和平发展有着何种重要的作用。它使所有看过它的人都对和平产生一种真挚的热爱之情,这样的书当然于人类的发展有益。莫泊桑的长篇小说《俊友》,把一个无赖和野心家塑造得栩栩如生,使我们对人性中的黑暗部分有了窥视的机会。这对于我们将来消灭这个黑暗部分提供了帮助,自然也有益于人类向完美处转变。劳伦斯的长篇小说《儿子与情人》把母爱写得独到深刻,让我们瞥见了母爱深处的景观,使我们了解了即使是最美好的人类情感有时也会带来负性后果。这对我们人类学会控制情感从而去谋取到更多的幸福当然有益。无数的前辈作家已为我们树立了关心人类发展的榜样,我们后来者理应跟上。

人类的发展其实就是一个不断完美自己不断抛弃蒙昧和野蛮的过程。

众所周知,我们人类幼年时曾有过十分野蛮的行为。人类学、历史学和考古学的专家们发现,我们人类在一段时间里曾经自相残食。北京猿人头盖骨上的击打痕迹起初曾让研究者们百思不得其解,后来才明白那是人类自相残食的证据。当年的北京猿人们在寒冬季节吃食匮乏的时候,就用打磨过的石器将老弱病残者打死从而去吃他们的肉。这种自相残食的现象在辽宁锦西沙锅屯洞穴遗址和广西桂林甑皮岩新石器时代早期洞穴中也有发现。此种现象同样存在于世界人类发展史。达尔文在他的一部著作中详细记述过南美洲火地岛居民冬天吃食老年妇女的情景。恩格斯指出柏林人的祖先韦累塔比人也曾有过一个时期吃食他们年老的父母。新几内亚原始部落有一种库鲁病,也叫笑病,就是吃人脑子的习俗引起的传染病,发现这一病因的病理学家卡尔登·戈杜塞克还因此而获了诺贝尔医学奖。随着生产力的发展,随着文明程度的提高，人类的这些野蛮行为已经变成了遥远的过去，我们今天的人即使说起这些都觉得有些脸红有些心惊有些不可思议。人类就是在不断与这些可怕行为挥手作别的过程中变得可爱和完美起来。今天，不要说吃人，就是打人也被视为一种犯罪行为，也会被送上法庭受到惩治。两相比较，你不觉得今天的人已挺完美可爱？

自然，这种完美可爱只是与尘封的历史相比较而言，其实，今天的人类离真正的完美依然还有很大的距离。谁都知道，在今天的人类生活中，战争这个怪物照旧还存在。就在笔者撰写本文的时候，前南斯拉夫的波黑地区以及卢旺达国内和南北也门之间，枪炮声正把大地上的安宁摧毁得一干二净，无数的老人孩子和正值芳龄的姑娘小伙被子弹和弹片轻而易举地夺去了只有一次的生命。据说，人类自有史以来已经进行了一万四千五百二十次战争，多少个充满弹性和灵性的活生生的肉体在这些战争中化作了一堆堆枯骨。正是战争在人类通往完美的大道上设下了第一道障碍。除战争之外，杀人、抢劫、欺诈、拐卖妇女儿童等丑恶现象都还存在。明明是同类，却偏偏要用假话、假货、假币、假合同去欺瞒、欺骗对方；明明知道别人失去妻子女儿后何等痛苦，却偏偏要拐卖了人家的妻子女儿；明明清楚别人挣个钱也不容易，也要持家吃饭，却偏偏要撬门破窗去偷窃他人的东西。这些现象存在，人类还说得上完美？还有就是人与人之间的冷漠。眼睁睁看着别人溺了水在拼命挣扎，他竟可以扭头轻松地走开；明明听见受伤的人在路边呻吟呼救，他竟会掉过脸去置之不理；明明知道有人食不果腹正在挨饿，他却只管一掷千金大吃大嚼。你说这样的人类能算完美？再就是人与人之间的明争暗斗。你做出了成就，我想办法对你进行诋毁；你登上了一级台阶，我想办法让你滚下来；你这几天笑得快活，我想办法让你哭出眼泪。有这些丑恶事情不断发生，焉能说人类已经十分完美？

面对人类今天的不完美现状，作为作家，有责任用手中的笔去促进真正的完美早日实现。作家该用自己的笔对人类的完美状态做出自己的描述，指出什么是完美的人，什么是完美的人类社会，什么是完美的人类生存状态，从而去吸引人们向那个完美的境界迈进。陶渊明的《桃花源诗并序》里写的桃花源虽然并不存在，但桃花源里人们的生存状态千百年来一直吸引着人，这说明人们多么需要这种描述。作家也该善于发现人类生活中向完美方面发展的倾向，并用自己的笔去给以鼓励。生活中许多人不顾巨大的痛苦以惊人的毅力为他人创造着幸福的享受，这种现象被罗曼·罗兰发现后，写出了《约翰·克利斯朵夫》，从而褒扬和鼓舞了许多为他人创造幸福的人。作家更该对人类生活中向邪恶和野蛮倒退的倾向给以谴责和抨击。当足可以毁灭地球的核战争的细芽在土下开始萌动时，女作家玛格丽特·杜拉斯用她的剧作《广岛之恋》，对人类提出了自己的劝诫和警告。作家还该对人类精神领域里尚未认识的部分进行表现和把握，从而促进人们在精神上向完美处转变。人类对自己一部分成员中感情上的低能现象并未有清醒的认识，加缪用他的小说《局外人》把这种低能现象淋漓尽致地展现在人们面前，从而使人们意识到克服这种现象的必要和紧迫。

在人类向真正的完美状态迈进的过程中，作家们有许多事情可以做，重要的是意识到这份任务并且不偷懒不懈怠。每个作家，当他在自己的书桌前坐下并伸手拿笔向纸上写时，该忆起他所走的路上那一行行提醒他的文字：为了人类的日臻完美。

尽头不是孤峰

常胡思乱想。

有时就琢磨:小说家的人生尽头是什么?

是一座高峰!我最初听人这样说,写小说就是攀那座高峰,看谁攀得最高。

我于是有些心惊,想:要是小说家们都比赛着去爬那座孤峰,人这么多,恐怕你挤我我踩你的现象就难免发生。有的人为了自己爬得快,少一点竞争对手,可能会顺手从山上折些木棍,照别人的脚踝上砸一家伙;有的人为了防止别人赶上自己,就可能从上边扔下一块石头;有些人对那些实力较强的对手,会悄悄摸到他身旁,猛地把他推入深谷!

难道写小说也需要做你死我活的搏斗准备?

我开始慌:以自己这副瘦弱身躯,行吗?

后来去读文学史,去读古今中外名家们的作品,读完后又生了疑惑：像曹雪芹、罗贯中、施耐庵他们，像鲁迅、茅盾、沈从文他们，像巴尔扎克、司汤达、狄更斯、托尔斯泰、海明威他们，像福克纳、卡夫卡、乔伊斯、劳伦斯他们，是都走完了人生之路、走到了创作终点的，他们是同站在一座山上吗？如果是站在同一座山上，那么各自的位置怎么区分？谁站在最高的峰巅上？谁站在次低一点的位置上？谁比谁高出几米？谁比谁低去几厘米？

谁说得清？

倘若是一座孤峰，那么不管它的山体多大，那上边也总有站满人的时候，再后来的小说作者往哪里爬？

我于是猜测：大约尽头不是一座孤峰，而是一片平地！

所有的小说家们走到尽头之后，都可以用自己的作品，在那里堆起一座山来，而后站在山顶。

这些山的海拔高度可能不同，但每个人都站在自己的峰巅。

倘若真是这样，尽头只是一片平地，每个小说家早晚都可以用自己的作品在那里堆成山峰，那我们就不必担心被别人暗算，就不需时刻对同伴保持警惕，就不必在写作之外再准备什么武器。我们只需鼓足力气写作品。你写你的，我写我的，你用你擅长的法子写，我照我熟悉的路子干。你不对我的作品嗤之以鼻：这是什么玩意儿？我不对你的作品横眉立目：那算什么小说？大家只是相互催促：干呀，他妈的不能偷懒！或是惊叹一句：小子的这一招挺绝！或是提醒一句：前方五米处有一口枯井！一旦我们不再一手拿笔一手拿棍，不再一手执盾一手握笔，我们就可以全力向前走，不停地写，不停地干，不停地去琢磨精彩的情节，去刻画有个性的人物，去抒写典型的心态，去制造迷人的氛围，去设计新颖的形式，从而使读者们不停地惊呼:此乃杰作！这是佳构！当然,我们也会有更多的时间去同妻子亲热,同情人幽会,不必再带着紧张和不安的心绪去生活。

待有朝一日我们都走到了人生和创作生涯的尽头,都站在自己堆起的山顶上,我们会惊喜地发现:哦,群峰蜿蜒相连,多么壮观!

自然,对有些太低的山头,历史会用大手把它抹平!

这一点,不用我们去操心!

我们只需要写作品!

圆形盆地

我认为人类在世上的所有活动都可以最后归结为两类：制造欢乐和制造痛苦。你只要追踪一下由人类活动所产生的每一件物质产品和精神产品的最终效用，你就不会要求我去证明这个结论而只会赞同。

既然人类有制造欢乐和制造痛苦两种本领，既然世上充满着人为的欢乐也充满着人为的痛苦，那么以人和人世为研究对象的文学，仿佛就不应只面对人为的欢乐！

我于是想写写人为的痛苦。

我于是便写《豫西南有个小盆地》这个小说系列。

在遥远的那个地质年代里，当伏牛山、桐柏山渐渐隆起，把中原西南部的这块土地变成一个盆地时，大自然还不知它要在这个盆地里养育多少人。后来是原本栖居在黄河岸边的一些部落的南迁,当他们中的一些人发现这个盆地宜于生存停下迁徙的脚步时便成了盆地人的祖先。接下来是世代繁衍直到今天,盆地已拥有了上千万的子孙。

我在这拥有上千万人的盆地里东游西逛。我见过许多的死人和活人,我同好些个男人和女人交谈,我到过乡村、小镇、县城、州府,我进过茅屋、瓦房、洋楼、礼堂,我爬过山、涉过河、翻过丘。我发现在这个盆地里人们制造痛苦的方法又多又巧。好多地方规定了一些莫名其妙的戒律,谁要是违反了戒律,谁就会时时处处觉到痛苦。比如唱戏的人死时不准埋入祖坟,这条戒律不仅使那些吹拉弹唱的男女活着时天天为自己死后的归宿忧虑痛苦,而且使他们的家人在他们死后的灵屋安置上陷入左右为难的痛苦境地。又如堂哥、亲哥不准和弟媳说笑,这戒律极易违反,兄媳常在一块干活、生活,有时不知不觉就会开起玩笑说起笑话,而只要双方一意识到是在说笑,便都惊慌失措,觉得是违了祖上规矩,就怕别人耻笑,就会内心不安,就会疑神疑鬼,平静安宁的心境便遭破坏,痛苦便开始跟着这一男一女。诸如此类的规矩戒律不计其数。也有的地方则是不时挑起一些足以伤心、伤人的争吵、械斗,参加者不论是胜方或是败方,便都可以痛苦一段日子。争吵、械斗的原因可能很小很小,或是因为一个鸡蛋一穗包谷,或是因为一句闲话一个眼神,或是因为一个男人一个女人;但争吵、械斗的规模却可以很大很大,一人对一人,一家对一家,一族对一族,一村对一村。祖先们可以被搬出来随便辱骂,锅碗瓢盆可以搬出来随便抛砸,牙齿、眼睛、鼻子可以随便打掉、打瞎、打塌。然后双方便都痛苦一段时间。再有一些地方的人则是不断挖掘陷阱。那陷阱或是挖在别人的仕途平坦处,或是挖在别人的事业高坡上，或是挖在别人家庭生活的转弯处。陷阱口一律用松枝柏枝，用花言巧语，用友谊友爱进行遮掩，遮掩好后挖掘者便软语温言告诉你尽管放心走，大胆走，不必有顾虑，于是就有人接二连三地摔进陷阱，摔折了腿，闪坏了腰，吓破了胆，又哭又叫又喊，轻者痛苦一月，重者痛苦一年，极重者痛苦一生。在制造痛苦的手段上各村各镇各城都有一些高招，要全部弄清既不可能也没必要。

我的《豫西南有个小盆地》并不是仅仅要展览这些制造痛苦的方法和手段。

盆地里既然有人用各种各样的招数制造各种各样的痛苦，也就有各种各样的人得去把这些痛苦吞到肚里。人们接受痛苦与享受欢乐的后果到底不同，于是盆地里就出现了五花八门的现象：有的人有房有产有儿有女却忧郁烦躁寝食不安；有的家囤满人但却哭声不断，泪拌饭吃，度日如年；有的村良田百顷连年丰产却鸡飞狗跳，骂声连连，举村不安；还有的人家庭温暖反得含泪抛家，远走他乡，流浪漂泊，把一腔诅咒带在心上；也有的人进了佛门入了道观走向教堂，从此断了凡心，去苦修正果；还有的人神经失常、精神崩溃，终日哈哈大笑，常年手舞足蹈，再不去面对痛苦蹙紧双眉苦熬岁月；也有的人则干脆跳河跳塘跳井服毒悬梁吸煤气，双目一闭，想从此去另一个世界享受欢乐。

我的《豫西南有个小盆地》并不想仅仅暴露痛苦带来的这些恶果。

人并不无缘无故地制造痛苦。干旱、洪水、地震、飓风，大自然给人制造的痛苦已经够多；生、老、病、死，生命过程本身的痛苦也已经不少。人所以还要在这些之上再制造一些痛苦，实在是因为这对人也是一种需要。

人的某些心理要得到满足，必须以制造痛苦为前提。比如说复仇心理，无论是村仇、族仇、家仇还是个人仇，只要想复，其唯一的办法就是给对方制造痛苦。仇越大，复仇者为对方制造的痛苦就越深；为对方制造的痛苦越深，复仇者获得的心理满足也越大。又比如嫉妒心理，不论是嫉妒别人所处的地位，嫉妒别人所拥有的财产，还是嫉妒别人所获得的爱情，要想平息这种嫉妒，就需要给嫉妒的对象制造痛苦。再比如征服心理，一个人要想使另一个人降服于自己，听从自己驱遣，一批人要想使另一批人老实就范，听命于自己，主要的办法也是给对方制造痛苦。暴力的和非暴力的手段并用，直到对方觉得再不降服就范，痛苦就更难忍受从而高举起双手时，征服者才停止制造痛苦的行动。再比如悔恨心理，一个人要是悔恨自己曾经做过的事，他的最好办法也是不断地给自己制造痛苦，只有当他现在给自己制造的痛苦与当初所获得的快乐在质上和量上等值以后，他的悔恨心才能慢慢消失。

我的《豫西南有个小盆地》并不想仅仅追溯出人类制造痛苦的原因。

只要地球不毁掉，人这个生物就还要在地球上生存。眼下，南阳盆地的人口还在一天一天增加。只要有人，就有复仇心、嫉妒心、征服心、悔恨心等等的存在。人的这些心理的存在，就表明制造痛苦的根源没有消失。于是，要想人不制造痛苦,就只有消灭人。人不可能被消灭,因此痛苦就不可能根绝。谁要是企图有一个无痛苦的人世,谁就是在白日做梦。你只要是人,你只要活在人的世界上,面对痛苦时你就不要抱怨,甭想逃避!你应该心平气和平静对待!

我的《豫西南有个小盆地》并不是仅仅要告诉人们对痛苦应取这种态度。

我翻开南阳盆地过去的历史,我在那些变黄变淡的字迹中发现,历史上盆地人面对的痛苦要比今天更多更大更深更甚。曾经有一个时期,土匪们在这里制造的痛苦更出奇更可怕更残忍。那时一些人可以活埋另一些人,可以砍另一些人的头,可以挖另一些人的心,可以剥另一些人的皮,可以烹另一些人的肝,可以夺另一些人的妻,可以占另一些人的地,可以烧另一些人的房。那时的痛苦的重量不知要比今天重多少倍。我于是又联想起战争中人们对俘虏的态度,起初,原始部落之间打仗,捉到俘虏便尽数杀死;渐渐,人们把捉到的俘虏变为奴隶,饶他一条性命;后来,建立战俘营,进行有利于己方的教育,并迫使其做苦力或归顺自己;再后来,有了交换俘虏的措施,俘虏们可以回家与自己的亲人团聚。我因此便开始相信,人类虽然依旧在制造痛苦,但所造的痛苦的分量和质量却都在日渐减轻。可不可以设想到将来,随着社会制度的日益完善,随着物质财富的不断增加,随着社会精神文明程度的提高,随着人的素质的增强,人类只制造一些微乎其微的痛苦?

我的《豫西南有个小盆地》并不想仅仅指出这个前景。

我在盆地一个偏僻的角落，听到这样一个故事：一个高中毕业的姑娘做了新娘，和丈夫为戴不戴乳罩发生了争执，丈夫嫌新娘戴了乳罩奶子更高更招惹男人眼睛便当众抬手打了她一个耳光，万没料到，当晚她就服毒自尽，留下遗言一句：我不愿忍受这种侮辱！她的婆婆抱着儿媳的尸体边哭边诉：你的气性为何这样大呀？想当初你公公打我，哪次是只打一个耳光完事？回回都是揪着我的头发拖到街上，又是拳打又是脚踢，有时还把我吊在梁上，可我不是都忍过来了嘛！……

我由此而联想到城市里患失眠症的人越来越多，而病因多是各种各样的痛苦。我于是推测：人类的神经在变得越来越敏感，而且承受痛苦的能力在日渐降低。这样，尽管人类制造的痛苦的分量和质量在不断减轻，但因为人承受痛苦的能力也在日益降低，痛苦对于人们的压力却仍和先前一样。

这个推测能不能成立？

我的《豫西南有个小盆地》并不仅仅想去证实这个推测。

我在盆地里观察到一种现象：只要有一些人在人为的痛苦中浸泡，附近就肯定有另一些人在快活地发笑；只要一个人在痛苦，那他在这之前或在这之后就肯定有欢乐的时候。我于是觉得，人世上的欢乐和痛苦实际上相等，它是悬在人类头上两个巨大的自动控制流量的水库，两个水库的流泻量永远在追求平衡，痛苦向这里流，欢乐即向那里去；欢乐在这个时候流过了，痛苦以后就要补上来。因此我想，人们得到了欢乐不要忘乎所以，人们接受了痛苦也不必寻死觅活，要相信二者早晚还要互换。不必乐煞，也不必苦煞，你在高兴欢乐时，就要准备迎接痛苦；你在痛苦中挣扎时，也要准备迎接欢乐。

既然痛苦和欢乐紧紧相连，那我只要写出了痛苦也就写出了欢乐。痛苦的文字的背面，肯定就印着欢乐。人们只要正视现在的痛苦，就能预见将到的欢乐。只写欢乐反会让人生出一种恐惧，因为欢乐过后就是痛苦；写出痛苦才会让人感到无忧，因为痛苦过后就是欢乐。痛苦——欢乐——痛苦——欢乐……这是一条巨大的圆形链条，先从哪一段说起都应该允许。有人愿先说欢乐，有人愿先说痛苦，无论从哪一段说起，说的其实都是这个链条中的一段。

我的《豫西南有个小盆地》，说到底写的也是欢乐。

我们都被偶然左右

一个人能不能来到人世上,并不取决于他自己,而决定于他父母心血来潮时的一次偶然交合。是一次并不知道一定会孕育生命的偶然交合,决定了一个人的诞生。

一个人被车撞成残废终生坐入轮椅,是因为他恰巧在那个时候走到了那个地方。如果那一天他不出门,或者出了门而不在那个时间抵达那个地方,那他就会避开那次车祸从而避开了残废。偶然事件经常决定我们是否平安地活着。

一个人在考大学那天刚好发烧,考题他本是都会做的,但昏昏沉沉的脑袋使他无法写完面前的考卷,于是他便失去了考出好成绩从而升上大学的机会,他从此开始在小学里当民办教师。他的一个同届同学后来告诉他,他如果那次考上那个专业,会和许多同学一起被派赴美国留学。倘是没有那天的偶然发烧,他的命运将会以另外的形式展开。偶然事件常把我们通向好运的道路截断。

一个男人找上这个女人做老婆而不是那个女人做妻子，也常常来自偶然。或是因为两人的一次偶然接触从而动了爱心，或是因为他人的偶然起念出来做媒，或是因为双方父母偶然动了做亲的念头。

许多大事，你从它的结尾上溯寻找，到最后你会发现那最初的起因竟是一个微小的偶然事件。

一部好作品的写成也带有偶然性，创作者最初的灵感是偶然得到的，写作过程中可能又偶然得到了某一点启悟，写成后又碰巧落到了一位好编辑手中。

即使是大作家，好作品也不可能成串地写出来。

不要抱怨作家这段日子为什么写不出好东西，因为我们都被偶然左右，也许明年的收成会好些？

初约

如今回想起来，我和文学这个魅力无穷而又性格乖张的姑娘正式开始约会来往，是在山东肥城。

肥城是鲁西的一座不大的县城，以出产一种大大的皮红肉甜的肥桃而闻名于世。在我未穿上军装之前，我很少在地图上留意到这个地方，根本不知道它会成为我人生之路上的一个重要驿站，更不知道它还是我文学之旅的起点。

我是在半夜时分和几百名同乡一起坐火车抵达肥城的。我们排成四路纵队通过陌生而空寂的县城大街，到达城东五里处的营房。抵达异乡异地的新奇和对未来军旅生活的想象使十八岁的我兴奋异常，我差不多睁着眼在床上躺到了天亮。

天亮后便是紧张的新兵训练生活。这种生活里有一件事引起我特别的兴趣：新兵连领导要求每个班有文化的新兵及时把本班的好人好事写成稿子，在开饭时站在饭堂里朗读。

在一百多人面前朗读自己的文章，这是一个表现自己才华的机会。我很乐意借此机会让人知道我在中学里作文写得很好，于是就常在业余时间写点这类稿子。写稿子时我总堆砌些华美的词句，而后站在饭堂里声调抑扬地读。今天想起来，这些在饭堂里朗读的文章，该是我最早的“散文”作品了。

三个月的新兵训练结束之后，我分到了驻扎在城西的指挥连。连队的驻地和煤炭三十二工程处的大片宿舍区毗邻，每天都有一些穿着时髦的姑娘走过营区。那时正是解放军人见人爱的时候，那些腰身丰腴的姑娘们就常把目光转到当兵的身上，我们这些当兵的见状自然高兴，训练起来也就格外精神。连队里有几块黑板，指导员把出黑板报的任务交给了我。为了让战友们也为了让进出营区的那些姑娘们见识见识我的粉笔字和文章，我办板报办得特别卖力。每当我用粉笔在黑板上抄完好人好事一类的稿子而黑板上仍有空白时，我会写些诸如“革命战士英雄汉，不怕苦来不怕难，只要领导命令下，敢赴火海上刀山”一类的顺口溜；而且写完之后，总要美滋滋地看上几遍。倘要听见连里有人夸赞我“诗”写得好，便很是飘飘然，以为自己真已是一位诗人了。

连里成立演唱组的时候，我因为“会写”而成了当然的组员。我负责写一些三句半和诗朗诵节目，并兼当二胡演奏员。这段不长的演唱组生活锻炼了我写“诗”——顺口溜的本领，使得写出的东西多少有那么点味道了。也就在这期间，我开始模仿着古代词人按古词牌填词，在笔记本上大约填了几十首吧，所幸的是这些笔记本都丢失了，不至于今天令自己看了脸红。这段时光还有一件事给我留下了很深的记忆，就是演唱组一位江苏籍的战友给我讲述的一则故事，那个故事的名字叫《和“鬼”谈恋爱》。说的是一个年轻英俊的男子，如何利用高明的手段，把一个好端端的姑娘折磨致死，从而酿成了一段爱情悲剧。这个故事给了我很强的震撼，使我感受到了口头文学作品的力量，让我在感情上与文学又近了一步。

后来野营拉练开始，团里要办张油印小报，就把身为警卫排长的我抽去办这张报纸。我既是记者，也是编辑，还是主编、刻版者、印刷者和发行者。当报纸版面缺稿尚有空白的时候，我会顺手刻些：河水，你慢些走，我要对着你梳头；月亮，你不要溜，我要对着你把书读；柳树，你不要摇，咱俩一块把晨光候……这些，就是我最早发表在“报纸”上的作品。

记得拉练到山东德州地区时，部队搞助民生产，要帮助老乡们挖一口蓄水的大水塘。这时领导交代我这主办拉练小报的主编，为促进挖塘工程早日完工，出一期文艺专号以鼓舞士气。我接受任务后很高兴，便四处征稿，可各连队写文艺稿的人太少，眼看临近刻印时还没送上来几篇，我便决定自己写。我用了几个笔名，分别写了诗、散文、小说，而后开始刻印。这张大部分印着我个人作品的专号发到连队之后，听到了不少赞扬声，连素日威严的团长也夸奖了我几句：报纸办得不错嘛！这使我很是得意了些日子。可惜那些油印的拉练小报后来都丢掉了，要不然，在上边还会找到不少自己的早期作品哩。

那个岁月里，在小说、散文、诗歌和报告文学诸种文学体裁中，诗歌是皇后，其他的都是婢女。在诗歌中，政治诗——和社会政治生活有联系的诗是正宫娘娘，其他的诸如爱情诗等，则是失宠的妃子。也因此，我那时对政治诗特别钟爱，见到报上发表的这类诗，就急忙抄录下来，直抄有几本子。而且也模仿着写。到 1976 年清明节前，自己已写了不少“政治诗”，我记得其中有一首题为《别只说》：

别只说斗争，
不是还有友情？
别只说提防，
不是还有开诚布公？
别只说暴风骤雨，
不是还有细雨和风？
别只说奋斗，
歇一歇难道就不行？
别只说坚定，
有时犹豫也合乎人性！
别只说上层，
也说说普通百姓。
别只说思想武器，
也讲讲油条大饼。
别只说未来的灿烂，
也谈谈时下的照明。
别只说形势大好，
该看看工厂的情形。
别只说丽日白云，
也仰头看看星空。
别只说勇往直前，
也提醒脚下还有陷坑。
别只说“红彤彤”，
大地上不是还有绿色草坪？……

这是一首并无艺术感染力但还有些模样的顺口溜，自然无处发表。可在当时，连自己也被这首所谓的自由体政治诗所激动。没有办法，我那阵尚在文学创作幼年期，不可能具备自我批判能力。

正式写小说是在当了宣传干事之后。此时我仍无什么艺术准备，却不知天高地厚，上来我就要写长篇小说，而且发誓要一鸣惊人。记得当时是想写一部反映在台湾的大陆籍老兵生活的长篇，我四下里找了不少资料，回来就把自己关在屋里阅读、虚构。我写了差不多有一年，用铅笔写成的草稿摞了厚厚一堆，但写出来后就连我的好朋友们也不愿读它。那堆草稿后来一直放在我的宿舍里，直到几年前才把它们销毁。当我用火柴在垃圾堆旁点燃这摞草稿时，我知道我是在焚烧自己对文学的一份痴情和成吨的无知。

不久之后我又迷上了电影剧本。着迷到见到电影剧本就读，不管质量好坏，一律迫不及待地搜求。接下来就模仿着写。记得是写了三个，可怜这些剧本投寄出去后大都声息全无。有一个虽然安徽电影制片厂表示了点兴趣，但几经折腾也终于未能有什么结果。

一连串的失败迫使我开始了思考，让我意识到了两点：其一，自己必须先沉下心来读书，在艺术上有一番准备了再开始动笔；其二，不能东一榔头西一棒槌地干，不该像绿头苍蝇似的乱飞乱撞，必须选准一条路集中全力走下去。

失败让我开始感受到文学这个魅力无穷而性格乖张的姑娘还十分冷酷，她虽然可以赴你的约会，但她决不允许你向她的身边靠近，更不给你亲吻她的机会。所有想走近她身边并想揽她入怀的人，她都要求你拿上昂贵的礼品：才能、心血和汗水。

我渐渐告别了我对文学这个行当的无知和蒙昧，早先的那份狂妄已经不翼而飞。我开始变得小心起来，我差不多是惶恐地迈动双脚，向——短篇小说——我选定的第一个目标走去。

倏然之间，竟已届中年了。年龄虽然添了不少，但回首初始的起点，发现自己其实并未走出多远的距离。竖在起点的标志杆还依然清晰可见。而且搭眼向前方望去，只见路径仍被浓雾和密林遮掩。在未来的行进中自己会不会迷路甚至掉进陷阱，还并不能论定。

一切尚在未知中。

生活短议

在文学艺术家中,关于生活问题,一向就有争论。一部分人认为,要想创造出优秀作品,必须深入到生活中去;另一部分人认为,文艺工作者其实每天就在生活之中,对生活原本就很熟悉,没有必要再去深入生活。证据是一些没有深入过生活的人照样能写出、画出很好的作品。我以为,所以会引起这样的争论,是因为大家对生活这个概念的界定不同。虽然争论双方都说的是生活,实际上所指的生活内容并不相同。

我们在文学艺术这个范围内谈论生活这个概念,它所指的内容主要是两个方面:一是私人生活,一是社会生活。私人生活不会不反映出一定的社会生活内容;社会生活的很大一部分又是由私人生活构成的。这两个方面既相互包容,又可以相对独立。私人生活的内容,既包括个人肉体上的成长、成熟与患病、衰老的过程,也包括个人的精神生活和情感经历,还包括个人的谋生过程和物质生活状况。社会生活的内容，也大致可以区分为三个层面：第一是某一领域的生活；第二是某一地域的生活；第三是某一民族的生活。

当我们以私人生活为自己作品的表现对象时，我们当然没必要再去深入生活，因为我们本身就是亲历者。所有的私人生活画面都在我们的心里留下过印痕，我们进行创作时，它们会自动涌来眼前。

但当我们把社会生活作为自己作品的表现对象时，就有了一个深入生活熟悉生活的问题。比如，你要写要画科研领域的人或事，没有对科学家工作方法、工作场所、工作艰辛过程的了解，你不可能写出画出好作品；你要表现四川盆地这一地域的生活，不到四川盆地去亲眼看一看那里的百姓过日子的情景，没有对四川盆地风土人情的了解，你怎么可以写好画好？当你要用自己的作品去表现藏民族的生活，不去西藏和藏民在一起生活一段日子，你就不可能完成任务。

任何一个作家和艺术家在进入创作时，他的私人生活都会在其中发生重要的作用。这里说的重要作用有三个意思：第一，私人生活可以成为直接的创作题材；第二，私人生活经验可以成为虚构和想象的原始蓝本，当我们对作品中的人物心理和行为进行想象和刻画时，我们依托的是自己的私人生活体会、经验和经历；第三，私人生活中的烦恼和痛苦、希望和绝望、激动和快乐，都可能激发起我们新的创作冲动，为我们提供进入创作的契机。正是因此，我们每个作家艺术家都应该善于使用自己的私人生活资源，要不断对其进行丰富和保护，不能滥用。

作家艺术家当然可以去表现自己的私人生活，而且这样也可能创作出很好的作品，这已为文学艺术的发展史所一再证明。但社会既然为作家艺术家创造了生存条件,它就要求作家艺术家对社会有所回报,回报的内容就是用作品来表现社会生活,从而对人类社会的发展与进步产生影响。古今中外的大作家大艺术家的重要作品中,表现社会生活的都占着很大的比重。比如维克多·雨果的《悲惨世界》,比如列夫·托尔斯泰的《战争与和平》。

军队生活是社会生活的一个领域,作为军队的文艺工作者,没有理由不去对其进行表现。我们军队文艺工作者当然也可以去表现自己的私人生活,但既然军队把你编入它的队伍序列,军队就给了你一份责任。记住这责任并用自己的作品去表现军队的生活,其实并不容易。说不容易,是有两方面的原因:一个是军队生活丰富复杂,熟悉它把握它很不容易,野战军和地方守备部队的生活就不相同,海军、空军和陆军的生活更是差别很大,院校和医院的生活也有很大不同。熟悉任何一个方面的生活都需要花大精力。另一个是超越升华不容易。把军队生活作为表现对象,其实并不是文学艺术作品的最后目的,文学艺术作品的最后目的,是要超越具体的描写对象,升华为对人、对人生、对人类社会、对人类社会与大自然关系的认识,从而提升人的文明水平。我们现在的很多表现军队生活的文学艺术作品,还仅仅停留在写了军人,并没有由具象上升为抽象,没有恒久的思想和艺术魅力。

无论是私人生活还是社会生活,都是一个海,看透和说清这个海都不太可能。

倾听

我喜欢倾听。

春末夏初，我喜欢坐在小麦地头，去倾听风摇麦穗的声响，飒啦飒啦飒啦，那声响一波一波地涌进心里，让人感到舒畅而熨帖；金秋时节，我喜欢坐在田埂上，去倾听风拂玉米叶子的声响，呼哗呼哗呼哗，那声响如海涛一样，使人心旷神怡。听着这些声响，我闭了眼也能看见乡亲们在田里劳作的身影。

在有月光的夏夜里，我喜欢拿一领竹席铺在村边的草地上，而后躺下去倾听夜声。青蛙的，蟋蟀的，蚯蚓的和其他不知名的虫儿的叫声，高高低低，错错杂杂，让人听了心里分外安宁，会不知不觉地沉入梦中。

我很爱坐在城镇里那些小酒馆的一角，去倾听喝酒者的高谈阔论，听他们互相劝酒，彼此骂娘；听他们议论国事，发泄牢骚；听他们说家长里短，谈黄色笑话。这种倾听使我对底层社会有一种深切的了解，使我对普通人不存隔膜。

我愿意坐在幼儿园的游戏场边，去倾听孩子们的笑闹声，那欢乐的、稚气的、天真的、无忧无虑的笑闹声，能让我在恍惚中返回到自己的童年，重新体验到生命的快乐，使自己的心又变得年轻起来。

我喜欢坐在社区绿地旁的石凳上，去倾听白发老人们的交谈。听他们谈自己身体的不适，听他们夸耀自己的儿女，听他们讲陈年旧事，听他们述说对死亡到来的准备。倾听这些，能使我了解生命末段的情景，能使我挣脱身外之物的束缚从而变得宠辱不惊，能使我更深切地感受到生命的确是一个过程，能使我活得和写得更从容。

我还愿意去倾听伤心者的哭诉。每当我发现有人坐那儿哭诉什么时，我总愿凑上前去倾听，听听他们诉说的内容。这个世界上苦难的种类太多，我们个人经历过的只是其中很小一部分，听听别人遭遇的苦难，对自己走好今后的人生途程会有好处。

我也愿意去倾听得意者的吹牛。每当我发现官场和其他名利场中的得意者在眉飞色舞地吹牛时，我都要走过去倾听，听听他们声音里的那份志得意满和不可一世，听罢之后你会在心里感叹，人其实是一种多么短视和渺小的动物，他竟然看不到一百年之后！一百年之后，你那份得意还会有谁去赏识？还会有几人能去记住？为何不能用平常心对待自己得到的那点东西？

我喜欢在暴雨到来时隔窗倾听暴雨所造成的那种声响，那铺天盖地的声响会使我对大自然生出一种恐惧，会使我想到人的生命其实很可怜，大自然一旦发怒想要毁灭你实在很容易。

我喜欢傍晚坐在阳台上倾听远处的市声，那由人、汽车和其他机械造成的声响，会使我感受到城市的活力，使我觉得那是城市的心脏在跳动，使我知道外部世界在活着，对明天不必太忧虑。

倾听带给了我很多乐趣，引发了我许多思考，对我的创作当然也会有益。

我也因此更愿倾听。

倾听是我们感受和了解外部世界的一个途径，一个以写作为生的人，不应该漠视这个途径。

造物主既然给了我们双耳，我们就应该好好利用它们。

不要因为忙碌因为生活的纷繁复杂因为心绪的不断变化而忘了倾听。

世纪末致外国读者

在20世纪即将过去的时候，我特别想对喜欢读我作品的外国读者朋友们说一声谢谢。我那些描写我的故乡南阳盆地历史和现实生活的小说，像《香魂塘畔的香油坊》《步出密林》《银饰》《向上的台阶》等作品，能够为外国朋友们所喜爱，更鼓起了我写作的信心和勇气。在这个小说读者日渐减少的时代，我却依然迷恋小说写作，我是个除了写作别无所长的人，在即将来临的21世纪里，我将继续从事小说的创作。

21世纪，我还将讲述一些有关南阳盆地人昨天和今天生活的故事。讲述他们如何和命运抗争的故事，让更多的人了解他们在抗争过程中的胜利和失败，欢乐和哀伤，希望和绝望；讲述他们如何珍惜“爱”的故事，让更多的人了解他们如何把“爱”撒向四方，让“爱”充满自己的生活；讲述他们如何享受生命快乐的故事，让更多的人了解他们如何乐观地面对世界，自豪地繁衍生息在华夏大地上。我会把一些盆地人生老病死的人生过程，把他们喜怒哀乐的情感经历，把战争、灾荒、动乱、和平等等他们所赖以生存的社会环境，都讲出来。从而让世界了解那个不大的盆地，并通过那个盆地来了解中国；让世界了解盆地人，并因此了解中国人。

21 世纪，我在讲述各种各样的人生故事时，会更注重去发现人的内心世界的奥秘，会去寻觅人性各个隐秘角落里的东西，会去观察人的心理变化的奇妙景观，会去描摹人的意识流动的怪异图像，会从各个角度去审视人，从而加深对人的内宇宙的认识。人是一个奇妙的生物，他既是幸福的创造者，也是苦难的制造者；他既可以面对一个伤者流下同情的泪水，又可以举枪毫不犹豫地去射杀一个同类；他前一分钟还是满脸苦痛，后一分钟又满面笑容；他有时吃野菜、野草能活下去，有时吃大米白面却还要悬梁自尽。要把人弄清楚的确不容易，可小说既然是写人的，小说作者既然是把人作为研究对象的，就应该争取去把人琢磨得透一些。

21 世纪，我在展示人的内心世界的奥秘时，会努力使用一些新的手法，谁都知道，写什么和怎样写，是折磨小说家的两个主要东西，而后者是比前者更难的问题。即使是一个老故事，只要换一种讲法，就会使它产生新的魅力。可要创造一种新的写法或讲法，又是那样的不易。搭眼望去，几乎每一个新的出口，都有前辈作家站在那里。但我们不能总是跟在前辈作家后边模仿，总是重复自己，我们必须进行新的创造。我想，看待事情的角度有无数个，讲述者的身份可以有许多种，述说者的口吻有许多样，文字的组合方法又是千变万化，只要潜心琢磨，精心营构，会有新的表现手法被自己发现。

21 世纪会是一个更加热闹的世纪，人类在这个世纪将有更多新的发现和创造。现在已有人预言,人类将在这个世纪里开始星际旅行,使自己的生存空间得到更大的拓展;人类将揭开人体基因组的秘密,将攻克癌症等一系列疑难病症,从而使自己的寿命延长到百岁以外;多倍于音速的超高速飞机和无污染的高速汽车将会出现,使人类的交往更加方便;计算机网络将会覆盖大部分家庭,使人类的语言文字交流更加便捷,大部分企业工作人员将在家里和路上工作;人工智能将会有出乎意料的巨大发展,专家系统将接管大多数程序性工作,很多人将失业——即使这些预言中的一半得以实现,人类的生存境况也会发生很大的改变,生存境况变了,人的心理、情绪、精神也都会发生变异。要写好 21 世纪的人并不容易,要把 21 世纪的小说写得让人爱看更不容易。因此,小说家面临的挑战也更加严峻。作为一个迷恋小说写作的人,我对这种挑战已有比较清醒的认识。

小说作为一种精神抚慰剂,过去曾抚慰过无数人的心灵。随着现代社会中生存竞争的加剧,人的精神受到的压力越来越大,心灵也变得更加脆弱,这个时候,我们从事小说创作的人,用自己的作品去对他人的心灵进行抚慰,这是一件上帝看了也会高兴的事。也正是因此,在未来的新世纪里我对小说创作不会放弃。

不管未来世界发生怎样的变化,小说,我都会依然钟情你!

漫说军事文学

(一)军事文学的发展应三层并进

文学作品作为一种精神产品,自 20 世纪初开始,在世界范围内,已逐渐开始分层发展。它的第一层,面向的多是社会的精英人物,读者的文化素养高但数量不多,其特点是思想含量大,思考深邃,艺术形式独特新颖属于原创,对一个民族的精神有着启蒙和启迪作用,对一个民族的艺术创新能力具有激励和激活作用;它的第二层,面向的是社会中衣食不忧的人群,迎合他们的阅读趣味,供他们消遣,其特点是时尚,且有一定的思想认识价值;它的第三层,面向的是社会底层的普通人群,其特点是娱乐性强,思想含量低微,供即时消费,艺术表现形式则不需创新,沿袭传统即行。中国的军事文学作品,如果细加分析，其实也分这么几层。如果承认这一点，则发展军事文学，就应分层指导，使其三层并进。

首先，要大力发展军事题材故事的创作。故事是小说的雏形，有一定的文学性。而爱听故事又是人的天性使然，所以我们一定不要轻视故事的创作。今天的网络文学，喂给读者的，其实大多是有一定文学性的故事。应该鼓励我们的一部分业余作者和专业作家，去写军事题材的故事，然后在网络上发表，去占领这个正面宽广纵深很大的阵地，让很多游荡在网络上的青年人，受到我们军人的影响和熏陶。也可专办一个《军营故事》的刊物，让广大的基层干部战士在工作和训练之余去阅读，使他们在疲劳中一笑并受到有益的教育。每次的军队文艺评奖，也应把这类作品单列一项，评出好作品，以示鼓励。上海市办的《故事家》杂志，已经给我们在这方面做出了榜样，它的读者群非常大，影响惊人，就我所知，很多人最初就是由读它而对文学发生了兴趣，如今，连一些大作家也为它撰写稿子。

其次，鼓励作家去写军事题材的畅销小说。就像美国作家汤姆·克兰西那类的小说，有惊险的场面，有爱国的情怀，有浪漫的欢爱，有对先进兵器的介绍，有对未来战争进程的想象。汤姆·克兰西的小说一卖几百万本，几乎所有小说都被拍成了影视作品，他本人已经成了名副其实的富翁。如果我们的军事题材作品能一部卖上三百万本，那必将极大地扩展军事文学的影响，吸引全国人民的注意。

接下来，对少数具有艺术原创能力，又不为各种诱惑所动，能安于清贫生活，潜心于艺术探索的军事文学作家，则注意了解他们的创作计划，不急功近利地向他们提出获奖要求，不在完成时间上催逼，任他们在精神之域和艺术之海里自由游动,使其在极放松的心境里进行创作,鼓励他们写出呕心沥血之作。也许过一个时期,就会有一部或几部作品,能够经受住时间的严酷淘汰,进入我们国家的艺术宝库,成为经典,长久地流传下去,从而成为我们民族在精神领域可以引以为傲的东西。如果真的做到了这点,后人在考察这些作品的诞生背景时,他们一定会对我们军队今天的艺术生产的组织者,表达他们由衷的敬意。

(二)暂锁库门　再去淘金

中国的军事文学发展到今天,收获已相当丰富,仓库里已是琳琅满目,我们已有理由眉开眼笑感到骄傲。但和淘金者的心理一样,我们不会满足已有的金块,总还想淘到更多的东西。从这个意义上说,我们还有很多工作要做。

首先是要继续营造利于创作的外部环境。所谓利于创作的外部环境,我想主要是指三个问题:其一,是要抛弃对文学的狭隘的实用主义的态度。我们不能要求文学作品立马就要对本单位的工作起到推动作用,要立刻发生效力。如果用这种实用主义的态度去组织创作,那就不可能出好作品。我们知道,文学作品是对人的心灵发生作用的,这种作用的释放过程很缓慢,是润物细无声的,甚至是很难发现的。领导者组织者抛弃了实用主义的态度,作家在创作时才能心态从容。其二,是要宽容有毛病的作品。作家创作文学作品和工人在生产线上生产一样,会时有次品出现。一旦出了次品,领导者不能动辄就严厉惩处,应和风细雨指出问题所在。这样,才能使作家不紧张、不害怕,从而心态放松地去重新写出好作品。其三,是要完善奖励机制,使好作品能得到好回报。商品经济社会的一个重要法则，就是要求有投入就要有回报。作家的创作是一种艰苦的精神劳动，要求有回报是正常的。你如果不给好的回报，作家就有可能被有好回报的行当吸引过去从而放弃军事文学写作。

其次是作家要做好充分的艺术准备。外部环境再好，作家没有创作出好作品的本领也是白搭。这种本领也就是我们说的艺术准备。艺术准备一般包括四方面的内容：一是调遣文字的本领，也就是艺术地排列文字的本领。文学创作，在一定意义上来说，就是一个排列组合文字的过程。同样的文字，因为排列秩序的不同，获得的阅读效果也完全不同，作品成色的高下，很大程度上依赖于语言——文字的排列组合。二是关于描写对象的知识。你要写到军舰，就要有关于军舰的知识；你要写随舰远航的女军人，你就要有关于女人生理的知识；你要写的远航女军人是个医生，你还要有医学知识。三是思考你要表现的那段生活的能力。同样写和平年代的军人生活，有的作品让人读后陷入沉思获得启迪，有的作品让人读后就忘，这很大程度上就是因为作家思考生活的深度不同，作品中发散出的思想魅力不一样。四是叙述的技巧。同样一个故事，因为叙述角度、叙述节奏的不同，获得的阅读效果也不同。作家在创作之前，没有对叙述技巧的把握恐怕不行。在外部环境具备之后，谁的艺术准备充足，谁就可能最先写出好作品。

军事文学领域是一个大有作为的领域，这个领域所藏的金子一点也不比别的领域少，只要愿意在这个领域里辛勤搜寻劳作，肯定会获得丰厚的回报。金块会有的！

（三）军事文学创新短说

一个军队作家，一个文化建设的参与者，要想创新，有三点当注意：

首先，要有强烈的创新意识，不为金钱搞重复性的写作。在今天的市场经济条件下，写作和市场的联系，变得日益紧密，一个作家的书能否被市场承认，获得一定的印数和版税，成为衡量作家成功与否的一个重要标准。这当然无可厚非。但我们一定要认识到，市场在用金钱鼓励我们写作的同时，还同时在不断鼓励我们向平庸的方向滑动。有时，不用创新而写出的东西，反而能产生很好的市场效应，使作者获得不少的金钱。毋庸讳言，在我们的作家队伍中，存在着为了金钱而进行重复性写作的现象，不是重复别人写过的故事，就是重复自己写过的人物；不是重复别人使用过的叙述视角，就是重复自己使用过的结构方式。这样重复生产的东西，因省心省力，自然产量就高，卖得的金钱就多。但这种给人以似曾相识之感的作品，不可能有长久的生命力，不可能产生恒久的艺术魅力，不可能有很强的征服读者的活力。我们军队作家，尤其是我自己，应该对市场的金钱诱惑保持一分警惕，要在写作时有一种强烈的创新意识，如果没有新的思考，没有新的发现，没有新的创作冲动，宁可再沉淀一些时日动笔，也不要去进行重复性的写作。

其次，要有创新的勇气，不怕别人说三道四。一个作家仅有创新的意识而没有创新的勇气，是不可能进行创新的。创新之路从来都不是一条平坦大道。你要想创新，就要做好受到轻蔑、责难、挖苦、讽刺、批评和赚不到钱的精神准备。任何一种新东西包括新的文学作品，当它刚刚诞生时，并不是每双眼睛都能识别的，并不是每个人都能欣赏的。因其新，人们固有的欣赏习惯受到了挑战，人们固有的评判标准受到了挑战，人们固有的艺术观念受到了挑战，就可能会产生争论，可能受到漠视，也可能受到排挤。回首中外的文学发展史，这样的例子不胜枚举。所以，一个作家要进行艺术创新，必须具有不怕失去什么的勇气。

再者，要有创新的知识准备，不企图建空中楼阁。文学领域的任何创新，都是建立在一定的知识准备基础上的。这方面的知识准备，我想最重要的是两条，一条是对我们中国文学传统的熟悉。创新是在传统基础上的创新，你只有熟知我们中国小说的叙述方式，熟知我们中国小说的美学标准，熟知我们中国小说的演变历史，你才有可能创作出不同于传统小说的新小说。另一条是对国际上文学大国文学发展态势和趋势的熟悉。创新是对他人的超越，你没有熟读国际上一流作家的主要作品，不知道他们在创新之路上已抵达了什么位置，不知道他们关注的生活内容和使用的叙述手段，你想写出比他们还新的作品，那怎么可能？当然，这种知识准备还有很多方面，包括哲学上、史学上、经济学上的种种知识，都是作家所必须懂得的。你的知识准备越丰富，你创新的成功率才越高，你写出让人耳目一新的作品的可能性才越大。

（四）军事文学创新再说

中国和世界的文艺发展史，都是一部创新史。文艺是人类所从事的所有事业中，最喜新厌旧的一个门类。在这个行当里，谁拒绝创新，谁就会被无情地抛弃。

我想，开拓军事文学的新天地，就要寻找前人没有涉足的新的生活领域。凡是前辈作家和同代作家已经涉足过的生活领域，倘若没有新发现，我们就尽量避开。军人的生活领域十分宽广，活动空间非常阔大，纵的看，几千年中华大地上数不清的战争，都可以进入我们的笔端；横的看，西藏的边防战士和东海舰艇里的军官身上，都有我们可写的东西。作家没必要拥挤在一块地方去写。人家写了抗日战争，咱可以去写抗法战争；有人写了鸦片战争，咱可以去写淝水之战；别人写了淮海战役，咱去写解放洛阳。总之，最好去找一块别人还没发现和涉足的地方。在表现当代军队生活方面，有人写了军事演习，我们就不必跟在后边再去写演习，可以把军人的活动场景安排在演习场以外的地方。这方面，作家麦家做出了榜样，他不跟风，他去写军人在破译反破译方面的斗智，给人以非常新鲜的感觉，一下子成功了。

要发现别人没给予注意的人物。凡是前辈作家和同代作家写过的人物，倘若没有找到新的视角和对人物新的理解，咱就避开。现在写女兵的人很多，但那些女兵的面目却十分相似，这就很难让人记住。我想，别人写好了一个女兵形象，咱就偏不写女兵，咱写一个由地方大学入伍的男博士，他专业上很强，对部队的规矩却一点不懂，找对象高不成低不就，在生活中闹出一连串的笑话，这样的人物就容易和他人笔下的人物区别开来。还有，现在写团长、师长、军长这类指挥员的人很多，这当然好，可不少的指挥员脾气、性格和行事方式都有些一样，让人觉着不新鲜。我觉得，如果你写不出新的团长、师长和军长形象，你可以去写一个经常和红包打交道的外科军医，去写一个常常挨批的后勤股长，去写一个颐指气使的财务科长，去写一个负责武器进口谈判的助理员，去写一个驻外武官，去写一个军队外事翻译，去写一个从事军队气象预报研究的科学家，说不定还能成功，还能让读者对军队生活有新的认识。

还有，就是构置别人没讲过的故事。小说是离不开故事的，我们的前辈和同辈作家已经讲过了太多的故事，以至于我们后人只要稍不留意，讲出的故事就会给人以似曾听过的感觉。如今，有一个故事套路正被我们的军队作家反复用着，那就是有一个平民出身的男军官或女军官，与首长的女儿或儿子发生了感情纠葛，经历了一番曲折后，终成正果喜结连理或没能成婚留下了遗憾。这个套路是过去公主爱上秀才和皇子爱上民女这类故事的变种，已经讲了许多代了，它所以仍有读者，有很复杂的原因，但我们要创新，就不能再炒这类剩饭了。

再就是创造新的叙述方式。今年获得诺贝尔文学奖的土耳其作家奥尔罕·帕慕克的长篇小说《我的名字叫红》，数十次变换叙述角度，让生者、死人、狗、树、金币和画上的马都参与故事的讲述，给人一种非常新鲜的感觉，获得了很好的阅读效果。我们应该向他还有我们国内的莫言、贾平凹、韩少功、苏童等作家学习，不断创造出新的结构样式和叙述方法，不要让我们的作品总是采用全知全能的叙述视角和线性的故事讲述方式。

创新需要绞尽脑汁，是会带来痛苦的，还会耗费很多的时间，对此，我们每个渴望创新的人，应该做好充分的思想准备。

（五）创造军事文学的新辉煌

回望新中国成立六十年来特别是改革开放三十年来中国文学的发展历史，我们会看到，以军人与军旅生活为主要表现、描述对象的军事文学，曾创造过辉煌。军事文学作品，曾吸引过无数国人的眼睛，曾拨动过无数国人的心弦，曾影响过无数国人的心灵。作为中国文学的一个分支，军事文学在文学这个大家庭中，在一些时间段里，曾起过长子的作用，负过长女的责任。今天，作为后辈军事文学作家，我们有理由也有义务发扬前辈作家的精神，努力创作，争取再造军事文学的新辉煌。

五彩斑斓的当代军队生活，给我们军事文学创作提供了丰富的生活素材。我们共和国的军队发展到今天，各个方面都发生了翻天覆地的变化。官兵的文化素质空前提高，大部分成员都已是知识分子，在我们的队伍里，粗犷和儒雅兼而有之，尚武和浪漫同时并存。我们军队的装备从没有像现在这样好，噪音最低的潜艇，速度极快的飞机，火力很猛的坦克，可携带多弹头的导弹，这些武器既使我们扬眉吐气也给我们带来了空前的训练压力。我们军人抵达的地方和出行的距离从没有像现在这样远，我们的舰艇编队访问多国且远到索马里海域护航，我们的陆军士兵飞到利比里亚维和，我们的军官到俄罗斯军校受训，我们的边防部队在中印边境和印军联合演练，友谊和矛盾，戒备和危险，每天都摆在我们军人的面前。我们的前辈作家经历过战争，这是他们的优势，但他们没有经历过如此丰富多彩的当代军队生活，历史把其留给了我们，我们应该无愧于生活的这份馈赠，去酿成优美的作品。

网络这个快速传播平台，为我们军事文学吸引、聚拢读者创造了前所未有的好条件。如今，世界已经网络化，人们尤其是年轻人在网上阅读文学作品，已成一个趋势。网络传播的一个最大好处是快，一部作品只要在网上一挂，成千上万的人坐在自己家里立刻就可以点击阅读。如今，游荡在网上的三类人群，都是军事文学的潜在读者。一类是兵器的发烧友，这类人对各个时代和各国兵器都有关注研究的兴趣，对新的兵器如数家珍；另一类是局部战争的关注者，这类人热心关注着近些年世界上发生的每一场局部战争，对海湾战争、科索沃战争、伊拉克战争、阿富汗战争、车臣战争的进程和双方的战法都有研究的兴致；再一类是战争题材影片的热爱者，他们对世界上各个国家拍摄的战争题材影片都有了解，经常在网上讨论点评其优劣之处。这三类人都是军事题材文学作品的潜在读者，只要你写得好，一上网，点击率就会很快上升，作家一夜蹿红的事随时可能发生。网络这个快速传播平台，是我们前辈作家所没有用过的东西，这是时代赠给我们这一代作家的最好礼物之一。

军内一批有实力的年轻作家的出现，为我们军事文学再创辉煌打下了人才基础。现在，全军各大单位几乎都出现了一批二三十岁的年轻作家，有的已经进入了创作室，这些人大都是大学毕业，知识基础宽厚，艺术感觉好，有自己的语言追求，有艺术反叛精神，有强烈的创新意识，他们只要寻找到适宜自己才华展开的突破口，一定会写出好作品的。我们有理由期待优秀军事文学作品的出现，有理由对军事文学的明天充满希望。

小有小的好处

——我看小小说

我写的小小说不多，但我喜欢看小小说。

看一篇小小说耗费的时间不多。有的几分钟就可看完，稍长些的半个小时足够看完了。不像看长篇小说那样，需要几天、几周甚至几月的时间才可读完。在今天这个时间就是金钱的时代，在这个到处都有音像诱惑的时代，这一点很重要，它会把不少人的目光从别的注视对象上争夺过来。

小小说携带也很方便。它们通常都刊载在报纸或小开本的刊物上，不论是在本地参加公务活动还是到外地出差，都可以把它拿在手上，看完扔进字纸篓即可。要携带一部长篇小说就比较麻烦，你得在箱包里专门给它留出位置。现在女士们的手袋大都很小，装一本厚厚的长篇小说颇为困难。

读小小说获得的快感有时一点也不比读长篇小说少。有的小小说写得十分精粹，且蕴含着深刻的哲理，让你读后久久回味；有的小小说选取的生活场景十分新鲜，让你读后惊喜莫名；有的小小说写的人物十分独特，让你读后震怵不已。你从一部长篇小说里获得不到的东西，有时会从一篇小小说里得到。

写小小说时作者承受的压力其实和写长篇小说差不了太多。长篇小说人物众多，某一人物写得不够好常可以遮掩过去；小小说一篇就写一两个人物，其中一个写不好就会砸锅。长篇小说故事长情节曲折，某一些情节写得不生动无碍大局；小小说写的故事都很短，情节上任何不精彩的地方都会被人看出来。长篇小说文字长对话多，语言上有粗糙的地方容易被读者忽略，小小说文短字少，任何一句写得平庸蹩脚的话都会被人挑出来。

小小说和长篇小说的关系，不是儿子和父亲的关系，更不是孙子和爷爷的关系，没有谁尊谁卑的问题。他们是小弟和长兄的关系，你个头比我大，你挑的东西比我多，可我们仍然是平等的。你在家中可以发挥你的作用，我在家中也可以发挥我的作用。我可以尊敬你，但你不能轻视我。

中国文学史上很早就有小小说的地位，中国的笔记小说其实就是小小说。小小说虽然个头小，可先人们从未嫌弃它。在今天这个讲究民主和宽容的时代，我们更应该给小小说创造一个发展和繁荣的空间，以满足人们的阅读需要。

抚慰他人

我是在中原一座小城的一家小音乐厅里看见这四个字的:抚慰他人。

这是这家音乐厅的宗旨吗?

我当时望着那四个字久久没有移动脚步,我不由得在心底对这家音乐厅的老板赞道:写得好啊,你!

在如今这个喧闹非常变化太快的世界上生活,谁没有需要抚慰的时候?不论是经商的还是做官的,不论是打工的还是当兵的,不论是治学的还是种田的,不论是男人还是女人,谁没有身心疲惫的时辰?谁没有孤独苦恼的时刻?

抚慰是一个神奇的熨斗,它能熨平人心上的褶皱;抚慰是一剂镇静的药物,它能使烦乱的心绪归于安宁;抚慰是一只柔软的手,它能拎走压在人心头的重负。

当然,抚慰主要该来自被抚慰者的家人、亲友,但互不相识的陌生人之间,同样可以彼此给以抚慰。

这抚慰的方法其实很简单,有时只是一杯清水。当一个满脸疲惫的路人停在你的门口时,你含笑递给他一杯清水,就会使他心中泛起一股温暖的涟漪。这抚慰有时只是一句话。当一个受了委屈的人站在你面前流泪时,你只需轻轻说一句:想开些,事情以后会弄清的。就可能使他慢慢停止啜泣。这抚慰有时只是一个动作。当一个受到众人嘲弄的孩子窘态毕露时,你只需上前替他抻一下衣襟,就会使他摆脱窘境恢复自信。这抚慰有时只是一个眼神。对一个遭受病痛折磨的人,你只需送去一缕关切的目光,也许就会使他的心里好受许多。这抚慰有时只是一种心对心的理解。比如就在我开头提到的那家小音乐厅内,我注意到一个面孔阴郁的男子走进来坐在桌前闷头喝茶,老板娘发现后,不动声色地在唱机上换了一盘节奏舒缓如水波轻荡的音带,如水一样流动的乐曲终于慢慢洗去了那个男子心里的烦躁,使他的脸渐渐变得柔和开朗起来。

抚慰他人的举动虽然简单,但做起来却需要一个前提条件,这就是要对他人怀有一颗爱心。一个心中无爱的人,很难设想他会主动地抚慰别人。这种爱心是同类之爱、同族之爱,同胞之爱的总汇。我们每个人活在世界上的时间都不长,我们每个人活在这世界上都不容易,应该彼此怀有爱心,应该相互给以抚慰。

我有时不由得猜想,如果这世上人人都懂得了抚慰他人之后会是一种什么情景,我猜,那时这世上将少有争吵,因为人们心中的烦恼、烦躁、气恼都被抚慰化解了;那时这世上将少有哭声,因为人们的悲哀和痛苦将会因抚慰而被稀释了;那时这世上将少有自杀现象,因为人们心中的无望和绝望都被抚慰填平了。

那时的人间,会被温馨和宁静所充满。

有人可能会说这是空想,那就让我来空想一回吧!我多么希望写在那家小小音乐厅墙壁上的那四个字:抚慰他人,也同时写在每个人的心里,写在大地和天空上!

我写小说

我有时想，小说这个东西有点像女人。当她诱惑我们男人去亲近她、爱恋她、以侍奉她为主要任务时，她是一个妩媚温柔可人的姑娘，她把她全部的优点都展露给你，她的一笑一颦那样富有魅力令人心动。而一旦当你陷入了情网，跪在了她的裙下，不想再干别的时，她又摇身一变，立刻变成了一个性情乖戾脾气暴躁的妻子，开始无休无止地跟你吵跟你闹，把你折磨得不知如何是好，把痛苦和焦躁不停地朝你心里塞，弄得你吃不下睡不安再无了干别的事的兴致。

我和小说的关系如今就有点糟糕。我几乎不断地听到她的讪笑：嗨，你看你写的是什么呀?！听到她的抗议：嗬，俺根本不是那个样子，凭什么把俺弄成那模样?！听到她的抱怨：哟，你为啥要这样修改?！听到她的指挥：嗳，应该这样来做……

她知道我已经无力离开她，知道我眼下除了跟她过日子没有别的办法。

我受尽了折磨。

终还是男人，一怒之下就想：我不管你过去是什么模样，不管你现在想成为什么模样，也不管你在外国时是什么模样，既然生产你装扮你的权力在我，我就要随心所欲地干下去！

放松，不急不躁，是我时时提醒自己去做到的。

不要去想别人怎么写，不要去想别人怎么成功，不要去想舆论对别人怎样喝彩，只想自己怎样写手才顺，只想自己怎样写才能把心里要说的话说出来，只想自己怎样写才新鲜新颖，只想自己怎样写才能让读者得到一点享受。

我还时时提醒自己：写作不是一种轰轰烈烈热热闹闹的事业，写作不是一项短跑比赛。

我在按我自己的要求写，只是不知写出来的这些作品读者们是否喜欢。喜欢了，我会高兴；厌恶了，我会歉疚。喜欢也罢，厌恶也罢，这些作品作为我迈步的脚印，已经留在了身后。要紧的是，明天怎么写，写出什么样的东西来。我知道我不能懈怠，作为一只笨鸟，我必须提前离开歇息的林子，向目的地飞去……

面对“希望”

我们今天享有的所有文明成果，都是人在“希望”的驱动下创造出来的。人们希望穿得好一些，才创造出那么精巧的纺织机械和缝纫机器；人们希望吃得好一些，方有糕点罐头做出来；人们希望住得好一些，于是盖出了式样各异设备齐全的楼房；人们希望走得快一些，便有火车、飞机研制出来。希望是文明之母！

人生是什么？人生就是希望的产生——希望的实现或落空——新希望的再产生这样一个过程。希望是一个没有尽头的链，一个希望实现了，紧接着又有一个新的希望出现；新的希望实现了，又有一个更新的希望出现。希望之链最后断在人咽气西去之时，就是在人临咽气前一分钟，希望还存在。不要企望人们的希望满足之后会高兴很久，人们通常并不给自己高兴的时间就又让新的希望萌生出来，人一刻也不能没有希望的支撑。

人们的希望落空之后,便是失望;如果一连串的希望统统落空,就会绝望。绝望是一种极苦的东西,一般人很难吞咽下去,它会迫使绝望者做出一些发泄性的、破坏性的举动,这种举动不仅毁坏绝望者自己,还会累及他人。一个社会中绝望的人超过一定比例,就会失去安宁。

人们的希望有美好、卑劣之分,有高尚、低下之别。有的人为了自己升官希望上司自杀、入狱;有的人为了自己发财希望同行倒闭破产,这类希望你无法禁止它不生出来。

世上所有的作家,其实都是在写人的"希望",写高尚的希望,写卑劣的希望,写希望萌生的经过,写希望实现的艰难,写希望实现后的欢乐,写希望破灭了的苦痛……

自己还能例外?

自己所应该做的,便是面对希望举起笔来!

给"上帝"的报告

尊敬的"上帝"——我的读者们,在你们支持了我十六年之后,我认为我有责任向你们报告一些情况。

我曾经引领你们认识了一些军人、农民、官吏、工业主、手工业者和市民。遗憾的是,他们中的大部分没有给你们留下深刻印象,能让你们记住的可能只是几个农民。或许是因为出身农家这份血统使然,或许是因为对农人熟悉对他们充满感情,我写他们的时候心绪分外自由。今天的农民就整体来说仍然是中国活得最苦的一部分人,关注人类苦难的作家们当然应当关注他们。在我今后的创作中,他们的生活仍将是我要着力表现的东西。

我曾经向你们展现了一些男人和女人的灵魂。可我明白你们很难喜欢我写的这些男人,就我自己来说,我也不太喜欢他们。世界上的绝大部分罪恶和苦难都是男人制造的。死了几千万人的第二次世界大战是谁发起的？几个男人！世界上贩卖毒品以害同类的大集团头目是女人？不，还是男人！劫机并制造空难的罪犯是哪些人？仍是男人！拿枪在森林里捕杀珍稀动物的是谁？依旧是男人！所以我写男人时用的多是冷厉、挖苦的调子。我虽然明白世界上做好事的男人多的是，但我还是想把那些温暖的、深情的颂歌唱给女人。女人中尽管也有凶恶、冷酷者，但她们中的绝大多数是富有同情、怜悯和爱心的。我渴望这个世界上充满宁静和平和，我盼望这个世界上到处飘荡着人们的欢声和笑语，因此我就去写一些满怀柔情的女人。我希望你们能够喜欢她们。

我曾把我对人生的诸种认识告诉过你们，但今天看那其中的许多认识失之片面和偏颇。人生到最后确实像一只盛满水的竹篮，不过当篮里的水流光之后我们可以看清，篮底还是有几颗豆粒的。人生是一条由苦痛、烦恼组成的链环桥，辛辛苦苦过条桥的意义的确值得怀疑，但这链环桥的两边，还是有一些欢乐和美好的东西在闪耀，值得我们沿桥走过去瞧瞧。我们活没活过在十万年之后固然不重要，但造物主毕竟知道我们曾经走过一遭。我祝愿你们每个人都活得好。

我曾把我变革社会的迫切愿望和计划向你们述说过，不过祖先给我们这个社会留下的东西太多了，要对中国社会进行一番彻底的变革并不是一桩简单的事情。这需要我们有很强的耐性和韧性，还要讲步骤和策略。倘若我过去把一些幼稚的、急躁的东西传达给了你们，我得请你们多多原谅。一个美好的、符合人类发展愿望的社会，在我们不断努力下是会向我们逐渐移近的。

我曾经对人类的破坏力进行过谴责，对人类的未来绝望过，我担心我的这种绝望心情也多少影响过你们。其实，谴责属必要,绝望是不该的。人类的确每时每刻都在毁坏着自己赖以生存的外部世界,毁坏森林、毁坏土地、毁坏臭氧层,污染河水和空气。但人类也在逐渐地变得聪明起来,经常召开这样那样的会议,发出这样那样的警告,采取这样那样的措施,力图对这种状况进行改变。收效虽然微乎其微,不过终让我们看到了一种制止毁坏的前景,让我们对未来产生了一点信心:也许我们的后世子孙不必逃离地球,地球依然适宜人类居住。

我知道我应该给你们带来美的享受,带来快乐和欢笑,可因为功力不逮也因为思考的怪癖,我却常向你们讲一些悲惨的故事,抱歉。

今后,我会尽力写下去。

寻找通俗的外衣

市场经济的特点就是要求人们生产的东西都成为商品，中国严肃小说的生产者们在这个规律的作用下多少有点陷入了窘境，出书难、订数低、读者少就是这种窘境的表现。摆脱这种窘境的方法肯定有好多种，用通俗的外衣将自己的产品做一番包装也可能是方法之一。

用社会流行大众认可的“外衣”去裹住自己的真身，从而达到吸引读者注意的目的，这种例子在中国的小说发展史上并不是没有。我们人所共知的小说《红楼梦》，就其思情寓意来说，传达出的是一种有违当朝传统规范，在当时很不易得到认可、理解的东西，但它采用的却是能克服读者逆反心理，在当时流行的最通俗化的章回体说故事的形式。读者们被这种“通俗的形式”吸引，带着消遣的目的去读《红楼梦》，读完后得到的却是对人生、对社会全新的认识和思悟。

20世纪的世界小说发展历史，也曾经给我们提供过这种寻找通俗外衣的经验。当年法国“新小说”派的作家们，就经常采用侦探故事的题材而给自己的小说披上了侦探小说的外衣。他们明白要想使最不通俗化的东西被人接受，就必须采取最通俗化的形式。“新小说”派的主将罗伯·葛利叶的处女作《橡皮块》，是新小说运动的开路之作，但当时的巴黎《文学新闻》周刊只把它称为一部“侦探小说”。罗伯·葛利叶的第二部“新小说”，写的又是一桩奸杀案件。这种通俗的外衣成功地把读者的目光吸引到了他的书上，但读者们读完全书之后，得到的却是他们不曾料到的崭新的东西。

在20世纪80年代中国的小说界，个别的作家已进行过这种寻找通俗外衣的试验并取得了胜利。大家公认的最富创新精神的小说大家王蒙先生，就曾写过“推理”小说（记得曾发在《十月》上）。还有一些严肃作家不断地将凶杀、侦破、武打作为自己小说的题材，并不是因为他们已经堕落，而是因为他们想用这种醒目的外衣去俘虏读者，一旦读者真的陷入了他们的小说之中，所获得的就决不仅仅是一点感官的刺激。80年代部分作家这种试验的成功，不会不给90年代的作家们以启发。

寻找通俗的外衣可能是小说家们应付社会经济发展样式骤变而采用的权宜之计，即使热起来持续的时间也不会很长。小说家们决不会长久让自己屈服于这种压力，只要情况稍有好转，他们会立刻抛弃这种通俗的外衣，让自己的小说穿上他们为其精制的五彩斑斓新颖独特的衣裳。

记录员

祖先们为使南阳盆地变得更美好更宜人居住曾做过无数的努力:千万亩良田的开垦,千百条河道的疏浚,无数幢房屋的筑起,数千条道路的修建……我们今天活着的人,将来也要变成祖先,我们将给后人留下什么?无数的盆地人正用行动向世人昭示:将给后人留下一个拥有现代工业、现代农业、现代商业的富裕繁荣的崭新盆地。那么我,一个只会握笔的不肖子孙,又能给后人留下一点什么?

只能而且应该留下一个“记录”!我将用我这支笨拙的笔,记录下今天盆地人为盆地的振兴、起飞所做的不懈努力。记录下他们和旧的道德观念、政治观念、经济观念诀别时的痛苦,记录下他们在建立新的经济体制、政治体制、人际关系时所经历的磨难,记录下他们顺利前进时的欢欣,记录下他们跌跟头时的沮丧,记录下老年人在新情况面前的惶惑,记录下年轻人在好形势面前的急躁，记录下领导人运筹帷幄的豪迈风度，记录下普通人躬身苦干的辛勤身姿，记录下男人们高兴时的开怀大笑，记录下女人们烦闷时的啰唆唠叨……我不可能记得完全，也不可能记得准确，但毕竟是一个“记录”，后人在研究南阳盆地20世纪末和21世纪初这段历史时，也许会翻翻我这些“形象记录”，如果那时他们在翻完这些记录后发一声感叹：“哦，我们曾有过多么坚强的祖先！”我将会含笑于九泉。

已经有一些人的故事被我记入书里，还有更多的人的故事等待我去记。我会去乡村、小镇、州城生活，我会找老人、小伙、姑娘交谈，我既到麦田、河边、场院，也去大街、小巷、机关。我要努力见得广一些，听得多一些，记得好一些！

盆地既养育了我这个儿子，我虽羁留军旅，客居他乡，也要尽做儿子的一份心意，为她的振兴尽一点绵薄，悉心地写下备后人查验的“记录”！

作家的学习

我觉得一个作家,要注意学习三个方面的东西。

首先是学习我们中国的文学传统。我们的文学先辈给我们留下了许多好的传统,其中有三个传统特别值得我们学习,第一个是文以载道的传统,也就是所写的文章要负载对读者有启示意味的道理。在今天这个强调娱乐至死和只要快感的年代,重学这个传统很有现实意义,我们不能只为了快感写作。第二个是写作要注重感觉,要写真情实感的传统,要确实是在外物感动了自己之后再动笔,要写真情实感。学习这个传统对于我们今天所以有意义,是因为今天纯粹为赚钱的写作太多了,虚情假意无病呻吟的写作太多了,大量掺水的作品太多了。第三个是关注和表现现实,忧国忧民的传统。从楚辞中的《国殇》到唐诗中的《茅屋为秋风所破歌》,从元曲中的《窦娥冤》到明朝的《杜十娘怒沉百宝箱》,从《红楼梦》到《二十年目睹之怪现状》,中国的历代文人,都始终把表现社会现实生活当作自己的主要任务,都在热切地关注着自己身处的时代和身边的百姓。也正因为他们做到了这一点,他们的作品才为人民所喜欢,才千百年地流传下来。我们今天要学习和发扬这个传统,就是要关心和关注我们所处的时代,关心和关注今天的社会生活现实,敢于直面现实,用我们的笔去大胆地褒和贬,表现出鲜明的爱和憎。

其次是向世界上的优秀作家学习。今天的世界,尽管影像作品拉走了很多读者,但依靠文字创造的世界的魅力并未消失。国际上不论是文学大国还是文学小国的作家,都还在努力地创作文学作品,其中有不少作品成为公认的好作品,这些作品仍在深刻地影响着世界各国人们的精神和心灵世界。这些被国际上公认的好作品,要么是对人性有崭新的发现,要么是对人类生存困境有深刻的洞察,要么是对人类命运有深切的悲悯,要么是在文体上有令人耳目一新的创造,要么是在文本结构上走出了新路。我们要向这些作家学习,学习他们敢于创新的胆魄,学习他们观察和表现人性的方法,学习他们打量人类生存现状的角度和气度,学习他们对人类未来命运的忧虑精神。

再次是向当下的民间百姓学习。民间百姓,是社会生活的主角,是时代生活的参与者和创造者,我们写作的素材和写作工具其实都来自他们的创造,他们既是我们的表现对象,也是我们的学习对象。我们向他们学习,主要是学习三个方面的内容:一是他们的生活态度,他们对待家庭、他人、国家、社会的态度,对待苦难、命运、死亡的态度,既会矫正我们的人生,也会给我们描绘人物形象提供指导;二是他们的生存智慧,民间百姓面对险恶的自然环境和复杂的社会环境,总会找到生存的方法,学习他们的这种智慧,既会丰富我们自己的人生,也会使我们手中的笔更加灵动;三是他们的鲜活语言,百姓们在自己的生活中,会根据生活的需要随时创造新的词语,这些词语,饱含生活的汁液,正是我们的创作最需要的。目前一些网络语言和手机段子,就是来自民间的精彩创造。

人类的未来

对人类未来处境的忧虑，可能是今后一些长篇小说的思想指向。

这是我对长篇小说未来走向的一点预测。自然，这带有猜想的性质，准确率不可能很高。

我们这个民族，有嘲笑和嘲弄"杞人忧天"的传统，所以大多数人注意的多是当下的抑或是历史上的事情，即使思考和设计将来，也多是针对社会制度方面的。对所有忧天忧地的人，多斥之为幻想家和神经有病。相反，在宗教意识很强的西方世界，因为他们有末世论，故他们一直在担忧世界末日的到来，一直在警惕地注视着可能加害人类的东西，担心着某种不测的来到。这种思考习惯上的差别，反映在小说创作上，就是在西方作家的作品中，对人类未来的命运，总是流露出忧虑之态。而我们中国的长篇小说，多是对当下的现实社会生活进行思考表现，忧虑民生疾苦的多，忧天忧地忧人类长远命运的少。

但近些年世界上频发大灾大难不仅引起了西方作家的注意，也引起了中国不少作家的警觉。印度洋海啸，中国“非典”大传染，中国汶川大地震，海地地震和霍乱，欧洲火山灰弥漫加雪灾，非洲大旱，孟加拉水患，俄罗斯大火……这一地的灾难刚去，另一地的灾难又起；这一国的灾难救援才结束，另一国的灾难救援又已开始。这种过去没有过的频度，是不是在预示着什么？是不是在警告着什么？它不能不让作家们去想，世界怎么了，地球怎么了，人和自然的关系怎么了？西方的电影界对此已做出了反应，《后天》《2012》等影片让我们看到了西方电影家们对人类未来的深深忧虑。

也是因此，我猜，对人类未来处境的担忧，可能也会出现在我们中国未来的一些长篇小说中。毕竟，大灾大难给人们当然也给作家们留下了太强烈的精神刺激。我们知道，强烈的精神刺激往往会给艺术创造制造契机。我们现在还不知道这样的作品会不会出来，如果出来会出自哪些作家之手，但我相信，这样的作品一旦出来，必会令人耳目一新。

目前，西方的一些科学家仍在对地球上几次动植物灭绝的原因进行寻找，对宇宙中的黑洞和射线对地球的可能影响进行探究，对地球附近可能撞上地球的物体和星体进行观察，这些东西与我们当下的生活当然无关，与我们个人的命运还有极远的距离，大多数人有理由也应该不去关注，但作为人群中担负着思考者角色的作家，不能都扭开脸漠然对之。确实需要有些人去忧天忧地忧长远了。

今天，该改改我们的习惯，再不要去嘲笑杞人忧天了。

夏日琐忆

邻村里有一个新媳妇,长得不是十分出众,腰粗,脸黑,走起路来也不是非常耐看,但人极开通,爱说笑,无论人们同她说什么笑话,她一概不恼。村里的一群光棍,见了新媳妇,自然就在闲时雀跃着往她身边靠,靠近时先嘿嘿一笑,而后开口,问些难听的荤话。对此,新媳妇总是含笑悠然答道:"你们快些找个老婆,找了老婆她会告诉你们的。"于是,光棍们就一阵疯笑,满意地散去。

新媳妇的豁达爽快和那带些荤味的回答,渐渐竟撩起了一个光棍的邪心,那光棍觉着:这新媳妇既然不是那种讲礼法的女人,大约就可以把事情再进一步。于是便在一个黄昏,趁新媳妇单人去村边塘畔洗菜时,悄悄摸了上去,从背后猛抱住了她的腰,一边在口中说些轻狂的话,一边就想做些什么。不料那新媳妇先是猛一蹲,后是猛一撞,便把那光棍撞翻在地,而后迅猛一推,那光棍便往塘中滚去。时值初冬天气,水冷极,且塘水很深。几乎就在光棍落水的同时,新媳妇转身朝村中大叫:“来人啊,有人掉河里了——”村人赶到把光棍捞起时,新媳妇一本正经地叙说:“我刚来河边洗菜,见他正往塘边的那棵柳树上爬,我还没来得及同他说句话,他可就失手掉下了,要不是我看见,他非被塘水冻死不可!”众人扭头问那光棍爬树干啥,光棍只好哆嗦着乌青的双唇承认:“想上树去看看有没有鸟窝。”

众人大笑。

新媳妇也抿嘴笑了。

这故事我是听说的。

1985年深秋,我参加军区机关组织的工作组下部队,调查的情况之一是部队计划生育工作的现状。记得是到了洛阳,驻军机关里的一位干部汇报:如今计划生育工作实在难搞,计划外生育者采取种种巧妙的欺骗办法,使得我们常常是在孩子生下后才知道真情。譬如,我们听说一个干部的妻子计划外怀孕了,派人去做工作,谁料那位干部的妻子在得知来人不认识自己后,竟让她的弟媳出来代替她同人见面。那位弟媳面不改色心不跳地对着来人拍了拍自己的肚子说:“你看我这样像怀孕的吗?你们不要无事生非!”派去的人被弄得面红耳赤,慌慌地退了出来……

我记得我没听完这个故事就哈哈笑了。

大约是在1972年。

我因为胃病住进了泰安138陆军医院。

照管我所在病室的护士姓叶,听说是十九岁。叶护士长得很美,是那种古典仕女式的美:双腿修长,腰肢纤细,酥胸微隆,星眸漆亮,乌发浓极。她说话音小声低,工作勤勉负责,但病员们却故意不服从她的管理,常同她发生争执,每每气得她流出眼泪。我的邻床是个二十二岁的排长,也得的胃病,但病情很轻,并不影响吃喝玩睡,却独在上厕所前捂腹大叫:疼死我了,走不动呀!每当这时,叶护士便一溜小跑过来,伸出白嫩的双臂,吃力地把他搀起,直送进厕所。一日,同室的病友问那排长:"你为什么总是在上厕所时走不动了?"那排长就嬉笑着答:"叫小叶搀搀舒坦!"我听后,眉一皱,对他顿生几分鄙夷,有次趁那排长不在,我告诉叶护士:"他每次上厕所前都是装病,想要你搀!"叶护士平静地答:"我知道。"我当时一怔:"你知道怎么还去搀他?""病人有权撒娇。"

我意外地望定她。

我去老山前线采访。

在一个野战医院的木板房里,我见到了一个三十三岁的女军医。我问她:"在完成任务之余你最愿干的事是什么?"她低声答:"看我儿子的照片。""你儿子几岁?""五岁。"她目光慢慢变散,分明是沉入了对往事的回忆。"我们部队要向前线开拔的前一天,我让儿子随他姥姥回东北老家,但他坚决不愿意,我又不能把打仗的事告诉他,只好用各种理由和借口来哄他走,但一直到火车进站时,他还在抱着我的脖子央求:'妈妈,为什么非要送我去姥姥家不可?我愿跟你和爸爸在一起,我不惹你们生气,我安心在幼儿园学习……'旅客们都已上了车,他仍抱着我的脖子,车马上要开,不能犹豫了,我让他姥姥先上车,然后硬掰开儿子抱我的手,在车要开动的那一刹,把他递到了他姥姥怀里,老人在车上死死抱定他。车开了，我随车在月台上跑，满耳朵里全是儿子的哭喊：妈妈，妈妈——”

女军医的眼中晃出了泪，一滴、两滴、三滴。

我当时不敢再朝她看去。

1984年，初春。鲁中的一座军营。

接到参战命令的官兵们正做着开赴前线的准备，一位班长的未婚妻突然来到了连队。她见了未婚夫没说几句话，便提出当晚结婚。班长闻言急忙摇头：“现在是什么时候？部队正做开进准备，再说，我去前线打仗，枪弹不认人，万一被打死回不来，让你当个寡妇咋办？我不能害你！”那姑娘听后扭身就去了连部找到连长，一边掏出她带来的结婚介绍信，一边语气坚决地要求：“我们今晚要结婚！”连长被她弄得一愣怔，半晌才问出一句：“你为什么非要在今晚结婚不可？”那姑娘面孔霎时红透，但却没有羞意，话语一字一句十分清晰：“他这一去是死是活难说，我要让他把该过的生活过过！”连长听完这话身子一震，说：“好！冲你这颗心，我要为你们主持这个婚礼！”说罢，连长即派人领这一男一女去附近的办事处办理结婚登记手续。晚饭后，这个最匆忙简单的婚礼在连部里举行，全连的干部战士都赶来参加。这是一个从未见过的、气氛最肃穆的婚礼，没有笑声、歌声、乐音，官兵们只无言地吃糖，无言地望着那新娘，无言地听着连长致贺词。最后，当预定的程序结束时，不知是哪个战士喊了一声：起立！所有的人刷的一声站起，一齐自动地向那位搀着丈夫走向简陋新房的新娘敬礼。

第二天天没亮，连队接到了登车出发的命令。新娘把新郎送到了新房门外……

这故事是别人讲给我听的。

我于是记住了那位未婚妻……

这几位女性的形象常在我头脑里交替闪现,终于有一天,她们融合在了一起,成为一个崭新的我从未写过的女人。我于是怀着一腔激情拿起了笔……

乙

列夫·托尔斯泰的劝告

由于过着写作的生涯，在一些心情尚好的夜晚，我会走进和写作有关的梦境。在能够回想起来的那些光怪陆离的梦境里，曾经晃动着许多面孔模糊的前辈作家的身影：川端康成、玛格丽特·杜拉斯、加缪、略萨、福克纳，其中出现次数最多的是俄罗斯的列夫·托尔斯泰。他总是迈着缓慢平稳的步子，由一片碧绿的草地上向我走来，而且边走边向我招手说：你应该争取写得精彩些……

生于1828年的列夫·托尔斯泰，并没有活到1952年——我出生的那个年份。我的生命开始的时候，他的生命已经终结了四十二个年头，上帝没有安排我们见面。但我却从他那里得到了许多好意的劝告，当然，这些劝告是从他的三部译成汉字的书——《战争与和平》《安娜·卡列尼娜》和《复活》里得到的。去了另一个世界的他大概不知道他所写的书对一个中国人的重要,不知道他通过他的书说出的劝告对一个中国写作人的成长发生过很大的影响。

要关注社会底层人的生活,是他用他的书给我的最重要的劝告。托尔斯泰出生在一个贵族地主家庭,他的生活圈子在社会的上层,他接触的多是上流社会的人,他熟悉的是上流社会的生活,照说他该去写上流人士的闲情逸致,去写他们的觥筹交错,去写他们的轻愁别绪,但他没有,他偏去写一个女仆——玛丝洛娃悲惨的命运(《复活》),去写俄法战争中惨死战地的士兵(《战争与和平》)。他的笔下响着底层人的呻吟,让人看了心一下子被抓紧,胸腔里陡添一股沉重,从而使读者在获得审美享受的同时,生出要对社会进行改造的冲动。也就是因了这劝告,我这些年写的小说,讲的大都是底层社会普通人的故事。底层人总是特别希望社会变得更加美好,但愿我的这些小说表达了这种愿望。

要剖析和展现人的灵魂的质地,是他给我的又一个重要劝告。他在《复活》这部小说里,把聂赫留朵夫灵魂的形状和质地极清晰地袒露到我们的眼前,而且把这个灵魂在水里漂洗的过程也细致地呈现了出来,当他最后将那个漂洗掉脏物变得纯洁的灵魂捧到我眼前时,我被深深地震撼和感动了。我至今还记得,在书里,当聂赫留朵夫玩弄了卡秋莎·玛丝洛娃之后,作者这样写聂赫留朵夫的内心:应当给她一笔钱才对,这倒不是为她着想,不是因为这笔钱在她可能有用,而是因为大家素来都这样做,因为他在使用她以后,假如不因此给她一笔钱,别人就会认为他是一个不正直的人——这几句话把聂赫留朵夫那时那刻的灵魂的质地一下子写了出来。托尔斯泰用他的笔告诉我,小说家写人,不能满足于把人的言行写出来作罢,重要的是写出人的言行背后的东西,写出导致这些言行的那个灵魂的成色，让读者的灵魂在这个示众的灵魂面前不自觉地去进行比较，从而有意识地去提高自己灵魂的洁净度。这一点劝告对我很重要，它使我写作时不再把力气都用在人物外部行动的设计上，而是努力展露人物内心世界的各个隐秘角落，力争把那些角落里盛放的东西都抱出来摊放在读者的目光之下，从而使读者看罢就很难忘记并受到震动和感动，使他的灵魂也或多或少地受到影响。

他给我的另一个劝告是要向世界呼唤爱，对爱人、爱己、互爱的呼唤浸透了这三部书的字里行间。在《战争与和平》中，他把俄法战争的惨状写得淋漓尽致的目的，是呼唤对他国、他民族人的爱；在《安娜·卡列尼娜》中，他所以把安娜卧轨自杀的情景写得那样惊心，也是为了呼唤对他人的爱；在《复活》中，他把聂赫留朵夫在良心复活之后的行动写得那样细致，其用心更是在呼唤人与人之间的真爱。托尔斯泰在《安娜·卡列尼娜》一书中写到安娜去车站自杀前的内心自白："……他就是不爱我了，出于责任他也会对我好，对我温存的，可是那我想要的东西就没有了——这甚至比仇恨还要坏一千倍！这是——下地狱啊！然而现在事实就是这样的。他已经早就不爱我了……"这段话把爱对于人的重要说得多么清楚。懂得爱、能够爱、会示爱是我们人类得以在地球上生存下来的原因之一。只有爱，才会使人觉得活着是美好的；也只有爱，才会激发人去把这个世界建设得更美好。遗憾的是，由于人是从兽演变而来，身上还存有兽性，人与人之间也就难免不存有冷漠、恶意、仇恨，人世上就有争夺、劫掠、杀戮，人间随之便会有呻吟、痛哭、惨叫响起。托尔斯泰的劝告使我明白，作为作家，面对这幅并不美妙的图景，唯一能做的就是用自己的笔把存在于人们心中的爱呼唤出来，因为爱是化解冷漠、仇恨、恶意最有效的药物。其实,每个握笔写字的人都知道,笔既能呼唤出人心中的爱,也能呼唤出人心中的恶——第二次世界大战中纳粹德国宣传部长戈培尔的那支笔,从德国士兵心中呼唤出来的不就是恶?一个作家,不管他的艺术主张是什么,不管他属于哪个流派,不管他写什么题材,如果他的作品最后从人们心中呼唤出的是恶,他就应该受到谴责。

要多关注女性的命运,也是他给我的劝告之一。在他的三部重要作品中,他一直关注着女性的生存境况,把许多笔墨都给了女性角色。安娜·卡列尼娜、玛丝洛娃、娜塔莎是他写得最为动人和感人的形象。除了这三位之外,《安娜·卡列尼娜》中的吉蒂和朵丽,《战争与和平》中的马芒托娃小姐、纳塔丽·劳斯托娃伯爵夫人、洛丽亚小姐、玛丽小姐、丽莎夫人等,都写得极其生动。这些音容笑貌各异的女性形象,使读者不能不去想许多和女性有关的问题:自从人类进入父权社会以后,女性的命运多由男人决定,许多女人承担着受歧视、受虐待、受欺负、受侮辱、受迫害的角色;而女性身上又更多地存在着善和爱这两种与人类前途紧密相关的东西;作为一个作家,关注女性的命运,在一定意义上说,就是在张扬善和爱。就是因为有了托氏的这个劝告,我的大部分作品的主角都给了女性,而且在动手写她们时,总是满怀着同情,甚至对于她们中的败类,也不愿使用恶毒的字眼——这当然不是理智的行为。女性在两性世界中是负载着美的一性,作家关注她们,其实就是关注美。没有美,我们愿意活下去?

他给我的再一个劝告是写小说不要抛弃故事。他用他的书告诉我,不管你想对小说进行怎样的革命,不管你想对小说传统进行怎样的反叛,最好都不要彻底抛弃故事。故事是小说区别于其他文学体裁的最本质的东西,是小说当初得以诞生的基础,是它在今天的文学家族里成为长兄的重要原因。我读《复活》是在十八岁,它之所以能吸引十八岁的我读下去,是因为聂赫留朵夫对玛丝洛娃由玩弄、抛弃,到歉疚、真爱的故事抓住了我;我读《战争与和平》是二十二岁,这部四卷本的书之所以让我爱不释手,是因为其中有娜塔莎和彼埃尔曲折的爱情故事,有拿破仑对莫斯科的占领并最终败退的故事;我读《安娜·卡列尼娜》是二十四岁,它之所以能让我一口气看完,是因为安娜·卡列尼娜和渥伦斯基偷情的故事太让我感兴趣。如果这三部书里没有这些故事,它的语言即使再好,寓意再深刻,我也可能早把它扔了。而如果不读这三本书,我自然不会记住列夫·托尔斯泰的名字。也就是遵从托氏的这一劝告,我的每一篇小说里都有比较吸引人的故事。如果把小说比作一个有多位成员的家庭,那么故事,相对于语言、结构等其他成分来说,就应该是这个家庭中的母亲。

历史在前进,社会在发展,人的观念在变化,小说的写法也在革新。托尔斯泰的小说今天已成经典,他的小说写法对年轻一代作家的影响在日渐减弱甚至已经完全消失。但他对我的写作的影响是巨大的。

我也因此对他满怀敬意。

这些年来,我一直让他端坐在我的脑海里。坐在我脑海里的他,是一个面孔慈祥、目露爱意、胸襟开阔、满头白发、衣着素朴类似中国道观里的道长模样的人。这个形象一直保存到我写这篇文章之前。

巧得很,就在我要开笔写这篇文章的那一天,我收到了1998年第十期的《北京文学》杂志,这期杂志的第一百一十九页转载了发在《上海译报》上的署名文夫的文章,标题是《道德家托尔斯泰一生与情欲搏斗》。我自然吃了一惊,急忙读了下去：

> ……托尔斯泰也是在妓院里失去童贞的，那时他才十六岁……
>
> 1849年他住在他的庄园里时，诱奸了一个女仆，一个名叫加莎的妙龄少女。不久以后，他又弄上了一个女仆，而且到六十九岁还回忆起“杜尼娅莎的美貌和年轻……”他还曾对远房姑妈阿历克山德拉·托尔斯泰有乱伦的欲念，他称她“甜美诱人”且“与众不同”，甚至梦想和她结婚……
>
> 他抛弃了情妇阿克辛妮亚——和他有过私生子的村妇之后，决定和年轻而严肃的姑娘索尼娅·贝尔斯结婚……
>
> 托尔斯泰指责索尼娅使他需要她，诱使他陷入罪恶。索尼娅呢，则厌恶他的伪善，厌恶他不断提出的要求。因为他像只老山羊似的浑身发出膻味，脚上全是烂疮和泥巴，已毫无吸引力……
>
> 关于一个男人如何处置自己的情欲，他曾在日记里做过这样的总结，对于性的欲望，最好的办法是：(1)在内心彻底摧毁它；(2)和一个天性善良的女人一起生活，和她生儿育女，互助互爱；(3)当欲火中烧而难以忍受时到某家妓院去一趟；(4)和各种各样的女人发生短暂的关系，一个也不长久；(5)和年轻的姑娘发生性关系，然后抛弃她；(6)和有夫之妇通奸；而最糟糕的(7)跟一个不忠贞的、不道德的女人生活在一起。

我读完之后久久没有说话。

我不愿相信这是真的，但我又知道，一般人不会去造这样的谣。

在他的书里，他对女性是那样的同情和尊重。他通过他的书展示给人的那一面，是那样的美好。可原来——

坐在我脑子里的那个托尔斯泰在摇晃着倒掉。

我的第一个想法是：这篇文章不写了。不过几天之后我又决定：写完它。不管托尔斯泰在生活中是一个什么样的人，他通过他的三部书所发出的那些劝告对自己是有重要意义的，我应该把它记下来。再说，托尔斯泰也是男人，既是男人，他有那些言行就不值得大惊小怪，作为读者，只能要求作家把书写好，不能要求作家同时是天使、是圣人。

难道一个作家一生里不和情欲搏斗就好?!

原先那个被自己神化了的托尔斯泰塑像在脑子里倒掉之后，他作为一个19世纪伟大的思想家和艺术家的凡人形象反而更清晰了。

我依然对站在世界批判现实主义文学天地中最后一座也是最为高大的山峰顶端的托尔斯泰充满敬意。

当我要结束本文的时候，我特别要对翻译托尔斯泰著作的翻译家们表示我的谢意，没有他们，不懂俄语的我不可能读到托尔斯泰的书，自然也不可能获得他那些宝贵的劝告。

读《复活》

那时,“文化大革命”还在“波澜壮阔”地进行。

那时,我还是一个炮兵团里的新兵。

是一个星期日的后晌吧,我去邻排的一个班长那儿串门,发现他正聚精会神地读一本旧书,书既没有封面,也没有封底,书脊也磨损得看不出书名和出版社的名字。我随口问:“啥子破书,值得这么认真地读?”他闻声先是一惊,继而诡秘地笑笑,随后便把书掖在了褥子底下。我本来对那旧书并无兴趣,可他的举动反倒引起了我的好奇,我就坚持着要看看,但他执意不给,只说:“你好好学习‘老三篇’吧,别看这些旧书耽误时间!”我凭着本能判断:那一定是一本好看的书,要不,他不会如此金贵。心想,硬要你不给,我就悄悄来偷,我不信我就看不成。

第二天上午趁他外出不在宿舍时,我大摇大摆地到了他的床前，顺利地从褥子底下摸出了那本书。我拿回自己的宿舍开始翻，书的前几页已经被撕了，能看清的第一句话是：“姨母开家小小的洗衣作坊，借此养活儿女，供应落魄的丈夫。”我一开始读得有些漫不经心，但渐渐地，我被书中的故事吸引了，我那天读得差点误了上岗。中午吃饭的时候，那位班长过来神色严肃地问：“是不是你把书拿走了？”我伸伸舌头讨饶地一笑说：“我看完就还！”他捏住我的肩膀郑重地交代：“记住，只许自己看，不准传，不能让干部们发现！……”

此后几天，我便完全被迷在此书里，只要有一点点空，我就摸出了书来读。那时正是强调学习《毛泽东选集》的时候，为了不让别人发现我在看什么，我每次读前，都在桌上摊开一本毛选，使别人以为我是在边读毛选边查看什么辅导材料。我虽然不知道这本书的名字，不知道作者是谁，但我的心被这本书震撼了，我记住了玛丝洛娃和聂赫留朵夫这两个书中人物的名字，记住了几乎全部的故事情节，其中卡秋莎·玛丝洛娃在一个风雨之夜赶到小火车站想见聂赫留朵夫而没有见成的那一节描写，像连环画一样深深地印在了我的脑子里，直到今天，我只要一闭眼，还能看见卡秋莎·玛丝洛娃在夜雨中无望地随着火车奔跑的情景。当时年轻的我，对玛丝洛娃的命运生出了无限的惋惜和同情。

读完全书的那天傍晚，我久久地坐在床沿没动。一开始是仍沉浸在书中的故事里，但后来，一个念头像一只小鸭那样从心底里摇晃着走出来了：将来我也要写一本像这样激动人心的书出来！如果有一天我真写出了这样的书，我一定要大笑三天……

我恋恋不舍地把书还给了那位班长，十分遗憾地说：“书真好，可惜不知道书名和作者。”班长笑笑，附着我的耳朵轻轻说:“书叫《复活》,作者是俄国作家列夫·托尔斯泰。”哦,《复活》!“复活”这两个字便从此留在了我的心里。

还罢书之后的那个晚上,我很久都没有睡着,我心中暗想,总有一天,我要弄到一本崭新的《复活》,我要好好再读一遍。

六年之后,我的这个愿望得以实现,我在济南的一家书店里,买到了一本新版的《复活》。也就是从这时开始,我开始学写小说。我虽然至今也没写出像《复活》那样激动人心的书来,但我明白,书,应该像《复活》那样写!

也就是因了这段经历,我对偶然见到的一些书本,总要认真地翻一翻,我期望在不经意中会像当年遇上《复活》一样,再遇上一位导师。谁敢保证,好书都会让你在正规书店的柜台上发现?

卡尔维诺的启示

意大利作家伊塔洛·卡尔维诺的作品,我是1992年才读到的。当时读的是花城出版社出版的肖天佑先生译的《帕洛马尔》那本书。那本小开本的书中收录了卡尔维诺的一部中篇和四个短篇小说。老实说,因为不懂意大利语,事先对卡尔维诺先生一无所知,也因为这些年读过的翻译过来的外国文学作品太多,知道其中不少并不是精品,所以我那天拿到那本书时本想翻翻即扔的,没想到一开读便被吸引住了。最先吸引我的是短篇小说《糕点店的盗窃案》中的那几个窃贼:德里托、杰苏班比诺和沃拉·沃拉,卡尔维诺把三个窃贼的心理和言行写得极其精彩,几次使我忍不住笑了起来。对这三个人物的描述使我看出了作者的写实功力,我顿时对作者恭敬起来。接下来我读了短篇小说《恐龙》,这篇以恐龙自述的方式写出的小说,对恐龙的命运和灭绝的因由进行了思索,最后得出了形而上的结论：恐龙灭绝得越彻底，他们的统治范围就扩展得越广。这使我知道卡尔维诺的小说有着深刻的思想内核，不由得对他钦佩起来。

我真正被卡尔维诺征服是在读了他的中篇小说《帕洛马尔》之后。这部写于1983年的小说是他的最后一部小说。因为两年后他患脑溢血在意大利锡耶纳死时，手上的作品《在太阳之下的美洲豹》并没有写完。《帕洛马尔》是由三十九个片段构成的小说，情节并不完整，但它现实主义的描绘极具魅力，对现代人的孤独感和失落感的表现十分准确，是一部现实主义和现代主义相互交融的作品。这部小说也可以说是一部观察和默想的记录，对月亮、星星、海浪、乌龟、乌鸫、壁虎、椋鸟、长颈鹿、白猩猩等的观察细致入微，记录富有情趣明白易懂，表现了作者对大自然的热爱，也使读者读后有一种美的享受；而那些默想则都浸透了哲理，使人读后对人的命运和我们生活的宇宙有了新的认识。小说的最后一节是“学会死”，我读后特别受震动。小说的主人公帕洛马尔在这一节里“决定今后他要装作已经死了，看看世界没有他时会是啥样”。帕洛马尔的这个愿望恐怕很多人都有，就是想看看自己对于这个世界的价值。一些自以为了不起的人总认为自己对这个世界做出了巨大贡献，世界没有自己肯定不行。帕洛马尔观察的结果是：“世界完全可以没有他，他也完全可以放心地去死且无需改变自己的习俗。”这个观察结果使帕洛马尔意外也使我这个读者受到震动：原来我们每个人对于这个世界都是可有可无的，有你，这个世界可能会好一些；没你，这个世界也照样存在，谁也没有什么特别的了不起。我们都要以平常心对待自己的存在，改变自己与世界的存在关系，以平和的眼光看待一切。

《帕洛马尔》使我意识到，卡尔维诺的书是我应该尽量多读的。今年初，译林出版社出版了他的《寒冬夜行人》和《命运交叉的城堡》，我得到书后立刻去读。《寒冬夜行人》这本献给丹尼埃勒·蓬奇罗利的小说，最新颖的地方是它的结构方式，这种方式到目前为止还从来没有人用过。小说以《寒冬夜行人》一书的出版发行为开头，但读者买来书一看，发现从第32页以后，书的装订有误。于是找到书店要求更换，书店老板解释说，已接到出版社通知，卡尔维诺的《寒冬夜行人》在装订时与波兰作家巴扎克巴尔的《在马尔堡市郊外》弄混了，答应更换。男读者在书店里还遇到了一位女读者柳德米拉，她也是来要求更换装订错了的《寒冬夜行人》的。接下来小说便在两条线索上平行展开叙述：一条是男读者在阅读为寻找《寒冬夜行人》而得到的十篇毫无联系的小说开头的故事；另一条是男读者与女读者交往和恋爱的故事。这种原创性的小说结构让人耳目一新。使我看到了卡尔维诺不断改进和完善自己创作手法所做的巨大努力。

这本小说吸引我的另一个地方，是它对小说创作发表了很多有意思的看法。书中说，看书就是迎着那种将要实现但人们对它尚一无所知的东西前进……书中说，我想看这样一本小说：它能让人感觉到即将到来的历史事件，有关人类命运的历史事件，就像隐隐听到远方的闷雷……书中说，我最想看的小说，是那种只管叙事的小说，一个故事接一个故事地讲，并不想强加给你某种世界观，仅仅让你看到故事展开的曲折过程，就像看到一棵树的生长，看到它的枝叶纵横交错……书中说，我真想写一本小说，它只是一个开头，或者说，它在故事展开的全过程中一直保持着开头时的那种魅力，维持住读者尚无具体内容的期望。这样一本小说在结构上又有什么特点呢？写完第一段后就中止吗？把开场白无休止地拉长吗？或者像《一千零一夜》那样，把一篇故事的开头插到另一篇故事中去呢？……这些看法对我这个写小说的人不无启发。卡尔维诺其实是在教我们怎样写小说。作者在这本书中对小说的内容、语言、形式、印刷和装订都有精彩的议论，差不多可以说是一部关于小说的小说。

《命运交叉的城堡》这本书收录了卡尔维诺的三部作品，即《命运交叉的城堡》《看不见的城市》和《宇宙奇趣》。前两部是后现代派创作风格的小说，后一部是带有浓厚科幻色彩的小说。我读完《宇宙奇趣》之后才知道，我当年所读的短篇小说《恐龙》，原来就是《宇宙奇趣》中的一章。

卡尔维诺一生写了二十多部作品，我只读了他作品中的不多一部分，但就是这个阅读量，也使我看出了他创作上的三大特点：其一是顽强地不停地寻找新的表现手法。他的小说这一篇和那一篇在表现手法上很难找到雷同的地方。他从写现实主义小说开始，在发现现实主义表现手法的局限性之后，开始向寓言和童话世界去寻找新的手法；接着，又转向科幻小说，运用后现代派的写作手法来反映现代人的生活。后来，他将现实主义、超现实主义和后现代派综合于一身，形成了自己的风格。其二是在寻找写作题材时视域极其广阔。地上的草、海里的浪、水里的蛇、树上的鸟，天上的星星、月亮，过去的传说，当下生活中的爱情，都能进入他的小说。消失了的过去和就要开始的未来，自然界的万事万物，人的各种痛苦，都可能成为他的写作题材。和我们一些作家只会写农村生活或只会写市民生活相比，他的视域要广阔得多。其三是他在作品中思考的东西透彻而深刻。在《看不见的城市》这部作品中，他通过书中的人物告诉我们：为了回到你的过去或找寻你的未来而旅行;别的地方是一块反面的镜子,旅行者能看到他自己所拥有的是何等的少,而他所未曾拥有和永远不会拥有的是何等的多。他由马可·波罗的旅行见闻讲起,先思索的是旅行的本质,接下来思索的是人占有的局限以及人生的局限。把人这个在世界上走来走去的生物的可怜境况思考得透彻而深刻。

卡尔维诺用他的创作实践告诉我这个文学上的后来者,你要想成为一个优秀的小说家,你就一刻也不能停止向前寻找,寻找的东西主要是两个:一个是新的表现形式,另一个是新的表现内容。尽管无数的前辈作家已经找了无数年且也已找到了无数的表现形式和表现内容,但总有一些更新的表现形式和内容藏在前边的草丛和密林里,需要经过仔细寻找才能找到。只要你有耐心和肯付出心血,上帝一般不会让你空手而归。

卡尔维诺还用他的成功告诉我,小说家的劳动是为了丰富人类的精神生活,但他的最终追求,却是要把人类对内宇宙和外宇宙尤其是内宇宙的认识再向前推进一步,当然,这种推进是通过艺术手段来完成的。

卡尔维诺还用他的人生经历告诉我,一个人一旦以小说创作为自己的毕生的事业,他因为创新而起的焦虑和写作竞争而经受的煎熬总要比别人多,他的身体就或多或少地要受伤害,他的身子很难如常人那样健康。卡尔维诺是在六十二岁的年纪上辞世的,他走得有点太早了。他如果不干这个行当,也许会活得长久些。

作为一个后来者,我对所有给过我启示和启发的文学前辈都满怀感激之情,卡尔维诺这个意大利人是他们中的一个。

我怀念他。

你能拒绝诱惑?

希腊作家尼可斯·卡赞扎基斯我非常陌生,过去没有读过他的书,对他的生平也一无所知。最初拿到他的《基督的最后诱惑》时,我是漫不经心的,我不知道能不能有耐心把它读完。可一旦开读,便再也没有停下来。这本书所以如此吸引我,首先因为它写的对象是基督,在一定意义上可以说是关于基督的一本新传记。基督是我很小就知道的"神",是我的故乡很多人信奉的"上帝",在我们南阳天主教堂,钉在十字架上的基督第一次映进我的眼中时,曾给我造成过极大的震撼。作为一个人,他为什么要走上十字架?他是怎样被钉上十字架的?走上十字架的他为什么会被人们赞美和供奉?这一连串的问号很早就在我的心里存着,我极想从这本书里找到答案。这本书吸引我的另一个原因,是它写的故事发生在以色列这块土地上。1997 年,我有幸访问了以色列这个国家，书中所写的加利利、死海、耶路撒冷这些地方我都去过，我还在基督受难路上走过一趟，我那时还不知道这些地方早已被卡赞扎基斯写进了他的小说里，如今读着这本书，看着这些熟悉的地名，心里觉得非常亲切，就好像又回到了那些令我魂牵梦萦的地方。

卡赞扎基斯写基督不是一开始就把他作为上帝来写，而是写他作为一个人，怀着成为上帝的渴望，如何战胜人世间各种点缀着鲜花的陷阱，如何牺牲尘世的大小欢乐，如何做出一次又一次牺牲，取得一个又一个胜利，步步升高，一直走到殉道者的顶峰——十字架。基督成为上帝的过程，其实就是一个拒绝各种诱惑的过程，是一个不断选择灵魂归宿的过程，是一个灵魂和肉体不断斗争的过程。基督选择了拯救人类这个伟大的精神目标，但肉体并不主动地向这个目标前进，相反，它偏要世俗的欢乐，它偏想接受世俗的诱惑，于是灵魂和肉体的搏斗开始了，痛苦也就开始了。书中有一节写基督和妓女抹大拉的见面，写得惊心动魄。一开始写他梦见了抹大拉，在梦醒前的那一刻，他清清楚楚看到那一对纠缠在一起的身体倏地一下落到他自己脏腑的幽深之处，他为此立刻开始惩罚自己，用皮带抽打自己的大腿、脊背和脸，直到鲜血涌流，溅满全身。他想变成空灵的精神，但肉体并没有屈服，肉体怀着对女性抹大拉的向往，硬是把他又带到了抹大拉所在的村庄马加丹。他见状恐惧万分，心立刻向后转，往来路狂奔，可他的双足却违反他的意志，一步步继续向前走，毫无后退之意。他听见一个轻柔的声音说：我一定要见见她，一定要看她一眼……他最终走进了抹大拉所住的院子，坐在嫖客的队伍里等待的时候，他几次要走却终于没走。他最后走进了抹大拉的屋子，他很想把她从床上抱起来，带她离开这里，在远处一个村子里开一家木匠作坊,两个人一夫一妻地过日子,生一群孩子,跟所有世人一样既有烦恼也有欢乐,这种诱惑后来被他战胜,他那晚只是和抹大拉分床而睡。第二天他起身要走时,极想走到床边抚摸她一下,不过这种欲望最后也被他赶开,他一步跳到门口,快步穿过院子,打开了街门的门闩……这种细致入微的描写,把基督的灵魂和肉体角斗的情景一下子刻印到了读者的脑子里。

基督的经历很自然地让我们想到了自己。基督的处境其实就是我们的处境。基督的一生都是不断战胜诱惑和不断进行选择的一生,那么我们这些普通人呢?我们是不是也每天都面临着诱惑和选择?答案自然是肯定的。身在仕途每天都面临着更高官位的诱惑,为了获得官位,路子很多,兢兢业业创造政绩从而保持自己为官者灵魂的纯净是一条,找关系送贿赂投机钻营是一条,玩权术设陷阱干掉竞争者也是一条,究竟走哪一条路你不能不做出选择。即使不求晋升,你也仍然面临着诱惑,因为权力身上披挂着许多诱人的东西,比如金钱,你可以随意索取别人的贿赂,你可以用各种名目侵占公款,你可以用权力做股份获得分红,你能为自己积累起一笔可观的财富从而去尽情享受。如果你想要灵魂的安宁,你就要拒绝这些诱惑,去过一种廉洁清贫的生活。身在商海每天都面临着获得更多钱财的诱惑,为了获得钱财,办法很多,按照商人的良心做事,正正经经做生意获取商业利润是一法,制造假冒伪劣商品坑害消费者是一法,骗取银行贷款想主意不还也是一法,究竟用哪种办法你也不得不做出选择。身在学界每天都面临着名的诱惑,如果你为了不使自己学者的灵魂受污染,你可以拒绝名的诱惑,忘掉正常人的享受甚至忘掉健康潜心去做学问;当然你也可以想尽办法为自己制造名声,还可以窃取别人的学术研究成果来为自己谋取名声。诱惑每天都在,怎样选择就成为每天都摆在我们面前的问题。卡赞扎基斯为我们树立了一个榜样——基督,作者曾在书的序言中明确说:“我们面前有了一个为我们开辟道路并给予我们力量的榜样。”基督为了他选择的精神奋斗目标,拒绝了一切诱惑,包括在十字架上的最后一次诱惑,我们会为自己的灵魂和良心的安宁,坚定地拒绝一切诱惑吗?

会吗?

卡赞扎基斯在发问。

基督也在问我,问你。

感谢丹纳

我无缘与法国史学家兼批评家丹纳相识,他的辞世与我的出生之间,横亘着五十九个年头。但我却对他充满了敬意和感激之情,因为他留下了一部我最爱读的书——《艺术哲学》。

我与《艺术哲学》一书的相遇纯属偶然,不是在教授的书桌上,不是在图书馆,而是在泰山脚下的一座军营里边。那是1971 年的秋天,苹果将熟的时辰,我奉命来到这座军营。我们的住处与电影队相邻,我去看放映员倒片子时在一个桌子上发现了《艺术哲学》。它的封面已被撕烂,不过能够在版权页上看清,书是人民文学出版社出的,1963 年 1 月第 1 版。

没有读过大学的十九岁的我,当时并不知道丹纳是谁,促使我把这本不知被谁丢弃的书保存起来的原因有两个:一是书中有一些插页是世界名画;二是我从目录中发现它讲到了文学——文学是我内心里一直渴望亲近的姑娘。

初读《艺术哲学》,我没能读懂,我觉得书写得过于抽象。那时我虽然还在政治经济学和文学两扇门前徘徊,犹豫着不知该去拍响哪个门环,但我模糊地意识到,这本书对我以后有用,也因此我没有像上一个抛弃它的人那样再一次将它扔开。

从此,这本书便进了我一个士兵的白布包袱,伴随着我在几个军营里走动。没事时我常常拿出来翻它,我读懂的东西在逐渐增多,我从中明白了西方艺术发展史的脉络,懂得了艺术的本质及其产生过程,知道了怎样去欣赏意大利文艺复兴时期的绘画和希腊的雕塑。

真正读懂《艺术哲学》是在我从事文学创作之后。丹纳的"文学作品的力量与寿命就是精神地层的力量与寿命","一部书的精彩的程度取决于它所表现的特征的重要程度,就是说取决于那个特征的稳固的程度与接近本质的程度"的思想,让我懂得了不能为了俗利去写那些实用主义的文字,而应该去潜心研究我们民族、时代、环境的本质特征并努力去加以表现。他指出的"有些作家,在一二十部第二流的作品中留下一部第一流的作品"的现象,让我对粗制滥造提高了警惕。他关于"艺术家必须使人物的遭遇与性格配合","所谓线索或情节,正是指一连串的事故和某一类的遭遇,特意安排来暴露性格、搅动心灵,使原来为单调的习惯所掩盖的深藏的本能、素来不知道的机能,一齐浮到面上"的论述,对我的小说创作起着直接的指导作用。他关于"一部书不过是一连串的句子","但句子可以有各种形式,因此可有各种效果","一句句子是许多力量汇合起来的一个总体,诉之于读者的逻辑的本能,音乐的感受,原有的记忆,幻想的活动;句子从神经、感官、习惯各方面激动整个的人"的看法,让我时时去注意提高自己驾驭句子的能力。

由于获益日渐增多，我对这本书和它的作者充满了感激之情。1986年冬天，我在成都参加《昆仑》杂志的一个笔会，适逢人民文学出版社新版的《艺术哲学》一书上市，我见到后又买了一本珍藏。

从我第一次见到《艺术哲学》到今天，已经二十多年过去了，如今再读此书，自然可以看出它的缺陷和缺点，但我每读一遍，仍然会有新的收获。

我会把我挚爱的《艺术哲学》永远珍藏下去。

关于《墙上的斑点》

《墙上的斑点》是英国女小说家弗吉尼亚·伍尔夫(1882—1941)的短篇小说代表作。这是一篇纯正的意识流作品。该作品1919年发表后,几十年来以它独特的艺术风格吸引了许多国家和民族的读者。我也就是由这篇作品才懂得了意识流小说的写法。

小说中作者抬头看见的墙上的那个斑点——蜗牛,并没有什么意义,它只是作者写人物意识活动的一个借助点。作者在文中真正用心的是在追逐人物的意识活动,在捕捉幻影,在表现人的意识深处的奇异景观。我所以喜欢这篇小说,就是因为作者领我绕过那个斑点,窥见了人们意识飘动的神妙情状。

我们一般人都有过这种体验:我们的意识常把我们从眼前的一个物件上飞快地带走,跳跃着把我们带到我们过后想起来甚觉离奇的地方。我曾有过这样一段记忆：十六岁那年春天，站在麦田里锄地的我，看着手中铁锄的木把突然想起了这木把的来历；它可能来自一片树林里的一棵大树，那树上栖居着一条大蛇；砍伐者和大蛇展开了搏斗；蛇与人正斗时刚好有一个城里来的打猎的官人从一旁经过，那官人举枪打死了蛇把砍伐者救回了城里；那官人刚好有一个漂亮的女儿；那姑娘和那砍伐者很快相爱；姑娘于是带上他去看电影，电影院里人山人海且起了大火，一条龙从火焰上飘摇而过……这一系列幻想都在极短的时间里完成，最初看到的东西与最后想到的东西风马牛不相及。人的意识这种奇妙的流动曾让我惊讶不已，但我却不知道该怎样去表现它。弗吉尼亚·伍尔夫的《墙上的斑点》完成了这个任务，她把我们每个人都体验过的东西固定在了纸上，从而让我们对自我、对人类精神世界的认识前进了一步。

弗吉尼亚·伍尔夫作为小说家和小说理论家，是个不倦的探索者和革新者，表现了充满活力的文学力量。在她看来，“任何方式，任何实验，甚至最想入非非的实验，也不应禁止”。《墙上的斑点》就是她进行小说创作实验的一个重要成果。这篇小说教给我们的不仅仅是意识流小说应该怎样写，重要的是告诉我们在小说创作中要有探索和革新的勇气。小说自诞生到今天，模样一直在变。今天的小说与过去的小说已有很大不同，未来的小说与今天的小说相比，肯定还有新的变化。我们该从《墙上的斑点》里汲取一点创新的勇气，为未来小说的发展做出自己的贡献。

奇妙的《发条橙》

刚翻开安东尼·伯吉斯的《发条橙》时，我感到了恶心。书中那种对青少年在街头作恶的赤裸裸的可怕的描写，让我的胃开始翻腾，一种想呕的感觉控制了我。我还从来没有读过如此直白写“恶”的小说。不过，随着目光在书页上的不断下移，那种恶心的感觉在不断减轻，到我读完全书的时候，不仅不再想呕，胸腹里还有一种奇妙的舒畅感，就像刚吃了一种可口的美味。当我仰靠在沙发上回忆书中的内容时，我不得不在心上承认，安东尼·伯吉斯的确是小说界的一个高人，他的《发条橙》是一本有着奇妙魅力的作品。

把男孩的青春期躁动夸大到极致，把人生这一阶段可能发生的破坏图景一览无余地展现在人们面前，是《发条橙》的奇妙魅力之一。《发条橙》是一部着眼社会问题的幻想小说，因为是幻想小说，在写法上就更少受约束，作者充分利用了这一点，把男孩青春期躁动的极致状态捧到了我们面前：殴打老人，强奸妇女，入室杀人，拦路抢劫，吸食毒品，诱奸幼女，欺骗父母，互相残害……读者在心理遭受刺激引起恶心恐惧的同时，对人生这一阶段的认识也自然会深入几分，同时，新的阅读期待也随之产生：社会将怎样对待这一批就要成人的满身“恶”的少年？

对后现代社会图景进行想象性描述，把后现代社会的可能发展方向呈现出来，是《发条橙》的又一魅力所在。后现代社会对我们这些正向现代化社会迈进的中国读者来说还很陌生，它究竟是一个什么样子，会向哪个方向发展，我们很多人还说不清楚。安东尼·伯吉斯在小说中对后现代社会的发展作了想象性的描述：人类已经在“月宫”上建立了定居点；地球上的环球电视转播已经形成了电视文化；政府可以用生物技术来改造罪犯；人们已经不大看报，书本要撕掉；社会要通过招募小流氓当警察来对付小流氓的犯罪；依赖社会施舍的老人们会成为恶势力的帮凶；除了小孩、孕妇、病人，人人都得出去上班；所有监狱必须腾出来关押政治犯；反对党还存在，并举行选举，但当政者总是连选连任……这一幅幅想象的图景让我们对未来充满了忧虑和疑惧，这份忧虑和疑惧又迫使我们想不歇气地把书读下去。

在对男孩寻常成长过程的描述中糅进深刻的哲学思考，把技术社会与人的意志自由的对立表现出来，是《发条橙》的最大魅力所在。这本书表面上讲的是一个生活在未来某时代的英国社会，酷爱贝多芬的少年由十五岁到十九岁的成长经历，讲他怎样残暴嗜血，无恶不作，因此进入监狱；在监狱中经过生物技术洗脑，对暴力产生了条件反射，哪怕想到暴力也会引起痛苦不堪的生理反应，已无从作恶；被放回社会后，只能任人欺负，觉得生不如死，遂跳楼自杀；随着政治风向的转变，自杀未遂的他又被通过生物技术消除了条件反射，恢复了意志自由，他于是又开始了胡作非为；直到有一天他厌恶了暴力，渴望娶妻生子，过平静的生活。但在这个故事背后，作者要思考的却是在技术社会里人怎样保持意志自由的问题。随着科学技术的迅猛发展，社会生活的各个方面都越来越依赖技术，这种依赖的结果，会不会对人的意志自由造成妨害，这是作者通过他所讲述的故事想要提醒我们的问题。一个人如果失去了选择生活道路的自由，成为技术社会制造的受机械规律支配，身不由己行动的发条人，那人的生存还有没有意义？这种关于人的发展和生存意义的思考，必然会以它的哲学思辨魅力吸引住读者。

音乐在小说中的频繁出现，把音乐作为一种原罪的隐喻，是这部小说又一个具有魅力的地方。小说中的主人公听音乐能听出一种胜过“合成丸上帝”——毒品——的痛快，伴随着美好的音乐，他面前出现的是：男男女女，老老少少躺在地上尖叫着乞求开恩，而我开怀大笑，提靴踩踏他们的面孔。还有脱光的姑娘，尖叫着贴墙而站，我的肉棒猛烈冲刺着。当音乐升到最高大塔的塔顶的时候，我双目紧闭，切切实实地爆发喷射了……把音乐作为恶行的诱发剂，我在文学作品中还没有读到过。音乐一向被我们视为美好的东西，在安东尼·伯吉斯这儿却成了一种原罪的隐喻，这种奇特的构思的确令人惊奇。

好的奇妙的小说里总是有别人没写过的东西，有别人没用过的技巧，有让人惊奇的地方，《发条橙》做到了这些，我因此而喜欢它。

骨架美了也诱人

我对美国作家迈克尔·坎宁安的作品也很陌生,《丽影萍踪》是我读到的他的第一部小说。但仅凭这一部小说他就赢得了我的尊敬——他为自己的小说搭建了一个精美无比的骨架。

所有写小说的人都受过同一种折磨:怎样用别人从没用过的崭新的结构方式,把自己要写的故事展现在读者眼前。在小说不断发展,无数个精明脑袋在从事小说创作的今天,一个作家要寻找到一个前辈和同辈作家没用过的全新的结构法子谈何容易?不是有许多人都在那里重复,不是重复外国作家的就是重复中国作家的吗?

可迈克尔·坎宁安在写《丽影萍踪》时找到了。

《丽影萍踪》设计了三个人物。三人中的一个是生活中真有的英国著名女作家弗吉尼亚·伍尔夫,另一个是这位女作家正在构思的一部新作品中的女主人公克拉丽莎,再一个是女作家作品出版后的一个怀了孕的女读者劳拉。三个人的身份各不相同却又有着紧密的联系,有了作家才有了她的作品中的人物,作品中的人物写成功了才获得了读者。她们三个人一真两虚,像一号、二号、三号三根柱子,排列成了三角形,一下子把迈克尔·坎宁安创造的那个艺术世界支撑了起来。

《丽影萍踪》让书中的三个女人活动在同一天里却没让她们活动在同一个年代里。三个平行叙述的故事都是一天的故事,可弗吉尼亚·伍尔夫的故事发生在1923年,她所写的小说中的人物克拉丽莎的故事发生在20世纪末,读者劳拉的故事发生在1949年。一个1923年的故事,一个20世纪末的故事,一个1949年的故事,虽然都是在一天之内发生,可中间都相错几十年时间,这三个一天的故事往一起一摆,不用再多说别的,无数的意味便都出来了。1923年一个女人的生活境况和1949年另一个女人的生活境况肯定有许多不同,一个1923年的女人想象出的20世纪末的女人生活境况,同样能引起人们的兴趣。这三个年头像三根横梁架在了原有的三根柱子上,使全书的支撑结构变得稳固起来。

《丽影萍踪》还让书中的故事发生在两个国家的三个城市里。虚构的克拉丽莎的故事发生在纽约,弗吉尼亚·伍尔夫的故事发生在伦敦郊外,读者劳拉的故事发生在洛杉矶。三个地方各有各的特点,伦敦郊外安静美丽,纽约这个城市有着永无止境的生命活力,洛杉矶喧闹浮躁。三个地方对三个不同的女性的内心发生着不同的影响。1923年的伦敦发生了博纳·劳首相辞职,斯坦利·鲍德温继任的大事;这一年,英国通过法律允许妻子因丈夫通奸而与之离婚;这一年,英国的约克公爵迎娶了伊丽莎白·鲍斯·里昂小姐;这一年,英国议会有了八名女议员;这一年,英、美之间开播了无线电广播。这些大事混合在一起所造成的那种社会波动都会对人的生活和心理产生影响。同样的,1949 年的洛杉矶和 20 世纪末的纽约也会有影响人的生活和心理的事情发生。这种把三个主人公安排在三个地方的做法给读者增加了吸引力,人们预先就有一种观看不同遭遇的期待,自然增加了阅读的兴趣。这就像在原有的横梁上又架起了檩条和椽子,使全书的支撑结构变得越加细密起来。

有了这样三层骨架支撑,《丽影萍踪》外形变得好看诱人了。我想,凡是拿到这本小说的人,只要翻看一下它的骨架,就会有了阅读它的兴趣。

迈克尔·坎宁安是一个聪明的设计者,他仅凭这一本书就使人们看出,他是一个有着强烈创新精神的作家。他的这次成功也告诉我们,小说的好结构远没有被人全部发现,无数个精妙的结构方式仍藏在密林里等着我们后来者去寻找。如果我们没有找到,只能怪我们自己无能,而不能抱怨世界上已没有了这种资源。

我们应该向密林的更深处走。

人生尽头的盘点

几年前读美国畅销小说《廊桥遗梦》时，很为作家罗伯特·詹姆斯·沃勒虚构的那个浪漫爱情故事感动。故事中的罗伯特·金凯和弗朗西丝卡·约翰逊这对中年男女的形象，与那座有百年历史的廊桥一起，留在了我的记忆里。随着时间的推移，他们和他们的故事都渐渐离我远去，就在我将要把他们完全忘却时，忽然有一天一位朋友给我寄来了一叠书稿，说是沃勒又写出了《廊桥遗梦》的续篇《梦系廊桥》，罗伯特·金凯又开着他的装了摄影器材的卡车，由西雅图向衣阿华州麦迪逊县的廊桥开去，要重去看望给过他四天美好爱情生活的弗朗西丝卡·约翰逊了。我顿时精神一振，急忙拿起书稿看了起来。

我阅读时是带了两个担心的。其一，为罗伯特·金凯和弗朗西丝卡·约翰逊担心。两个人在相隔多年之后再见面还能不能找到当年的感觉？要是破坏了当初对对方的美好印象岂不糟糕？其二，是为作家沃勒担心。谁都知道为出了名的作品写续篇是一种愚蠢的行为，不管是别人或是作者自己。沃勒会不会因这续篇坏了自己的名声？

读完《梦系廊桥》的优美译文之后，我的两个担心都已消失了。

罗伯特·金凯和弗朗西丝卡·约翰逊直到书的结尾都还保存着当年留给对方的印象。在弗朗西丝卡的眼里，罗伯特仍是十六年前的那个像豹子一样的男人，浑身都流露着一种强悍和不屈不挠的精神；在罗伯特的眼里，弗朗西丝卡还是那个倚在衣阿华牧场篱笆桩上，穿着一条合体的旧牛仔裤和白色T恤衫，在暖色的晨曦里朝他微笑的让他热血奔涌的美丽女人。之所以会有这种结果，是因为他们两人在这本书里最终没有见面。罗伯特虽然开着那辆名叫哈里的卡车，千里迢迢地去了他魂牵梦萦的廊桥，可他并没去见他日思夜想的弗朗西丝卡，他担心打扰她和她家人的生活，也担心会出现尴尬的结果。这是他的聪明选择。他和弗朗西丝卡就差十几分钟的时间没能在廊桥桥头再见一面。这当然让人感到遗憾，可就是这种遗憾使小说留下了想象空间也充满了魅力，这种带了伤感的不能遂人心愿的爱情更能抓紧人们的心。

这本书也没有坏了作家沃勒的名声。沃勒虽然写的是《廊桥遗梦》的续集，但他的主要用心已不是去续写罗伯特和弗朗西丝卡的爱情故事，不是把一对中年男女的爱情故事再置换成一对老年男女的爱情故事，他的主要用意已经变了，他是想写一个即将走到生命尽头的男人盘点人生收获的情景。罗伯特·金凯一生都在迷恋摄影，在这个领域里，他是一个成功者，虽然他没有获得多少金钱的回报，但他获了多项奖励，他出了名，有了成果。不过这些都没有使他有一种满足感和快慰感，使他感到真正满足和快慰的，是他和那个名叫弗朗西丝卡·约翰逊的女人的爱情，那四天的爱情生活让他觉得他此生没有白活，可以让他刻骨铭心一辈子并带着对它的记忆走向生命的尽头。就在他去那场爱情的发生地——廊桥重温旧梦时，另一个和他有关的故事也开始展开，那也是一场有关爱的故事——他早年和一个名叫维妮·麦克米伦的姑娘的短暂爱情使他有了一个儿子，那位他不认识的儿子如今正在找他。儿子最终找到了他，他也充满内疚地和儿子相认了。这样，六十八岁的罗伯特·金凯发现，他奋斗一生所得的最令他感到安慰和快慰的回报，其实就是两项，一个是与弗朗西丝卡的爱情；一个是与儿子卡莱尔的父子之爱。爱，是他一生的最大获得。

畅销书作家沃勒虽然写的是常见的故事，触及的却是一个深刻的命题：人在生命的尽头将会怎样盘点自己的收获？人在死亡将至时会怎样去衡量自己的所有获得？每个人对自己生命终结的时间并不知道，这是上天为了保持人们对他的敬畏而定下的无可更改的规矩，但和罗伯特·金凯一样，绝大多数人是可以凭直觉大致知道最后的终点离自己还有多远的。一到这种时候，人就要自觉不自觉地去回首自己的人生之路，去盘点自己的人生收获，去做一些一般人很难理解的事情。当罗伯特·金凯开着他的卡车不远千里地向廊桥奔去时，肯定会有一些年轻人觉得那是胡闹，既然不和那女人相见不和她做爱还跑去干什么?! 罗伯特·金凯就是要用他的举动告诉人们，人在生命的最后阶段衡量事物的标准会发生变化，人只有到这时才会明白，人生最重要的收获不是事业的成功不是金钱不是权力不是名声，而是爱。

在你生命力还旺盛的时候,一定要学会去爱!

当你得到了爱的时候,一定要珍惜别再把它丢开!

我们都不得不从这个世界上消失,可千万不能一无所爱半点爱也未得的两手空空地离开这个世界!

我仿佛听见罗伯特·金凯在对我这样说。

《没有被征服的女人》的魅力

《没有被征服的女人》是英国作家威廉·萨姆塞特·毛姆晚年的作品。毛姆是我敬重的作家之一,我读过译成汉语的他的大部分作品。《没有被征服的女人》是他小说技艺炉火纯青时的作品,其发散出的魅力令人目眩神迷。我第一次读它是在多年前的一个黄昏,我记得我是一口气把它读完的,读完之后因为心受震撼身子久久未动,直到夜幕全部降临。

毛姆在这部小说中引领我们走进了一场并无硝烟的战争。故事是小说的外壳,外壳的好坏决定着小说能否吸引住人的眼睛。这部小说讲述的故事扣人心弦:第二次世界大战中,占领法国的一个德军士兵汉斯,在外出途中强奸了一个法国农村姑娘安内特,无力自卫的姑娘除了满怀恨意外没有别的办法。那德军士兵在得知姑娘被奸怀孕后,慢慢爱上了她并下决心和她结婚。他利用战时的困难,以送礼的办法说服了那姑娘的父母同意这场婚事,却最终也没能得到那姑娘的允许。他原以为姑娘在生下孩子后会软化自己的决心,未料到那姑娘竟会决绝地把自己生下的婴儿溺死了。这个凄婉的故事不可能拨不动读者内心最柔软的部分。以德法之间的战争为背景可以虚构出很多故事,但你不能不承认毛姆虚构出的这个故事很具匠心。这篇小说给我们这些后来的小说创作者提供的一条启示是:认真地选择可以负载你的思考的故事。

准确地把握并写出人物心理的发展过程,是毛姆在这篇小说中显示出的又一本领。毛姆在这篇小说中,对所有人物的心理发展过程都描述得极其准确,尤其是对那个德军士兵汉斯。故事开始时汉斯是一个凶恶而野蛮的侵略者,他认为自己作为战胜者,在法国应该是想要什么就要什么,对于战败的法国国民,不必拿他们当人看;后来,由于驻地四周的法国人对他和他所在的部队充满了敌意,他心情烦躁而难受,才又想起去看那个被他强奸了的姑娘,他期望从姑娘这儿得到一点人类的友谊,此时,他已经愿意把战败者当作人当作朋友看了;接下来,他在得知那姑娘怀了孕后,精神上受到了震动和感动,开始慢慢地爱上她,把她当情人看待,并愿意和她结婚;到最后,他对那姑娘和姑娘生下的孩子的感情,已经和普通的丈夫与父亲没有两样了,当他得知那姑娘把生下的孩子溺死之后,他的伤心和悲痛不仅是真实的而且差不多能引起读者的同情了。有这样一个心理发展过程,就使得这个人物显得特别真实可信,他和我们通常所说的侵略者是那样的不同,可就是这种不同,使他有了在文学上长存下去的价值。

这部小说在叙述上有一种不动声色的平静。文中的故事情节既有强奸又有溺婴,应该说充满了紧张和血腥,叙述这个故事,当然可以义愤填膺用形容词讲得鲜血淋漓令人惊惧异常。但毛姆没有那么做，他用平常的口气，用平常的文字，平平静静地叙述着。在写强奸过程时，不过是几句话：他用手捂住姑娘的嘴，让她喊不出声，把她拖出屋子。事情就是这样发生的，你也许得承认是她自己招惹的。在叙述溺婴过程时，也是借安内特的口很平常地说：我干了我不得不干的事。我把他送到河里，把他放在水里直到他死去。这种平静的叙述造成的阅读效果首先是带给读者一种意外——这样大的事情怎么就这样发生了？接下来是紧张，是那种心理紧张——它对当事者的伤害会达到什么程度？这种平静的叙述留给读者的想象空间也更大，不仅是关于场景的想象，还有对人物心理状态的想象。毛姆在这篇小说里用它的叙述本领告诉我们，反常叙述是可用的，越是紧张的事情越是用平静的口吻叙述，与越是大事越用无所谓的口气来讲，获得的效果是一样的。

这篇小说的魅力，还在于毛姆虽然对小说中的人物和事件在情感上有倾向性，却没有在作品中直接地对他写的人和事作出判断。在小说的发展史上，有很长一段时间，小说的作者都要把自己对所写的人与事的判断交给读者。这样做当然有好处，但坏处似乎更多：为什么不给读者留下评判的机会？你的判断就一定正确？毛姆在这个问题上是清醒的，不去干出力不讨好的事，我只把我要讲的故事告诉你。在这篇小说的后半部分，安内特的父母已经同意把女儿嫁给汉斯，他们内心里完全把汉斯看作了女婿而不是敌军士兵，女儿的分娩使他们十分高兴。从人的角度看，这是正常的；从对待侵略者的态度上看，这似乎又是没有骨气的表现。究竟应该怎样评判他们，作者没说，留给读者自己去想。再说安内特，她把自己生下的孩子溺死，从厌恶侵略者的角度看，是可以理解的；可从对待生命的角度看，她怎么能够擅自决定让一个神圣的生命消失？她的行为该获得怎样的评价？作者也没有说。还有汉斯，一方面，你强奸了战败国的女人，你怎么还有脸去要这强奸的结果——孩子？另一方面，一个男人既然参与了一个生命的创造，尽管这参与的方式是野蛮的，可别人怎能随便剥夺他当父亲的权利？这些事情，毛姆都留给了他的读者去自己作出判断。一部作品的成色，往往和它提出的问题的判断难度成正比，判断难度越大，作品越有魅力。

毛姆多年前写的这篇小说的成功，为我们战争小说的创作提供了不少值得借鉴的东西，相信大家只要走进他写的那个世界，去结识了汉斯和安内特以及她的父母，就不会空手而回。

看《海》

《海》是爱尔兰作家约翰·班维尔获得2005年布克奖的小说。这部小说的篇幅不大,译成汉语才十万字。可我读完它却用了一个来月的时间。它基本上没有故事,可读性不强,我读得断断续续,数次都想把它完全放下不读了,但一种想看看获布克奖的小说究竟是什么成色的愿望让我最终坚持读完了。读完全书之后,方觉得这部书还真值得一读,当初没有半途放下的决定是对的。

这部书让我明白,不论是哪个国度、哪个民族的少男们,其心理花园的小径都有奇妙的相通之处。约翰·班维尔这部书的主人公马科斯·默顿,在应付人生的混乱之时,决定回到儿时曾经度假的海边小镇。多年前那个夏天的度假生活重又回到了他的眼前。少时的马科斯·默顿的内心世界随即被作家呈现了出来:……对成人世界的观察,对成年人性生活的好奇关注，对成年女性成熟身体的窥视和兴趣，发现成年男女做爱时的那种恶心欲吐感，发现成年人婚外情的吃惊和不解，接触少女时的惊怯，对少女那种朦胧含混的爱和热情……班维尔写得极其细微、真切和冷静，让人看了只有佩服和惊奇：作家对少年生活的回忆竟能如此清晰，对往事的复述竟能如此动人，对人的内心的袒露竟能如此大胆，他真的能够看透人们的内心？

班维尔的这部书还把人的少时生活对人生影响的深刻程度，清晰地展露了出来，这对我也颇有震动。书中那个先叫露丝后叫翡妃苏的小姐，她和格雷斯的关系，她在那对双胞胎少年死亡时的表现，让书中的主人公对女性产生了极其微妙的看法，这种对女性的看法影响了马科斯·默顿以后长长的人生，甚至影响到他处理与妻子和女儿的关系。作家对这种影响的洞察力和表现能力令我惊叹。我过去对这种影响虽有感觉，但从没有达到如此深刻的程度，更别说将其形象地表现出来。

依思绪的跳跃而展开叙述，在班维尔之前很多作家都玩过，但我觉得，班维尔在这部书中把这种叙述方式玩得最为纯熟最为精到最有魅力。一会儿是当下的生活场景，一会儿是回忆中的生动场面，一会儿是冥想，一会儿是梦境，作家完全打破了时空的限制，完全根据心绪的变化来展开叙述。不需要过渡，不预先交代，文字随手拿来，对话随时展开，但又是那么自然，那么顺畅，那么容易让人接受。他确实是一个完全掌控了叙述技艺的艺术家。

班维尔这部小说还让我感受到了表现日常的无戏剧情节的生活，其实也充满魅力；让我感受到了当作家心中一团乱麻时，完全不必将其理清，只需将这团乱麻表现出来即可；让我体会到了作家在写作中应懂得停顿的审美效果，不急于把想讲的都讲出来。总之，这部书花点时间去读，确实值得。我愿喜欢小说的朋友们，也能找来一读。

摆脱飘荡状况的努力

——读长篇小说《毕司沃斯先生的房子》

V.S.奈保尔写于1961年的长篇小说《毕司沃斯先生的房子》，对世界上移民人群的生存状况进行了生动的表现，对他们企图通过拥有自己的房子以建立和脚下土地的联系，从而摆脱无限的飘荡状态进行了精妙的描绘。这是对人类生存图景的又一次展示，是作家对人与土地关系的又一次深层挖掘。

人与脚下土地的关系，是人世上最重要的一种关系，是关系到人的生存质量和命运的一种关系。这种关系细究起来无非有三种形式：一种是血脉相连，人们世世代代就生活在脚下的土地上，其肤色其语言其声音其身个其习惯都由这块土地所决定，这部分人被称为原住民；另一种是短暂客居，人们到这块土地上只是为了做客和游览观光，他们知道自己的归期，他们有一种新奇感却无任何焦虑，他们被称为游客；再一种就是长久移住，人们为了躲避什么或向往什么而离开自己的原住地，移住到脚下这块对他们来说十分陌生的土地上，他们被称为移民。这部分人很难将身心融入脚下的土地，总是生活在一种临时性之中，有一种在空中飘荡的惶然不安之感。奈保尔的《毕司沃斯先生的房子》这部小说，关注的就是这第三种关系形式，也就是把由印度移住到特立尼达的移民的生存境况，作为自己的表现对象。作者以自己父亲的经历为素材，以父亲为原型，塑造了毕司沃斯这个人物，这个人物一生都在为拥有一所房子努力，他想通过一所房子，把自己与脚下土地的关系稳定和固定下来，使自己获得一种家的感觉，获得一种独立的有身份的感觉。房子在这部书里成了一个象征物，它象征着一个铆钉，移民们通过这个铆钉，把自己与所移居的土地的关系固定了下来。从来没有一个人像奈保尔这样，赋予房子如此的含义。当你读完全书去思索毕司沃斯那所房子的象征意味时，你心里会充满辛酸和悲凉，你会对移民人群的处境顿生感叹，会对人与土地的复杂关系生出惊愕之心。

奈保尔是一个移民的儿子，他对普通移民的平凡生活和内心痛苦有深切的体验，对他们的追求和希望有深刻的理解。也正因为这样，他才能笔到意到，把书写得如此动人。此前，世界上已经有不少作家写到过房子，可像奈保尔这样写房子的还没有过，没有人像他写得这样充满无奈和深情，写得如此悲喜交加，写得这样深刻和震撼人心。奈保尔的成功再一次告诉我们从事小说创作的人，只有深切体验过的东西，你才能深刻地表现它。这部书译介到我国的意义是双重的：其一，它为我们研究人类处境提供了一所“房子”；其二，它在我们那些靠采访写作的小说家脚前画了一道白线。

奈保尔在这部书里描写日常生活的本领特别让我钦佩。这部书中没有大起大落惊心动魄的故事情节,有的只是琐碎的日常生活:做工、挣钱、吃饭、娶妻、吵架、生子、家庭矛盾、孩子上学,等等,全是下层人的庸常日子内容,可奈保尔把它们写得妙趣横生,吸引得人不能不看下去。他总是能找到那些特别传神和有意味的细节,并用追求与奋斗这条线将其串联好拎到你的面前,把人物内心的景致一幅一幅呈现在你的眼里,使你读书如赏景,逐渐迷进他的艺术世界里。

因为读的是译文,我们不可能尽赏这部小说的语言魅力,但我们从译文里也可以获得一种行云流水的感觉,这应该感谢余君珉同志,他的译笔很美。翻译其实是一种改写,这种改写的水平高低,直接影响到人们对一本非母语书的阅读兴趣。《毕司沃斯先生的房子》中译本能获得很多读者,证明了它是成功的。

这本书的编校质量也很好,封面和版式设计让人看了心里很舒服,文字上的错漏几乎没有,封底上的介绍简单明了有吸引力。整本书看上去高雅秀美,单是外观也让人生了购买和收藏的兴趣。

“人世”定义

中国的女作家萧红，曾用她的作品把人世定义为“生死场”。仔细一想，这定义十分准确，人世不就是一个生生死死的场所嘛。你来我去，每个人几十年光景，对那些特别的人，上帝也就恩准他们活到一百来岁。每个人最后把白骨一留，便无影无踪了。

美国的男作家冯内古特根据他的人生体验，通过他的长篇小说《五号屠场》(译林出版社 1998 年版)，把人世定义为“屠场”。我觉得这也十分准确，我们回首历史，会发现没有一年人类不在打仗。不是你打我，就是我打你；不是在这儿打，就是在那儿打；不是你杀我的人，就是我杀你的人。这不像屠场像什么？

1998 年 7 月 20 日，美国《纽约时报》公布了他们选择的 20 世纪最好的一百部英语小说，《五号屠场》名列第十八位。

这似乎说明,冯内古特对人世的看法得到了不少人的认同。

《五号屠场》写的是第二次世界大战期间发生在德累斯顿一家屠宰场里的故事。被德国俘去的一些美国军人就关押在这个屠宰场里。战俘们使用的蜡烛和肥皂是用人体的脂肪制成的,杀人在这里和屠宰猪、牛、羊一样轻而易举。书中人物之一毕利在这儿看到过许多被热水烫过的尸体。但作者在谴责德国法西斯的残暴的同时,还着重写了美军对德累斯顿的大轰炸,这次轰炸造成了13.5万人的死亡。这次轰炸按官方的说法是为了瘫痪纳粹德国的抵抗能力,是早日结束战争的正义之举,可在作者的眼里,同样是一场野蛮行为,是再一次把德累斯顿变成了屠宰场地。作者这样描写德累斯顿被炸时和被炸后的情景:德累斯顿成了一朵巨大的火花了,一切有机物,一切能燃烧的东西都被火吞没了;德累斯顿这时仿佛是一个月亮,除了矿物质外空空如也,石头滚烫,周围的人全见上帝去了。在20世纪50年代那些描写第二次世界大战的美国小说里,美军的行为包括这场战争都是被肯定的,可在冯内古特笔下,这一切则成了嘲笑和质疑的对象。作者在书中公开说:在任何情况下不能参加大屠杀,听到屠杀敌人不应当感到得意和高兴。他比他的前辈作家前进了一步,这一步很重要,这一步为把我们人世变成乐园而不是屠场奠定了一点新的基础。

我喜欢读《五号屠场》的另一个原因,是它的叙述方法新颖独特。在这本书里,作者发明了一颗541号大众星,书中的人物被一架飞碟绑架到541号大众星上,从而获得了观看人类世界的新的视角。从这里可以看见地球上的人类在进行愚蠢的杀戮,作者也借这里的生物之口,对人类进行了无情的嘲弄。有趣的是,这个被绑架到541号大众星上的人物毕利,可以看见不同的时间，可以见到他感兴趣的任何时间。在541号大众星上的生物看来，过去、现在、将来——所有的时间一直存在，而且永远存在。接受了这种观点的毕利，挣脱了时间的羁绊，他就寝的时候是个衰老的鳏夫，醒来时却正举行婚礼。他从1955年的门进去，却从另一个门1941年出来。他再从这个门回去，却发现自己在1963年。正因为小说中的人物有了这种本领，所以小说的叙述便获得了极大的方便，可以随意转进到不同的时空，人物老年、幼年、新婚、少年、病中、中年的故事随意穿插，使我们读起来觉得妙趣横生，快感无穷。

《五号屠场》中有一句话："就这么回事。"使用达几十次之多。这句话是书中人物毕利从541号大众星上学来的，每读到一次，我都忍不住要苦笑一次。

——纽约州埃廉市的理发师在狩猎逐鹿时被一位朋友开枪打死啦。就这么回事。

——炮兵队的人除韦锐外全部报销。就这么回事。

——一具具死尸啦，他们的脚板又青又白。就这么回事。

——他现在已经死了。就这么回事。

从我随便在书中找出的这几句话里，我们已经能够感受出"就这么回事"这几个字的力量，能够体会出其中蕴含着的那份无奈、心酸、讥嘲、幽默。我想，仅仅因为冯内古特对这句话的使用，就应该把他划入黑色幽默流派。

今天的世界上，各种各样的屠杀仍然没有间断。以美国为首的北约对南斯拉夫持续许多天的轰炸，难道不是一种屠杀？在战乱不断的非洲，不是不断传来有成批人被杀的消息吗？"五号屠场"不存在了，"六号屠场""七号屠场""八号屠场"也不应该存在。我们应该记住作家冯内古特在他这本小说中的呼吁：使地球上的全体居民学会和平的生活。我们不应该再允许把地球变成屠场的行为发生。

作家和平民一样,无力也无权阻止一些屠杀事件的发生,但他可以呼吁,呼吁停止屠杀。如果连呼吁也不发出,那还要作家干啥?

难忘陀氏《罪与罚》

1979 年秋，经过南部边境战争的部队官兵们相继把目光由战地收回，重新置身于和平环境里。安静地阅读和静静地思考再次成为军营生活的内容之一，也就是在这时，我由朋友处借到了韦丛芜先生译的俄罗斯作家陀思妥耶夫斯基的《罪与罚》，开始了我与陀氏的第一次神交。

我是带着放松身心的愿望打开书的，但没读多久，心就又被揪紧了。我未料到这本书也是在写“战争”，只不过不是写炮声隆隆两军对垒的战争，而是写一场心理“战争”，写一个名叫拉思科里涅珂夫的大学生，因为被穷困的生活所迫，萌生了杀死一个放高利贷的老太婆以抢劫钱财的念头，他先是在做还是不做这件事上犹豫徘徊，终于下决心做完之后，又在自首不自首这事上痛苦斗争。我被那种紧张的心理争斗和挣扎的情景完全吸引住了。我差不多是在一周之内把全书读完的,这一周里,我的心和书中的主人公一样,沉浸在一种压抑、郁闷和迷离狂乱中。书中笼罩的那种阴沉抑郁氛围,也将我全笼罩其中了。

我清楚地记得,读完全书之后,我长久地坐在我的宿舍里一动不动。我感到我的心受到了强烈的震撼。那种震撼感首先来自于陀氏所发现的那种苦难。陀氏对底层社会苦难的熟知,以及表现这种苦难的细致和大胆,令我惊奇不已。特别是拉思科里涅珂夫一家和妓女索菲亚一家所经受的苦难是那样让人感到无助和痛心。原来苦难可以这样呈现,原来作家可以这样写社会,我在心里感叹:这才是人民的作家,这才是社会的良心。那种震撼感还来自于陀氏描写人物心理活动的奇特能力。此前读过的作家,当然也有描写心理活动的高手,但像陀氏这样,差不多一部长篇都在写一个人的心理活动,写得又是那样活灵活现入情入理,让人读时既感到透不过气来可又不忍放下,我还没有遇见过。作家的一个重要任务,就是探察人在各种情境和环境中的内心世界的奥秘,陀氏能把一个年轻男人在犯罪与受罚时的心理奥秘如此生动清晰地呈现在读者面前,这的确是一种天才。那种震撼感也来自于陀氏对灵魂得救方式的思考。陀氏先是让他的人物自己去寻找灵魂得救的办法,让他的主人公发明一种理论:藐视事物最多的人往往会在社会中成为立法者,最大胆的人最对。当这种理论最终不能救其灵魂时,陀氏把基督教的教义通过一个妓女展现在了他的主人公面前,把赎罪自救之法告诉了他的人物。作家的最终任务,其实就是通过自己的作品,去影响和提纯人们的灵魂,陀氏在这本书里,把这个任务完成得很好。

在我的阅读史上,这是一次重要的阅读经历。这次阅读让我明白,一个作家必须具有三种能力:其一,要有敏锐的感知社会苦难的能力。当别人没有发现苦难或发现了苦难却给予漠视时,你却能发现并敢于大胆地给予展示。其二,要有撬开所写人物内心隐秘之门的能力。任何人的内心世界多数时候都是呈封闭状态的,你要想法进去并将其中的东西展示出来。其三,要有抚慰人的灵魂的能力。世界上多数人的灵魂,因为各种各样的外部和内部原因,总是处在一种惊悸不安和难言的阴凄寂寞状态中,作家应该像牧师一样,想法给这些灵魂以抚慰。

这次阅读虽然已经过去了很久,但记忆至今依旧清晰,可见,读一本好书是多么重要,它能长久滋养你的心灵并给你留下美好的回忆。

《罪与罚》是陀思妥耶夫斯基发表于 1862 年的作品,到现在已差不多快一百五十年了,可它依然保有着浓郁的艺术魅力,仍旧吸引着全世界无数的读者去看。这部表现都市生活的作品,用它的巨大成功告诉我们这些后世作家,你要想写好作品,必须沉下去,沉到社会的最底层,沉到人物的内心里,只有在那儿,你才能发现闪光的东西,才能发现使你的文字变得不朽的物质。

我庆幸我在 1979 年看到了《罪与罚》,它给了我太多的东西。我为此永远对陀思妥耶夫斯基心存感激。

站在欧亚两洲的连接处

——读帕慕克的《我的名字叫红》

《我的名字叫红》是我读的第一部土耳其小说。在此之前,我对土耳其和土耳其文学的了解仅限于教科书上的一点介绍。读完了这部小说我才知道,身处欧亚两洲连接处的土耳其,不仅在绘画艺术上有过辉煌的过去,而且在文学创作上也已经达到了很高的水平。老实说,当我刚拿到书的时候,我对阅读的收益还不是很有把握,因为我已经读过太多盛名之下,其实难副的作品。不过在我开读之后不久,欢喜之情就溢满了我的心中。

帕慕克多视角叙述故事的本领令我大开眼界。小说其实就是叙述故事,同一个故事用不同的视角去叙述,给读者的阅读感觉会有很大不同。我过去读过用死者的、婴儿的、成人的、上帝的等等视角去叙述故事的作品;但我还从未读过用颜色，用金币，用死亡，用画上的狗、树和马作为叙述者的作品，帕慕克让我看到了。他在他的《我的名字叫红》这部小说里多次转换叙述角度，让各种各样的人和各种各样的物都充当叙述者，这让我着实惊奇和意外。给非人的物品赋予生命并让它们讲述故事发表见解，那种新鲜和陌生的感觉实在有趣。那枚二十二克的奥斯曼苏丹假金币，它自述的人间经历是那样真实、可信又让人忍俊不禁。人们把它藏在乳房间、屁眼里和枕头下的举动，人们围绕金币展开的争夺、欺骗和残杀让我们真切地看见了人心的贪婪和人世的荒诞。没有人像帕慕克这样在一部小说里如此频繁地变换叙述视角，也没有人像帕慕克这样在一部小说里推出如此多的叙述者。这是他在小说叙述技术上的一种创造。

帕慕克对不同文化之间发生融合和冲突的关注，令我心生敬意。这部小说展现的是几个世纪前信奉伊斯兰教的细密画师们的生活，细密画这门穆斯林艺术，曾经是表现人类智慧最美的艺术之一，但它却在新的西方绘画艺术的影响下渐渐式微。我们从帕慕克的笔下看到，这门艺术的死亡过程，在细密画师们的心中掀起了巨大的波澜，一部分细密画师主张放弃对西方绘画艺术影响的抵抗，另一部分恪尽职守的画师们则因艺术观的坍塌而企望用暴力自卫，争斗到最后出现了鲜红鲜红的血。帕慕克用红色的血让我们看到了不同文化在融合和影响过程中的真实图景。帕慕克站在欧亚两洲的连接处，对不同文化间的影响和冲突感觉尤深。他不仅感觉到了，而且用小说给予了表现。今天，我们很多中国作家也在关注现实，但更多的是关注衣食住行生老病死这种人生第一层面的东西，对我们整个民族在文化层面上面临的各种问题还很少去思考。帕慕克用他的作品给了我们一个提醒。在这个全球化的网络时代,各种文化的相互影响、融合和冲突每天都在发生,人们心中因此而产生的矛盾、不安和苦痛也时时存在,我们作家没有理由不去给以关注。

帕慕克笔下的爱情也令我感到新奇。我特别欣赏他在这部小说里所写的谢库瑞这个女人,这位有两个孩子的土耳其少妇,外表美丽内心炽热,对爱情的追求异常大胆。由于是第一人称的叙述,我们很容易就看到了爱情在她内心世界里占了多么重要的地位,看到了她为获得爱情使用了多少心计。由于地理的阻隔和宗教信仰的不同,我们对土耳其人的日常生活比较陌生,可透过这部小说,我们知道了尽管中土两国人民的情爱观念不同,婚姻的戒律不同,但对情爱纯度的追求十分相同,美好爱情在人们生活中的重量也都相同。帕慕克的小说让我们再次相信:爱,是所有民族和整个人类得以繁衍发展的保证。

帕慕克有幸,他居住的地方刚好是欧亚两洲的连接处,他站在那个地方,既可以看到西方,也可以看到东方;既可以感受到西边的来风,也可以感受到东边的来风。所以,他手中的笔就格外灵动,他笔下的文字就饱含了东西方两种文明的汁液。

我们为他高兴。

最好的安慰

这几年，随着年龄不断增大，我一直在想人的心灵安慰问题。我们都知道，人在现实世界的生活终有一天是要结束的，什么时候结束，以怎样的方式结束，结束以后的诸事安排，一般年龄过了五十岁的人，都或多或少地要去想这些事情。人们在想这些事情的时候，免不了会产生心理焦虑，心灵会陷入一种不安定的状况之中。就是因此，我开始去读这方面的书，去想如何使处于人生后期的人获得心灵安慰的问题。牛津大学历史神学教授阿利斯特·E.麦格拉斯所著的《天堂简史——天堂概念与西方文化之探究》，就是我近期所读的这批书中的一部。

麦格拉斯在这部书中，对“天堂”这个概念是如何来的，是怎样变化的，又是怎样塑造西方文化的，进行了认真的研究和梳理。他带领我们将西方文化、文学史游历了一遍，向我们介绍了不同历史时期人们对于天堂概念的不同诠释和表达方式。他告诉我们,人类具有一种独特的能力就是想象,“天堂”这一概念就是来自于人类的想象。天堂也是人类对历史发端一种迷蒙的记忆,是对遥远盼望的一个许诺,它满足了人类想超越今生的渴望。他告诉我们,“想象中的天堂”不是指天堂是一个虚幻的概念,是不顾现实世界的残酷而故意虚构的,它是运用上帝所赐予人类的特定能力对神圣的现实进行塑造,并且是以人类的心灵图景来进行表述的,人类在想象天堂的过程中,有三个形象是至关重要的,即王国、圣城和乐园。天堂是天上之城,是一个没有边境的王国,是一个最令人开心的花园,里面满是令人愉悦和欢欣的东西——树木、苹果、花、流动的水,以及各种鸟的鸣叫声……他告诉我们,天堂并不是随便就可以进入的,“升华的爱”是最终通往天堂的请柬。他还告诉我们,人类想象出来的天堂可以激发人的兴趣,抚慰那些在忧愁和痛苦重压下的心灵,天堂就是我们的故里,天堂里众多亲人都在翘首企盼着我们的到来……

我在读这部书的过程中,方明白人类其实很早就开始关注心灵抚慰这个问题了。天堂这个概念的创造,西方的文学家、神学家、艺术家都有参与,它被创造的目的,就是安慰和抚慰人的心灵。“天堂”这个概念,和我们中国人所说的“西天极乐世界”这个概念,有相同的地方,我们只要理解“西天极乐世界”这个概念,就差不多了解了“天堂”这个概念的内涵和外延。

人是自然界最精妙的造物,是肉体和心灵共存的统一体。人们对肉体必将消失所引发的心灵上的焦虑和恐惧,是人类必须解决的重大精神问题。西方人对天堂的想象,东方人对西天极乐世界的想象,都是想解决这个问题,这是对人的终极关怀。我们应该感谢前人在这方面所做的努力,有了这些想象,我们大多数人面对肉体消失可以做到平静对之。今天,不管我们个人离人生终点还有多远,只要一想到有天堂和极乐世界在等着我们,一想到天堂和极乐世界里有衣有食,有花有鸟,有山有水,有田有园,一想到天堂和极乐世界里充满了安宁和稳妥,不再有疾病和债务,不再有不公和欺侮,一想到在天堂和极乐世界里我们和自己所爱的人永远同在而不必分离,我们就会感到极大的安慰,就不会惊慌恐惧,就会在衰老和病重之后,从容和现实世界告别,就会使自己的心灵永远处在安宁平静之中。

今天,对于天堂和极乐世界的想象其实并没有终结,我们依然可以充分张扬自己的想象力,去想象那里的美好和欢乐,给那里增添更多赏心悦目的东西,从而使自己从中获得更大的心理满足。

奇妙的想象

——读汤姆·克兰西的《彩虹六号》

美国通俗军事题材作家汤姆·克兰西的想象力经常让我们称奇,他的小说所设计的故事一向精彩。他的反恐惊悚小说《彩虹六号》,依靠其想象力所设计的故事和人物,再次让我大开眼界并觉新鲜无比。

在这部小说里,有三处地方把汤姆·克兰西的奇妙想象力呈现了出来:其一是,他想象出了一个可怕的剧烈致死病毒“湿婆”。书中,一帮想要拯救地球和大自然的狂人科学家,以“埃博拉”病毒为基础,进行了一系列的研究和人体实验,找到了一种可以迅速传染致人死命的病毒,被命名为“湿婆”,并企图在悉尼奥运会的闭幕式上散布给来自五大洲的运动员,以加速全球传染来杀死地球上的绝大多数人。这个“湿婆”不是一般人的脑子所能想象出的,它需要对科学家们异常焦虑大自然被毁坏的状况有所了解，对病毒的研制和传播过程有所了解，对学者的精神变异情况有所了解。汤姆·克兰西作为一个作家，他的这种想象既让我惊疑也让我安心不少：毕竟有人在对科学疯子保持着警惕。在这个科学飞速发展的时代，并不是所有实验室的研究都有益于人类的生存和进步，我们在对科学家和科学研究保持敬畏的同时，还要保持一分警惕，对于所有反人性反人道反人伦的研究项目，必须给予取缔和打击。

其二是，他想象出了一个利欲熏心但人性尚存的前俄罗斯特工波波夫。一个在情报部门缩编中遭退役处理的特工波波夫，是这部书中的关键人物。他在不知真相的情况下被美国那帮狂人科学家雇用，他们想利用他对恐怖组织的熟悉来最终实现他们毁灭人类的目的。起初，波波夫按照他们的要求去做事，他激活那些恐怖组织，让他们从事一场又一场恐怖活动，在这个过程中，将他的冷血、无情和贪婪表现得淋漓尽致，但当他一旦发现他们的真实目的后，他在无比震惊的同时，又有了一份责任感，他最终和美国反恐部队合作，迅速挫败了这一阴谋。汤姆·克兰西能想象出波波夫这个人物并把他写得如此生动可信，没有对人性的深度洞悉和对国际情报界运作情况的把握是不可能的。这个人物的成功足以证明汤姆·克兰西的想象力之强。

其三是，他想象出了一支多国联合反恐部队。在恐怖分子的流动范围日渐变大，恐怖活动常在不同国境发生的今天，国际上的反恐活动也确实需要合作。除了情报交换之外，能不能建立一支多国联合反恐部队，对国际恐怖活动给予快速反应处置，一直是人们议论的一个话题。汤姆·克兰西用他的想象力，已将这支部队建立了起来，而且用多次跨国跨境作战的成功，让我们看到了这种做法的可行。汤姆·克兰西不仅想象出了这支部队，还想象出了这支部队的训练方法、战术编成和战斗动作，他对反恐战斗行动细节的描写，尤其令人称道，那差不多可做反恐部队的教程了。

汤姆·克兰西奇妙的想象力，使这部书走进了无数对军队反恐行动有兴趣的读者心中。

人类喜欢和平，但从战争之河蹚过来的人类知道，和平必须靠军队的战斗行动来维护。也是因此，人类从来都没有放弃对军队的关注和对军事行动的兴趣，这就为军事题材的文学创作提供了前提。汤姆·克兰西明白这点，所以他让他的笔一直对准军事题材领域。

军事题材的通俗小说，在我们中国还很少。汤姆·克兰西用他的成功告诉我们，世界上有一个很大的读者群愿意阅读这类小说，这类小说在图书市场上拥有一个广大的空间。中国的作家们不必都往纯文学一条路上挤，而应该根据自己的情况，为那些喜欢军事题材通俗小说的读者写作。

情爱新品种

——读《朗读者》

世界上有无数的小说家在写情爱，也已经写出了无数优秀的情爱小说，以至于在情爱小说这个领域，谁要想再前进一步都不容易。最初翻开德国作家本哈德·施林克的《朗读者》时，我几乎没抱看到新东西的希望，这年头，太多平庸的情爱小说已经坏了我的胃口毁了我的阅读信心。我是漫不经心开读的，没想到，它竟然很快就紧紧抓住了我的心。

这部小说讲的是情爱中的一个新品种：一个十五岁的少年和一个三十六岁的成年女人的情爱。与列夫·托尔斯泰的《安娜·卡列尼娜》，与玛格丽特·杜拉斯的《情人》，与纳博科夫的《洛丽塔》里的情爱都不一样。本哈德·施林克的人物一出场就给人耳目一新的感觉。十五岁的少年对成年女人产生情爱和享受性欢愉时的内心图景究竟是什么样子？作者进行了精彩的描述。他的胆怯,他的渴望,他的主动与迟疑,他隐瞒真相的机灵,他设计幽会的聪明,他受到打击时的那份沮丧,他为了解了女性身体而生出的骄傲,他以为自己已成人的那份欢喜,这种内心世界的奇妙波动,是我迄今为止还没有从别的作品中读到过的。作家能把一个少年的内心世界写得如此逼真丰富如此波翻浪涌令我顿生敬佩,也让我对这种奇特的情爱发展有了浓厚兴趣。

小说让人意外的是,少年所爱的成年女人有一个奇怪的嗜好:喜欢听他朗读。他们的幽会常常是从对文学作品的朗读开始的,很多次做爱前,都要先行朗读,朗读带给了成年女人一种极大的快乐。成年女人这种少见的嗜好,也给读者带来了惊奇:她为何喜欢听少年朗读?于是,朗读这种优雅的举动和一场另类的情爱结合在一起,把美和感动还有想弄清真相的急切送到了我们读者心中。

更让人吃惊的是,小说中的少年所爱的成年女人,原来是一个罪犯——是一个当年在纳粹集中营当过看守的罪犯,是一个要对一批被关押女囚的死亡负责任的罪犯。这个真相一旦被少年知道后,在少年心里所激起的波浪的高度是可想而知的,他不能不对自己的感情重新审视,不能不对自己的情爱对象进行新的打量,不能不对上一代人的所作所为作新的判断。作品的思想力量就在这时显现了,它让我们读者也开始了思考:我们该怎样对待前辈人的错误和罪责?

最让人震惊的是,少年所爱的成年女人其实是个文盲,她在法庭上原本可以用不识字来为自己辩护以求轻判的,但她没有那样做,她没有那样做的目的是不想让别人知道她是文盲。虚荣和虚假自尊的力量如此强大,以至于可以让她用自己的自由来换取。美貌的她不想让别人因为她是文盲而另眼看她。这让我们不能不感到震惊:原来我们对人性奥秘的认识还远没有完成。

本哈德·施林克在情爱故事里选择了一个新品种,又用了高明的技巧来讲述,让一个又一个的意外造成了一波三折的效果,使我们读完书后心里久久不能平静下来。

深重的苦难　顽强的生存

——读《巴德，不是巴迪》

美国作家柯蒂斯以幽默而辛酸的文字，在《巴德，不是巴迪》这本书中向我们讲述了发生在20世纪30年代美国底层社会的一段故事——一个十岁的黑人孩子巴德寻找亲人的故事。我喜欢柯蒂斯这本写给少儿的小说。我之所以喜欢它是因为它提醒我们不要忘记苦难。苦难是我们每个国家的人民都经历过的事情，但许多苦难都又被人们忘记了。忘记了旧的苦难，新的苦难就有可能再来。这本小说对美国经济崩溃后的苦难情状写得触目惊心，对这种苦难给儿童心灵所造成的巨大压力和伤害写得淋漓尽致。它让我们重温那场苦难的目的，当然是为了提醒人们避免类似苦难的到来。我喜欢这本书还因为它贡献了一个生动有趣的黑人少年的形象。书中的巴德这个孩子，我在其他的少儿小说中还从未见过，他因苦难而早熟的情状是那样令我吃惊。书中写到他对“六岁”这个年龄段的感叹，他说：大多数人觉得人到十五六岁才算进入成年，但那是错误的，其实成年从六岁就开始了。因为就是在六岁的时候，大人们随时准备跳起来给你一拳，把你击倒。六岁时，真正恐惧的事情开始发生在你身上——你嘴里的牙齿开始松动了。六岁实在太艰难了，我妈妈去世的时候我正是这个年龄……读着这样的句子，你心里真是百感交集，好像这个机智、伤心而早熟的孩子就站在你的面前。我喜欢这本书，也因为书中张扬了人决不被苦难压倒的顽强精神。在那场大萧条的苦难中，书中的大部分美国人没有绝望，他们依靠彼此的关爱共渡难关。这种精神在今天依然珍贵。尤其是在当前的中国，当“非典”瘟疫肆虐猖狂，我们民族遭遇灾难的时候，这种共渡难关的顽强精神更值得提倡，这也是我们读这本书的现实意义所在。

新“粮”上市

很早就喜欢读外国文学作品，最初读的目的，只是满足新奇感，为了通过作品去了解陌生的异域人的生活；后来从事文学创作，读的目的变了，是想从中学到有用的东西。这些年来，在差不多把翻译过来的外国古典文学名著读了一遍之后，自然很想读到“二战”以后的当代外国优秀作品，可因为不懂外文，只得借助翻译，一些介绍外国文学的杂志如《世界文学》和一些外国文学出版社，部分地满足了我的这种愿望，最近见到译林出版社出的《世界文学名著·现当代系列》之后，更有些喜出望外。这套书中只有一部分过去读过其他译本，大部分都是第一次见到，捧到书后真是满心欢喜：译林出版社给我们送新“粮”来了！

在这套书中，我最先读的是钟志清翻译的《我的米海尔》。这部书是以色列作家阿摩司·奥兹的成名作。我因为1997年去过一趟以色列，在耶路撒冷这座城市住过几天，所以对以色列作家这部描写耶路撒冷生活的长篇小说特别感兴趣。据译者在序言中介绍，这部作品自1968年发表至今三十年来，已再版五十余次，翻译成三十种文字。我读这部作品时，也果真被它的魅力所吸引。这部小说通过女主人公汉娜的眼光观察世界，感受人生，极为细腻地展示了一个知识女性丰富的内心世界，表现手法确谓匠心独运。这部书吸引我的另一条原因是，它表面上写的是一个女人婚后与丈夫逐渐产生距离，由爱到失望、痛苦，进而歇斯底里的故事，暗喻的却是作者对耶路撒冷这座城市的复杂感情。把对一座城的感情移植到一个人身上，确实十分奇妙。我对整部书没有跌宕起伏的故事情节但却异常吸引人这一点也感到惊奇，我十分佩服作者平静地讲述平淡事情的能力。作者把故事的魅力藏在平淡背后的本领令我很开眼界。值得一提的是，译者的文笔很美，读上去十分流畅，有一些近似国人口语的话，读时让人忍俊不禁，我想把以色列人的希伯来口语翻译成中国人的口语，译者肯定很费了一番思量。大约因为希伯来语难以翻译的缘故，这些年来以色列文学很少进入我们中国作家的视野，这应该说是一个缺憾，犹太民族是世界上最聪明最富有创造活力的民族之一，他们在文学上的成就对我们中国作家肯定会有启发。译林出版社组织翻译以色列作家的作品，应该说是一个有胆识的举动。

我读的另一部作品是陶洁老师翻译的《紫颜色》。这是美国作家艾丽丝·沃克的长篇小说。我读过陶老师翻译的美国其他作家的作品，十分喜欢她的译文，所以一看见是她翻的《紫颜色》，便先睹为快。这本书一打开我就不舍得再放下来，用给上帝写信的方法来叙述故事，本就使人耳目一新；更抓人心的是故事的内容——十四岁的黑人女孩西丽被继父奸污，生下了两个孩子——书中讲述的东西在今天的我们看来，是那样的不可思议，但那的确是曾经发生在美国和世界上许多国家的事实——女人不被当作人看，只是男人发泄性欲的工具和供使唤的牲口。男人对自己的同类——女人进行虐待和压迫，这是人类发展史上不光彩的一页，艾丽丝·沃克用小说的形式把这段耻辱的日子固定下来，对我们的后人了解前人会有好处。人的确不是天使，人在抵达今天的文明之前，曾走过漫长的被黑暗笼罩的路途。

《最明净的地区》是墨西哥作家卡洛斯·富恩特斯的长篇处女作。对拉丁美洲作家的作品我一向比较关注。当年的拉丁美洲"文学爆炸"，卡洛斯·富恩特斯曾是四个代表性作家之一，所以见到他的书，自然高兴。这部书吸引我的是它的表现技巧，书中运用了乔伊斯、福克纳、劳伦斯常用的叙事手段，运用了多斯·帕索斯所倡导的"摄影机眼"的技术。书中对这些技法的成功运用再一次告诉我们，作家都是相互影响相互学习的，我们应该让自己的视界更扩大一些，向世界上更多国家的作家学习，以吸收更多的营养。

译林出版社是这几年才发展起来的专事外国文学翻译的出版社，它在国内的影响所以能很快变大，与它的选题策划正确有很大关系。他们在研究了普通读者对外国通俗文学作品的需求之后，出版了一套外国通俗文学作品；然后又针对有一定文化品位的读者对外国古典文学作品的喜爱，出版了一套外国古典文学作品；现在又根据作家和文学爱好者的需要，出版了这套外国现当代文学作品。各种层次的读者都可以从译林出版社买到自己喜欢的外国文学作品，这的确是一件难得的好事。从我个人来说，拥有这套现当代外国文学作品，等于拥有了可以果腹的新粮，自己又可以获得不少滋养了。

作家手记

——我写《湖光山色》

我的故乡古属楚国，那儿的土层里不断有楚墓和楚时的青铜器物被发掘出来。按部分考古学家的意见，楚国最早的都城丹阳，就在今天的南阳西部淅川县境，它离我出生的村子只有咫尺之遥。先人们当年的生活，有不少如今已变成传说，星散在故乡的村落、山坡、湖畔和田垄里。在我懂事之后，这些传说开始断续零碎地进入我的耳朵，像鄢陵之战、丹淅大战，像楚秦联姻，像怀王赴赵，它们部分地满足了我了解历史的兴趣，在不觉间给了我精神上的滋养。五六年前的一个冬天，我回到故乡探亲，文友们建议我去看一段楚国的长城，我当时很是吃惊：楚时还修了长城？我带着疑问坐车向山区驰去，遗憾的是那天飘着小雨且有大雾，没能上山看成。真正目睹它那雄姿依旧的身影是在几年之后了，当我站在它的身旁时，它那绵延许多山头的巨大身躯令我震惊不已，尽管我知道对它是不是楚长城学界还有争论，可一股要写点什么的冲动已在心中涌起，跟着便有一团东西在脑海中一闪而过，今天回想起来，当时脑子里一闪而过的那团东西，就是《湖光山色》最早的雏形。

书中的丹湖，脱胎于故乡的一座巨大水库，但它和水库已是两个存在了，水库今天仍安卧在南阳盆地里，可丹湖只存在于我的心里，它是我虚构出来以供我的人物活动的地方。丹湖里的水尽管和那座水库里的水没有两样，可它的波浪并不随自然界的风而起，它只随我的心境心绪心情变化而起。丹湖烟波浩渺，丹湖里鹰飞鱼跃，丹湖中有神奇烟雾飘绕，丹湖里的一切美妙都只供你在字里行间去感受，而不供你到伏牛山里去寻找。

中国的城市化正在不事声张地进行，大批城市像孕妇的肚子一样在快速隆起膨大，乡村因而随之发生巨大的变化，可这种变化的结局会是什么？是大片农田荒芜和许多村庄的消失吗？真要是那样，是福还是祸？农民的日子过得艰难，人们渴望离开乡村，世世代代的生存之地变成了极想抛弃之处，其外部和内部的缘由究竟有哪些？和农民涌进城市这股潮流并起的另外两个现象，是大批城市人在节假日里向一些乡村和小镇涌去，是一些城市资本开始向乡村流去，这反向流动的两股人流和反常的资本流动，在告诉我们什么？会带来啥样的结果？这一个个问号一个时期以来，一直在我这个眼下住在城市里的农民儿子的脑袋里翻腾，它们促使我去思考，《湖光山色》便是这种思考的一个小小的果实。

人生的全部任务，可以概括为四个字：寻找幸福。表现这种寻找过程是作家们的义务。我于是把笔对准了一个名叫暖暖的女性。暖暖这个人物是由两位姑娘的形象重叠而成。一位,生活在故乡,我和她相识于一个落雨的上午。那天上午我到故乡的一个小镇上采风,在镇文化站做事的她奉命来当向导,她的漂亮和气质令我眼睛一亮,容貌、体形都无可挑剔,加上不卑不亢的态度和标准的普通话,令我惊奇这个小镇还有这种美女。我问她可是本地出生,她点头。交谈之后才知道她大学毕业后,先在武汉找到了一份工作,后因为种种骚扰和挫折,一气之下返了乡。我问她将来作何打算,她笑笑:就在镇上了,我跑来跑去,觉得还是生活在这儿最舒心,我已准备结婚了……另一位,是在京打工的山西姑娘。她初中毕业后来京在一家保洁公司里做工,平日受公司指派到一栋机关大楼里打扫卫生;双休日再到附近的居民家里做钟点工,一小时挣六到八块钱。她到我家只做了两天的活儿,可她的勤快和能干给我留下了深刻印象,她要擦一件东西就一定要把它擦得锃明瓦亮,洗一件东西就一定要洗得干干净净。在和她断续的交谈中,我了解到她想挣一笔钱供弟弟读书,同时为自己准备一份嫁妆。她说到她对未来幸福的憧憬时,那副陶醉的样子令我感动。这两个姑娘的形象渐渐在我脑子里重合为一,最后变成了《湖光山色》中的主人公。

村,是中国政治链条中的最下一环;村干部,是站在干部队列最后边的那位。别看他站在最后一名,别看他不拿正式的工资,别看他手中掌握的资源不多,可他只要是一个管理者,只要手中握有权力,他就具有执掌权力者的所有特点,就可以成为我们一个观察和分析的对象。《湖光山色》中的旷开田,就是这样一个对象,解开他变化变异的密码,不仅对改造乡村政治有益,而且对我们正确捡拾民族文化遗产有意义。

历史上的阴阳五行说在中国思想发展史上占有相当重要

的位置,阴阳说是对宇宙起源的解释,五行说是对宇宙结构的解释,用现代科学的眼光看,阴阳五行说的缺陷显而易见,但它在当时对人类认识和把握外部世界所起的作用,是巨大的;直到今天,它还在或多或少地影响着我们的生活。《湖光山色》借用阴阳五行来结构全书,旨在说明事物的对立统一彼此消长,说明事物的循环运转相生相克,并无重扬此一学说之意。

人的命运的玄机,一直是我有兴趣琢磨的问题。世上的人都希望自己能得到命运之神的垂顾,能有一个好的人生过程和比较完美的人生结局,但如愿者实在不多。《湖光山色》中的主人公暖暖,一直在人生路上奔波寻找属于她的那份幸福,但她最后得到的却和她的期盼相错万里,这让我们不能不去审视她脚下的路面和那些路的拐弯处,也许导致事情发生变化的玄机就藏在那里。

我们会遇到什么

——关于《预警》

人世上，没有谁能完全把握自己的人生，没有谁知道自己今后会遇到什么，因为造物主不让人看清人生远处的情景。于是有了宗教，有了卜算，有了预言。我在我的这部名叫《预警》的小说里，只想对我的读者们发出一个预警。

在人类的成长史上，由文明的高处向下退步的现象，时有发生。比如，对待同类生命的态度，在人类的幼年时期，人们是不加痛惜的。那时候，吃人的事情常有，一些老人和一些体弱者，常常被另一些饿极了的人吃掉，这种事，已被考古发现所证实。有了战争后，战胜方对战败方的俘虏，也常常杀死作罢。后来，随着文明程度的提高，人类对待生命的态度开始进步，由敬畏到尊重到珍惜，开始尊老爱幼，开始不杀俘虏，开始禁止种族灭绝，开始讲人命关天，开始谈人本主义。但是，近些年，在我们生活的世界上，又突然出现了一种现象：以毁掉无辜者的生命为快乐，为成就；一次毁掉的生命越多，越被称为英雄。一些人专门袭击学校，杀死少男少女；一些人专门袭击宗教场所，杀死叩头祈求保佑的人们；一些人专门袭击集贸市场，杀死买菜买米准备给家人做饭的主妇。怎么能如此对待同类的生命？这是为什么？这难道不是从“人是最宝贵的”这种普世观念上的倒退？!

这种现象被称为恐怖主义兴起。

恐怖主义的信奉者是用仇恨来聚拢自己的队伍的。他们不再相信爱和宽容，不再认可和睦和理解，他们专门宣扬仇恨，用仇恨来撕裂人心和人群。他们希望把隔阂扩大为仇恨，把小恨轻仇弄成不共戴天。他们用仇恨作为自己的主要食品，把自己养得浑身都是仇恨，他们用仇恨的眼睛看待一切。他们渴望见到血，血流得越多越好；他们希望听到他人的哭声，哭声越大越使他们感到快乐。今天，恐怖主义行为已不再是偶然出现的事件，不是个别人的行为，它是世界上几乎每天都在发生的可怕现象，是人类必须面对的一种严峻挑战，是人类成长史上出现的又一个重大事变。

在地球已经变成一个村落的今天，恐怖主义者自然不会忘掉中国。在网络和无线通信发达的现代，恐怖主义思潮的蔓延十分快捷。中国不可能置身事外。于是，恐怖主义行动也开始在我们中国的土地上发生。在我们中国的城市里，也开始出现大规模的袭击无辜人群的恐怖事件。用长刀砍杀妇女，用石块砸死儿童，用棍棒袭击老人，把轿车、店铺和公交车烧毁。惊叫和哭声也开始在中国城市的街道上响起。过去我们在国际电视新闻节目里看到的镜头，也正式出现在我们的生活里。这让我们不能不心头一悸，不能不面对恐怖主义这个从21世纪初开始肆虐人间的怪物。

我们目前看到的和经历的,虽然已经很恐怖,但恐怖主义者并不满足,他们还在寻找新的恐怖手段,企望制造出更大更血腥的恐怖事件。他们现在迫切想找到的,就是大规模杀伤性武器。这种武器只有一些国家的军队才有,于是,他们开始把目光对准了军队。我期望用我的文字,唤起人们对此事的警惕。我想用小说告诉我的战友,我们将面临一场新的战争,这场战争的样式和打法,是我们所没有经历过的,战场也不是预设的,我们将在一个陌生的战场上打一场陌生的战争。面对这场陌生的战争,应该说,我的许多战友都还未做好应对的心理准备。这个时候,像传统战争中发出空袭警报一样,先发出预警的信号,是可以减少损失的。

在今天这个世界上,什么事情都可能发生。

许多年之前,有一位智者说过,人的进化是一个漫长而曲折的过程,任何一种诱因,都可能使人偏离前行的正途,停止向文明高地的攀登,人类史家对人的任何行为,都不应该惊奇。也许他说得对,今天兴起于世的恐怖主义,一定也有诱因,就是这种诱因,把人身上的兽性遗存诱发了出来。我们不必惊慌。我们有理由相信,在我们消除了恐怖主义产生的诱因之后,恐怖主义行为最终会消失。

一个人的命运,一个人的人生路向,既受其身体的制约,受其脾性和心理的制约,也受其所处社会环境和自然环境的制约,还受整个人类成长进程的制约。人活在世上,实在不容易。

祈望平安

20 世纪 70 年代,我们的国家发生过几场地震灾难,尤其是唐山地震所造成的几十万人的死伤,给我留下了极深刻的印象,也给我带来了很大的恐惧。唐山地震发生后,我们部队所在的山东也有消息说可能发生地震,使部队的官兵都很紧张。我当时在一个连队任副指导员,连队驻在肥城县一个肥桃园附近。连里那时建立了地震预报值班制度:把一个酒瓶倒立在一个搪瓷脸盆里,值班的战士就坐在脸盆前,一旦地震引起瓶倒脸盆响,值班的战士就吹哨发出预报。有一天晚上半夜时分,不知是风吹的还是别的什么原因,倒立着的瓶一下子倒了,正坐在盆前打盹的值班员立时站起吹起了紧急预报哨声,沉入梦乡的全连官兵顿时慌了,都赤脚跳下床向门外跑去。有几个新兵忘了床上罩着蚊帐,猛地从床上站起时蚊帐顶一下子掉到了头上,慌乱中一时又扯不开蚊帐,只好在身上缠着蚊帐的情况下从窗台上往外跳,结果摔得满身是伤。所幸是平房,没有摔出人命。这个晚上的经历更加重了我对地震的恐惧,也使我更加期望地震能够得到准确预报。

那时,我以为地震所以没有被预报出来,是因为地震预报部门责任心不强,直到1995年我才知道,当今世界科学的发展还没能解决地震灾害预报问题,地震预报在全世界也还是个难题。科学家们只能大概地预报出一个长时期里某地可能出现地震,至于地震发生的准确时间,也就是临震预报,还根本做不出来。在科学十分发达的美国,地震预报学家们也只能一次又一次地看着地震发生。知道了这点之后,我有些绝望。看来,自己这辈子是注定要继续受地震恐惧的折磨了。

也是在这个时候,我听到了一个传闻,说是某地一个男孩,因为服一种治肠炎的中药,而意外地获得了一种奇异的能听见遥远地方声音的本领。遥远的地方发生的事情,他都能通过耳朵倾听出来。这个传闻我自然不信,但它却让我的心一动:这则传闻于我的小说创作可能有点用处!

这之后不久,山东明天出版社找到我们几个作家,说希望我们为青少年写点好看的小说,题材不限。我答应了,我想,自己这些年主要是为成年人写小说,也应该写点适合青少年们看的东西了。可写什么他们才爱看?

就在我想着为青少年们写点什么好的时候,我调往北京的通知来了。这依旧是1995年的春天。我移居北京后,所在的部门是解放军的总后勤部,单位领导希望我能写点反映总后部队生活的作品。我了解到总后有关部门有负责研究战时食品的任务,心又一动:如果一种新研究出的战时食品,使人吃后有了特异功能那该多好!比如说使人有了能看透地壳的能力那该多好!倘是一个人真有了能看透地壳的本领,那他不就有了预报地震的能力?

我一阵欢喜:对,就写一个带有幻想性质的小说!

于是我开始动笔。

动笔之后我才想起,我的同乡——汉代的科学家张衡很早就在想着预报地震了,我书中的人物应该和他有些联系。

面对稿纸时我提醒自己:你写的是小说,不是单纯的关于地震科学未来发展的幻想,因此,你必须写好人物。

可要写好21世纪40年代的人物并非易事——我把书中人物活动的年代定在2040年,那个年代造成人们思想冲突的主要因素会是什么?大约仍然是金钱。作为物质财富代表的金钱,会依旧是2040年的人们发生矛盾的焦点。

我于是便让书中的人物在金钱的问题上展开性格的冲突和思想的较量,在关系到防止地震灾害的人类生死存亡的大是大非面前,怎样对待金钱问题,成为衡量我的人物灵魂美丑的试剂。至此,我的人物和故事有了活动和展开的基础。

我写起来信心更大了。

1995年我尚未分到房子,一家三口仅住一间屋子,儿子在桌上做作业,我只能坐一个矮凳趴在床上写我这篇关于实现预报地震期望的幻想小说。

《平安世界》就这样出生了。

这是我写的第一部带有幻想性质的小说。小说写出后我很有些惶恐:这样写行吗?

《小说家》杂志社的闻树国先生先看了手稿,他说:我很快在刊物上发出来。

明天出版社的书也随后印出。

我有点紧张地等着读者的反馈。

反馈终于来了。

——我很喜欢读……

——我觉着很有意思……

——这本书吸引了我……

——这本书很有趣……

全是一些年轻的读者的来信，多是一些高中生。

我很高兴，我原本就是为他们写的。一个作家能获得年轻的读者，那是他的一份荣幸。

也有一些成年人读了这本书，他们告诉我，他们读时觉得很轻松，获得了一种很强的愉悦感。

我很满足，自己写小说的一个重要目的不就是为读者提供审美愉悦？

当然也有一些成年人读后觉着不满意，他们说：故事性太强。

我一笑。小说区别于其他文学体裁的一个本质的东西，就是故事，我一直看重故事在小说中的作用，我自己也喜欢看故事性强的小说。说我这篇小说故事性强，我很愿意听。

有一个叫许建飞的同志在一篇评论文章中说：《平安世界》抓住了科幻故事中最富有内在冲突性和最富有包蕴性的思想和事件，塑造出最富有感染力的艺术形象，将激发广大少年读者去产生想象，去体味小说的意旨，犹如一盏人类理性的引路信号灯，警示着他们走向未来。

我觉得我遇到了一个知音。

《平安世界》希望人类能拥有一个平安生存的地球，但即使如小说中说的那样，地震得到了准确预报，自然灾害全部得到了控制，地球仍然不会太平，因为人类内部也还在制造着不平安，比如制造骚乱、侵袭和战争。就在我写这篇文章的时候，北约正在对南联盟施行空袭，飞机和巡航导弹的呼啸声正响彻在欧洲的上空。

一个适宜人类居住的平安世界还在前方很遥远的地方，要抵达那里，还需要我们做出巨大的努力。

终有一天，我们的后代会在那个平安世界里生活。

我坚信！

读《足茧千山》

我和克玉将军相识时间很长，对他的诗名更是早有耳闻。近日读到了他出版的新诗集《足茧千山》，得到了一种美好的艺术享受。

这部诗集里所收的诗作，有自由体诗，但主要是格律诗。在这里，我很想把我阅读时的一些感受和读者朋友们说说。

克玉将军这部诗集中的许多作品里，都充溢着一股军人的豪气。我们知道，气与韵对诗来说都是很重要的东西，好诗是需要有一股气来贯注的。这股气可以是豪气，可以是凌然之气，也可以是悲愤之气，还可以是怨艾之气等等，如果一首诗里没有一股气来贯注，很可能读来就是一种散的感觉。克玉将军戎马一生，气质里原本就有豪气，他写诗时不知不觉间把它带了出来，使他的诗与别人相比有了不同的东西。他在《北戴河一日》这首诗中写到深夜的大海时，用了这样四句：

白日搏击险风浪/夜阑涛声送豪强/欲驾轻舟游沧海/梦入雄心戏潮狂。作者写的是海,抒发的却是一腔壮士豪气。在《爱国名将丁汝昌殉国150周年纪念》这首诗中,作者写道:赫赫威名镇海疆/巍巍雄魂日月光/今有蛟龙续壮志/铁鲸神剑卫国防。诗句中流溢出的,仍是戍边卫国的一腔豪气。他还在《计梦》一诗中写道:一日织梦三千丈/七秩云锦怎计量。说的是梦,可一股豪气已从梦中冲天而起,给人一种昂扬向前的激励。

这部诗集里有一些怀古之作,作者借史言志,面对历史发出自己的慨叹,意境深远,我很喜欢。历史,从来都是诗人们感兴趣的取材之处。克玉将军或借史上一人,或借史上一事,或借史上一物,生发联想,写出了不少感人的诗篇。他在赤壁前想起三国时的周瑜,叹道:雄才英姿世无双/霸业未成失栋梁/气盛须防人施计/量小怎敌风雨狂。他在南京古城墙前想起朝代兴衰,写道:虎踞龙蟠几废兴/风浸雨蚀谁留名/石墙沉默无片语/苍苔斑驳任人评。诗中那种对功业声名的超然态度,令人不由生出敬意。他在扬州大明寺,想起隋炀帝杨广被部将宇文化缢死于江都宫一事,咏道:大明琼花次第开/雷塘荒草堪可哀/歌笑顿成断魂曲/夜半刀剑向谁猜。诗中蕴含的复杂情愫,让人不能不去长久思量和琢磨。他在秦皇岛,想起当年秦始皇求仙求药企求长生长荣的事,带着一点嘲讽写道:彩云铭霞说不老/海涛鼓琴唱永年/潮起潮落星斗移/唯有沧海不改颜。诗中对大自然的敬畏和对自然规律的阐发,让人读了不能不去深长思之。

在这部诗集里,也有不少篇章是作者对当下世事的发言,那是克玉将军对当下世事深刻思考后的思想结晶。这部分诗作有着很尖锐的锋芒,是会刺痛一些人的。读这类诗篇,我有一种痛快之感。诗，在审美悦情的同时，还应该有一定的战斗性。比如他在《读一个巨贪的悔罪书》那首诗中写道：蛀虫巨贪伎虽高/巧取豪夺法难逃/梦里日月花映酒/醒来面对断头刀。用诗句对那些贪污受贿之徒提出了严厉的警告。他那首《有感》：几曾踏破门/相见似路人/心闲气更清/笑谈权欲痕。对那些权欲熏心的人，给予了辛辣的嘲讽。再如他那首《寒鸦》：枯枝寒风噪孤鸦/犹梦乌云遮光华/忆昔受宠若惊日/哪管何处是归家。说的是乌鸦，刺的却是那些为了权力不要人格的人。在那首《读汪洋湖事迹二题》诗里，他写道：一诺九鼎重/废话鸿毛轻/空谈若能食/百业何须兴。对那些空谈误国的人表示了极大的轻蔑。中国历代的诗人都有关注时事、关注百姓疾苦忧国忧民的传统，克玉将军继承了这个传统，让人高兴。

这部诗集里另有一些诗篇，不触及重大问题，不负载沉重思考，只写一时的所见所闻，诗句空灵，读来特别轻松怡情，给人一种纯粹的美感。我对这部分作品也特别喜爱。像那首《闲坐》，只有四句：碧空净无尘/清风附耳吟/独坐解鸟语/心轻入九云。把一个人享受静坐之美的情状写得惟妙惟肖。还有那首《赠广东云峰兰苑》，赞的是一处休假胜地，作者却这样写道：风流妩媚细腰娘/碧玉凝肌琥珀光/素心不为浮华动/幽谷清溪吐馨香。为我们描画出的分明是一位令人心动神摇的美女，使人读了不禁会心一笑。再有那首《千岛湖》：青山一湖水一湖/丽姿倩影举世无/舟绕千峰绿玉缀/浪击万顷云霞浮。诗句如水一样地荡在我们的心头，给人一种莫名的舒畅之感。

中国的格律诗发展到今天，已多少有一种危机感，读格律诗和写格律诗的人都在减少。曾经在中国诗歌发展史上占据重要地位的格律诗，就真的让其这样不声不响地逐渐消失？我想不应该，这一脉传统应该有人继承发展下去。克玉将军一直喜欢格律诗并在格律诗的园地里辛勤劳作，他的精神和收获都令人高兴。

将文字制成“集束炸弹”

——对王蒙文学语言的一种感受

一

王蒙的文学作品我只读过一部分，在我读过的这部分作品中，有一些篇目的语言很是特殊，其发散出的那种冲击力量，使我常常感到意外和惊骇。带着这种感觉，我去仔细分析他使用字词的方法，发现他在文字操作上，间或地会将一堆文字巧妙地捆绑在一起，突然朝读者的眼睛掷去使其成为类似“集束炸弹”样的东西。

王蒙捆绑文字的方法之一，是频繁使用不太规则的排比句，把排比句像驱赶成群的野马一样呼啸着赶到人的眼前。比如在《来劲》这篇作品中，短短的一篇小说，竟八次使用排比句,其中有一次使用竟接连排了十句:“便说这艺术充满了新意,是洋人扔掉的裹脚条,是秦汉以前的殉葬的俑,是哥斯达黎加咖啡里兑拿破仑白兰地与新疆烤羊肉串用的安息小茴香(即孜然)的东西方审美文明的新交融,是停留在20世纪40年代、50年代的老框框不能越,是连我都看不懂的鬼画符,是观众投票选出的最佳金猴、金鱼、金扇子,是挡住了去路的一丘之石,是史无前例的花团锦簇,是口子开得太大了现在堵也堵不住的阴沟,是新的斗鸡眼视角,是一次紧急磋商的大题目。”这样一段话读下来,各种各样的意象,各种各样的味道,各种各样的颜色一齐在读者的脸前出现,乱纷纷俨然就像一颗集束炸弹轰然爆炸后成群的碎片向人飞过来。

另一种捆绑方法是,当他说一件事时,他就把和这件事可能有关甚至无关的文字,用幽默用反讽等等方法,全聚拢在一起,弄成很大的一堆。他在《来劲》这篇小说中说到向明外出的事时,把他外出可能的缘由都写出来:“出差、旅游、外调、采购、推销、探亲、参观、学习、取经、参加笔会、展销、领奖、避暑、冬休、横向联系、观摩、比赛、访旧、怀古、私访、逃避追捕”等等等等,几乎把一个人外出的缘由都穷尽了。他在《铃的闪》这篇小说里,说到主人公的写作雄心时,写道:“我写北京鸭在吊炉里solo梦幻罗曼司。大三元的烤仔猪在赫尔辛基咏叹《我冰凉的小手》。社会主义现实主义与意识流无望的初恋没有领到房证悲伤地分手。万能博士论述人必须喝水所向披靡战胜论敌连任历届奥运会全运会裁判冠军一个短跑倒卖连脚尼龙丝裤个体户喝到姚文元的饺子汤。裁军协定规定把过期氢弹奖给独生子女。馒头能够致癌面包能够函授西班牙语打字。鸦片战争的主帅是霍东阁的相好。苏三起解时跳着迪斯科并在起解后就任服装模特儿。决堤后日本电视长篇连续剧‘大明星罚扣一个月奖金’。”这样一大堆原本互不相干的文字，全被装在“写”这个大筐子里，而后呼隆一声全倾倒在你的眼前，你说你能不大吃一惊？

王蒙还有一种捆绑文字的方法，那就是用到一个词时，则把和这个词的意义相近或声音相近的词全拉过来，让它们排成一队，连续不间断地向读者的眼睛冲去。比如：他的随笔中有这样的句子：“我是炸弹，我是利刃，我是毒药，我是狼，我是蛇，我是蝎子……”“我是混蛋，我是白痴，我是毛毛虫，我是土鳖……”他的小说中还有这样的句子：“主人公叫向明，或者叫作项铭、响鸣、香茗、乡名、湘冥、祥命或者向明向铭向鸣向茗向名向冥向命……”把这些字词集中到一起排列成一队，让它们接连向读者的眼睛飞奔而去，怎能不给人造成冲击？

二

王蒙把这种用文字制成的集束炸弹置放在自己的作品里，便使其作品发生了三个改变：第一个改变是字词能量的改变。一篇文章的阅读效果，是靠一个个字词发挥出的能量来支撑的。同样一个词，假定按照传统的使用方法它的能量是一的话，那么王蒙这种使用方法，其发挥出的能量就可能是二。他在《铃的闪》这篇小说里，有这样一句：“我学会了想接就接想不接就不接或者想接偏不接想不接却又接了电话。”这句话中的“接”字，因为是捆绑在一堆文字中的一个字，经过数次强调后，它的重量和能量与单独使用它时给人的感觉，分明是不同的。王蒙这类用文字制成的集束炸弹，和几味中药配伍后使用有点近似，其效能当会比只用一味药更好一些。

第二个改变是句子间节奏的改变。每个弄文的人都明白，文章的节奏是随作者调遣文字的手法而变化的。王蒙的有些小说读起来之所以让人有种喘不过气来的感觉，就是因为他使用了这种集束炸弹，使句子之间的节奏无形中加快了，迫使你不能歇气地向下读。他在《杂色》这篇小说里有这样一段话："那时候，每一阵风都给你以抚慰，每一滴水都给你以滋润，每一片云都给你以幻惑，每一座山都给你以力量。那时候，每一首歌曲都使你落泪，每一面红旗都使你沸腾，每一声军号都在召唤着你，每一个人你都觉得可亲，可爱……"这一段话因文字经过捆绑而使句子间的节奏明显加快，使人读起来不能歇气。第三个改变是文章气势的改变。文章的气势如果用流水来形容的话，可分四类，一类如潺潺溪流，叮叮咚咚，不慌不忙；一类如小河之水，无声无浪，缓急有致；另一类如大渠之水，有浪有波，浩浩荡荡；再一类如泛滥的江河之水，汹涌澎湃，漩涡相套，前拥后推。王蒙那些加了集束炸弹的作品，其气势就如泛滥的江河之水，呼啸而来，非想把你卷走不可。我们还以《来劲》这篇小说为例，这篇小说一般人阅读时都会明显感觉到一股迎面而来的气势，这种气势不是形象造成的，这篇小说几乎谈不上有人物形象，造成这股气势的显然就是经过捆绑的文字。

三

正因为有了字词能量、句子节奏、文章气势的上述改变，所以读者在读王蒙的这类作品时，所得到的东西就与读他的其他作品不太一样，除了思想启迪方面的收获之外，还有另外一些内容。就我自己的阅读经验来说，我首先会在精神上受到一种震撼。常常是读完他的一段话后，脑子里出现短暂的空白，有些发蒙，一时不知他说的是什么，需要重读一遍或两遍才能明白作者的意思。这和军人在战场上遭到轰炸后最初一刻的反应的确有点相似。我记得第一次读他的小说《来劲》，读到“觉得一点也不落后不但有书法热而且有交响乐热而且有鹤翔桩而且有艺术体操狮子滚绣球花样游泳人仰马翻而且一个小女孩准备建立国际轰炸机公司。不但有现实主义有革命现代京剧而且有现代主义意象流飞飞派，飞飞飞是天桥练单杠的，凤飞飞是台湾著名歌星，而且吹吹打打之中一匹一匹黑马种牛伢猪雄象被牵出台。觉得最好还是先修几个过得去的厕所免得随地吐痰随地便溺，随时又挤又推又撞打电话像骂娘坐公共汽车用过期票，喝啤酒一直喝到霍乱般地喷涌而呕，用一个肮脏的塑料杯子先交押金三角”这段话时，我脑子里先上来是轰轰作响，有一股乱纷纷飘忽忽不知所以的感觉，不知道作者这是想说什么，直到又慢慢边琢磨边读了两遍，才算有些明白。

其次是心理上会产生一种惊奇：话原来还可以这样说？词原来还可以这样组？句子原来还可以这样造？当初读他在《坚硬的稀粥》一文里写的那段话：“现代化意味着工业的自动化、农业的集约化、科学的超前化、国防的综合化、思维的任意化、名词的难解化、艺术的变态化、争论的无边化、学者的清淡化、观念的莫名化和人的硬气功化即特异功能化。化海无涯，黄油为楫；乐土无路，面包成桥！”一笑之后心里确实惊奇，心中想到，像这样用“化”字的，除了王蒙，恐怕还没有别人。那一刻，自己真像刚在商场发现了新奇的电器一样惊奇。

接下来是兴奋，是受到了蛊惑一样的兴奋：好呀，他既然可以这样写，我也就可以那样写了，一种创新的欲望不知不觉间就生了出来。王蒙这种集束炸弹式的语言，不仅可以给我们带来震撼和崭新的审美享受，还可以激活我们的创造活力，这大约也是他在文学圈里长期拥有较多读者的一个原因。

四

王蒙所以能写出这种集束炸弹式的语言，究其缘由，是因为他摆脱了两个控制：一个是传统文学语言审美观念的控制。我们的汉民族的文学语言，在其长期的发展过程中，在尊重语法规则的前提下，逐渐形成了自己的审美观念。比如讲究音韵美，读时要能朗朗上口；讲究意境美，要用文字营造出一种优美的意境；讲究均衡美，即使不是写诗，这一句与下一句，在长短和轻重上要有一种均衡感；讲究雅致美，在用字用词上尽量避开“脏字”和“粗鲁”的词，比如拉屎撒尿，常要说成“解手”“出恭”“如厕”等；讲究婉转美，把事情曲折地说出来，比如把“你的父亲母亲”说成“令尊令堂”，把“不要伤心哭泣”说成“节哀顺变”等等。王蒙在把文字制成集束炸弹的过程中，不可能不对这些审美观念进行冲击和颠覆，在我们刚才所列举的王蒙的那些句子中，我们有时看到的是直率和粗鲁，有时看到的是没轻没重，有时看到的是意境杂乱飘忽，但就是这种对传统审美观念的颠覆，给了我们全新的感受，从而创造出另一种新的美感。王蒙摆脱的另一个控制，是传统汉语修辞技法的控制。中国的汉民族语言，在长期的发展过程中，形成了相对固定的修辞技法，比如明喻、隐喻、借喻、讽喻、借代、比拟、转借、夸张、反语、摹绘等。王蒙对这些技法，在继承、使用的同时，还注意了发展。他在制作文字的集束炸弹时，很多词叠加使用，很多话不照常规说，已经走出了传统修辞技法的框框,为修辞技法的创新做了探索。

王蒙在文学语言上的这种创新探索,给我们这些写作者的最大启发是:爱护汉字但不做汉字的奴隶;在汉字的使用上既要尊重传统用法又要能够创新。作家们是重要的经常使用书面语的人群,在汉语的发展上应该担负起责任。历代作家其实都对汉语的发展作出过贡献,不然,汉语不会有今天的样子。现在,王蒙在这方面再一次给我们做出了榜样。

谣谣动听

——读黄国荣的“日子三部曲”

中国人有用歌谣抚慰自己身心的传统。不论是在黄土高坡上挥镰割谷还是在江南河湖里摇船捕鱼，只要有歌谣做伴，那累，就能忍；那苦，就能咽。黄国荣深知这道理，在人们都被抛进市场经济大潮的今天，在你我都在为生计紧张奔忙的时候，为我们送来了三支谣歌——《兵谣》《乡谣》和《街谣》。这三谣词儿很美，曲调入耳，听着是一种享受，可令我们暂时忘却心里的烦恼胸中的惶惑身上的疲劳。

《兵谣》：感奋之谣

这是一支唱给军人的歌谣，它的曲调舒缓但充满激情。作者在这本书里没有写什么惊天动地的故事，没有设计百转千回的情节,没有让我们看暴风骤雨样的时代变幻,他只是写了一个和平时期的军人古义宝,写了农民的儿子古义宝在军营里的奋斗经历。书从古义宝当兵写起,写他当新兵时就暗暗发誓要干好留在部队,写他怎样为了当典型进到炊事班,怎样甘愿吃苦做好事受表扬,怎样知道给领导送礼,怎样参加了双学会当上了司务长,怎样生生掐灭自己心中的爱情,怎样一级一级地得到提升,怎样扭曲了自己的本性,怎样自我惊醒认识了自己,又怎样从挫折中奋起……作者的笔像把我们带到了一条小河旁,让我们看水在不宽的河道里怎样舒缓地流动。小河里没有震耳的涛声,没有壮观的瀑布,只有水的自然流淌,只有鱼的本能游动。但这小河边的景观却能让人激动,因为这景观我们许多从底层来的人都曾经见过,对每一个从那个年代过来的人来说都不陌生。小河边的景观不可避免地勾起了人们的回忆,让读者重新回首往日的生活并做新的审视。审视的结果是看到了那个年代生活的本真面目,看到了人在那个时代的生存实相,看到了人性被扭曲压抑的深层原因。小说讲的是一个军人的经历,表现的却是一代人的命运,思考的是人在生活激流中怎样保存天性中美好成分的问题。我们这些和古义宝有着相同出身的军人,读这本书不能不回忆起过去的日子,不能不想起军中的许多事情,不能不记起军中的许多人物,这种回忆让人心酸,让人怅然,让人长叹,也让人释然:我们毕竟从那个年代走过来了,我们的身上心上虽有伤痕,可伤口总算已经愈合,我们把人身上和心里应该保有的东西差不多都保留了下来。

一部好小说读完之后,读者的感觉通常会有四种:或是受到了震撼,合上书后哑口无言,坐在那里陷入长久的沉思;或是得到了快慰,合上书后笑容满面,急于起身向亲人向朋友述说书的内容；或是十分感奋，合上书后坐卧不宁，生一种立马要去做成什么的冲动；或是勾起了伤感，合上书后沉入淡淡的忧闷之中，起身在房间里慢慢踱步。《兵谣》给我们的感觉属于第三种，它让我们读后感奋不已，也想像古义宝在农场那样，去放手大胆地干一桩事情，也想像他在现场会上发言那样，去痛快淋漓地发一通感慨。

感谢作者给我们送来了《兵谣》这首感奋之谣，它让人听后不甘消沉，让我们身上的血流加速，让我们也想主动解除外加到自己身上的种种束缚，让我们决意向前迈步。

《乡谣》：伤感之谣

这是一支唱给乡村农人的歌谣。它的曲调悠长而略带伤感。作者主要写了农民汪二祥大半生日子的过法。先写他在父亲的护佑下无忧无虑地打发日子，写他在父亲的操持下娶了一个漂亮的妻子；接着写他失去父亲后独立撑持家庭的艰难，写他的家庭怎样随着时代的变化而发生了变化，怎样失去了妻子和儿子；而后写他一个人打发很不随心的日子，怎样度过了饥荒年代，怎样再婚却又失去了老婆；写他经历"文革"的变故；最后写他在新时期怎样当了小贩过上了稳定的日子，又再一次拥有了家庭。汪二祥的经历和他所过的日子，极有典型性，他不仅是江南农人的代表，也差不多是整个中国农民的代表。汪二祥的命运曲线，和几十年来许多中国农民的命运曲线基本上是重合的。作者以他对农民和农村生活的深刻了解，写得从容自如，如同把一幅又一幅江南农村的生活画面展现在我们的面前。他在展示这些画面时，猛一看去是不动声色不动感情的，甚至是带了嘲弄的，其实仔细观察和体悟，就能发现作者的眼里噙满了泪水。农民出身的黄国荣在述说农民的苦难时,不可能保持零度感情,不可能无动于衷。智商不是很高的二祥为何要经历那么多的苦难直到老年才找到一份安稳安宁的日子?难道只应该怪罪他的智商?小说里其实含有严肃的追问。黄国荣唱给农人的这支歌谣,充满了感伤意味。只要想一想二祥第一任和第二任两个妻子的离去,都与他无力养活她们和孩子有关,就让人心酸,中国农民的日子过得太艰难了。

描写农村生活的当代小说,从传达的情绪上看,大致上可分三类:一类是充满欢乐情绪的,读了让人心里轻松;一类是充满悲伤情绪的,读了让人心头沉重;再一类是伤感与喜悦交集的,读了让人沉思却又心获慰藉。我喜欢第三类小说,《乡谣》就属于这类小说,它对农民生活的真实状况不存在遮蔽现象,它能引导读者去思考有关中国农民的问题,却又不使人陷入痛苦和绝望之中。

《乡谣》的结尾部分让二祥有了新的家庭,有了老伴儿,这使我们读者的心里得了不少宽慰,但愿二祥晚年的日子越过越好,使他心头的创伤得以彻底平复,顺利度完他的人生。二祥在小说中的结局昭示着中国农民的未来会有好日子。

《街谣》:忧思之谣

《街谣》是作者为都市下层市民唱的歌谣。它的曲调低沉,节奏急切。作者主要写了闻心源、莫望山、沙一天、贾学毅几个在出版行业做事的男人的人生奋斗经历。因为城市生活的热闹和喧嚣,因为城市人的拥挤和浮躁,黄国荣在这部书里叙述的节奏也变得快起来,人物你来我往,故事场景不停变换,矛盾冲突变得异常激烈。就可读性来讲,这本书的可读性最强。

写城市生活应该不是农民家庭出身的黄国荣的强项,但他选择的生活面——出版业却是他最熟悉的。他自己在出版行当里干了许多年,对其中的暗道机关角角落落方方面面都非常熟悉,这样,他写起来就照样得心应手。作者的这种巧妙的选择值得称道。正因为他在选择施展叙述本领的场所时用了力气,所以《街谣》中的人物便一个个活灵活现地向我们走来。闻心源的刚正多才,莫望山的重情重义,沙一天的官场钻营,贾学毅的贪色贪钱,都被作者淋漓尽致地写了出来。其中,我觉得写得最有深度的人物,是沙一天和贾学毅。沙一天出身于城市的贫民家庭,一心想进入上流社会,为此,他和一位省级干部的女儿结了婚;但他内心深处的自卑最终使他和妻子无法交流,作者将这种自卑写得十分出色。他在官场钻营的本领也很是高超,他去局长家里联络感情的手段令我们大开眼界;他最终弄到了官位,他的晋升和离婚差不多同步进行,作者对他坐上副局长官位后那份满足和自豪的描写极是传神。贾学毅与沙一天相比别具特色,他是一个丧失了所有信仰和道德信条的人,他的全部作为,就是满足自己的感官需要和对金钱的追求,他当面说的话和他背后做的事常常完全相反,没有任何信义可言。对女人,他只是把她们作为泄欲的对象;对男人,他只是把他们作为自己夺取金钱的工具,这种人已经完全退化成了动物,对爱、同情、怜悯、真诚这些人类珍视的东西全部不屑一顾。读这本书,这两个人物深深地留在了我的记忆里,他们的所作所为令我不寒而栗。我觉得,黄国荣写出这两个人物,是对当代文学的一种贡献。这两个人物并不是作者凭空造出来的,而是从当代城市生活中抓出来的。

所有今天仍在城市生活的人，只要仔细环顾一下自己的四周，就不难发现这两个人的影子。一想到像沙一天和贾学毅之类的人物正活跃在我们的身边，我们可能就会不自主地打个寒战。这，大约也是黄国荣塑造这两个人物的目的。他可能就是要用这两个人物来警醒我们，让我们对一些人精神退化的情况保持警惕。作者在这部书里当然也表达了他对正义正直的信心，让我们看到了许多值得高兴的场面，但我宁愿把全书看作是在表达一种忧思，一种对当下人的精神状况的忧虑。在我们的社会进入转型期，我们的国家进入市场经济的时候，在物欲被唤醒并开始膨胀的时候，这种忧思和忧虑是应该有的。

在当代表现城市生活的小说中，有一类小说数量不小，即那些写人的解放过程也即人的精神上升过程的小说，写人怎样把缠在自己身上的旧的束缚，包括政治的、经济的、伦理的束缚解脱掉，开始获得身、心包括性的自由。但像《街谣》这类注视人的精神退化表达忧思的小说还不是很多。但愿这部书能引起更多的读者的注意，从而对城市人精神世界发生的变化给予关注。

感谢黄国荣给我们送来了三支好听的歌谣，祝愿他继续唱下去，这个世界有了歌谣会更加美丽。

冰冷的世界

刚拿到梅毅的长篇小说《失重岁月》的时候，我没抱能把它读完的希望。这年头被命名为长篇小说的印刷品太多了，而我们的时间又太少。没想到一开读就有点放不下了。吸引我的首先是作者创造的那个阴郁冰冷的世界，那个南方某城的白领世界对我来说十分陌生。那些白领们为钱为官为性的满足所做的事情是那样的令我瞠目结舌，书中所写的那些生活场景和故事，一般的北方人想都想不出来：用八万九千法郎买一只装狗和狗屎的皮箱，边做爱边平静地与人打招呼，因没有当上副总经理转眼间变成了失心疯……合伙贪污，以色换官，献媚欺骗，所有卑鄙的事情都在上演；卖身投靠，落井下石，狼狈为奸，所有的这类成语都能找到适用的对象。读着都让人浑身发冷。在这个世界里，人所有的欲望都被释放了出来，正因为欲望的彻底放纵，人开始恢复了部分动物的面目，人间可称为温情的东西全被扯走,只剩下了赤裸裸的利害关系。看一看这本书,知道这样一个世界的存在,会引起我们的一种警惕——警惕爱在人间的悄然流失。

这本书的语言给人的刺激特别强烈。书中充满这类句子:"精神挨操的过程","我的灵魂就是一只坚硬异常的老二","这傻抖了","骗了不少便宜女同学","不容许自己高贵的屁股接触一个陌生的没有敌意的马桶","眼珠大得像牛蛋子一样的什么格格","只是一个大肉屁股看上去怪里怪气"……这种直率得近乎粗鲁的句子,读起来新鲜而又刺激,和书中所描述的那些肮脏事情倒也协调,给人一种痛快淋漓的感觉。读这些语句,常常使人忍俊不禁,使人忍不住想起美国作家塞林格,梅毅的语言有一点像塞林格,那位美国作家在长篇小说《麦田里的守望者》里显露的也是这样一种风格。一个小说家的语言最重要的是要有自己的风格,不管他的风格是什么,有,就是一种胜利。

书中所显露出的青年人心中的那股焦灼也特别引人注目。叙述者"我"在书中多次焦躁地自语:妈的,我都快三十岁了。而且自白:我单独一人时总处于一种真空状态,思想的真空,灵魂的真空。我们在阅读这本书时能感觉出,表面上书中的"他"在为一事无成着急,其实是在为灵魂的无所归依焦灼。我们知道,平常的人,不管他从事什么职业,干什么事情,只要他相信他的所作所为无愧于自己的灵魂,而且把灵魂交托给了一种信仰,他就会宁静地打发日子,平静地看待世界。可书中的那群年轻白领,除了相信金钱的力量和性的快感之外,再无其他任何信仰,所以他们经常会生出一种极度空虚的感觉,会有一种找不到生活意义的迷茫,会发出一种无家可归不得不流浪的叹息。对年轻人内心这种焦灼的呈现,是这部长篇小说的一个贡献，它让我们看到了部分人心灵上的一种病象，唤起了社会对其实施疗救的注意。

年轻的梅毅用这部书向我们证明，他是表现当今白领生活的一把好手。祝愿他在这个领域继续开掘，为读者捧出更精彩的作品。

震耳惊心的诘问

这几年，无论读虚构类还是非虚构类文学作品，都已经很少被感动了，那原因，除了自己的感情随着年龄增加在逐渐变得粗糙之外，大约与文学作品里的文字少浸感情也有关系。原以为这种阅读状态会持续下去，不想近日读黄传会的报告文学《我的课桌在哪里?》时，久已淡然的心竟意外地激动起来，泪水，不止一次地盈满了眼眶。

就是从这本书里，我这个在京城里拿着工资生活的人，才知道在离我的居住地很近的地方，在北京的城乡接合部，有大批农民工的子女因其父母们没有北京户籍和收入太低，上不了小学和初中，无法接受正常的义务教育。那些孩子要么被锁在租住的屋里，要么在父母的打工处游荡，要么早早地干起了挣钱的力气活儿来。才知道有一对从新疆到沈阳打工的夫妇，为了解决自己三个女儿的读书问题，不识字的妻子出去打工挣钱，上过高中的丈夫则办起了家庭私塾，教女儿们小学课程。才知道在北京郊区的菜地里，有农民工用竹竿、油毛毡和石棉瓦搭起了十来个平方米大的窝棚小学，由当过民办教师的打工者担任老师，教九个孩子读书。才知道在全国几乎所有大城市的周边郊区，都有农民工自己因陋就简办起的小学和中学；仅在北京，就有二三百所这样的学校。才知道许许多多的农民工的子女在向社会发出诘问：我的课桌在哪里？……

我的心受到了震动并开始疼痛。感谢黄传会把我的目光由欢声笑语和霓虹闪烁的中心城区带到了这一隅，让我又一次看到了底层社会的生活情景，听到了孩子们含泪的诘问声。这使我意识到，我这个由农村走出来的人，在经历了长久的城市生活之后，在感情和行动上都已远离了我的父老乡亲们。

我心里生出了愧。

但黄传会并不想只唤起我的愧意，他接着用他的笔引导我去思考存在这种现象的后果。他用大量的事例告诉我和他的其他读者：农民工子女作为第二代移民，一方面，由于城市的排斥，没有融入到城市的主流生活中去；另一方面，由于较长时间脱离了原家乡的生活环境，对家乡也产生了陌生感，乡土认同在减弱。这样，他们就逐渐形成了一个游离于城市和农村之间的社会独立单元。如果我们再不对他们的存在加以注意给予关爱，再不解决他们接受义务教育的实际问题，就会使他们的心灵受到伤害和扭曲，使他们因感受到社会不公而对城市对社会产生敌意与恨意，并最终会使他们做出反社会的破坏性举动。黄传会告诉我们，仅按 2000 年的统计，我国的流动人口已达一亿，其中十八周岁以下的流动青少年就达一千九百八十二万人。即使他们中的一半不进学校接受教育，整日游荡在城市街头，那也等于为未来社会安放了一颗巨型定时炸弹！

我被惊出了一身冷汗。

黄传会也不想让我们只是感受到震惊，他在书中还催促我们去寻找解决这一问题的办法和途径。他提醒我们，追求教育公平，是人类社会古老的社会公正理念。他告诉我们，帮助农民工子女就学，其实就是帮助我们自己。他公布了他的发现：在深圳这个思想特别解放的城市，农民工子女的就学问题，差不多已经得到了妥善解决。他还呼吁“希望工程”进城，帮助那些因家贫而无法进入小学的农民工子女。他还希望国家能在修改《义务教育法》时，能把农民工子女受教育的问题纳入其中考虑……

他想出、提出了许多办法。

我的心这才有些轻松起来。

在今天这个欲望充分释放的年代，当很多作家都围着钱、权、名打转转的时候，黄传会去关注这样一个沉重而无利的问题去采访去思考去写作，让我不由得心生敬佩。做这件事，没有强烈的社会责任心是坚持不下去的。这么多年来，作为一个报告文学作家，黄传会有的是赚钱机会，他完全可以去为那些富豪写传记为那些大企业家写有偿报告文学，从而为自己赚得钵满盆满，但他却一直关注着有关国计民生、有关底层社会的大问题。他写过《希望工程纪实》，写过《中国山村教师》，写过《中国贫困警示录》，写过《首例农民告县长案始末》，他的每一本书都让人感到沉甸甸的，让人加深对中国国情和社会的认识，从而变得清醒起来。

黄传会真正继承了中国文人忧国忧民的传统。

新拳法

——行者小说阅读随感

如今，要想在已经坐满英雄好汉的小说家聚义大厅里再谋一个座位，没有一点新本领不会一套新拳法恐怕不成。所以行者先在北京鲁迅文学院那座四面是镜的练功房里不怕流汗咬牙苦练了两年，最后到底练出了一套新拳法，这才翻着漂亮的跟斗进了那个著名的大厅并博得了一阵喝彩声。

行者最近在《中国作家》《花城》《人民文学》《北京文学》《福建文学》等刊物上发表的一组短篇小说，就是他这套拳法的展现。这些小说面目古怪而奇异，在写法上摒弃了传统小说的一切规则，且又少有前一段风行文坛的先锋派小说的那些特征。这种双重的背叛使他在小说形式上来了一次比较彻底的创新——一种介于笔记小说和寓言之间的东西呱呱坠地。他写得非常随意，他的笔就像他那奔腾跳跃的幻想之马一样闪来纵去，他写经年的老竹与一位男人的生死相依（《老竹》），他为一对死去几百年的男女做媒（《方屋恨》），他写皇帝在一面镜子前与他的幻象相遇（《镜像》）。读他的小说就像坐在炕头听一位亦人亦仙的老者记述他在天界、人间和地府的种种见闻，让人把现实和历史、上天与下界、幻想与真实混在了一起，获得了一种十分新鲜的阅读快感。读者好像走进了由《世说新语》《聊斋志异》《宋人笔记》《巨翅老人》《文身女》混合而成的一座庄园里。

行者还古怪的把目光始终盯在那个空寂的"过程"上。行者的小说就最初的思情寓意的指向来说，主要是两个方面，一个是关于人生过程的思考，一个是关于创作过程的思索。最后到达了关于事物发展过程的玄思。他触摸到了左右这个世界的最深刻的规律——过程，并对"过程"这个家伙着了迷。他的小说所传达出的形而上的东西，差不多都与"过程"有关。《一棵变化中的树》这个短篇，最能说明这个问题。他由一只独木舟向它的来路看去，他看到了一棵大树，看到了妻子坟墓上的一株刚刚发芽的树苗，于是他断言独木舟其实是种在妻子坟墓上的。把独木舟和妻子坟头的树苗联系起来的，是一个过程。他以此寓示的，可能就是人生由小到老以致原状消失化作他物的过程。世上现存的一切东西，都是作为一个过程存在着。而只要是过程，就有发生、发展和结束。所以世上没有不会消失和改变的东西。当我们用这种目光去看世界看人生的时候，我们自然会保持一种旷达宽容宠辱不惊的心境。行者用他的小说给我们认识人生和世界提供了帮助。

行者在语言修辞上特别加意让读者感到陌生和奇特。他在设喻上的那种随心所欲让人惊异，"把明日牵进地狱，让太阳龟缩在天堂的一角哭泣”(《恒子》)这种狂放的句子,在他的小说中比比皆是。他独特的修辞策略还表现在把许多原本寻常熟悉的语句改造得十分陌生。“这块土地的秘密性应该是无可挑剔的,不能让一只鸟或者一条虫的影子临近,且要有强烈的阳光照射和一条充满脂粉气息的小溪的常年灌溉,但它拒绝乌云的笼罩。”(《恒子》)这些句子就说明的东西来说,可能还没有一句寻常的话来得清楚,但它们经这样改造后读起来却分外有味,使人尝到一种咀嚼美食般的快乐。

今天的小说与过去的小说相比已经面目大异,未来的小说同今天的小说相比,面孔和腰身肯定会有更大的改变,我们应该鼓励在小说创作上的任何一种试验和探索。我祝愿行者把他的新拳法练得更加精到,以吸引来更多的观众博得更热烈的掌声。

冷笔·热肠

——我读《圣诞》

人生的终点是死亡，这是大自然不让更改的一个律条。人类对死亡的态度，基本的一种是不安中杂几分恐惧，是想尽办法来延缓。我对死亡也抱这种态度。一想到有一天自己要走向那不可知的黑暗，心中就禁不住有些慌乱。

死亡是痛苦的这一点已无可辩驳，正常的死亡一般总要伴有疾病，不正常的死亡差不多都要伴着肉体和精神上的难受，所以人在叙述关于死亡的故事时，情绪上总要或大或小地起些波动，用词造句时与叙述其他事情相比总要有些异样。但《圣诞》（载《天津文学》1990 年第二期，作者王立）的作者在叙述一个个关于死亡的故事时，却平静地使用着最平淡的语言。比如第一章中的二狗之死，作者只讲："那时候，他的喉头猛地一紧，他后来就没气了，二狗就这么死了。"对于大狗之死,也只说:“大狗又抽了一袋烟。他就去里屋找了根绳子拴在屋梁上。他老婆端下面条时他已经吊死了。”讲这些话的这种冷静平静镇静样儿,和说“俺中午吃了三碗面条”一样的毫无区分。作者的叙述如此,他所塑造的人物在死亡面前也是异乎寻常的平静。譬如第二章中的黄仲,在知道了对方要来报仇时,还平静地催着:“要咋样你就来吧,我可是等了你好些天了!”“咋不快动手?”第四章中,母亲知道儿子倒酒要毒死她,竟然注意观察着儿子的动作,儿子的手一点不颤,呼吸也很平稳匀称,她满意地点了点头:“真是我的儿子!”还说:“把砒霜都放我碗里。”这种对死亡的反常平静不能不令人心惊。我读完全文之后的第一个感觉就是:作者的笔真冷!冷得叫人震骇。

作者笔下的人物何以会在死亡面前保持平静?如果他们是有坚定信仰的革命者,为了捍卫信仰平静地去死,这可以使人明白。如果他们是把世界看透的哲人,把死看作生命的正常过程去迎接,这也可以使人理解。但《圣诞》中的人物只是一些普通的乡下人,他们这样做就让人很费思索。我用了一点力气最后在文中找出了答案:这些人活着遇到的问题和麻烦和烦恼太令他们痛苦,这痛苦在量上已使他们无法担负!比如文中的大狗,他偷粮食的事已被四清工作组发现,一场批判和斗争就在眼前;他和父亲一起勒死了弟弟,这笔良心债总在那里欠着,活下去要受的这份苦痛令他心惊,既然活着如此难受何不用死来摆脱?再如文中的老鹰,他因为说了实话导致了大狗的死去,因为老实地把小凤的信交给老师导致了小凤的跳井,因为黄仲的无端报复坐了二十年大狱把青春应享的东西全部丢去;因为报仇把黄仲打死要重新接受惩罚,在他的生活中将不再有欢乐和幸福存在,在这种情况下他当然会去平静地“跳井”。

《圣诞》的作者用平淡的语言平静地去叙述这些在死亡面前保持平静的故事，表面上给人一种对死亡自然包括人世的一切都无动于衷的出世感觉，其实内里响起的却是一声饱含着激情的呐喊：快来改造我们人类自身！在这副冷淡的外表背面，作者正激动地站那里向人们叫道：快看看吧，人世的苦难有好多全在于你们人类自己！第四章中的母亲，如果没有爹对娘的强娶，如果没有虎子的兽性大发，如果没有儿子的不解，如果没有来自这几方面的折磨，何以会导致母亲平静地去喝砒霜？你们人类难道不应该反省自己？难道应该只去怪罪大自然对人类的折磨太多？

一个对一切现象都平静视之冷淡待之的人，一般都不再去有所作为，他们只是用第三者的态度去对人世冷眼旁观，是谓清静无为。《圣诞》的作者还在写《圣诞》，还在做事，就证明他对人生和死亡还不能完全保持平静！他只是把自己对人类命运人生状况的热情关注隐藏在冷淡平静的外壳之下，他用他那支冷峻极了的笔给他的火热心肠画了一套外衣。

《圣诞》以平淡的语言平静地叙述让人不能平静的关于死亡的故事，从而给读者以震动，在读者心里激起更大的不平静，让读者去思考诸如如何协调人际关系如何改造社会改造人类自身这些大问题，这是作者在艺术表现手法上的成功。《圣诞》给我这个小说作者的启发就是：在艺术表现上有时可以来个“反常”：该热烈时偏要平静，该激动时偏要漠然，该悲哀时偏要高兴，该镇静时偏要冲动！

枕畔五本书

我爱读的书里，有相当一部分是翻译过来的外邦人的著作。这之中，又有五本书为我特别看重，常把它们置于枕畔，闲时拿过来翻翻。这五本书是：

《人之上升》【英】雅可布·布洛诺夫斯基著，四川人民出版社出版。这是一本介绍人类文明发展历史的比较通俗易懂的著作。作者以宏大的气魄，敏捷的才思，深邃的眼光，生动的联想和优美的笔调，把艺术的体验和科学的解释融为一体，引导读者进行穿越人类心路历程的美不胜收的精神漫游。读完全书，可以使我们了解不是天使的人怎样在向“天使”这个美好的目标接近；可以使我们明白，人在每一块陆地上不是发现，而是用双手创建了自己的家园；可以使我们清楚，人类在建筑、物理、化学、数学、光学、遗传学等科学领域走过了怎样漫长而曲折的道路；可以使我们知道，人类的生物进化和文化进化有着内在的联系。先祖们曾在古希腊神庙上镌刻着一句对我们后人的提醒:“认识自我”。这本书对于我们“认识自我”有极大的帮助。

《经济学》(十二版)【美】保罗·A. 萨缪尔森,威廉·D. 诺德豪斯合著,中国发展出版社出版。该书是目前西方经济学的入门教科书,也是我们学习经济学特别是非经济学者了解经济学的一本有用的参考著作。本书的作者之一萨缪尔森,是获过诺贝尔经济学奖的经济学家。这本书目前在世界上已用数种文字发行了一百万册。该书的内容十分丰富,除了作为核心的经济理论之外,还包括财政学、会计学、经济统计、货币银行、公司财政、经济周期、国际贸易与金融等科目,可谓一部小型的西方经济学百科全书。读完全书,可使我们概略地洞悉现代西方经济学的面貌,系统地了解西方世界某些主要方面的经济情况。这本书语言比较通俗,数学公式也较简单,便于我们读懂。迄今为止,经济问题,为生存而进行斗争,一直是人类面临的最基本的问题。我们读完这本书大致可以明白:人类不会很快地迈进富裕之门,人类也不会永远贫困。

《苏格拉底的最后日子——柏拉图对话集》,上海三联书店出版。苏格拉底是古希腊先哲之一,他善辩而不为人师,创新而不立文字,生的平凡,死的从容。这本书所收的四篇对话,为柏拉图所作,记述了苏格拉底之死这一历史事件,并在一定程度上展现了苏格拉底的生平、夙愿和思想的精华。读完全书,会有助于我们了解那场悲剧:伟大的思想家苏格拉底死于他的同胞——伟大的雅典公民之手;雅典人用自己的双手扼死了一个值得他们引为骄傲的思想巨子。苏格拉底死去的日子已经不少,但他的死给后人留下了永久的话题。伟大的思想家被伟大的人民处死这样一个悲剧仍然值得我们今天活着的人深思。避免类似的悲剧发生是我们今人思考这一事件的目的。我读完这本书后,除了扼腕叹息之外,便是默望遥远的天际。

《鼠疫》【法】阿尔贝·加缪著,漓江出版社出版。这是一部长篇小说,作者从构思到成书,历时八年。加缪在这部小说里创造了一个人抵抗恶的神话。鼠疫在书中已不仅仅是一种传染病了,它成为一种象征,而且是多层面的象征,举凡纳粹、战争、人生的苦难、死亡等,都可以在这巨大的象征中占一层面。加缪还特别注意在书中让象征在现实中扎根,书中充满了现实世界的无数准确逼真的细节,读来给人一种很强的感染力。书中的人物真实但不求细腻,鲜明但不求独特,生动但不求丰满,一种深刻的历史感和强烈的现实感使这些人物让我们读者认同。读完全书,除了获得一种阅读的快感之外,我们会对人类将最终战胜一切恶的东西从而走向美好的明天生出一种信心。

《川端康成散文选》,百花文艺出版社出版。川端康成的散文像他的小说一样,给日本文学和世界文学增添了光彩。他的散文在风格上也很像他的小说,表现出清淡而隽永、委婉而含蓄、质朴而真实的特色。书中收有他的一部分游记作品,这些游记布局无奇,结构平淡,但却精细地描绘了日本大自然的美景,蕴含了作者复杂的感情,读来让人有一种对美的深深陶醉。书中另有一部分描写艺术家生活的篇章,川端写这些人物,一般是跳出人物形象的画框,浓缩人物的生平和性格特征,更多地放在品评所写人物的艺术创作和艺术思想上。读这部分作品,会引发我们对艺术的一些新发现和新思考。书中还有一部分作品,是川端康成对日本文学艺术传统美的议论。作者通过剖析日本古典物语名作及和歌、俳句，试图阐明日本文学的渊源和发展，探索日本人的艺术观和日本文学艺术的特征。读这部分作品，会有助于我们了解川端康成的人生观和文学观，会给我们进行文学创作的人提供一些借鉴。

我把上述五本书的内容作一简介的目的，并不是向别人推荐，只是为了说明我何以对它们喜欢。书海浩瀚无边，读书人要紧的是选择自己喜欢的书读。

一枚“水牌”

幼时居乡间，像大多数孩子一样，我也极爱听大人们讲故事，三国啦，水浒啦，神啦，鬼啦，一齐往脑袋里装。装得多了，有时就想卖弄，就给几个小伙伴讲听来的故事，讲时免不了要掉些、添些，然伙伴们一律极认真极恭敬地听。于是，自己就生出些自豪与骄傲，就兴趣愈浓，就暗暗在心里说：将来要做个会讲故事的人。

大了，开始读书，先读“上、下、日、月”，继读《半夜鸡叫》，再读《林海雪原》，慢慢就读起《阿Q正传》一类书来，也只是在这时，才渐渐懂得，世上有专叫“小说”的书，人间有叫“作家”的人。此后，对小说的阅读兴趣就愈浓，对作家就生出莫大的敬仰来。

书读多了，像故事听多了一样，也想卖弄卖弄，于是，就也拎起笔来，学着作家们的样，写起小说来。从1979年初开始，不停地写,不停地寄,当然也不停地收到退稿。三十多篇稿子全退回来,原先的气就泄下来了,就愤愤然抱怨起编辑来。但泄气归泄气,还没有打算就此罢手,毕竟对这事儿有点兴趣。我把写出而被退回的稿子送给几个相熟的朋友看,想请他们给鉴定一下,自然是想听些赞扬。却不料朋友们一齐斥我:胡编乱造、思想浅薄、语言不美……一顿棒子挨过之后,自己就有些清醒,就找来几篇世所公认的好作品,坐下细读,把它拆开来分析,弄清它好在何处。如此下来,反复几次,就有些明白。知道写小说要有生活,有思想,有技巧;明白要写自己最熟悉的生活,最感动的事情;要表达出自己对人生、对社会、对自然、对宇宙的一些全新的认识;要在塑造人物、文章结构、语言风格上有自己独特的东西。明白了这些之后,我在 1982 年年初重新构思了一篇小说《水牌》,就写我们机关里烧茶炉的老师傅,表现他那颗虽经磨难却依然充满了爱和真诚的心灵。因为对这个老人我极熟悉,所以写来并不吃力,语言上多用我熟悉的句子,也很顺畅,写完寄到山东枣庄市文联办的刊物《抱犊》编辑部,不久,我就在《抱犊》1982 年第三期上看到了自己的文章。这是我第一次在刊物上发文章,我当时真是又高兴又激动!

后来,随着创作生涯的延长,我方渐渐明白:自己高兴得太早了!世上的路,没有一条路的长度和曲折程度可与文学之路相比,走在这条路上的人,只有极少数能走到终点,好多都是在中途折返或另走他途了。我只是刚在这条路上印了个脚印,路还长着哩。明白了这些之后,我不敢懈怠,不断地警告自己要熟悉生活、刻苦读书、努力习作。于是,几年来,还有些文字不断地被印出来。可我始终十分清醒:只要我松一口气,我就会被淘汰下来。我直到现在还不敢自信,不知道自己究竟能不能写出一部真正像样的作品。

旧事重提

记得是一个初冬的晚上吧,我读到了一篇书信体的小说。作者是一个外国人,其姓名和国籍都已记不甚清楚,但内容还依稀记得:一个沦落烟花巷的姑娘,在一次接客中偶然碰到了自己的哥哥,兄妹俩愕然相对而站,最后是妹妹拉门而跑。随后,这妹妹便给哥哥写了一封信,信中含泪泣血地叙述了她是怎样为了维持一家人的生活和供哥哥在城里读书而走上了这条路。信写得哀婉感人,我读后久久不能平静,几次拭泪,我被那真挚的兄妹之情所震撼。过去我只觉得小说有意思,这一夜,我方知小说这东西还真是厉害,竟可以彻底地征服一个人的心。

也是巧,那时我的奋斗目标也正在摇晃,我原本是想在政治学或政治经济学研究上弄点东西,不料寄出去的十几篇论文因各种各样的禁忌全被退回,沮丧中的我看了这小说后就想,何不改做小说试试? 这个行当也许不像政治学或政治经济学领域那样难以立足。

更巧的是,当时南线战争正好打响,东西两个方向上的数十万部队迅速向前推进。我其时在军区宣传部做事,每天可以看到战报,一些被抽调去参战的同志也时有信来,使我对前线的情况有个概略了解。由于已有了要写小说的愿望,一日在读一封战友来信的时候,就灵机一动:何不也用书信的形式写篇小说试试? 说干就干,当下铺纸拿笔,一夜,就写成了,是以一个去前方作战的战士给后方朋友写信报告所见所为所闻的形式,来反映这场战争景观的。就名之为《前方来信》,拿到军区前卫报社让副刊编辑一看,说:大致可以用。我很高兴,几日后报纸出了,见办公室的其他人在读自己的小说,心中煞是激动。这是1979年的春天。

但没过多久,我就自己看出了这篇小说的毛病:模仿痕迹太重;语言太粗,只是通顺而已;立意很浅,对人毫无什么新启迪。要再弄篇像样的,争取在刊物上发表! 谁知在刊物发表这一步竟整整用了三年时间才迈出,直到1982年,我才在文学刊物上发出了第一篇小说《水牌》。

写这篇短文,算是对差不多被遗忘的第一篇习作表示歉意!

关于"台阶"的闲话

大约是1977年春天一个和暖的头晌,我在泰山脚下大众桥的东头闲坐——其时我正在与大众桥咫尺之隔的一座兵营里服役——看见一位少妇拉着一个刚会走路的男孩由桥西走来。他们母子在桥东头停步后,仰望了一刹正对着桥头的冯玉祥先生的陵墓,随之便见那个男孩松开母亲的手,蹒跚着向通往陵墓的台阶走去——到过山东泰安大众桥的人们想必会记得,由桥头到冯先生的陵墓,要上长长一溜台阶。那个男孩晃晃悠悠地登上了第一级台阶后,转身向妈妈笑了笑,那大约是在显示一份快乐与自豪。那位妈妈立时给予了鼓励:上,孩子,再上,看能不能爬上最高一层!那孩子于是转过身去继续爬了。他还太小,爬那些台阶显然非常吃力,到最后简直是手脚并用。就在看着男孩在那长长一溜台阶上艰难爬行的时候,我忽然意识到,这幅图景就是人生的绝妙象征:人艰难地爬完长长的一溜台阶之后，见到的却是一座坟墓，是死亡。我记得我当时打了一个寒噤。

几年之后的一个夏夜，我们一伙战友相聚，酒过三巡后，大家先是说起各自这些年的经历，随后便把话题集中到一位当了局长的战友身上，都说他这几年幸运，顺顺当当做了官，享起了福。未料这位战友竟然眼带泪光地说：我这些年容易吗？由乡政府的一个秘书做起，再由乡武装部长、副乡长、乡副书记、书记、副县长这些台阶一个一个走上来，内中的苦处你们谁知道呀？随后他述说他在各个职务上所遇到的难处和苦处。那是我第一次明白仕途上的台阶级级相连且诱惑力是递增的，每一级台阶上都有温暖和寒冷，每登上一个台阶都会得到一些东西也同时会失去一些东西。就是这个夜晚引起了我关注仕途台阶的兴趣；我开始注意站在这些台阶上的人；我开始想起多少个乡间父母对儿子的叮嘱：好好读书，日后也做个官，不受人欺负；我开始去追寻人们权力欲望诞生的最初日期；我开始翻阅我们共和国的历史。最后，我决定去写一个人。

我写过一些小说，尽管那些小说不堪细读，却终也堆起了一级台阶，当我登上这级台阶之后，我发现我依然站在文学的山脚，离文学的顶峰还有太远的距离，还有那么长那么多的台阶横亘在我和顶峰之间。我自然还要继续爬，文学之路和仕途之路一样，一旦入了这条道，它的诱惑力就迫使你只有朝前走下去，后退只会给自己带来耻辱，给世人留下笑柄。《向上的台阶》是我的又一次尝试，我不知道人们是否喜欢，我原以为借它可以再登上一个艺术台阶，但现在看来艺术之神并没有允许。

我一直相信：上帝当初造人时不过是兴致所致，并没有经过深思熟虑，以致他把人造出后又有些后悔，于是便生了许多法子来折磨人类。造出各种各样的台阶让人来爬便是他老人家折磨人类的方法之一。也因此，我对使用各种手段去登爬脚下台阶的人都表示理解。当然，我赞赏和敬佩的，只是其中的一部分登爬者。

“向上”说

“向上”是说处在坡底和斜坡上的一个物体的运动方位。

处在斜坡上的物体就运动方向来说，还有一个可供选择：向下。

向上比向下吃力。

人生其实是一个大斜坡。

每个人被父母领进人世之后，都站在一个斜坡上。不同的只是站立的位置不一样，有的站得稍高一点，有的站得稍低一点；有的站在阳坡，有的站在阴坡。

不论一个人站在什么位置，他都可以发现，在坡顶，悬挂着辉煌、安逸、享受、功名等等闪光的诱人的让人舒服的东西；而在坡底，却堆放着暗淡、劳苦、默默无闻等等烦人的吓人的令人厌恶的东西。

于是人们大都选择了向上之路，开始了艰难的人生攀登。

向上的选择符合人愿生存得好一些的本能。

一个人不论从事什么职业，只要向上攀登，都可以到达人生的坡顶，都可以摘取辉煌、功名等等让人喜爱的东西。

走进政界的人向人生的坡顶攀登，自然无可非议。

政界因为其特殊的需要，必须把走进这一界里的人按官职大小进行划分，所以客观上有了一列由低到高的台阶。

于是就有了登台阶的过程。

古今中外，在政界的一级级台阶上，消失了多少个生命。

《向上的台阶》里的廖怀宝，是我认识的一些政界里的人的代表。他在完成他的人生追求、向上攀登时，因为一直抬眼向上看，并没有留意到那每个台阶上其实已经落满了前人留下的灰尘，落满了可以让人生失色失光的物质；没有发现有些台阶因年久失修而摇摇欲坠；没有意识到有些台阶的毁坏可能会使他滑向人生的谷底。他在一个劲地向上走，他那种走法让人心悸。

廖老七是一些老的东西的化身。这些东西就抛洒在向上的路边。我们中国太古老了，仅封建社会就延续了一二十个世纪。这长长的年代给我们后世子孙留下了许多宝贵的财产，也留下了不少拖累我们前进的东西。而且后者正以它强大的影响力和改造力使许多新生的事情发生变异，使走过它身边的人发生变化。我们多少美好的希望化成了泡影，原因可能就在这里。

小说这匹烈马正越来越变得难以驾驭，《向上的台阶》只是又一种骑法的尝试，这种骑法显得笨拙而不潇洒，但这一切都由骑手的素质决定，真是没有办法。小说家自然也站在一个斜坡上，他们也当然选择了向上之路，但向上走是那样的艰难，坡顶仍是那样遥远，这不能不让人顿生绝望之感。

我近来一直想:站在人生斜坡上的人,如果不向上攀登而向相反的方向——下——走会是什么结果。因为人即使一直向上走而且顺利走到了坡顶,接下来该怎么办？走到了坡顶上的人下一步往哪里走？不还是要向另一面斜坡的下面走？说不定在造物主那里,坡底其实也是一个顶,造物主把人放在一个斜坡上,其实只是想看人运动的过程,看他所创造的生命的运动过程。

我们来自密林

一

人类曾在密林中生活过一段不短的时间。密林可以为幼年的人类遮风挡雨,可以提供野果充饥。密林用它温暖的怀抱为人类的成熟尽过心力。从一定意义上说,密林是人类的母亲。

随着人类智力的发达,人们逐渐不再依赖于大自然母亲的恩赐,他们开始摸索着到密林之外去谋生。走出密林是一种生存方式的结束,是人类发展史上的一个进步,是值得庆祝的事情。

长长的密林生活给人身上留下了许多痕迹,残忍便是其中一种。残忍地折磨其他动物,残忍地折磨同类,这是人间许多痛苦的根源之一。但随着人类文明程度的提高，这些痕迹终会被人类自己消除，残忍的人会越来越少，残忍的事会渐趋没有，人类可以期望一个融洽和睦明天的到来。

二

玩儿猴是祖先传下来的一种生存方式。我从小爱看玩儿猴，爱看猴子在锣鼓声中翻跟斗，我当时只看到这其中的欢乐，并没想这其中也有悲哀。悲哀是双重的，猴的悲哀和人的悲哀。猴和人的祖先血缘相近，如今竟被人玩儿；人比猴智力高出百倍，却要靠猴来挣吃食。这种生存方式应该结束。

结束一种生存方式并不是一件简单的事情，首先是人觉着这种活法没意思，产生了改变它的决心；其次是外部世界提供了改变它的条件，让人看到了选择另一种生存方式的可能。二者缺一不可。

人的生存方式曾经过一系列的演变，总是新的代替旧的，文明的代替野蛮的，先进的代替落后的，这是规律。我们不必为这种替代变换伤心感叹，我们应该高兴欢呼。没有替代便没有前进。正是这种不间断的替代，才把人类引入美好的明天。

三

人类走出大自然的密林之后，面前并不是一条又宽又平毫无遮拦的大路，可以一直抵达美好幸福之境。他们还会步入另外一些“密林”，那些“密林”迫使他们继续摸索前进，有时为最终摸准道路会耗去许多时间，但这是没有办法的事情，要不然，人类活得就太轻松了！

一个人的生活之路也遍布“密林”，你只能对自己的未来有一个大概的计划和展望，你不能想得太仔细太美好太顺利，走错路是随时可能发生的事。有时一步走错，便会陷入一片“密林”，便会让你付出鲜血和眼泪。陷入“密林”之后，气馁、惊慌都没有用，你只有沉住气，摸索着向前走，直至找到一条路。

摸索前进是大自然要求人类必须具备的一项本领。母亲在婴儿出世的那一刹便开始训练这种技能，那最初的生命之路每个婴儿都是摸索着走过来的。不要害怕摸索，今天世上的一切，其实都是人摸索出来的；明天世上的一切，也同样靠人来摸索。

且说壮士爱

诗，还在我上小学的时候，就用它的无尽魅力迷住了我。如今回忆起来，我最早会背的一首诗是：锄禾日当午，汗滴禾下土。谁知盘中餐，粒粒皆辛苦。这首小学老师教我背熟的诗，以它对种田人的深深关爱和理解感动了我这个种田人的儿子。从那以后，我对诗就一直痴迷着，多年来，只要在报刊上看见诗，必要读完，好在读诗也花不了太多时间。这次拿到解放军文艺出版社出版的诗集《京淮梦痕》，因为作者是我尊敬的将军周克玉，自然是一口气读完。

这本既有旧体诗也有自由诗的诗选，以它诗句中所饱含的那份“爱”，深深地打动了我的心。

全书分四辑，在“烽影”辑里，作者主要抒发他一个军人仗剑戍国，对祖国和对军旅生活的爱。“又闻烽火起边关/再整戎装赴硝烟/黄花无限心中事/洒向霄汉天外天”一首，一腔豪气里直抒了对祖国的那份挚爱。“叶刺青天花护峰/芳香四播总关情/远居边山无人识/烽烟过后显英容”,借老山兰花,把对军旅生涯的那份深情曲折地表达了出来。人热爱的对象可以很多,但把祖国的安宁和动荡的军旅生涯作为爱的对象的,唯有军人。作者周克玉将军在这里抒发的是一种标准的军人之爱,壮士之爱。他这些豪壮中掺有温婉的诗行,使我不由得想起了诗史上那些不朽的名句:“烽火照西京,心中自不平”,“黄沙百战穿金甲,不破楼兰终不还”。克玉将军的诗继承了中国军旅诗的传统,把笔蘸满了壮士之爱之后才在纸上挥动,这样写出的句子自然感人。

对真理、正义、气节之爱,是克玉将军在“心弦”辑的诗行中反复表现的东西。“肠宽万斛酒/身困心自由/剔骨祛怯懦/九死不回头”,是将军在逆境中心迹的表露,为了真理和正义“九死不回头”,这是何等的决绝,又是何等的气魄!“悲欢离合谁无有/苦辣酸甜皆自求/倘能抛却名和利/心如皓月照水流”。人在世上的追求,抛弃开名和利,剩下的大约就是真理、正义这类东西了。“清浊自来分渭泾/疾风劲草识湘灵/年年秋霜凋碧树/唯有松柏翠常青”,这首写于1996年6月的新作,借常青的松柏,把作者自己对正义、真理、气节的看重和珍爱再一次抒发了出来。诗言志是中国诗作的传统,借激昂慷慨的诗句,把内心的志向、追求和所爱袒露出来,是中国一代又一代诗人们的习惯。克玉将军在前辈诗人们留下的遗产中反复清点,找出了自己应该承继的东西,使激荡在“人生自古谁无死,留取丹心照汗青”这类诗句中的那份壮士之爱,在他的诗中得到了延续。

对山川风物和艺术作品的爱,在“屐痕”辑里有了淋漓尽致的表现。“寒江百里一夜栽/玉树琼花别样开/朝霞夕辉失颜色/飘飘素装联袂来”，写的是对松花江上树挂的爱。“一曲奏鸣惊四座/疑是‘诗人’又抚琴/游客只道琴声美/谁解音符亦是心”，写的是对肖邦音乐作品的爱。“喷霞吐艳一枝春/喀尔巴阡虞美人/少女献花迎客笑/人花相对映红云”，写的是对石竹花的爱。“明镜镶玛瑙/翡翠映彩虹”，写的是对大海的爱。“山上平湖水上山/飘飘羽化似神仙”，写的是对镜泊湖的爱。能发现山川风物和艺术品之美从而发出爱的感叹的人，需要一双有文化素养的眼睛，更需要有一颗对大自然和对人的创造力的爱护之心。周克玉作为一个带兵的将军，加入到文人们的行列，面对山川风物和艺术品发出爱的赞美，实属难能可贵，也足见他的内心里，对我们所生活的这个世界包容着多少爱意。

对前辈师长和家人朋友的爱，在“情丝”辑里有着鲜明的流露。“放眼前瞻风景好/敢以初衷报师恩”，抒发的是对恩师的爱；“一肩何惧内外重/两手劲育新花香”，表达的是对妻子的爱；“异地有佳木/故园春更深/待到任满日/归来报国恩”，写的是对儿子的爱；“在外日日好/思念夜夜生/待到荷花开/团聚叙欢情”，吐露的是对孙辈的爱。对早逝的爱女，他写了“昨夜蒙眬里/闻女呼声亲/醒来知是梦/但愿此事真”；在父母坟前，他写下了“长跪坟前泪涌泉/往事如梭恩万千/病重床前无侍奉/诀别未能送纸钱”。这一行行滚烫的诗句，把作者在各种人生角色里内心的那份深挚之爱呈现了出来。他是一个仗剑而行的威武将军，也是一个孝顺的儿子，慈祥的父亲，恭顺的学生，深情的丈夫，蔼然的爷爷，是一个充满爱心的老人。

爱，是人类情感中最宝贵的成分；爱，是人类发展延续最重要的前提；爱，也是一些诗歌能感动人的最基本的原因。读者读诗的目的,除了想从诗句中感觉到音韵的优美,获得奇丽的意象,懂得深刻的哲理,就是想得到一份暖人的东西,而这后者,只有洋溢在字里行间的“爱”能提供。克玉将军的诗以其满浸的爱意,满足了我这个读者的心愿,也因此为我所喜欢。

愿这些诗句能给所有的读者带去温暖和欣喜。

愿这些诗句把“爱”播进每个读者的心里。

代农民立言

因为是农民出身，所以就特别喜欢读那些以农民生活为题材的文学作品。这些年，此类作品倒是读了不少，可惜能真正吸引我的不多，内心里，总在期盼着能读到一部解渴的作品。终于，长篇散文《皇天后土》满足了我的这种愿望。记得我是半躺在沙发上开始读这本书的，几页读下来，身子就坐直了，眼就瞪大了，心里就"咕咚"响了一声，接着再读，就迫不及待了。

这本书吸引我的，首先是它所展示的农民对人生和命运的态度。我是农民的儿子，对农民应该说有所了解，但读了这本书后，一些农民在人生的打击和命运的不公面前所持的那种态度，还是让我为之一震：真的还有人能这样活下去？书中的《西风》篇里，讲一个三十七岁的汉子，因为穷，手中没钱，一直娶不起老婆。后来千方百计娶了个傻女人做媳妇，未料女人刚怀孕，又阴差阳错跑出去，做了别人的老婆，只给他留下个不知父亲是谁的孩子。这样的人生,不能说不惨,但他依然没有绝望,不仅顽强地活着,而且还在琢磨着对他来说很要紧的一些问题。《荒春》篇里,一个二十六岁的姑娘,为了给患小儿麻痹症落了残疾的哥哥娶个媳妇,自己甘愿换亲,嫁给一个四十一岁已有两个孩子的男人。一个水灵灵的姑娘,只能这样选择丈夫,按说该悲痛欲绝,可她却不,平静地说:“俺愿意,真的。”《婚史》篇里,一个四十八岁的女人,从九岁开始,便被作为换钱的物件卖出去,先后转了七八家,在遭受了各种侮辱之后,生活才算安定下来。面对这样的命运安排,她本该满腹怨气,可她却在最后说:“现在日子行。”这样的人生态度,是有点太出乎我的意料了。我不知道是该为他们高兴还是该为他们悲哀,我在这种城市人很难相信的事实面前,无言以对。

这本书吸引我的另一个原因,是它所披露的未经粉饰的当代农民的生存现状。当代农民在想什么,做什么,盼什么,担心什么,害怕什么,差不多在这本书中都可以找到答案。《入赘》篇讲一个年轻小伙子想用机器做豆腐,一心发大财——一个关于钱的问题;《抱孙》篇里讲一个老人在盼着儿媳妇给她生孙子,怕绝了后代没人给她坟上添土——一个关于灵的问题;《彩霞》篇里讲一个媳妇反抗婆婆,一心要掌握家庭的财政——一个关于权的问题;《私奔》篇里讲一个姑娘反抗父母,和自己所爱的人私奔了——一个关于爱的问题。这一个个真实的故事,把20世纪末期中国农民的生存现实和心理状况一一呈现出来,为我们了解当代农民、当代农村和当代农业社会提供了生动鲜活的资料。这些未经粉饰的资料,既具有文学意义,也具有社会学意义,所有想了解中国农村社会真情实况的人,都应该读读这本书——当作调查报告读也行。我想,时间过得越久，这本书的价值会越大。后世的人或许会把这本书视作了解20世纪中国农民生存境况的一本史料来读。

这本书吸引我，还因为它的叙述方式。整本书用的都是第一人称，每一篇都是一个农民的自述，语气是闲谈聊天式的，或说身世，或说生活，或说一个人，或说一件事，或发一番感慨，或发一通牢骚。读来极其真切和亲切，常常是一篇文章读完，自述者的形象已在脑中形成，就好像面对面地听他说话，使文章的感染力大大加强。让这么多的农民一起走到一本书中叙说他们的人生际遇、喜怒哀乐，这在当代文学作品中还是第一次。这些年，散文文体的实验成绩卓著，《皇天后土》所采用的叙述方式，是这种实验中的成功范例之一。

这本书吸引我，也因为它讲述的是我的家乡——豫西南农村的故事。一读到那些我熟悉的曾听过无数遍的乡土语言，我就好像又回到了父老乡亲们中间。随着书中人物的叙述，我又看见了故乡那些错落有致的茅屋瓦舍，又走在了故乡田野里那些弯弯曲曲的小路和渠埂上，又躺在了夏夜的麦场里，又站在了牛棚、羊圈和鸡笼前，又坐在了剃头匠的板凳上。书中有我熟悉的一切：声音、人物、场景、物品、气氛。读完这本书，真像回了一次故乡。我的故乡不是发达地区，那里还保留着许多农业社会的珍贵东西，倘若有人想了解这些东西，就来看看这本书吧。

在南阳作家群中，《皇天后土》的作者周同宾是真正记住了“淡泊以明志，宁静以致远”这句话的人，他不愿凑各种热闹，总是静静地读书，静静地思考，静静地写作，再就是不事声张地到四乡里随便走走。在文学这个行当里，常常是能忍受寂寞和冷落的人，才有可能成大气候。同宾用他的实践证明了这句话说得实在，说得有理。

读《鬼镇弟兄》随想

最早发明“兄”和“弟”两个字的人已不知是谁，不过用兄和弟来排列人来到世间的先后次序确实方便且已成定规。兄与弟是人类社会人们彼此关系中最基本的一种，其中隐匿着许多悲剧和喜剧的发生密码，仔细地观照这种关系是一件很有意义的事情。长篇小说《鬼镇弟兄》把陈保安、陈佑安这对兄弟作为表现的对象，把兄弟关系作为阐发理性思考的一个介体，是作者马泰泉一个有眼力的选择。

小说仔细地写了老大陈保安、老二陈佑安这对同母异父兄弟曲折的人生际遇。陈老大还在未来人世之前就失去了父亲；长大后参加抗美援朝不幸又成为俘虏；俘虏遣返时被秘密送到台湾强化训练变成“特务”；之后又被控犯有通共罪入了大狱；出狱后由无业游民而经营起老家凤和轩的小吃，最后变成了一个商业巨子。陈老二这位国民党军营长的后代，先是在受人歧视的泥坑里扑腾，后又在穷苦中死命挣扎；改革开放后生活刚见转机，又因引进设备陷入了一场更大的危机之中。兄弟俩的生活都是一波三折，尝尽了人生的苦痛和酸辛。读这样的故事，我们当然会感慨战争与政治对社会生活和个人命运的影响，但和作者在书中不断提到的伏羲墓、太昊伏羲庙联系起来，我想得更多的则是我们人类诞生以后各民族、各种族曲折的进化发展历史。最早栖息在亚洲黄河西岸的原始人群跋涉过多少蜿蜒曲折的路途才变成今天的中华民族；最初出现在非洲大陆的先民们经历过多少次水旱诸灾的袭击和杀戮贩卖的苦痛才成为今天的非洲人。坎坷崎岖不仅是陈老大、陈老二这对兄弟的人生轨迹，也是整个人类各种族、各民族进化的轨迹。作者在这里述说的是陈氏兄弟惨痛的人生经历，诱使我们去想的却是人类多灾多难的过去。

小说以一桩引进设备的欺诈行为为故事框架，把陈老二扩大再生产以造福乡里的雄心和陈老大越过海峡回故乡投资以报效桑梓的心愿生动地写了出来。我们从中感受到了这对豫东平原出生的兄弟对家乡对故土的一往情深。读完全书，我们理所当然地把保安、佑安两人看作了海峡两岸同胞的代表，想到了大陆人和台湾人乃一母同胞兄弟，他们有理由携起手来，为华夏大地的繁荣和昌盛，为中华民族自立于世界民族之林而倾尽全力。

《笔镇弟兄》是一部写实的作品，展示开放社会的世态，指出我们前进路上的艰难曲折等肯定是作者的用心，但他似还有更深的用意。这用意就是提醒人们，兄弟这个称谓除了血缘相连的平辈这个狭义的解释之外，还有广义的理解——我们作为人祖爷的后裔，其实都是兄弟；我们每个民族、每个种族在造物主那里，也都是弟兄。人与人之间，民族与民族之间,种族与种族之间,应该彼此施以爱、宽容和尊重,而不该把欺诈、歧视和杀戮加诸对方。在人与人之间和民族与民族之间制造苦难和流血的历史必须结束,应该让欢乐的笑声响彻这个世界。

悄读"内部书"

20世纪70年代初,我在山东肥城的一个野战炮兵团里当兵。没过多久,我被连里提拔当了连部的文书。当了文书就可以进连部的那个大仓库,在仓库里,我意外地发现了里边放着几本盖有"内部书,供参考"红印章的书,其中有一本是苏联的小说《你到底要什么》。爱看小说的我当即眼睛放光如获至宝,拿起就翻了起来。翻开才知道,书里还夹着一个纸条,上边写着,本书是供干部们了解修正主义在苏联作恶的情况而印的,要求干部们一定要带着批判的眼光去看,要看出问题来。我见字急忙把书又放下了,文书只是个班长,不是干部,看这书有点越级犯纪律。但那年头可看的小说实在太少,这书对我的诱惑我抵抗不了,我决定即使挨批评也要看一次。当天晚上全连熄灯之后,我偷偷把书由仓库里拿出来,然后钻进被窝,打开手电看了起来。

文书一个人睡一个房间，只要不开灯，就没人能发现我在看书。我看得如痴如醉。那本小说的详细内容我如今已记不起了，只约略记得写的是城市里年轻人的生活，其中有关于爱情和性的大胆描写，有关于年轻人追求自由生活的描述。这些内容让我感到太新鲜太有趣了。我可能是用三个晚上把书看完的，看完之后不仅不觉得这本书有问题，还感到这样的小说写得真吸引人，我要能写出这样的小说就好了。

今天回想起来，那本《你到底要什么》的书，和我们现在年轻人写的城市生活的小说有些近似，只是那里边传达出的东西对我很陌生，所以我觉得它特别有趣。

这本书让我知道，原来除了新华书店卖书之外，还有另外的卖内部书的地方。我于是开始打听卖内部书的地方在哪里，最后终于打听明白，我们团部所驻的县城的新华书店里，有一个销售科长，他是党员，专门负责卖这种内部书。到了下一个星期天，我就进城去了新华书店，找到了那位科长，说明了想买内部书的心愿。那科长见我是军人，很客气，在他的办公室里接待了我，但他为难地说明：买内部书须开团政治处的证明才成。我估摸我一个连队文书，想在团政治处开到那样的买书证明怕是不行，于是就赖着不走，给他说了很多好话，缠着让他同意，看看天快晌午了，我还跑去隔壁的商店里给他买了两包饼干。那年头，两包饼干是一种很不错的礼物了，值近一块钱，我一个文书的月津贴才七块。他看我是真心想买书，最后点头说：好好，就卖给你，但只供你自己读，不能外传。我急忙点头称是。

我喜冲冲地随他进了“内部书店”——那只是一间很小的房子，里边放着几个书架，书架上搁满了书。我贪婪地看着那些书的书名，大都是一些外国领导人写的政治方面的书，苏联的小说只有一本，还有就是中国人描述外国情况的书。我想既然机会难得，一定要买几本走。现在已记不得那天买了哪些书，反正我是把军挎包装满了的。回到连队后，就悄悄地偷偷地读起来。可惜得很，在我后来的几次搬家中，这些书都散失了。

自此以后，我开始和内部书店打交道。我由团里调到泰安师部时，又找到了泰城新华书店卖内部书的人，因为这时我已是干部，买内部书也算是名正言顺。1978 年调到济南军区机关时，我又和山东省新华书店卖内部书的人建立了联系。我至今还记得，省店负责卖内部书的中年男子姓耿，我和军区机关另外几个喜欢买书的人都叫他老耿。老耿是个很热情的人，很欢迎我们去他的内部书店挑书买书。这时的内部书都不再印上“内部书”的字样，但发行范围还是有明确限制的，我因为在军区机关，沾了这个大机关的光，老耿不限制我买书，想买哪本书都行。感谢老耿，让我那些年看了不少在新华书店公开柜台上买不到的书，尤其是一些文学作品，这对我后来的创作，也算一种准备吧。

随着改革开放步伐的加快，对书的限制越来越少，求老耿的人也越来越少。有时，老耿会主动找到我们机关，推销他内部书店的书。我们有时买了他的书后发现，新华书店也有公开卖的。我们把这事给老耿说了，他只是苦笑笑。又过了一些日子，老耿告诉我们，内部书店取消了，以后什么样的书都可以在新华书店买到。我们听了好高兴，从此以后，买书，再不用求人了。

我喜欢的几组镜头

看电影是我最喜欢做的事情之一。这几年,我的一些小说也被电影导演们或改编成了电影剧本,或拍摄成了电影,每个剧本、每部影片的得失自有专家们去评论,我这里只想说说自己所喜欢的几组镜头。

几年前的一个中午,住在河南南阳老家的我,忽然接到姜文打来的电话,说想把我的小说《汉家女》改编成电影,他来导。我说行。姜文于是风尘仆仆地赶到了南阳,三天里,我们在一起畅谈改编问题,姜文谈到汉家女牺牲后的画面设计:

牺牲后的汉家女躺在公路上。

执行任务的坦克车队隆隆驶来。

坦克驾驶员见路上有军人遗体,停车迅跑下来,把汉家女的遗体滚到公路一边。

坦克车队重新开进。

在高速行进的坦克履带缝隙里，汉家女的遗体不时闪进我们的眼睛……

这部电影后来因为形势变化而未能拍成，但姜文设计的这组镜头却留在了我的心里。这组镜头让我想了许多，比如个人在战争中的渺小；战争机器启动后所形成的独特逻辑；战场给生者和死者的不同待遇。一组镜头，可谓余味无穷，倘是拍成，相信许多人都会喜欢。

导演谢飞把我的小说《香魂塘畔的香油坊》改编拍摄成了电影《香魂女》，在影片将要结束时，二嫂已决定解放自己的儿媳环环，让她和自己的傻儿子离婚。谢飞是这样设计的：

湖畔：二嫂和儿媳默然洗刷东西。

二嫂忽然开口：环环，你和墩子离了吧！

二嫂：再找个人家，妈给你准备嫁妆。

环环愣怔良久，猛然凄厉地高喊：可谁还要我呀……

这组镜头把一个被人解放但自己仍不能解放自己的农村女性凸现在人们面前。它们让我想起妇女解放还有多么漫长的道路要走；想到民主和自由的美好设计将在许多地方化为尘土；想到一些先驱者的牺牲在许多人心里将毫无意义。让人感到了一种彻身的冷。

西安电影制片厂导演潘培成把我的小说《步出密林》，改编拍摄成了电影《人猴大裂变》。片中年轻的小伙儿振平对邻居嫂子——美丽的少妇荀儿怀有一种朦胧的爱慕之情，但当有一次他去嫂子家时：

荀儿正站在床上向墙头上放一件东西。

荀儿只穿一件很短的内衣，由于她双臂上伸，而使自己腹部白嫩的肌肤裸露了出来。

振平双眼一亮,急切地看去,但只是一眼,就又慌乱地收回了目光。

振平垂眼急忙伸手把自己衬衣最上边的一个扣子扣死。

振平这才目视别处叫了一声:嫂子。……

这组没有任何对话的镜头把一个年轻小伙儿的青春躁动和纯洁无瑕表现得恰到好处。一种美好的让人心神为之一爽的东西在我看过这组镜头后流布心头,它让我想起没有一丝絮云的蓝天和一方没一点污染的白布,想到人间的确还值得我们长留。

长春电影制片厂导演于向远把我的小说《伏牛》改编拍摄成电影《痴男怨女和牛》,其中有一组关于哑巴姑娘婚后有天晚上睡觉前放枕头的镜头:

她拿起自己的枕头,犹豫着不知该不该把它和丈夫的枕头并排放在一起。

她把两个枕头并排放在了一处。

她凝视了片刻,又把自己的枕头拿起。

她最后把枕头放下去,让两个枕头稍稍隔了些距离……

一个婚后少妇面对自己的枕头不知该怎样放法,这立刻就让人看出这内中一定有隐情。这组镜头把一个哑巴少妇很爱丈夫但得不到丈夫爱的复杂内心极细腻地表现了出来。这个简单的放枕头的动作里蕴含着无尽的酸辛,它让我想起自己平日遇到的那些无奈的场面,想起我们小人物的处境。

我所以喜欢上述这些镜头,是因为它们不仅让我看到了具体的画面,还让我由这些画面联想到了一些形而上的东西,得到了新的感悟。电影是靠镜头说话的,每个镜头是否设计得匠心独具和含蕴丰富,会影响到整个片子的质量。但愿我们的国产故事片里满是导演精心设计出的精彩镜头,从而把被其他娱乐项目拉走的观众再拉回到电影院里。

阿里萨之爱

——我读《霍乱时期的爱情》

我从小就爱看别人举行婚礼,爱看婚礼上的那份热闹,爱听人们讲有关爱情的故事。这么些年来,看过的婚礼无数,听到的爱情故事也无数,但我还从没有听说过一个男人用五十多年的时间去追一个女人的故事。不过,最近听说了。这个男人叫阿里萨。

给我讲述这个故事的人是哥伦比亚作家加西亚·马尔克斯,阿里萨是他创作的长篇小说《霍乱时期的爱情》中的男主角,他的全名叫弗洛伦蒂诺·阿里萨。

这部书我也是一口气读完的。

阿里萨的爱情故事让我惊奇不已。他是在十七岁的时候看见十三岁的少女费尔明娜的。对少女偶然的一瞥成了这场爱情的源头,抓走了他的心。从此,他陷入了一场长达五十多年的爱情中。但长大后的费尔明娜却嫁给了一个门户相当的医生,找到了自己的爱情之路。阿里萨虽然四处拈花惹草,可始终不娶,一直把妻子的位置留给费尔明娜。他坚信,他会死在费尔明娜的丈夫之后,届时,他再去争取,一定要让费尔明娜成为自己的女人。

生活果然按照他的期望发展,费尔明娜七十二岁时,她的丈夫去世,此后,七十六岁的阿里萨重新开始了自己的追求,并最终如愿以偿,两个七十多岁的老人在一艘客船上最后结合在了一起。为了不受打扰,已是内河航运公司总裁的阿里萨下令,在船上挂上有霍乱病人的黄旗,不接受任何旅客上船,就在河里上上下下地走……

《霍乱时期的爱情》是马尔克斯写的可读性很强的小说,也是他获得诺贝尔文学奖后出版的第一部小说。他写这部书时已经五十八岁。他曾说过:有两部书写完后使人像整个儿被掏空了一般:一是《百年孤独》,一是《霍乱时期的爱情》。他还曾说过:《霍乱时期的爱情》是我最好的作品,是我发自内心的创作。《纽约时报》曾评价说:“这部光芒闪耀、令人心碎的小说是世界上最伟大的爱情故事之一。”这部书的首印量是《百年孤独》的一百五十倍。而且被美国拍成了电影。

这部书在我看来,有三个特点:其一,写作手法发生了变化,作者不再使用魔幻手法,使用的是19世纪欧洲艳情小说的传统写法,书中一些地方具有欧洲一百多年前艳情小说的浓烈情调。其二,把主角之爱和配角之爱写得都很精彩,将一部小说写成了一部爱情教科书。作者在写阿里萨和费尔明娜的爱情主线的同时,还顺带写了很多其他种类的爱情,有隐蔽半生的爱情,有朝露之情,有羞涩之爱,有无肉体接触之爱等等,使我们看到了爱情的种种形态。其三,作者把他对人生的认识和思考全部糅进了作品中,读这部书会让我们明白许多人生哲理。比如,书中说:我对死亡感到的唯一的痛苦,是没能为爱而死。又如,书中说:社会生活的症结在于学会控制胆怯,夫妻生活的症结在于控制反感。还如,书中说:一个人最初和父亲相像之日,也就是他开始衰老之时。读这样的句子,我们会有一种茅塞顿开的感觉。

今天,我们很多年轻人已不再相信爱情。听说最近有人在一群年轻人中做了一次调查,问的问题是:你相信这个世界上有爱情吗?回答相信的有百分之十几,回答不知道的有百分之十几,剩下的都回答不相信。我不知道我听到的这件事是不是真的。不管你相不相信爱情存在,我都希望你能读读马尔克斯的这本书。马尔克斯告诉我们,在他生活的南美洲那个地方,爱情是有的,是存在的,而且很绚丽,很温暖人。其实我们仔细想想,包括情爱、亲情之爱、朋友之爱、同胞之爱等人与人之间的爱,才是我们人生中最可宝贵的财富,是我们在临终之时唯一可以带走的东西。

加西亚·马尔克斯是哥伦比亚的骄傲,他当过电影编剧和新闻记者,之后才开始写小说。他是20世纪全球最重要的作家之一,是影响世界小说走向的文学巨匠。他1927年出生于哥伦比亚的一个滨海小镇阿拉卡塔卡。父亲是邮局电报员,家境贫困。他小时候在外祖父家生活,外祖父当过上校军官,思想激进;外祖母见多识广,善讲神话和鬼怪故事,对其日后的文学创作产生了重要影响。他1999年夏天被确诊患了淋巴癌,接受了化疗,之后文学产量开始减少。2006年1月宣布封笔。听说,他现在因家族遗传和癌症化疗的影响,已得了老年痴呆症,我希望自己听到的这个消息是假的,像他那样为文学劳碌了几乎一生的人,上帝不应该这样回报他。

愿智慧和健康都能回到马尔克斯的身上!

认识娜塔莎

——我读《战争与和平》

1978年秋天，我在美丽的山东青岛，在靠海边的一个不大的名叫金口路招待所的房间里，认识了一位名叫娜塔莎的俄罗斯姑娘，而且很快知道了她的人生经历。她十五岁的时候，向她哥哥宣称：我永远不嫁任何人，只要做一个舞蹈家。她当时说完这话，弯着两臂，照舞蹈家的样子提起裙子，向后跑几步，转过身，向上一跳，把她的两只小脚陡然并起来，然后跷着脚走上几步。她十八岁时，当她意识到一位王爵爱上了她而她也爱上了对方时，她流出欢喜而兴奋的眼泪，搂抱着她的妈妈说：好妈妈，我多么快活呀！在婚礼被延宕后，一个已婚的浪荡公子企图诱拐她，向她发起了魅力攻势，未历世事的她竟也动了心，差一点就步入险境……当遭她背叛的未婚夫在战争中受重伤，意外地和她家一起逃难时，她满怀羞愧地跪在他面前恳求:饶恕我吧! 然后,以一腔的爱和热情不分昼夜地看护着他,直到他死……

这位姑娘的天真、纯洁、善良让我难忘。

认识她让我兴奋不已。

可惜,她不是现实生活中的人,她只是俄罗斯作家列夫·托尔斯泰创作的长篇小说《战争与和平》中的一个人物。

《战争与和平》是我读的列夫·托尔斯泰的第二部小说。其时,我在济南军区宣传部工作,我随机关一个工作组去青岛出差时,带上了这部小说。就在青岛那个金口路小招待所里,我如饥似渴地将这部书读完。读完之后,我的心久久不能平静。这部书让我第一次见识了史诗性长河小说的面目,全书厚厚的四册共十五卷加上两个总结,让我认识了近千个各种各样的人物:从拿破仑到俄国皇帝亚历山大一世,从俄军统帅库图佐夫到普通士兵,从伯爵、王爵到平民,从男人到女性;让我了解了俄国 1805 至 1820 年的历史,了解了俄罗斯人民在国家危亡面前的作为;让我看到了俄法战争的残酷场面,特别是法军撤退时大批士兵冻饿而死的惨状;让我感受到了和平生活的可贵。当时我才二十多岁,这部书对我的内心造成了极大的震撼。

特别是托尔斯泰塑造的娜塔莎这个人物,在艺术上给了我三点启示:其一,一部书只要把主要的女性角色写好了,这部书就有了黏合剂,就能使书的各个部分紧紧地黏合起来,使书具有了引人阅读的魅力。其二,作家写人物,一定要注意写他的成长过程,每个人都是逐渐成熟的,他的性格、胸怀、气质,都有一个形成过程,过程写好了,人物就栩栩如生了。其三,写人物,一定要写出一种命运感来,这样才能征服读者。

这些启示对我尔后的写作产生了很大的帮助。我的很多作品的主人公是女性,像《香魂塘畔的香油坊》里的二嫂,像《湖光山色》里的暖暖,像《银饰》中的碧兰等,可能就是受其影响的结果。

《战争与和平》是托尔斯泰的代表作之一。是他在 1863 年至 1869 年写成的书。书一出版,就因其恢宏的构思和卓越的艺术描写震惊世界文坛。英国作家毛姆和诺贝尔文学奖得主罗曼·罗兰称赞它是“有史以来最伟大的两部小说之一”,“是我们时代最伟大的史诗,是近代的伊利亚特”。这部书迄今已五次被改编为电影,有 1947 年的日本电影,有 1956 年的美国电影,有 1968 年的苏联电影,有 1972 年的英国电影,有 2007 年俄、意、英、法、波、西六国联合拍摄的电影。该书写的虽然是 19 世纪的生活,但因其着笔于人的生命和命运,着笔于爱和善,与今天的我们毫无隔阂,读起来依然能让我们的心激动起来。

列夫·托尔斯泰是我非常尊敬的作家。他一生写过许多作品,代表作有三部,除了《战争与和平》之外,还有《安娜·卡列尼娜》和《复活》。有人说他是唯一能挑战荷马、但丁和莎士比亚的伟大作家。他 1928 年出生,1851—1854 年在高加索军队中服役并开始写作,这为他以后写《战争与和平》的战争场面打下了基础。他三十四岁时与年近十七岁的索菲亚结婚,他们前后育有十三个孩子。他于 1910 年去世,活了八十二岁。他主张爱一切人,包括曾经的敌人。他的思想对我有很大影响。他后来因家庭矛盾,一气之下离家出走,躲在一个三等火车车厢里,最后病死在一个小火车站的站长室里。如今,他虽然静静地躺在俄罗斯的一个被森林围着的墓穴里,但依旧在对活着的人们产生着影响。

托尔斯泰爱这个世界上的人,世界上的人也爱他。

愿没读过《战争与和平》的年轻朋友们,抽时间找来读读这部书。

爱琴海边的相识

——读希腊作家玛琳娜的《诺言》

认识玛琳娜·拉斯西奥塔基有点偶然。

2012年11月初,我应邀去雅典参加希腊著名作家尼可斯·卡赞扎基斯的纪念研讨会。那是我第一次去爱琴海边,也是一次时间很短的旅行,不懂任何外语独自出行的我一路惶恐,只想着平安抵达和返回就行了,根本不敢想还有其他的收获。停留雅典期间,在雅典大学攻读博士学位的作家、学者杨少波先生告诉我:雅典有一名女作家玛琳娜,和你的遭遇一样,也失去了自己的儿子,你愿不愿见见她?我一听有这样的事,急忙点头说:当然,如果对方也愿见面,就请安排吧。最后定下的见面时间,是在我启程返京的那天上午,我去机场时先去她所在的一所语言学校,见完后就直接去机场。

前一天晚上雅典下大雨,雨势很猛,这使我入睡前有点担心次日的天气影响与玛琳娜的见面。还好,第二天上午天晴了,少波驾车带我和著名翻译家李成贵先生去往玛琳娜所在的语言学校。在车上,我一边看着陌生的街景,一边在脑子里极力搜索能给她安慰的话——我知道失去儿子的全部痛楚,何况她还是一位母亲。

我们先被领进她的办公室,后到一个小会议室坐下。玛琳娜热情地请我们品尝咖啡和点心。我和她虽然语言不通,但我能从她的表情和动作里感受到她的善良。她是一个身材娇小的人,仔细观察能发现她脸上仍留着经历过重大灾难的痕迹。简单的寒暄过后,玛琳娜先开了口,她说,她听说我写了《安魂》这本书,知道我失去了儿子,她和我有相似的经历,她有个儿子叫瓦尼斯,也因为患病,在多国求医无果后离开了她,走时才十八岁。她简要介绍了瓦尼斯的病和治疗的经过,并说,她也因此写了一本书,书名叫《诺言》……她述说时声音低沉而平静,我知道她在极力控制着自己的感情。李成贵老师的翻译让我准确理解了她的话意和心境。轮到我说了,我那一刻突然意识到,我原来准备对她说的安慰话此时说出来并不恰当,我只好也介绍我儿子的病和治疗经过,可没说几句,对往事的回忆和对方那种理解的注视让我对泪水一下子失去了控制……

分别时,我对她说,我希望能早日看到《诺言》的中文版……

感谢七十多岁的翻译家李成贵先生,在短短几个月的时间里就把《诺言》翻译了出来,感谢杨少波先生对这本书进行了认真的校对。我有幸最早得到了译文的电子文本,能够先读到这本玛琳娜饱蘸着泪水写成的书。

这部非虚构著作最先引起我注意的，是它的结构形态。

这部书在章节的命名上，有时间的，如“十月”“春天”等；有地点的，如“美国”“雅典”等；有人物名字的，如“安吉罗斯”“安东尼斯”等；也有用一句名言的，如“应给予你们因你们祈求”等；还有用肉体感觉的，如“疼痛”“屈辱”等。猛看上去，非常随意，颇不一致。但这种随意和不一致恰恰符合一个失去爱子的母亲的心理，与一个被痛苦折磨的女性的心境相符。想起哪一段时间就说哪一段时间，想到哪个地点就说哪个地点，想起谁就说谁，想起哪句话就说哪句话，想起哪一种感觉就说哪一种感觉。读者翻开这部书，可以从头看，也可以从你翻到的任何一节开始看，都可以看明白，都可以有所获得。这种看似随意和不一致的结构方式，倒是别具匠心。

这部书可被归类为一部长篇散文，但其中有不少诗篇，把诗和散文杂在一起，也很精彩。凡是不好用散文语言描述和表现的地方，就用诗句来完成，这也产生了一种别样的美感。

这部非虚构著作中最打动我的内容，是作者描述儿子与疾病抗争的情景。

当一次没有效力的治疗开始时，儿子这样问母亲——

我什么时候能出院？

不知道，我的心肝。会告诉我们的。

那学校怎么办？我要上学。

你会去的，我的宝贝。我们还要耐心等等……

这几句对话让我们明白，瓦尼斯从来就没准备在癌魔面前认输，他心里想的是病愈之后去上学，去开始正常的生活。

在午夜来临的病房里，当另一个病友病危被抢救时，儿子默默敲击着笔记本电脑的键盘——

我们这一代没有经历过崩溃的年代，没有经历过战争……我们最大的崩溃就是生命……我们进行的战争只能在精神层面……

这个场景让我们看到，瓦尼斯清醒地意识到，他和疾病的斗争是一场精神层面的战争，他此时的身份是战士，他不会后退。

在另一次治疗中，儿子受到败血症的威胁，整整搏斗了两个昼夜，高烧四十二度。他开始说胡话。寒冷，发抖，全身通红，像被火烧似的，全部指甲发蓝。在短暂的清醒时刻，他对妈妈说——

妈妈，求求圣母玛利亚！

好的，你也求求她！……

这个场景让我们强烈感受到，为了战胜癌魔，瓦尼斯在无助时多么急切地想寻找到精神武器。

有一次瓦尼斯在雅典"健康医院"进行放射治疗，正好赶上他所在的中学进行考试，他坚持要参加，妈妈只好在他治疗结束后，用汽车直接把他送进了考场。他极度疲劳，却尽量集中精力，回忆忘掉的课程，他对妈妈说：别着急，我们会通过的……

瓦尼斯的这个举动让我们真切地看到了他的顽强和勇敢，他在精神上一直企望着战胜癌魔。

当剧烈的疼痛向瓦尼斯袭来时，无论他采取什么坐姿，都不能避免疼痛。晚上躺在床上，没有一个位置能减轻他的痛苦。很多次，他不能挺直头部。但是，他一句抱怨的话也没有，只是问——

妈妈，我们还能做什么？

祈祷，我的宝贝，祈祷。

做哪个祈祷？

你想做哪个就做哪个，或者你就简单地说，主啊，阿门。或者，主啊，怜悯我……

读着这样的描述，我的心都碎了，这是一个多么可爱的孩子，一个多么顽强的生命呀！他一直在想着重返学校，重返人群，重返正常的生活，面对疯狂的癌魔，他一直在抵抗，尽管在败退，却至死不愿向对方低头。瓦尼斯的表现让我不由得想起了我的儿子周宁，想起了周宁当初抵抗癌魔的情景，两个年轻人的成长背景不同，生活经历相异，但他们在人生灾难降临时的表现却很相像。

玛琳娜用一个母亲的观察力和一个作家的表现力，让我们看到了一个生命的不屈和尊贵。

这部非虚构著作最吸引我最让我难忘的，是它强烈的思辨性和哲学意味，是它对生命和死亡的思考。

一打开书就能知道，书中思辨性的文字很多，字里行间思辨的味儿极浓，书里到处都在提出疑问和追问，书中也充满了解析与论证。思辨性强是这本书最突出的一个特点。我们知道，希腊那块神奇的土地，是最滋养思想家的地方，苏格拉底、柏拉图、亚里士多德这三位对后世产生重大影响的大思想家都出生在这块土地上。穷究事理，善于追问，是这里的文化传统之一。玛琳娜这部书的写作承继了这种传统，她在书中追问和辩说了很多与我们的人生紧密相关的问题。

人怎样承受死亡之痛？这是玛琳娜问出的第一个问题。

她说，死亡之痛是最可怕的痛苦，会使活着的人感到彻底的绝望从而使灵魂产生剧烈震荡。对这种痛苦，弗洛伊德建议用“哭丧”的方式去承受，心理治疗师建议用“现代安慰技术”去疗治，医生建议使用镇静药物去慢慢消除，但这都不能提供真正的帮助。她以她自己的经历告诉我们，唯有祈祷和爱，可以使这种痛苦稍稍变轻变得勉强可以承受，可以使你不被击碎，不去想到以自杀来毁灭自己。

既然每个人都要死亡，那我们为何还要生存？我们的存在究竟有何意义？这是玛琳娜问出的又一个重要问题。

她说，加缪把生命看作荒谬的东西；萨特认为生命是失败，创造是失败，人的努力都是枉然，无论你努力做什么，都是枉然，都无意义。她在反复的论证之后认为，我们存在的目的是为了用爱，用尊重去创造有形的和无形的世界。这也就是我们活完短暂一生的意义。

人死亡以后会怎样，一切都结束了吗？

我们存在这世界上是偶然的吗？

上帝造人的目的是为了把人当玩物吗？

我们活着能按自己的意愿任意行事吗？

怎样把自由和爱结合在一起？

怎样把自我和集体结合在一起？

玛琳娜在书中提出了一个又一个问题，然后又一一论证，得出自己的结论。这其实是一本思想录，是一个女性在遭遇了巨大的人生痛苦后，沉入思考的一本笔记。读这本书，等于是在读一本生动的人生哲学教材。

读完全书，我的感觉是：玛琳娜固然是一个失去爱子的不幸母亲，但上帝其实也给了她回报，那就是让她更清醒地活着，让她代表世上千千万万个母亲，去追寻生育孩子和繁育生命的真正意义。

无论作为一名作家还是作为一位父亲，抑或是作为一个男人，我读这本书都有收获，为此，我要向玛琳娜表示深切的谢意和敬意！

祈愿瓦尼斯和周宁能在天国的享域相遇，并成为好朋友！

癸巳年仲春

看遍人生风景

——《看得见风景　望不见爱情》读后

人只活一生，通常也只活在一个家族里，活在一个谋生领域和一个地域与国度里，这在时间和空间上就限制了人的视野和视域，使得人只能看见自己和身边少数人的人生风景。所幸，人类创造出了书籍、戏剧和电影，这使得我们看见更多的人生风景成为可能。孙小宁既喜欢读书又喜欢看戏剧和电影，而且喜欢研究作家、编剧和导演的人生经历与创作目的，这就使她看见了许许多多书本里、戏剧内和影片中的人物及作家、导演本人的人生风景。看到的人生风景多了，这些人生风景就会转变成一笔精神财富。《看得见风景　望不见爱情》这本书，就是孙小宁储存自己精神财富的地方之一。

梦，是这本书的第一辑。在这一辑里，孙小宁用她的文字告诉我们，她从她读到和看到的书本与影片里，看见了男女之爱的千般风景，也体味到了男女之爱的百般滋味。在影片《外欲》中，她看到一个美丽少妇与一个男青年隔窗而望日久生情，却在与对面窗内男青年幽会，又回望自家窗内风景时，决然离开了男人。从而体味到了女人想抓住窗外令自己心动风景的那份渴望，体味到了那只是一代代女人平凡生活之外的梦中幻影。在影片《破碎之花》中，她看到了一个男人手持鲜花去寻访自己昔日女友的风景，体味到了男人与女人相恋结束后的那份欲说还休、那份抚痕无语的心境。在影片《午夜巴塞罗那》中，她看到了两女一男异国旅行的风景，看到了人在人类情感禁区的游戏，体味到了伍迪·爱伦制造出的那枚情感探针的奇妙。在《纯真博物馆》这本书里，她看到了一个富家公子对内心之爱执拗坚持的风景，体味到了爱的卑微与强大。在《恋爱中的男人》这本书里，她看到了老年歌德爱上十九岁少女马林巴德后的那份昏热风景，体味到了进入暮年的男人在与岁月较量失败后的那份苦痛。男女之爱，是人类的本能，是人类得以繁衍延续的保证，是人间欢乐和幸福的重要来源，却也是人类烦恼和苦痛的一个滋生处。世上的男女无数，世上男女之爱的种类也无数。每一个男人和女人，都梦想获得一份美好的情爱，但上帝通常并不答应，于是就有了无数的不满足，就有了无数对情爱发出感叹的文学与电影作品。孙小宁以她那颗敏感和聪慧的心，从这些文学和电影作品里，感受到了爱之艰难与不易，发现了纯粹、理想的爱情近乎是梦，她把自己的发现用优美的文字写出来，是想提醒她的读者：人类不能没有这梦，没有这梦人类就太苦了；却也不能不意识到它常常只是美丽的梦，否则梦醒时你就会陷入更大的苦痛之中。

死亡，是人生的最后结局，是任何人都最终要面对的事情，当然也是文学和电影作品关注的一个重大问题。孙小宁看这类的书和电影很多，比如表现崔雅与肯·威尔伯共同与乳癌做斗争的《恩宠与勇气》；比如表现法拉奇因流产失去孩子的《给一个未出生孩子的信》；比如做了一次玄想中死亡之旅的德丽雅的《死亡居家指南》；比如表现葬礼的台湾电影《父后七日》；比如表现父亲死亡之前境况的《那么，你最后一次见父亲是什么时候?》等等。她从这些书和影片中看到了很多人面临死亡时的残酷风景，像患乳癌的女性乳房被切除后，性的吸引力会减损百分之十；像讣告是人生前所盼的最后慰藉；像清洗父亲的屎，是儿女在父亲死前常需做的事情；像葬礼其实是死去的老人给儿女留下的一大拖累……她没有让自己仅止于看，她还在想，还在悟。在这本书的第二部分，她思考了很多关于死亡的问题，比如当疾患向人袭来时，上帝的恩宠其实就是唤醒家人共同支撑，从而使超越困境成为可能；比如，不把一个孩子带到世界上，就一定该受谴责？比如，讣告作者的全部努力，其实就是还原死者的生，让他们成为唯一，使死者相信，没有人可以替代他们活过；比如，人死时与亲人们告别的感觉，就好像自己要离开他们去获得更好的东西；比如，葬礼其实是活人关系的一次重新洗牌……孙小宁是一个优秀的书评家和影评家，我们可以借助她的目力和思考力，去看和理解我们平时很少去看去想的有关死亡的诸多问题。

孙小宁看的另外一类书籍、戏剧和影片，是关于命运的，也就是表现人如何面对造物主交给自己的那份生活的。其中，有童道明创作的话剧《我是海鸥》，有韩国导演李沧东的电影《密阳》，有陈河的小说《布偶》，有王全安导演的电影《纺织姑娘》，有托尼·艾尔斯导演的电影《意》等等。她从这些作品中，看到了人在命运面前的各种反应和表现。像《我是海鸥》中的女主角，面对生活中的选择慢慢衡量，最终在演员的尊严与世俗的成功之中选择了前者；像《密阳》中的少妇，在丈夫车祸身亡、儿子又被绑架死亡之后，坚拒一切安慰，哪怕是以信仰的名义；像《布偶》中的裴达峰医生，已经拿到了去国外认亲的飞机票，却因为一场失败的手术入了狱，最后只能平心静气地做狱医；像《纺织姑娘》中那位被查出患了血液病的女工，卧轨自杀不成后反而展颜一笑；像《意》中那位华人母亲，青春在歌厅酒楼的舞台上度过，余生靠不同的男人养活……孙小宁对编剧、作家、导演表现这些人物的目的进行了解读，对这些人物接受自己那份生活的表现，给予了理解与尊重，而且还从中发现了于我们普通人都有借鉴意义的哲理：今天的我们，并不比别的年代的人活得更孤绝、选择更艰难；阳光不会为了格外眷顾谁而升起，人必须自己寻找继续活下去的理由；有许多生命之谜，还在未知的转口等着我们；人在困境中，不要忘了我们心灵中还保有一份神秘力量；生活中那些污秽与拿不到亮处的部分，其实也是人性中本有的内容……

人读书、看戏、观影的目的，除了娱乐除了获得审美快感之外，就是想在思想上有所获得；人们读书评、剧评、影评的目的，是想在找到对原作阐释的同时，能收获一份思想启迪。孙小宁的书评、剧评和影评，恰恰能满足读者们的这个要求。她能走进作家、编剧和导演的内心，能看透他们，能把握他们的创作初衷和目的，能从作品提供的人生风景中去悟出于所有人都有启示意义的道理，这一点特别可贵。

愿这样的评论家更多些。

仿若“重生”

——读廖华歌散文集《消失或重生》

在故乡南阳的作家朋友中，廖华歌在诗歌、散文和小说三个领域都有很丰硕的收获，是一个成功的三栖作家。近日，读到她的散文新著《消失或重生》（作家出版社2010年6月版），又觉耳目一新，获益很多。

过去，曾经读过华歌的不少散文，每一次阅读都能获得新的艺术享受，这次的感觉更为强烈。一个作家，尤其是已经形成自己独特风格的成熟作家，要想超越自我，是很难的，但华歌一直在做这方面的努力。她这本散文集里收录的作品，首先在题材领域上与过去相比有了很大的不同。其中没有对人与事的浅层记录，没有对爱恨烦恼的表层抒写，没有了对正义邪恶的简单感叹。在《中秋夜月》和《忘却是一种美丽》中，她开始尝试对自我进行犀利的剖析；在《时间的形式》和《消失或重生》中，她开始尝试对时间的形式和消失过程进行仔细的探查；在《西去的路途》和《生命的寓意》中，她开始尝试对人活着的终极目标和意义进行不懈的追问。她以她长期积攒起的丰富学识和阅历，开始去更深刻地认识自己和人生，认识自然界和社会。这次，她大幅度地跨越过去，从有写到了无，从现象写到了本质，让笔触在事物的内部和外部之间自由来去，使作品空灵而有质感。她的确超越了自己，正如她这本书的题目，过去的华歌抑或是消失了，但她得到了重生。

在散文创作中，有人把生活写得很生动，让我们读后获得愉乐和感动；有人写自己在生活中的思考，写得苍凉沉郁，让我们读后陷入沉默和思索。华歌的这部集子显然属于后者。她写一条河在风吹日晒中消失了，又在雨露滋润下重生，如此反复，最后归为虚无，正如人生的起伏与归宿。字里行间到处暗藏着深邃的哲理，到处流动着作者对社会、人生乃至宇宙的感觉和体悟，让人读后不能不掩卷沉思。《梦园》里那些玫瑰花瓣会撑起无边无际的梦，仿佛在瞬间走完了一生；《时间的形式》中的时间成了一片风景，以树的方式无语挺立着，可感可触；《一个人的行走》是孤独的，而孤独也是一种生命的完成，它使生命更成熟、更深刻了……她在花木灵石、星月浮云的内心世界里神思妙想尽情遨游，进入一种超凡脱俗的空灵境界，并轻松地给人以启迪。

在散文创作中，有没有真情的灌注，是区分文章品位的重要标尺。华歌以女性特有的敏感，捕捉生活的亮点，在清丽奇诡的文字中灌注了真挚细腻的感情。在《我不知道承担是什么》中，她写道："哪怕这种方式对我是一种深彻的伤害，我也全然接受，因为在我心里，能使你高兴早已成了我所能做的最重要的事情。"在她接受了他的风衣时，"我忽然萌发出一种痴想，什么也不要，你我就这样一直走下去多好，直到生命的尽头。”把他送走时，“我愣愣地站在那里，心突然很空很空，空得有一种东西永远失却，再也不可能回来了。”她把思念、等待、包容一个人的心理进行了细致的描述，让读者真切地走进了她的情感世界。

“旧房子分明就是大地结出的一枚瓜果，小路便是它的藤蔓。”“我自己也成了一团透明飘摇的影，和月光融在了一起。”读到这样的句子，感觉就是在欣赏一首好诗，而作品中这类句子比比皆是。华歌的语言是诗的语言，她的散文也便可以说是诗性的散文，甚至可以说就是散文诗。华歌喜欢读诗，脑海里储存了大量的楚辞汉赋唐诗宋词，可以轻易地背出数十首唐宋诗人或词人的佳章名篇；她也喜欢写诗，早期创作时写过不少优美的诗。后来写散文，她无意中便穿插了历代的名诗佳句，甚至诗人的奇闻逸事；她也非常注意语言的锤炼，所以她的“散文”便成了“散文诗”。

超越自己是艰难的，“重生”更如凤凰涅槃，不知道华歌下一步会走向何方，写出如何超凡脱俗的文字，我们期待着。同时，我也坚信，华歌有着对生命、生活的独特的爱，有着对事物、世情的敏感的心，一定会不断写出更加精美的华章。

回眸黄河滩

——读冯俊科的散文

2010年开年读的第一批作品,是冯俊科先生的散文。大约因为我俩都是农家出身,加上又都有当兵的经历,又都是由中原来到北京客居,所思所想有共同之处,故读他的作品,有一种分外的亲切和感动。他那质朴而饱含真情的文字,把我又带回到了魂牵梦萦的河南故里,带回到了日思夜想的乡亲们中间。

俊科先生写得最撼人心魄的,是写他挚爱着的亲人们的作品。这部分篇什,因写的都是他最爱最熟悉的人,他的文字不事雕琢,只求用最贴切的语言把亲人们的音容笑貌呈现出来,把他们美好的内心世界袒露给世人,把他们的人生经历和人生追求告诉给读者。爷爷、奶奶,外祖父、姥姥,父亲、母亲,哥哥,三姑,这些与俊科血脉相连的亲人,经他的笔,活灵活现地站到了读者面前:那是嘴噙烟袋、手拿火镰的爷爷,这是从容指挥先办喜事后办丧事的奶奶;那是挑着豆腐担子的外祖父,这是背着老中医来家给外祖父看病的姥姥;那是在骄阳下劳动在青纱帐里的父亲,这是在煤油灯下做针线活的母亲;那是兴冲冲去开封师院报到的哥哥,这是八岁被卖给他人的姑姑……这一组亲人的文学画像,既是一个中年男子对亲人们的思念和回望,也是一个作家对家族亲人的一份文字回报。读着俊科那些饱蘸真情的语句,我不由得也想起了自己的亲人。我们这些在农村长大的人,我们这些获得读书机会的乡村娃,我们这些由农村走进北京的外省人,哪个人不是浸在亲人们的深爱和厚望里?俊科的这些文字,会诱使我们去回想曾在我们成长过程中发挥过重要作用的亲人们;会提醒我们不要在灯红酒绿华服美食里忘了亲人;会警示我们不要在掌声笑声车马喧闹中忘了自己的来路;会告诉我们,在看似平凡普通的亲人们身上,其实闪耀着许多值得我们珍视和承继的东西。

俊科虽然生活在北京城里,但远在河南故里的乡亲依然是他关注和牵念的对象。于是,乡村社会里的各种人物,凡经俊科耳闻目睹给他留下过印象的,排着队走到了他的笔下和文章里。有在清末当过知县的郑春魁,有当过清朝大炮队队长的法爷,有懂中药的五爷,有土匪李山,有队长谭老四,有“四类分子”王老六的儿子王增,有护秋员林八爷,有憨子郭俊,有追星族瘸根等等。俊科写他的乡亲,下笔时有三个特点:首先是含满温情,善于捕捉他们身上每一点人性的闪光。比如《燃烧的玉米地》里的护秋员林八爷,他不过是一个极普通的乡下老人,可俊科却发现他在保护偷玉米的小女孩这件事上,蕴含着人类宝贵的同情心和怜悯心,于是把玉米地里的那一场大火写得很辉煌,那火既意味着部分劳动成果的毁灭,也意味着美好人性的瑰丽闪光;其次,是敢于直视暗处。俊科对乡亲们身上的愚昧、自私、猥琐甚至肮脏的一面,也没有避讳,敢于直笔写出来。比如那个八队队长谭老四,俊科不仅写了他对村民的粗暴和凶恶,而且在文章的最后,还把他最龌龊肮脏的行为一下子托出,在令谭老四无地自容的同时,也令读者无比意外和震惊,从而把人性的复杂和黑暗之处毫无保留地展示给了我们;再次,是敢于暴露左右农民命运的外部因素。我们读俊科这一组写乡亲的文章,有时心里会很沉重,会不由得在心上发问:乡亲们怎会这样生活?让我们对乡村生活发问,可能也是俊科写这组文章的目的之一。毋庸讳言,在相当长一段时间里,是我们的农村政策出了问题,所以才导致了农民的生活状态如此不堪。在《憨俊》一文里,那个名叫郭俊的乡村妇女,仅仅因为藏了一点黄豆,命运竟发生了如此可怕的变化,这不能不引起我们的深思和反省。

任何一个作家的童年、少年和青年时代的记忆,都是其重要的写作资源,俊科先生这部散文集的相当一部分篇章,就是写自己十八岁前在乡村经历的一些事情。比如第一次吃牛肉,比如听广播,比如洗澡,比如过年,比如吃枣……俊科在讲述这一件件一桩桩乡村旧事时,变换着使用两种眼光:一种是亲历者的眼光。这使他的文字妙趣横生,使事件异常生动地重现在我们眼前,给人一种听童话的感觉。像《黄河滩》里学游泳和借宿的事情,他讲得惟妙惟肖,让人如身临其境,获得了一种探秘般的阅读快感;另一种是审视者的眼光。用成熟的现代的科学的眼光去审视这些往年旧事,使人看清一些事件的荒唐、荒诞和可悲性,从而去思考有关乡村变革的种种途径。像《大跃进的夜晚》里,工作组长老靳为了营造夜晚大干社会主义的场面,让各小队糊了很多纸灯笼,一到晚上,就在村外的大树、小树、坟头、土岗、河堤、井旁挂满了纸灯笼,远远望去,田野里遍地灯火。作者在描述时的目光分明是嘲弄和痛恨的,分明是在告诉我们,这哪里是在种田,这是游戏土地和农民的生存!

俊科的正业是做官,但文学始终是他钟情和挚爱的另一个对象。他一直在繁忙的工作之余坚持写作,这些年,已有几本书先后出版,他坚持不懈的精神令我钦佩。

让世界更美好

——戴立作品读后

戴立自十六岁拜王宗仁先生为师学习文学创作以来，已出版过《面海的窗子》（解放军文艺出版社）和《我们仰望星空》（中国书店）两本诗集；出版过散文集《清风舞动白杨树》；出版过长篇报告文学《穿出新军威》；另有很多作品散落在军内外的报刊上。在我们总后勤部的业余作家队伍里，她是一位才华横溢的三栖作家，在诗歌、散文和报告文学三个领域里都有丰硕的收获。

一个作家在三大文学领域里都有建树，这不容易。戴立能做到这点，大概和她的人生经历有点关系。她出生在南京，幼时在金陵故都生活，常回祖籍地安徽怀宁小住，从小受浓郁的江南水乡文化熏陶，使得她敏感和浪漫的诗人气质得以形成。后来，又到东北军营随父母生活，在广袤的松嫩平原上见识寒风和冰雪，接受强悍的黑土地文化的滋养，使她的身上平添了一股横戈马上以文报国的豪气。再后来，她考军校、当军官、进总部机关，在军营里历练，火热的军旅生活又激发了她用几种文体去书写的欲望。于是她一发而不能收，在做好本职工作的同时，为读者奉献出了文体多样内容丰富的文学作品。

评说戴立的创作，我觉得用以下三个称呼比较妥帖——

善与爱的呼唤者

诗歌，在戴立的创作总量中占着很大的比例。她的诗作中，一部分是古体诗，一部分是现代自由诗。在这些诗作中，她用诗句描述和歌咏的对象很多，有自然界的山水花鸟，有历史上的文化遗存，有古今中外的名人，有当下发生的社会事件，有军中的生活和人物，但不管她咏叹的具象的东西是什么，我在读这些充满灵性诗句时发现，有一种东西是她始终在呼唤的，那就是：善与爱。

在《一座山峦的命运》一诗中，她先是哀叹："无法找寻昔日的山峦/草木萧疏山石嶙峋/天空中常有鸟儿在哀鸣/也许它们与我一样/失去了重归的路径"。接着质问："而我无法明白的是/是谁一定要破坏这一切呢/一定要开采与砍伐去/粗暴地改变一座山峦的命运"……这些饱含着愤懑和无奈的诗句，不是在热切地呼唤我们去善待和热爱自然界吗？

在《静夜读史之三》中，她感叹："多少花开自爱/奈何岁月匆匆/是谁凭窗默诵/是谁低语呢哝/千秋肉肠百转/依依独对小灯"，呼唤我们去珍惜倏忽而过的生命，去挚爱自己不长的人生。

在《军人自白》一诗中，她用“我懂得爱/因为爱/可以将生命置之度外/我懂得爱/因为爱/可以把热情悄悄收藏起来”的诗句，呼唤我们以博大的胸怀，去爱脚下的土地和生养我们的祖国。

在《范仲淹》一诗中，她用“中华自古敬贤人/贤人至孝传美名/天下忧乐存怀抱/不尽人间爱母情”的诗句，呼唤我们去善待自己的亲人，去宝爱民族历史上出现的贤人。

我们知道，善与爱是两个很难分开的概念，善是爱的基础，爱是善的表现。爱是一种能力，善是一种心地。你有了善心，才会生出善念，才会口出善言，才会做出善行，才能让人感受到你能爱，你会爱，你敢爱，你可爱。

我们更知道，善和爱虽是人性中的正常成分，但没有后天的保护和培养，它们很可能会在社会的激烈竞争中被渐渐磨蚀掉。也因此，作为人类精神家园守护者的作家，应该把呼唤善与爱作为自己的一个任务。戴立身为一个年轻作家，不仅注意保护自己的善心和爱的能力不受磨蚀，随时准备伸手帮助身边每一个需要帮助的人，还牢记着自己的这种责任，不断地用自己的诗文，去讴歌社会上的善举，去传递人与人之间的爱意，去谴责人身上的冷漠，去鞭打人群中的恶行，从而想把隐藏在人们心中的善心和爱念都呼唤出来。

不管别人怎么去理解作家的责任，我自己认为，这才是一个作家存在的意义。

真与道的追求者

散文，是戴立喜欢的又一种文体。她写的散文作品，一部分属于记叙抒情性的感性散文，一部分属于议论哲理性的智性散文。不论是哪类散文，她与一般女性作家的笔法都有不同，她写人，喜欢写人的真性情；她写事，喜欢求得事情的真相和蕴含的道理；写景，喜欢抒发真情；写物，喜欢睹物忆旧，求得真见。总之，她喜欢对人、对事、对物追根问底，想找出道理也就是真理所在。

她的散文中写人物的很多，她写过同学、同乡、同事，也写过父亲、母亲、祖父，还写过思想家、科学家、文学家、政治家等等。在写这些人物的时候，她特别注意写出他们的真性情，写出她对这些人物感兴趣的真正原因。在《祖父》一文里，她写祖父受家境所限，在三个儿子中只选择一个儿子供其上学；写祖父为了打消祖母对冥屋的担忧，先做好一厚一薄两个棺材，指明厚棺是祖母的；写祖父高兴儿子娶了一个城里知书达礼的媳妇，对村人介绍与己同行的儿媳是自己的小女儿，把一个极会治家处世的乡间智者的真性情写得活灵活现，从而丰富了我们对农人的认识。

她的散文中写事件的不少，不管事情发生在当下还是久远的过去，她喜欢追寻并写出事情的真相和其中蕴含的道理。在《前事今生》一文中，她写一名演员英年去世这件事。她认为，这位演员从所演的《红楼梦》这部戏里汲取了人生营养并引发了对美的深爱，但贫寒的家境使她后来又不得不投入商海，拼搏的压力损害了她的身体，在选择可能毁容的西医疗法还是选择中医疗法时，由演戏而形成的对美的热爱让她选择了后者。笔者在字里行间告诉我们，人的命运常由选择决定，但做何选择又决定于人的既往经历，也因此，我们永远都不要抱怨他人。

她的散文中写风景的也很多，她写过版纳风情，写过丽江古城；写过蓬莱阁，写过清照祠；写过华清池，写过兵马俑；写过大足石刻，写过云冈石窟；写过鼓浪屿，写过五台山……凡她到过的地方，差不多都留下了文章。在写这些游记类的文字时，她特别注意抒发真情，是喜欢就写喜欢，是伤感就写伤感，是虔敬就写虔敬，是不屑就写不屑。不掩饰自己真正的看法和真感情。在《泰山之忆》这篇文章里，她在写登山过程时感叹：自然面前，人渺小，个欲卑微。体会到：人离天籁越近，就离自然越近，离人的浪漫本性越近。并由衷地表示：只要登高望远，只要离你更近……

她的散文中，有一部分属于议论哲理类的作品，这部分作品直接发表议论，讲出自己的真正见解。比如《旅途》一文，由游旅之途，讲到人生之途；由秋景无限，说到人的中年风景。既慨叹：人生，犹如无知而远行；又叮咛我们这些读者：不忧，不惧，该是对整个的人生。在《注目人间的洞孔》这篇散文中，她由耶稣被钉在十字架上，身上留下了洞孔，说到我们常人应该怎样对待他人，讲出了“不经起落，不知平淡之真”，“亲临灾难，更能体会别人的疼痛”的见解。

美与馨的发现者

报告文学，也是戴立这些年写得较多的一类作品。报告文学是20世纪二三十年代才在中国兴起的一种文体。这种文体的最大特点是能快速地对现实生活发言，能很快干预当下的生活。戴立在写这类作品时，审丑的东西几乎没有，这并不是因为她看不到生活中阴暗和丑陋的东西，而是她觉得去发现生活中美好和馨香的内容并加以张扬，才是作家的重要责任。这些年来，她一直在用笔讴歌美好和馨香的创造者。她写过一批反映总后部队官兵生活的中、短篇报告文学作品，作品的主人翁有在军医大学担任教学任务的优秀教授，有在偏僻山区后方仓库任职的优秀干部，有在青藏兵站部工作的师职领导，有在油料研究所从事油料研究的科研人员。进入她作品中的人物，虽然普通和平凡，但她能从他们普通和平凡的生活中，发现他们心灵中的美好部分，让读者读后能闻到美好人性的芬芳和馨香，从而为自己树立学习的榜样，进而去影响社会风气向美好处转变。

长篇报告文学《穿出新军威》是她倾心写出的大部头作品。这是一部集中展示她以发现美和馨香为责任的书。为了把这部作品写好，她四处寻找中外历史上尤其是我军历史上关于军装设计制作的史料，仔细采访了我军07式新军装的设计者，认真了解了07式新军装定型、制作、管理和换发的过程，还询问了许多穿上新军装的干部战士的感觉，之后才动笔写作。她说过，她写作这部书，就是为了把军服之美——这种人类服装美中最为特别的美，向世人展示出来。她认为，一个伟大的时代，必然会孕育令人惊叹的美，07式新军装的诞生，就是一个例证。在这部书中，她向我们展示了人类追求服饰美的漫长历程，给我们讲述了军服因能展现军威、国威而呈现的威武美，引我们回顾了我军在各个时期为追求服饰美所做的努力，告诉我们07式新军装究竟美在哪里，更特别向我们介绍了07式新军服的设计者和制作者创造美的经过。这部书其实就是一部关于美的形象教科书。读这部书，你不仅会得到一种审美的愉悦，还能闻到美好心灵的馨香。

戴立最初的写作，可能只是出于一种对文学的喜欢，可如今，她用她大量的作品告诉我们，她想用她的文字让这个世界变得更美好，更适宜人类居住。她开始有了沉重的责任感。

愿她坚持下去。

美味螃蟹

——读《我欲因之梦寥廓》

谷代双送来刚刚写完的《我欲因之梦寥廓》，初看书名，以为是一部散文，开卷细读，方知是报告文学。一旦开读，竟不能罢手，其报告的文学味如此浓，我还真没有想到。若不是一位长于打磨的老工匠，怕是出不了如此精致的作品。读这本书，我还真有了一份收获：对螃蟹有了新的认识，对养蟹人和卖蟹人生了感情。

记得多年之前读到一篇文章，说澳洲红蟹成灾，我那时就想，澳洲人要是像中国人一样知道吃螃蟹，焉能成灾？后来到多个国家去游览，我发现世界上不吃螃蟹的地方还真不少。看来，还是中国人胆大，敢于吃螃蟹；还是中国的高淳人胆大，敢于把养蟹卖蟹当作一件富民的大事来做。

螃蟹，是什么样的动物，此书已经说得很详尽。我只是想说，用螃蟹做主角写文章，而且能写出如此长的文章，还得到几任领导的支持，这恐怕是少有的事。

在中国的官场，后任不理前任事，这很常见。哪有前任做了不起效的事，后任接着干下去的？出了成绩，人家会说，前任留下来的底子，让他捡了个漏；出了事，人家会说，都是他不行，如果前任在，一定不会这样！这种官场病，扎根于我们脚下的土地，一时难去除。当然也有特例。那就是本书作者所写的高淳县的三位书记：臧正金、刘正安、吴卫国。他们三个人接力长跑似的抓螃蟹经济，指导和动员着县农工委、宣传部，还有农业局、商务局、工商局、建设局、文化局、文联，群策群力，认认真真地研究和推进螃蟹经济，用十几年的时间，硬是干出了成绩。

高淳的百姓和领导耐力可嘉！

作者谷代双从螃蟹年年爬上寻常百姓家餐桌写起，一直写到螃蟹经济成为高淳县的“大景”，成为一县文化的标志，胆气十足！

三千多年前，今天的江苏境内曾出过一位大人物，他就是被称之为“千古一相”的管仲。管仲那时就提倡在发展农业经济时，一定要学会动脑子、用“手段”，以增加农副产品的价值。据传，他曾主张在农家卖给富人的鸡蛋上做文章。让养鸡人在要卖的鸡蛋上描出花草图案，煮熟后，富家孩子拿在手里会欢喜无比，他们有钱，自然愿意出高价来买这些描上花草的鸡蛋！类似这样的点子，管仲还想出了许多。也因此，他主政的齐国很快就成了强诸侯国。

谷代双发现，今天的高淳县领导也很智慧。他们不仅仅提倡养蟹致富，而且引导养蟹人在如何使螃蟹丰脂富味上下功夫，让螃蟹保持源于自然的本味，真正成为人们尝不嫌烦、食不厌倦的佳肴美餐，从而使高淳出的螃蟹能在市场上占据更大的销售份额。他觉得这些事值得书写。为了写作此书，他很早就开始作准备，仔细观察，四处采访，日积月累，掌握了大量第一手资料，尔后才开始创作。因是厚积薄发，所以书写得十分生动，可读性很强。

谷代双也用这部书展示了他对家乡深切的爱意。

书中有个情节，说是一位叫史团结的人，为了提高高淳螃蟹的知名度，创作了一首歌：《固城湖的螃蟹之歌》。

让螃蟹成为歌的主题，过去没有过。

螃蟹作为一种美食，人们食罢之后高歌一曲，确也快哉！

高淳人好有福啊，有福年年尝螃蟹，而且靠养螃蟹富了起来，也真是值得高歌。

谢谢谷代双，你用你的文字让我们知道江苏有高淳这样一个出美味螃蟹的地方！

吟歌北川

——读左代富的《羌山天难》

2008年汶川大地震发生至今，四年过去了。这期间，无数的文人写下了大批的诗文，给我们留下了关于那场灾难的记忆，也给我们痛楚的心送来了抚慰。文学，在这场灾难中再次显示了它的力量。左代富的《羌山天难》，是我最新读到的一本专为那场灾难所写的书。

我喜欢这本书，首先是因为它用古老而优雅的词的形式来表现这场灾难。在这本书之前，我读过表现这场灾难的报告文学、自由体诗歌、剧本、小说和散文，但用传统的文学形式——词——来表现这场灾难的书还没有读过。也因此，读这本书让我获得了一种很新鲜的艺术享受。词这种诗歌形式，始于唐，定型于五代，盛于宋，它兼有文学和音乐两方面的特点，其曲调来源于唐时边地和外域的少数民族，以及民间的土风歌谣，在音韵上很好听，读起来特别容易上口、入心。在那首表现灾后家园重建的《喜迁莺·温馨人家》里，作者写道：

芳谷秋态，穗间清风露，扑香沾带。庭里池莲，蛙语如歌，似庆主人幸在。新檐又迎归燕，旧翘依然堪爱。石砌院，赏别致小楼，伤愁渐解。

灯下人三代。儿孙绕膝，笑语欢颜待。厨里贤妻，精制酒菜，桌上举杯豪迈。拼醉共赏月，都已开怀大快。温馨态，听后人感慨，乐见家泰。

读上去犹如在听羌族的一首民歌，韵美，词丽，让人忍不住和着韵律摇头晃脑，陷入沉醉。

我看重这本书，是因为书的作者不是灾难的采访者，而是亲历者，且还是一个官员。作者左代富就是重灾区四川绵阳市的常务副市长，死伤惨重的北川县就在他的管辖范围之内。地震发生时，正在办公楼里的他亲身感受了那种无助和恐惧；之后，又是他带人最先赶到北川县担任抗震救灾的指挥长。他所见的真实和所感的真切，不是一般采访者所能比的。也是因此，他的文字更应该令我们读者珍惜。多少个亲历者因不擅用文字表达，而让内心的真实感受成了秘密。如今，我们有了左代富的词，可以由他的文字窥见灾难亲历者尤其是一个灾难亲历官员真实的内心世界，这很有典型意义。如今，官民的矛盾和隔阂已是一种不可否认的存在，社会上的仇官心态无处不显。鉴于此，了解在大灾大难来临之后，身在灾难中的官员真实的内心世界，不会没有益处。在那首抒写目睹北川震后惨景的《定风波慢·使命》里，作者写道：

满城血，腥涌衣衫，染红断骨愁面。绝望哭声，悲切震撼，犹碎人肝胆。遇难人，紧闭眼。无数苍生正逃险。惊见，顿生悲情满，衷肠寸断。

已是共悲惨。既为官、应听民召唤。把人生，紧系天灾大难，许与民生愿。勇担责，不躲闪。誓于羌山共患难。迎战，不计身险，长留前线。

读这首词，我们看见了一颗勇于担责、誓与民众共患难、长留前线抗灾救人的官员之心，禁不住心生感动。官员队伍中肯定有败类，但在这场灾难中，更多的官员是与人民心贴心的。

我爱读这本书，是因为书里的词句中蕴含着浓烈的对兄弟少数民族——羌族的挚爱。北川县是羌族的聚居地之一，在5·12大地震中，北川县遭到了毁灭性的破坏，羌族的父老兄弟姐妹死伤惨重。对于总数只有三十二万人的羌族来说，这次的人员损失是太大太大了。作者的每首词里，都满含着对羌族人民的殷殷关爱。在卷一的“五月围城”里，作者在《剔银灯·夜会》里写道：

无月夜风暗扑，帐内孤灯燃烛。例会三更，众人齐聚，汇总死救伤扶。愁心孤独，言悲处、男儿痛苦。

天欲负人尽负，不忍命归尘土。墙下残伤，如我亲故，甘替伤员做主。集思谋虑，细筹划、明天救助。

词句里，含着多少焦急和焦虑呀！

在卷二的“人间奇迹”里，作者在《念奴娇·孤独》里写道：

湖尾风寒，小湾清烟慢，纸火无力。一曲羌笛愁情满，泪洒凄凉白衣。跪卸尘墟，手轻心细，恐惊土中妻。断骨悲眼，忍看风雨同凄……

词句里，含着多少同情和心疼呀！

在卷三的“大爱无疆”里，作者在《河传·老翁获救》词里写道：

见状，情重。人愁憔，心似烈火燃烧。难忍老翁苦煎熬，思着，救人出土壕。

墟中侧身人靠拢，轻轻动，劝把君外送。过尘堤，有人依，就医，治伤入关西。

词句里，全是关切和关心呀！

在卷四的“羌山永昌”里，作者在《蜀葵花·羌绣》里写道：

窗外山羊白，深嵌红枝叶。赏景几织女，长放线，织秋色。把红绸千针，绣上今年时刻。再现崭新羌山家园……

词句里，对羌族人民又过上新生活有着多少宽慰和欣喜呀！

《羌山天难》是一本值得细读的书。

游子的心愿

——读《沉重的河南》

一亿多人的河南省，如今生活在河南本土之外，包括全国各地和世界各国的河南人，差不多有几百万。这几百万河南人中，有不少是学有专长有了学术研究成果的，他们的学养使其在看见了外部世界开阔了眼光之后，不由得要回望故乡，把故土和自己生活的异乡做番对比，对比之后，心里便都会生出许多感慨，都会在心里祝愿故乡能有更快地发展，更早地进入发达地区的行列。青年学者张燎原是这部分人中的一个典型代表，他不仅在心里发出了感慨，还把这种感慨和他对中原崛起之路的思考写了出来。同是游子的我读了他这部书，心中很是感动。

他对河南当下的发展状况及河南人境遇的描述，充满了感情。我们河南在改革开放的三十年间有了巨大的进步，我们2009年已创造了一万九千三百六十七亿元的产值，经济总量已在全国排名第五；我们不仅养活了一亿人，还为国家的粮食安全做出了巨大贡献。但和沿海发达省份相比，按人均产值和收入计算，我们还属于国内的第三世界，我们要走的路还太长太长，我们必须抓紧时间奋斗。这是一种提醒，这种提醒里分明带着一丝焦虑。我希望河南人看了这个提醒都能在精神上有一种紧迫感，都能意识到，如果我们不抓紧时间不抓住未来的机会尽快发展自己，我们就会继续被边缘化，被人看不起那是必然的，只站在那里抱怨别人歧视是没有意义的。

他对河南现实劣势和优势的分析，十分理性。我们河南地处国土之中，离海很远，没有水运之便；也不像东北、西北那样在国家重点扶持开发的地区里，没有特别的政策优惠。但她中通天下，很快就会成为中国高速公路、高速铁路和航空的综合性交通中心，这会为现代工业的发展和现代贸易提供强有力的支撑。河南的主业是农业，生产出的粮食价格不可能很高，产值无法和工业品比。但我们每年一千亿斤以上的粮食产量是一笔巨大的财富，粮食是硬通货，是战略物资，掌握了粮食生产，就能掌握未来，一旦因为天灾和人祸国际上粮价上涨，我们省不仅不会人心惶惶且能整体受益。河南人口众多，比日本人口只少三千万，一亿多人要吃要喝要穿要住要工作，这是一个巨大的负担。但这也是最可挖掘的潜力，我们不仅不必忧虑劳动力问题，还能向全国各地送去几百万民工，这个民工群体的素质若得到进一步提升，那河南在一定意义上说，就是中国经济的发动机。河南历史悠久，文化遗存丰富，典籍和古迹到处都是，这容易让人躺在历史的辉煌中盲目自傲。但在当今人们无限搜寻资源的时候，谁能否认这不是我们的重要发展资源？作者这种理性的分析既让我们清醒，又令我们振奋。

他对河南未来发展的看法，虽是一家之言，但颇有科学性。他认为河南应搞好农村土地流转，像有些省那样鼓励成立农庄，发展农业现代化集约生产；要用一定的粮价补贴确保农民进行粮食生产的积极性；要合理提升农产品价格；要进行县乡统一规划，要对农业进行大规模深化改革。他认为河南不能再走沿海地区发展的老路，要使第三产业旋风般地崛起，要尽快实现服务业的创新发展。他认为河南的工业化有待继续加强。目前河南进入中国企业500强的十六家企业，规模都还小；二百万户左右的中小企业里，缺少真正的世界级品牌；省内已有的名牌产品多集中在食品工业行业，其他行业的企业还未成大气候。因此，产业再造的任务很重。他认为河南的文化产业可以大有作为，文化产业既要利用好祖宗给我们留下来的东西，又要注意创新；既要注意满足低端文化消费，又要占领高端文化消费市场；要有一种自信心，争取使河南成为引领文化消费潮流的中心。他认为要加大教育投入，实现教育机会的公平化，提高人口素质，培养更多的经营管理能手、工程师、产业工人、服务业从业者等社会需要的各种人才。

他是一个深爱河南故土的游子，但愿他满怀激情写成的这本书，能引起更多河南籍和非河南籍读者的兴趣，能对河南的未来发展发挥些作用。

走进麦田

——读《留那一片麦田与你守望》

朋友送来长篇小说《留那一片麦田与你守望》的书稿，说：这是一个刚刚大学毕业的年轻人写的，你看看写得怎么样。我以为我又要开始一次乏味的阅读，不甚情愿地翻开书稿，没想到读了两页，就被吸引住了，我是带着惊喜和意外读完全书的。

让我觉得惊喜和意外的，是作者赵昕小小年纪，就能对父爱、母爱和情爱有如此深刻的认识和精彩的表现。

小说中的父爱写得最出彩。书中一共写了三个男人对儿女的爱，其中对两个男人的父爱写得最好。李记郎在儿子李凯越长到九岁之后才知道他不是自己的亲生子，于是这个男人原先出于血缘对孩子的那份爱陡然消失，他陷入极度痛苦并开始对孩子表现出了冷漠。但当孩子的生父来索要孩子的时候，由养育而生的那份父爱又使他不愿松手，他决然筹钱送孩子去了美国读书，期望他日后回国能替自己重新振兴家业。在孩子回国找不到工作很痛苦时，他又咬牙违心地去找孩子的生父帮忙。作者不仅把由血缘而生的本能之爱表现了出来，也把由养育而生的舐犊之爱表现了出来，还把为下一代幸福甘愿牺牲自己的理智之爱也表现了出来，年轻的赵昕若没有对父爱进行过仔细观察、体验和思考，是完不成这个写作任务的。书中的另一位父亲程又安有一对双胞胎女儿，因小女儿洛洛先天没有子宫，便把希望都寄托在了长女叶叶身上，对她严加管教并督促其学习，期望她日后能学业有成将家庭撑起来，未料竟促成她产生强烈的叛逆心，使她最后走上弃学卖身之路。他在历经难言的羞辱之痛后，又重新接纳女儿回家。这位父亲把孩子的所有错误都看成是自己犯的，其爱女之深令我这个读者不能不心生感动。

小说中对母爱的表现也令我感觉新鲜。作者写了三重反常：田慧茹在被所爱的老师林刚抛弃之后，带着身孕嫁给了同学李记郎，为了不使儿子日后在李家站不住脚，她竟下决心不再怀孕不再为李记郎生出亲生儿子。这是一种反常。通常，女人在这种情况下是要为丈夫再生孩子以求得心理平衡的。当李记郎知道真相之后发泄怒火时，她逆来顺受。在百般折磨面前，连儿子都劝她与养父离婚，但她为了保证儿子能顺利继承李家家产，以后能衣食无忧，坚持不离婚。这是又一种反常。通常，女人在这种情况下是会要求离婚追求新生活的。最后，田慧茹在忍无可忍时，按照女人通常的做法，是可以要求法律保护或干脆自杀的，可她不，她宁愿选择钻进别人的车下造成车祸的假象。这是再一种反常。这三种反常成就了一个母亲独特的形象，这样的母亲形象我还是第一次在小说中看到，让我的心受到强烈震撼，原来母亲对儿子的爱可以达到如此程度。千百年来，写母爱的文学作品汗牛充栋，年轻的赵昕又为我们贡献了一个母亲表达母爱的典型。

小说中的情爱也写得很有特色。李凯越从小就爱上了文静的洛洛，但深切真挚的爱情竟束缚着他们向肉体之爱迈步。他们都没想到，纯洁的爱情在这世上很难立足。这其中的因由部分来自外界，部分来自他们本人。当叶叶拿肉体的欢愉来引诱李凯越时，李凯越没能控制住自己，他一方面在心里自责，一方面又止不住地索要着肉体的欢愉。作者虽然最终让李凯越从这种处境中挣脱了出来，但这种人性的弱点，这种肉体背叛心灵的现象已留在了读者心里，它会促使读者在今天这个欲望泛滥的时代，去思考如何给欲望一定程度的约束从而实现人心灵的宁静。

人的一生，大多数时间都在追逐着爱，幼时是在追逐母爱父爱，享有母爱和父爱的孩子最幸福；成人后开始追逐情爱，享有正常情爱的人最幸福；人老后追逐的是儿女对自己的爱，享有儿女关爱的人最幸福。所以从某种程度上说，人活着就是为了爱。也因此，爱成了文学永恒的题材，赵昕在走进文苑不久就抓住了爱这个文学的根本并对其加以表现，让我看到了她的清醒和才能。我有理由相信，她在创造之路上会走出更远的距离，能抵达更美丽的地方，会给我们带来持续的惊喜。

《人道》上

李天岑先生在做官的同时，对文学始终怀一份深切的爱意，常在处理政务之余，潜入小说领域默默耕耘。这些年他收获颇丰，先有两部中短篇小说集问世，后有长篇小说《人精》出版，最近又有长篇新作《人道》要付印，他的执着与勤奋令我钦佩和感动。我们的生命原本滑行在两个不同的轨道里：他为官，我弄文。两条跑道上的车，却因了对文学的共同热爱和对南阳那块土地的深厚感情而常停靠在一起。

他的新作《人道》，应该算是一部官场小说，但这部小说却不着意官场的腐败和男性官员的你争我斗，而是写一个醉心于做官的名叫马里红的女人在官场上的搏杀经历，写得很有些惊心动魄。官场诱惑男人，同样也诱惑女人，马里红一心想挤进官场，进了官场之后，又为了官位做了她能做的一切。做人的底线，做女人的底线，做人妻的底线，做朋友的底线，她都可以轻松越过。在她那儿，做事已没有任何禁忌，可以不要友情，不要爱情，不要亲情，可以出卖尊严，自降人格，甘献身体，让官场外的我辈读了之后身上发冷，心里惊怵。可见人在官场若不保持清醒头脑，其被异化后会变得多么可耻和可怕。天岑长期在官场历练，看官场中人应该是入木三分，对他们心理的了解当是十分透彻，所以他写起马里红来真乃笔笔见血，直把人心最深处的龌龊和官场最角落处的垃圾都暴露了出来。这对我们认识官场和官场对人的腐蚀能量提供了帮助。马里红是天岑写得很成功的一个人物，这个女人是他的新创造，她将和赖四一起，成为天岑对南阳文学人物画廊的新贡献。

天岑有擅讲故事的本领，这一点我们在《人精》那部书里已领教过。在《人道》这部书里，他把马里红求官的故事讲得更加诱人，一个套一个，一波接一波，一浪叠一浪。一些故事的起点，他不动声色；一些故事的节点，他悄埋伏线；一些故事的转折，他突辟新径；一些故事的高潮，他引而不发；一些故事的结尾，他另留他味。故事是小说区别于其他文体的最重要的东西，是小说赖以存在的基础之一，小说最初就脱胎于故事，故事是思情的载体，在一定意义上说，故事的讲法决定小说的品位。天岑在此着力，是值得的。

“简洁朴素”原本就是天岑作品的语言特色，在《人道》中，他继续使用自己的语言去展开叙述。我特别喜欢他的人物对话，那些充满南阳特色的土语对话令我想起了我亲爱的故乡，想起了我的父老乡亲。我一直认为，在小说的对话中保留一些土语，对描绘人物和彰显小说的地域特色大有好处，也会增加我们中华民族的词语库存。让自己的人物全说普通话，固然易为读者接受，但也会使作品少些韵味。

这些年，从明星出书，到名人出书，再到领导官员出书，是一个为人诟病不已的话题，有人认为这是拾人牙慧式的附庸风雅。但天岑出书，却不属于此类。他是真的想把他对人生对社会的认识，通过文学这个途径，传达给更多的人。天岑的写书，是源于他自小对文学的那份爱与恋，用他自己的话说，是“不求传世留名，只为圆那童年的梦”。天岑现在具有两种身份：官员和作家。这两种身份能和谐地统一在他身上，与他的农家出身，与他当年任基层干部的经历，与他的民众情怀，与他当县市领导干部时一直不间断文学阅读与文字操练，都有关系。如果中国有更多的官员能像他一样对文学始终保持一份敬畏和挚爱，那不仅对中国的文学事业有好处，对官员队伍的建设也有好处。

天岑是个生活中的有心人，生活中经见过的人、事、物，总会时时处处留心留意，且一点一滴积淀在胸中，他经常把文学创作比作“就如一只小兔似的在我心里踢腾，搅得我吃不下饭、睡不着觉，只有打开心灵的门扇让它们跃然纸上方能安生”。在繁忙而又紧张的工作间隙，天岑将自己的情感宣泄与精神寄托交给了文字，近乎痴迷。我深信文字是有灵性的，文字将会把他驮进一个响着天籁之音有着恒久魅力的艺术园林。

冰与火

——第五届鲁迅文学奖部分中篇小说备选篇目阅读笔记

我习惯以享受者的身份去读同行的作品，读完这届鲁迅文学奖备选的部分中篇小说，我确实得到了很不错的艺术享受。有的作品在精神上给了我很新鲜的刺激，有的作品让我结识了过去没有见过的有趣人物，有的作品让我见识了从未经见过的生活场景，有的作品文字灵动带给了我很强的愉悦感。我觉得2007—2009这三年我们中篇小说的收获确实丰硕，值得为之骄傲。

《余震》(张翎著)。这部作品的最大贡献是，把灾难过后的灾难呈现了出来。唐山大地震已经过去太久了，那场灾难已差不多被人忘记，只在很少的时候被人提起，但这部作品让我们意识到，它还在对一些当事者的生活发生着影响，灾难其实还在持续。这个提醒对我们今天的生活有着重要意义。近几年，天灾人祸发生的频率越来越高，地震、泥石流、传染病、煤矿爆炸、原油泄漏、车辆相撞，我们救完灾之后，要想到其实还有很多事情要做，无论是社会还是亲人，都要明白对遭遇灾难者心灵的援救还任重道远。

《逝者的恩泽》（鲁敏著）。作品对底层人生活的艰难有撼动人心的表现，发现了不同民族的人内心深处最柔软的地方其实是相同的，是一首安抚人心的声调沉郁的歌。我们生活在一个充满竞争倾轧和烦恼苦痛的世界上，但作品中两个女人的相互理解和两个孩子之间的亲情之爱，又让人觉得人间其实是可以变得多么美好啊！

《手铐上的蓝花花》（吴克敬著）。我喜欢这部作品首先是因为它敢于直面当下尖锐的社会矛盾。拉大的贫富差距，使生活贫困的阎小样的命运开始被他人左右，资本和金钱重新显示出它逼迫人的力量。作者敢于对当下的社会问题直接发言，我很钦佩。其次，是因为作者在讲述这个残酷的人生悲剧的同时，还展示了人性中的同情、关爱和理解的力量，对这种力量的展示，让我们阅读文本时，既感到痛楚和悲愤，又觉得温暖和有希望。写社会变革过程中的负面问题，弄不好会给人一种完全冰冷的感觉，完全的冰冷会冻伤人心，这位作者既发现了生活中的冰，也发现了生活中的火，冰火同写，让我感动。

《陌生人》（吴玄著）。这部小说为我们提供了一个新的文学形象——一个与社会传统要求格格不入的人。何开来这个形象，在我们过去的小说中没有出现过。一切既定的路他都不走，一切目前生活的法则他都不想遵守，一切安逸的正常的日子他都不想过，这是一个在社会变革时期彻底放逐自己的人，一个完全想按自己心愿生活的人。这大概是当下一些年轻人的心愿。

《前面就是麦季》(李骏虎著)。这篇小说在近乎平淡的叙事中为我们送来了一幅当下乡村生活的风景画。小说对生育和家族承续在乡间的地位有真实地揭示,对现代商品社会的规矩和法则对乡村生活的渗透有新的发现,对乡村人物的心理有生动真切的描绘。作品中姐姐这个人物,写得分外出色,让我们对乡村女性又添了一份敬意,这世界因有了这些心地良善的女性而让人感到美丽。

《特蕾莎的流氓犯》(陈谦著)。这部作品完成了两个方面的创新:一是将反思"文革"灾难的角度,由单纯的对制度和领导人责任的追究,深化成对每个当事者的责任追问,将一部分人靠本能自保,其人性在政治高压下变形的情景生动地展示了出来,对这场民族灾难原因的思考,不再简单化;二是对中国知识分子的形象进行了部分校正。我们这个时代的小说提到知识分子时,他们多是以软弱、猥琐、善变、不敢承担等等负性面目出现,这与知识分子队伍的真情有不小的差距。这部小说没有人云亦云,他写了知识分子的自省和自审意识,写了他们在良心重压下的不安和忏悔。作品也许有助于改变世人对知识分子的看法并重获对这一人群的信任。

《国家订单》(王十月著)。小说写了经济全球化以后人的命运更加动荡和难以自我把握的现实。作品中的每个人物都值得同情,每个人都成了世界经济链条中的一环,都成了打工者,这是王十月的独特发现,是生活对他的馈赠。这部作品让我们再次意识到直接体验对于创作的重要性。

《犴》(格日勒其木格·黑鹤著)。我喜欢这部作品的原因有三个,其一,是它题材的新鲜。把一头犴作为描述的主要对象,把小犴的被捉、成长、下山、归林写得妙趣横生,这在面对成人的小说中是极少见的。其二,是它对人获得动物信任过程的展现特别生动。动物见到人从最初的惶恐,到后来的心安、依赖,以至难舍难离,把人和动物的感情交流写得特别可信,就好像作者有过猎人格利什克那样的亲身经历。其三,是作者格日勒其木格·黑鹤使用汉语的精到本领让我叹服。他使用汉语不仅达到了准确,而且能使汉字轻灵地舞蹈,从而使小说读起来特别的顺畅、惬意和含蕴丰富。

《最慢的是活着》(乔叶著)。这部作品的成功在于写活了一个女人,一个生活在中原的人生目标很低的女人,因这部小说活在了我们的记忆里,她坚强也好,愚昧也好,善良也好,褊狭也好,反正一个用自己的方式坚韧活完一生的女人站在了我们面前,成为我们审视打量中国女人的一个标本。这个女人的凡常人生,容易让我们想起自己的母亲和奶奶,会让我们不由得心生疼痛。它的另一个成功之处是选准了一个好的叙述视角。用孙女的眼睛去看奶奶,血缘上是无距离的,辈分上又是有距离的;性别是相同的,观念又是不同的;对家庭成员的爱是一致的,爱的成分和强度又是不一样的。用这种视角去看主人公,戏味、趣味、意味都出来了。

《罗坎村》(袁劲梅著)。以现代的世界的眼光回望中国乡村生活,是一部思想含蕴深邃的作品。我特别欣赏作者对文字的操控,写得极是幽默机智,常常让人忍俊不禁,但在让人笑的同时又禁不住心头一酸,为我们的乡亲,也为我们的民族。

《红酒》(南飞雁著)。这部作品给了我很强烈的阅读快感,阅读这样的作品实在是一种美的享受。听说作者是一个80后的年轻人,他能对官场生活和官员的心理有如此精彩的描述让我大吃一惊。他在小说的最后,让那位几乎就要成为岳母的女人说的那番话真是神来之笔。我现在唯一担心的是这个才华横溢的年轻人会停止写作，那样，我们可能会失去一个好作家。

《欢乐歌》(王松著)。这部作品打动我的，首先是它对人的一种困境的发现。人活在这个世界上，要受多种东西制约，会遇到社会的、家庭的、自然的等多种困境，这部作品的作者发现，人得了不治之症，才是人遭遇的最痛苦的困境。其次，是它对人在这种困境中挣扎的描述，语言不带温度，不动声色却又令人心惊胆寒，从而让我们真切地意识到，人有无助无奈的时刻，人不能无所敬畏。再者，是它对人摆脱这一困境道路的指引。作者在文末写的那场给小夫妻留下欢乐空间的戏，给我留下了深刻印象，人摆脱这种困境的方法之一，大约就是用爱心创造欢乐，用短暂的欢乐去抵御陷入困境的恐惧和绝望。

《琴断口》(方方著)。这是一部对人生存在的深度进行探寻的小说。一场偶然的桥梁断裂塌陷事故，使一对男女的爱情和婚姻随之破裂崩塌，使我们见识了左右我们人生的外力之大。作者以丰满的人物形象、丰盈的细节和极富灵性的文字，让我们窥见了人类情感的脆弱和心灵沟通的宝贵。

《鬼魅丹青》(迟子建著)。作者用她极有功力的笔，为我们呈现了一座小城里一街两巷的日常生活图景。男女间的关系类型在这里差不多应有尽有，有让人惊奇的，有让人理解的，有让人骇然的，有让人遗憾的。这才是人间的男女，这才是人间的生活。读完这部作品，你会不由得对千差万别的男女间的情感和关系发出叹息。迟子建不仅有一支极有功力的笔，还有一双让人惊怵的眼睛，她看到了太多别人看不到的东西。

《坝上行》(朱闵鸢著)。作品对当下的士兵生活有生动的描绘,文字传神而幽默。那些极具个性的战士形象让我想起了我当年在连队当战士的经历,不论是快乐还是痛苦,都带着真诚和单纯。我喜欢我这些年轻的差不多是隔代的战友们。

才情独异

——读高津滔书画

高津滔原本有做官的机会，但他却痴迷于书画艺术，多年来把工作之余的大部分时间，用在了探究中国传统文化，研习书画艺术上。结果，仕途上少了一个官员，艺坛上出现了一位有独异艺术才情的书画家。如今他的书画作品已有多幅被中国和外国博物院馆收藏，不少作品被收进各种版本的书画作品集，一些被作为国礼送给外国政要人物；他本人获得了各种规格的奖励和荣誉称号，其成就和事迹收进了好多种名人传记一类的书籍，作为他的战友，我真诚地为他高兴。

津滔有这番成就，首先得益于他对中国传统文化的深钻细研。津滔深知，每一种艺术形式，都需要有本民族的传统文化作根基，要想在书法和国画两门艺术上有造就，没有对中国传统文化的学习和了解是不可能的。所以他的阅读范围很广，佛家的，道家的，儒家的书他都翻阅；说文的，谈书的，论画的，他都涉猎；唐诗，宋词，元曲，他都诵读。有了这个基础之后，他再在书、画两方面分别向历史久远处回视，看明白其来路和演变。在书法上，他从二王到智永，从欧褚到颜柳，从米芾到文徵明，都做了临摹和体悟；在绘画上，他对隋唐五代的吴道子、阎立本，对宋代的马远、朱锐，对元代的曹知白、柯九思，对明代的仇英、董其昌，对清代的吴昌硕、朱耷等人的画作了反复揣摩，对他们的艺术风格做到了了然于胸。

输入是为了输出，学习是为了创造。津滔在对传统文化研习和对前人艺术成果的研究基础上，开始走自己的创作之路。这些年，无论他的书法作品还是绘画作品，都很快脱去了模仿之味，开始了带有自己鲜明精神印记的创新。在书法上，他的创新表现在两个方面，一个是创造了“童孩体”，使其书法作品猛看上去像是初学写字的孩子们写的，带着很重的稚拙味道，使人获得一种返璞归真的快感；细看又有很强的功力在，使人获得一种寓智于稚的美感。另一个是增强字和笔画的象形感，使字和画的距离拉近，让人一看便能会心一笑。他写过一幅“和乐通天下”的作品，其中“通”字下边的一捺，用一长串脚印替代，让人既一看就懂，又觉得含义丰富。他还写过一幅“笑容”的作品，把“笑”和“容”写成了两张可爱的笑脸，使字有了画的效果。而且在写“笑”时，使“竹”字头似一对笑眼，使“夭”字的一撇一捺似一把飘逸的胡须，让整个字看上去是一张男性的笑脸；写“容”时，把宝盖头写得似女人秀发分向两边，中间那一撇一捺似两弯月牙笑眼，底部那个“口”字似两个上扬的嘴角，让整个字看上去分明是一张女性的笑脸，使人看了不能不把笑容浮在脸上。

在绘画上，津滔的创造首先体现在选取的题材新。比如他那幅“菩提叶”,我们知道,按佛家的说法,“菩提本无树”,那菩提叶从哪里来?它只能从画家的想象中来,它的样子既像树叶又不像树叶,叶脉的对称既让我们想到了某些树叶,也让我们想到了人生的平衡和得失的对等等形而上的问题;颜色的非青非黄,既让我们想到了树叶的某个生长阶段也让我们想到了人生的某些阶段。其次是思想含蕴深。他那幅“葫芦图”,在一片红色、紫色、咖啡色和其他颜色的混沌色块里,一只葫芦和一个问号隐约闪现。这分明不是在画静物,也不是在画风景,他画的其实是一种意象。看了这幅画,你会联想很多东西:事物的真相只会隐约地显示给我们的眼睛?什么事物都可能被遮蔽?世界是混沌不可知的?葫芦里装的什么药?画和文章在有一点上很相似,那就是含义越是复杂难以说清的,越是上品。这幅画的多意性让我们看到了画家思想的力量。再次,津滔在绘画上的创新还表现在色彩和用料的新发现上。他大胆地把青花瓷的那种窑变蓝色用到自己的画中,使得画面有一种古典的优雅感;他笔蘸咖啡和普洱茶水作画,使得画面有一种胡杨木般的沧桑坚硬感。

创作是一种思维活动和精神劳动,一个艺术家的思维方式,必然会影响到他的创作内容和精神走向。对于这点,津滔有清醒的认识,因此,他特别注意对思维方式进行研究,曾和人合著了一本《利导思维》的书,强调遇事向好的方面考虑,尽想些愉快的事情,把一切思考导向对自己身心有利的方面。这种利导思维的反面是弊导思维,即遇事往坏的方面考虑,尽想些烦恼的事情。津滔在艺术创作上以利导思维作指导,利用利导思维的特性和优势,作品在精神层面就呈现出一个向上、积极、欢快的走向,面对他的作品,你可以有多种感觉,但绝不会有压抑、颓废、绝望的感觉。他画的那幅“高山流水”,

不论是构图还是着色,让人看了都会心旷神怡,会苦累皆忘,会精神抖擞。人们欣赏艺术作品的目的之一,是暂时忘却现实生活中的烦恼和苦痛,是瞬间忘却肉身的存在,是获得精神上的享受,而津滔的作品,恰恰能满足这一点。

艺术的探索之路,是没有终点的。津滔深知这一点,他眼下还在不断地充实自己,一边细读前人和今人的书,一边审视大自然的变化和人类前行的脚印,一边思考自己的创作内容和形式。我相信,随着时间的推移,他会创造出更多的书法和绘画精品,从而丰富我们民族的艺术库存。

丙

下笔要有悲悯之心

——答《江南》董海霞问

第一部分

董海霞:熟悉您的人都知道周老师是一位自学成才的作家,请问您觉得自己能取得今天的成就,得益于什么?童年的快乐无忧、青年时期部队生活的锻炼,还是自己的坚持不懈?

答:成就谈不上。能写出一些作品,我想首先是得益于生活的馈赠。人没有生活积累很难写出读者爱读的文学作品。生活当然也包括童年生活和青年时期的生活。其次,得益于阅读的帮助。对大量中外文学名著的阅读,让我懂得了怎样写。阅读对于作家太重要了,那是一种最好的进修。再次,得益于持续的练习。人一开始写作肯定要经历失败,如果失败之后不坚持练习,恐怕很难写出来。

董海霞:最初您是怎么喜欢上文学创作的?什么时间什么事件使您萌发了当作家的念头?现在回过头来看,最初的创作是有意识还是无意识?

答:我从小喜欢听人讲故事,对故事的喜爱使我在小学和中学写作文时,也总想写出点故事来。语文老师发现了我这点长处,经常给予表扬,这增加了我对作文的兴趣和写好作文的信心。后来当兵到部队,连队里让我来办黑板报,我既要写出散文和诗歌,又要用粉笔把其抄在黑板上。这对我的写作能力又是一个锻炼。后来读了列夫·托尔斯泰的《复活》后,才想到写小说。最初的创作当然是无意识的,只是想受到老师和连队领导的表扬。

董海霞:周老师的童年、少年时期可以说很清贫、很艰苦,却给予您的文学创作以莫大帮助,甚至影响了您的一生,现在回想,周老师认为那个特定时期的童年给予您最多的是什么?

答:最多的是幻想,我的幻想能力很强,你看我坐在田埂上,我其实已幻想自己像孙悟空一样在天宫的蟠桃园里摘桃了。我的童年生活当然有欢乐,但欢乐很少,更多的是对黑暗的恐惧、对饥饿的害怕、对受欺负的担忧。这就让我产生很多幻想,幻想自己瞬间长大了,有力气了,进到有白面馒头大碗面条可吃的食堂了……幻想能力对写小说很重要。

董海霞:记得周老师在很多场合说过,电影《香魂女》的原型是您童年时期的一位年轻而善良的"花嫂",而时隔多年后,您仍然记得"花嫂"对你们的好,请问周老师,那时候一帮俏皮的孩子每到饭点就端着饭碗到"花嫂"家里,等着她用筷子从香油瓶里蘸一点油滴到你们碗里,除了享受那一滴香油的醇香,内心里,是不是把年轻的嫂子看作世界上最美的女人?"花嫂"的一滴香油至今依然回味无穷?

答:当然,那位嫂子在当时我的眼里,就是最美的女人。女人心肠好加上长得漂亮,就是真正的美女。心肠不善良的女人,长得再好也不会让我觉得她美。

董海霞:"花嫂"的善良、淳朴,是否对您的一生都产生了影响?比如在选择人生伴侣的时候,在与他人的交往中等。

答:善,是我最看重的东西。一个人与人为善,不管他其他方面的情况如何,我都愿和他接触;一个人只要我觉得他对人没有善意,不管他多有才华,多么富有,多有政治背景,我都会远离他,或对他敬而远之。

董海霞:您众多作品中,比如《第二十幕》《湖光山色》等都对女性进行了非常深刻、细致的刻画,使得她们栩栩如生,给读者留下深刻印象。人物创作的成功跟家乡那些辛勤劳作的千千万万个"花嫂"是不是有着千丝万缕的联系?也就是说她们一直在您心里,并且牵动着您?

答:是的。我青少年时期接触过的乡村女性,她们的淳朴、勤劳和善良给我留下了太深的印象，后来到军队进城市打过交道的女性，也大多给我留下了温柔和优雅的感觉。这便影响到了我的两性观，使我觉得女性对这个社会更富建设性。所以我写到女性时，使用赞美的文字更多一些。我小说中的女性形象，当然是理想化了的。

董海霞：记得周老师在接受媒体采访时曾介绍说，小说《第二十幕》创作源于一件连衣裙，能给我们详细介绍一下吗？

答：那已经是很多年前的事了。那时我正在故乡构思一部长篇小说，背景准备放在丝织领域里。有天逛商场，在卖丝绸制品的柜台前，忽然看见一个身穿缎子连衣裙的姑娘闪过面前，她的体形配上那件连衣裙极其美丽，加上她的气质不凡，使我倏然间觉得，我找到了将写的长篇小说的女主人公。我由此迅速展开联想，把小说上卷的基本情节想了出来。

第二部分

董海霞：您的几部大部头作品时间跨度都很长，如《第二十幕》，随着时间这条长河的流向，完整地记录了历史中的某些事件，时间过去多年后，可以当作历史参考书了。这种创作方式的初衷是什么？

答：我当时写这部书时，给自己设定的目标就是，由一个丝织世家在20世纪的遭遇写起，表现出我们民族在这一百年中升降沉浮的命运遭际，展现出中国人那种不屈不挠的韧性品格，寻找出我们炎黄子孙血脉中最珍贵的东西。20世纪对中华民族来说是一个十分紧要的世纪，为这个世纪多留下一点形象的记录很有必要。

董海霞：在成为第七届“茅盾文学奖”得主后，您认为自己的创作已经达到顶峰了吗？

答：获奖只是得到了一次鼓励，并不能说明别的什么。我习惯把文学创作比作马拉松长跑，只是这种长跑没有终点，作家只要起跑了，只要他中途不拐上其他的路，他就不可能停下，直到跑死作罢。作家之间的比赛，比智慧，比才情，也比耐力和体力。

董海霞：周老师，您的多部作品被改编成影视剧，其中，《香魂塘畔的香油坊》被改编拍摄成电影《香魂女》后，获得了第四十三届柏林国际电影节金熊奖。您算是较早“触电”的作家了，文学作品被改编成影视剧，可以称作是艺术再创作，请谈谈您对这种再创作的看法。

答：作家把影视改编权卖出之后，最好少干涉编剧和导演的工作，让他们充分发挥自己的创造力，在原著的基础上按影视作品的要求进行再创作。影视作品向小说要的通常也就两点：一是人物形象，二是故事情节。若他们能使人物形象更丰满，故事情节更跌宕起伏，就好。当然，这是指好的编剧和导演。若遇到不负责任的编剧和导演，你只能自认倒霉。

董海霞：作家“触电”，除丰厚的经济回报，还提高了知名度，好像截至目前还没有哪位作家拒绝自己的作品被搬上荧屏。而您的多部作品被改编，主要是因为什么？

答：小说家只管写好小说。好小说和好剧本完全是两回事。我的作品被改编得多一些，我猜可能是因为我的小说故事性强。我一直注意加强小说的故事性。我认为，只有故事不是小说，但读没有好故事的小说还不如去读散文。小说区别于散文、诗歌的最基本的地方，在于它有故事。

董海霞：请问周老师对旧剧翻新或者也可以叫新版的一些影视剧的看法，比如《新水浒传》，新版《红楼梦》《西游记》等，都投入大量的人力物力财力，旧版翻新有必要吗？

答：在我看来，文学创作是一项事业，搞影视则是一种产业。是产业，不管董事长决定投资哪个剧本，只要最后能赚钱且不违法，别人就不应加以指责。当然，在金钱有限的情况下，题材创新还是最重要的，总是重拍，让人感觉我们的创造活力欠缺。

董海霞：近几年，影视剧的改变基本上都来源于文学作品，文学作品已经成为影视剧的母体，从而也提高了文学作品的知名度，周老师能否谈谈关于影视推动文学作品的知名度的看法？

答：我们处在一个影像时代，影像的诱惑力大于文字的诱惑力。作家在今天想借助影视改编扩大自己作品的影响力，是无可指责的，是没有办法的事。在没有电影和电视的时代，人们只靠阅读来丰富精神生活，那时文学就像一位姑娘站在一个没有竞争对象的相亲场所，所有男人的眼光都集中在她一个人身上；有了影视以后，就像好多姑娘站在同一个相亲场所，你想引来男士们的眼光，你就得借助别的力量，包括穿得漂亮加上化妆和化装。

董海霞：有的作家认为，影视相对于文学，是大众化的艺术门类，不够高端，卖出作品的影视改编权无非是为了赚得几个银子，影视作品出炉和自己的文学作品已没有血缘关系，请问您是怎么看待这个问题的？

答：根据自己作品改编的影视作品，两者肯定有血缘关系。浓些的像父子，淡些的像祖孙。但又确实是另一个作品了，因为里边加了母亲或祖母的基因了。电视剧是一种大众的通俗的东西，但好的电影，也可以探讨很深刻的东西，属于精英文化的范畴。

董海霞：漫长五千年人类文明史，人和田园的关系一直亲密无间，人爱田园爱得如胶似漆。也因了这爱，为田园的归属曾发生过无数的械斗和战争，产生过很多含着泪水和鲜血的故事。周老师离开家乡四十年，手中的笔却始终走不出家乡那片蕴含了太多故事的土地，家乡成为您写作的源泉，请问周老师自己是怎么理解的？

答：人在十八岁之前，对外部世界的东西感觉最新鲜，反应最敏感，记忆最清楚，感情最充沛。也因此，这个时段的生活对于作家来说最宝贵。人在成为作家以后，都会回望这个时段的生活并加以表现。所以故乡对每一个作家都很重要，那里有让其激情燃烧的东西，有取之不尽的创作资源。我虽然十八岁离家从军，但家乡的一切已深刻在了我的记忆中，土地、农人、庄稼、河流、村路、田埂等等已深印在我的脑海里。不管写什么故事和人物，我只要把其置放在我家乡那块土地上，我写起来就会得心应手。

第三部分

董海霞：中华民族五千年历史五千年文明，大大小小的战争也延续了几千年，而描写战争的作品中，却鲜有力作推出，您认为原因何在？除《战争传说》之外，近期您对创作战争题材作品还有计划吗？

答：战争不是个好东西，但人类的发展又离不开战争，这真是没有办法的事。中国历史上的大小战争不计其数，战争中死伤的人也不计其数，所以战争确实值得作家们去好好审视好好写一写。今天好的战争题材小说少的原因，我看有三个：一是许多一流作家不愿去直面这种血腥的生活，写这种题材太沉重，心理上得承受折磨；二是担心思考有禁区，有风险，害怕对所写战争的评价会惹来麻烦，中国的好多战争都在民族之间进行，今天的评价仍有可能撕裂伤疤；三是没有创新，总跟在《三国演义》后边跑，习惯于去写将帅和帝王在战争中的作用，千部一面，没有新鲜感。

我眼下没有写战争题材小说的计划。

董海霞：读您的作品，发现在笔法上一直走平实的路子，每个故事都娓娓道来，一看就是周老师的风格，却又每部作品都有自己的独到之处，虽然说最大的技巧是无技巧，其实每个人都有自己的技巧，请问您的创作技巧是什么？

答：我写作通常注意这么几个问题：其一，寻找别人没有留意过的题材领域；其二，尽量不用自己前一部作品的叙述角度；其三，所写的人物是别人和自己没有写过的。这不是什么技巧，只是我注意的问题。

董海霞：对于作家来说，读书和写作是非常重要的，写作会随着故事情节的发生发展，给人一种沉重、解脱或一吐为快的轻松感，请问周老师读书过程中的体验是什么感觉？

答：我读书的感受就与吃自己想吃的饭菜一样，非常享受。有时读到一本好书，唯恐把它读完了，只希望读不完。有点像我小时候吃糖，唯恐把嘴里的糖吃完了。我把难读的书，需要思考的书，放在我精神好的时候读；把好读的书放在累的时候读，读着读着就不累了。当然，有时候也会读到无趣无意思的书，这时就觉得浪费了时间，很心疼。

董海霞：一个优秀的作家，最重要的是要有自己的东西。无论读您的长篇还是短篇，都能品味出一些独特的东西，请问烙了您印记的那些珍贵的东西是得益于自己多年的学习修炼，还是生活磨砺？

答：得益于苦难。我这大半生经历的苦难太多，活得非常累。有几次，都差一点不想活了。我有时也在心中抱怨上帝：

凭什么如此待我？是不是存心不让我活了？但苦难让我对人生、对社会、对人与人和人与自然的关系有了新的认识。这些东西不可能不表现在我的作品中。

董海霞：作家同样该肩负起民族责任感和历史责任感，请问周老师认为当今时代作家的民族责任感历史责任感有何特征？

答：所谓民族责任感，就是你做的事你写的东西，要对得起养育你的民族，要对民族的利益和荣誉负责。对民族负责，其实也就是对整个人类负责。我们中华民族的利益和整个人类的利益其实是一致的，都是希望人们平安幸福地生活。所谓历史责任感，就是要对历史负责，你做的事你写的东西，要能经得起历史的检验和淘洗，没有假的和虚伪的内容。如果很快就被历史唾弃，那就是没对历史负责。

董海霞：家乡的山水和养育，奠定了您成为一位出色的地域作家的基础，您的"笔"也一直在解读着故乡的老树炊烟、山川河流，以及父老乡亲的生活和灵魂。无论《湖光山色》还是《向上的台阶》等等，大部分作品都传达着淳厚凝重的乡土民风，请问周老师怎样看待乡土文学？

答：乡土文学是相对于都市文学而有的一个概念。由于农耕生活长期都是中国社会的主要生活内容，所以乡土文学在中国有着很好的生长土壤。首先是有许多来自于乡间的作家愿意写，其次是有广大的和乡村有联系的读者喜欢读。有生产者有购买者，这个行当自然就不会凋敝。但随着中国城市化进程的加快，随着中国城镇人口的快速增加，乡土文学的受众面会逐渐萎缩，这是我们应该看到的。

董海霞：您的作品《第二十幕》获第三届“人民文学奖”和“国家图书奖提名奖”及“解放军新作品一等奖”；长篇小说《21大厦》获“解放军作品一等奖”。还获得过“冯牧文学奖”等诸多奖项，所以有人称您是获奖专业户。周老师能否谈谈每次获奖给您的创作带来什么样的影响？

答：比我获奖多的作家有的是。作家在漫长和艰苦的写作生活中，有时确实需要一点鼓励，获奖就是一种鼓励。当然，没有鼓励也会写下去。作家写作的动力不是因为要获奖，而是有话要说要倾诉。

董海霞：小说《21大厦》中写的是21世纪我们“民族精神大厦”内发生的情况。一部很典型的都市小说，算得上周老师创作上的又一次非常华丽的转身了。能介绍一下创作背景和目的吗？

答：我从军的第四年，就开始在城市生活了，至今也有几十年了。这几十年的城市生活给了我不少新的写作素材，我想把它写出来，可一直没有找到好的结构方式。一天晚上散步时，抬眼望见一座正装修试灯的新大厦，几百个窗户的灯光都在亮着，灿若星辰，心突然一动：何不把我要写的人物都放在这一座大厦里，以此来表现我所了解的城市？于是有了《21大厦》。

董海霞:像您这样在题材、风格上有如此大的转变、如此大的跳跃的作家,艺术质量和思想深度在当今文坛上并不多见。请问周老师下一步又会尝试哪方面的题材呢?

答:面对死亡。先不细说,待作品发表后再谈。

董海霞:记得您曾经说过"习惯以享受者的身份去读同行的作品",请问对您来说创作是不是更大的享受?

答:对,创作既是一个辛苦的创造过程,也是一个享受过程。当自己写得顺利时,当自认写出美好的一章时,心里很快活,想唱歌。可这种快活很短暂,因为很快又要投入新的写作中,又要承受苦思苦想的折磨。

董海霞:小说是讲故事,散文是抒发自己的感情,请问周老师在散文和小说的创作上有什么不同的感受?您更倾向于哪种文体?

答:小说中的内容是虚构的,写起来可以天马行空,自由度很大;散文的内容是非虚构的,写起来要很真诚,来一点假的读者都能感觉出来。这两种文体我都喜欢。当然,更喜欢写小说,这可能因为我从小就特爱听故事。

第四部分

董海霞:作为一名有着四十多年军龄的军旅作家,古今中外的军事文学作品中您最喜欢哪个时代哪个国家的文学作品？二战时期苏联一批优秀的军事文学作品对我们国家大多数军旅作家产生了很大影响，对您影响大吗？

答：我最喜欢《战争与和平》这部巨著。它对我的影响很大，当年读它时真是废寝忘食。再就是《静静的顿河》，还有《第四十一》《这里的黎明静悄悄》和《一个人的遭遇》。这些都是军事文学精品，都曾让我激动不已。

董海霞：在很多场合您都提到最喜欢当代作家史铁生，现代作家沈从文。请问这两位作家分别让您获得了什么？对您的文学创作影响大吗？

答：史铁生对人生意义的追问给了我很多启发。我和他没有交往，但我非常敬重他。命运限制了他向外观察的范围，他转而审视内心世界，他审视内心世界所抵达的深度，是其他作家所没能达到的。在我对生活绝望的时候，我就在心里蔑视自己：你比史铁生差得太远了！

沈从文把湘西那块地方写到那种程度，令我惊叹，也给我树立了榜样，让我把目光注意到了生我养我的那个南阳盆地。

董海霞：随着网络的发展，网络小说遍地开花，有名家的也有无名小辈的，请问您对网络写手和网络文学的未来发展有什么建议？

答：年轻人养成了在网上阅读文学作品的习惯，网络文学有广阔的发展空间。网络作家的创造活力很强，未来属于他们。我对他们的建议是放慢写作速度，给自己思考问题留出时间,这样会使作品的成色更好,同时也有利于身体健康。持续的高强度的写作生活对身体不好。

董海霞:随着科技的发展,生活节奏的日益加快,能坐下来读书已经成为大多数人的奢望,读长篇的人就更少了,您怎么看待这种现象?

答:这是现代快节奏的生活造成的。作家能做的,就是把长篇写得更精更好更吸引人;社会能做的,是鼓励和引导人们去体验阅读长篇小说的乐趣。不过一个正常的社会,阅读长篇小说的人也不可能很多。只有真正热爱文学,且衣食无忧,又有一定文化素养的人们,才去读长篇小说。

董海霞:近年来,纯文学并不怎么被看好,有些作家也纷纷玩起了网络文学和影视文学。而您还一直坚守着进行纯文学创作,坚守的是什么?

答:主要是我喜欢这个,喜欢用文字去诉说我的所见所闻所思所想。再说,毕竟还有读者喜欢阅读纯文学作品,得有人为他们写作。还有一点,就是一个国家的文学库存,不可能也不应该只是最流行的那些品种。

董海霞:全球早已成为一个地球村,一个区域一个国家的经济、文化、艺术很难离开其他区域和其他国家而单独发展,作家的写作同样需要全球化背景下的写作,对这个时代的和这种创作背景,您如何评价?

答:经济全球化并不意味着文化趋同化,作家更应该通过自己的作品来表现本民族文化的美和魅力,扩大本民族文化的影响力。好的文学作品和音乐、舞蹈、美术一样,是世界各国各民族的人们都能欣赏和理解的,能走进各国各民族人们的心里。作家应把互爱、和平、宽容、尊严这些对人类至关重要的理念通过作品在全球传扬开去。

董海霞:有段时间我经常去图书大厦参加新书签售会,作者有熟悉的,更多的是不熟悉。每当有"80后"的新人发售新书,内心就不由感叹:时代已经属于他们了!一眨眼自己就老了!请问作为文坛常青树的周老师是否有这种感觉?

答:我哪是什么常青树?!你还年轻,我是真的老了。我前不久读到一个"80后"作家写的小说,小说所写的生活内容和使用的文字,都让我觉得新奇,我根本写不出来,我那一刻真切地意识到,自己老了,该向年轻人学习了。

董海霞:现在的小说基本不分类别和流派,大家都自由创作自由发表,曾经有一个时期,穿越小说非常盛行,请问周老师关注过穿越小说吗?您怎么看待这种现象?

答:读过一点,不多。第一部穿越小说,是在中国神话小说基础上的新创造,应该给予肯定。后来的,是跟风,不是创造,是类型化写作。凡是别的作家走成功的路,后来的作家都不应该再走,再走就不是创新,是模仿。总是模仿会毁掉作家的才华。

董海霞：回顾几十年创作历程，您最大的感悟是什么？最大的收获又是什么？作为一个老兵，在军事文学创作方面，近期有什么宏伟的计划？

答：最大的感悟是：人性的奥秘和人心理的奇妙变化，一个作家一辈子只能探查明白其中的一小部分。

最大的收获是：知道了人活一世太不容易，自己下笔写人要有悲悯之心。

也许会让一名军人在我将来要写的一部长篇小说里扮演重要角色。

关于创作经历答石一龙问

(1)

在写完《第二十幕》之后，我读了一段时间的书，开始把目光由农村、军营转向大都市，用一年多的时间写我的第一部表现大都市生活的长篇小说《21 大厦》。从 1978 年开始，我开始接触大城市的各种人物，开始在济南、西安、郑州、北京这些城市里走来走去，开始用一个乡村人的目光去注视人类发明的这种庞大的聚居地。但我一直没敢写关于大都市生活的小说，手中的笔总有些打怵。《21 大厦》是我这些年都市生活积累的结果，也是我在写作资源上的一种新的寻找。城市化是中国现代化必须经过的一截路，大量的中国人已在和将在城市生活，作为一个写作者，没有理由不去关注和表现他们的生存状态。

眼下,《21 大厦》已经在《钟山》杂志今年第四期上发表,昆仑出版社也已出版了该书,书的发行量和反应还都不错。我想让读者在这本书里看到各色城市人物的生活实相,看到各种各样的生存挣扎,看到千奇百怪的都市情爱场景,看到情感和良心市场上的热闹景象,看到心灵被切割的场面,看到爱与美被埋葬的过程,看到上一代人的沉思,看到新一代人的精神质量……这本书写的只是一座大厦里的几个楼层,可我想让读者去感受社会各阶层人的心灵和生命律动;这本书里人物的活动范围限制在一座大厦里,可我想让读者由此延伸开去思考我们这个纷纷扰扰的世界;这本书说的是当下的生活,可我想让读者由此去想我们民族几千年的过去和满怀希望的未来;这本书画的是地上的图景,可我想激起人们那种飞翔的冲动。

我们正处在一个飞速变化的时代,人们的物质生活、价值观念、道德标准都在发生深刻的变化。美和善继续在我们的眼前飘动,一些人灵魂深处的邪恶、自私和伪善也开始挣开束缚在人们面前现出身形,社会的精神状态开始出现新的景观,《21 大厦》很想把这种景观作一个展览。

不满此处到彼处去,这里不好到那里去,飞离此地到彼地寻找,是每个人的人生中都一再发生的事情。人生其实只有飞离与栖落两种状态。《21 大厦》想把这两种状态表现出来。

(2)

创作起点的情景如今已一片模糊。我很小就爱听大人们讲故事,后来又爱读中外的小说,不知不觉间就喜欢上了文学。我第一次写小说是1976年，地点在山东泰安。我写的是一部长篇，说的是当年去台湾的老兵的生活，小说写有三十多万字，虽说也几易其稿，但因艺术准备不足，写得不成样子，最终也没能发表。后来一气之下，就把它烧了，如今想起来还有些后悔，当时不该烧的，放到今天看看也许对了解自己的过去会有好处。在这之前，我也写过诗。当然那时写的诗不过是一些顺口溜而已。写诗是在我当兵后不久开始的，大约在1973年或1974年。当时我在一个炮兵指挥连当文书，文书的一个任务是出黑板报，黑板报上的空白处，需要用诗歌来填满，我便自编一些诗句填在上边。我发表的第一篇小说是《前方来信》，发表在《济南日报》上，其时已是1979年了。

(3)

写小说就是要把自己感受到的思考过的发现了的东西尽情地倾泻出来，这个过程是痛苦的也是痛快的，是一个暂时忘却一切的过程，不可能去想改编和稿费这些世俗的问题，这些问题是书写出来以后的事情。书写出来了，谁愿去改编影视多给一笔稿费，那当然是好事。

(4)

在今天中国农村的年轻一代人中，的确有“逃离土地”的现象。谁都知道，干农活是又苦又累的，种田的收入很低，农村的生活又闭塞又单调，所以许多农村年轻人便都把离开土地到城镇生活作为自己的奋斗目标。这是一种符合人性本能的选择，也是中国现代化进程的一种要求。但人是离不开土地养育的，人对土地的厌弃和背离，造成农田的荒芜和被侵占，是会遭到惩罚的。逃离土地不是人类处理自己与土地关系的正确办法。我一方面认为年轻农民们应该逃离土地，对他们的举动充满深切的同情并给予鼓励；另一方面又对这种逃离的后果充满忧虑。不离开土地很难有好生活，逃离土地也可能会带来更坏的生活，农民们的这种两难处境也使我的内心处于两难的惶惑之中，我的一些小说便是在这样的心态下写出的。小说并没有去刻意反映什么，只是想去表现现阶段中国农民的命运，那其实也是人类的命运：不停地去寻找好东西，也不断地把手上的好东西扔掉。谁知道前边路的尽头等待人类的究竟是什么？

(5)

我不是偏爱痛苦，而是痛苦无处不在，我们应该对痛苦给予注意。一个人从出生到死亡得经历多少痛苦？患病的痛苦，失去长辈的痛苦，失恋的痛苦，家庭失和的痛苦，考不上理想学校的痛苦，找不到理想职业的痛苦，职务提升无望的痛苦，水灾、车祸、地震造成的痛苦，家境不好那种缺钱的痛苦，受歧视、轻视、蔑视的痛苦，朋友背叛的痛苦，战争造成的痛苦……可以说人一生充满了痛苦，人活几十年时间，浸在痛苦中的时候实在不少。痛苦为何这样钟情人类？是谁给了人类如此待遇？人为什么不能活得更快活一些？怎样才能减少一些人生的痛苦？这是我一直在想的问题。我期望用我的小说来提醒人们对频繁侵入我们生活的痛苦的留意，告诫人们不要对其熟视无睹，告诉大家生命其实是可以用另一种样式度过的。我期望用我的小说使人们明白，我们所遭遇到的一大部分痛苦其实是人为的,是原本可以避免的;只有地震、洪水、飓风这些东西是上帝作为试验人的生命强度而特批给人类的。我期望用我的小说使人们懂得,人类要想部分地摆脱痛苦这个魔鬼的折磨,必须学会控制自己内心世界里一些原本属于普通动物的那类东西出来活动,人和动物有根本的区别,可人是从动物界来的,身上还有动物的遗存。

(6)

女性和男性相比,在体力上是弱的一方,生育和抚育后代又耗去她们的很多精力和体力,也因此,她们少进攻性和破坏性。她们的天性中温和的、爱和善的东西更多一些。这也是我在写作中特别关注女性的原因。我希望这个世界是一个和平的安宁的充满笑声的世界,人与人之间不再你争我斗恶语相向而是充满爱意,家庭与家庭之间不再你仇我恨拳脚相加而是和睦相处,民族与民族之间不再你打我我打你征战不休而是平等相待,国家与国家之间不再是你想欺侮我我想吃掉你而是共同发展。我的这种愿望在女性中可能会获得更多的支持者。而要实现这个愿望,就需不间断地向人们的心中灌输爱和善这两种东西。在男人和女人中,谁来担负这种灌输任务更合适?显然是女人。这就是我总把女人作为我小说中的主要人物的原因。

但作为一个男人,写好女人并不容易。男人对女人的了解和女人对男人的了解一样,只能是一个大概,不可能做到洞悉一切,尤其是心里那些特别隐秘的部分。

(7)

《走出盆地》是我的第一部长篇小说,它的确是我那个阶段文学思考的结果。我在分析了人类的主要活动之后发现,人活着的目的,人类全部活动的目的,其实就是四个字:寻找幸福。人们不停地去劳动、去发明、去创造、去反叛、去打仗、去迁徙,就是为了寻找幸福。生活在南阳小盆地里的我的故乡人,他们世世代代也在寻找属于自己的那份幸福,为了表现他们那种可歌可泣的寻找过程,我写出了《走出盆地》这部小说。小说写的是一个南阳农村姑娘走出盆地改变自己命运的经历,寓示的却是中国人和中华民族冲开重重障碍和束缚,坚韧顽强寻找理想的幸福生活的历史。今天回头来看这部长篇处女作,觉得当时成书有点匆忙了,许多该展开的地方没能展开。如果写得再从容一些,放开一些,它的艺术魅力可能会更大一点。

(8)

把《第二十幕》和《百年孤独》相提并论明显不恰当,《百年孤独》是获得了诺贝尔文学奖的在世界上有定评的名作,《第二十幕》只是我这个凡夫俗子的一部普通小说。有老师把《第二十幕》说成是中国的《百年孤独》,我只把这话看作是对我的一种鼓励。如果要说两者有共同点的话,那就是都写了一个民族的百年历史,但内容和写法完全不同。我在写《第二十幕》时,给自己规定的标准是:用最有中国味道的叙事手段,把中国一家丝织企业在20世纪这一百年间的经历活灵活现地讲出来，吸引今天的中国人去回味咀嚼这段历史从而汲取有益的养料，为后人寻找这个时代留下文学的印痕。

为使这篇小说有中国味道，我给自己规定了这么几条：一、必须有吸引人的故事，因为中国的小说最初就是从说故事脱胎而来的；二、叙述时要不慌不忙，向鼓书艺人学习，今晚说一段，明晚再接着说一段，按下这头不表，且说那头……三、要有几个活灵活现的人物在书中走动，最好能走到书的外边，走到老百姓的饭桌、茶桌前。

(9)

作家写出的人物，有时作家自己也难以说清楚。尚达志是我在《第二十幕》中着力描画的一个人物，我是怀着既爱又恨既钦佩又鄙视既尊重又轻蔑既想颂又想贬的很复杂的心情去写的。他的身上，既有中国男人最珍贵的东西，又有许多反人性的让人反感的东西。他是那种为一个既定人生目标活着的有惊人毅力的人，是那种把幸福做了畸形理解的人，是那种有着冷酷决心和强烈进取精神从不愿在人生路上踏步的人，是那种为了长远目标随时准备低头退让甚至愿去受辱的人，是那种把家族荣誉和事业——实业成功视为一切的人。他是中国一个种类男人的代表，是中国文化发展到20世纪的一个产物，是人生路上一个奇怪的跋涉者，是一个堪作标本的人。

(10)

《泉涸》中突然枯竭的泉水和神秘出现的黑天鹅，《紫雾》中不祥的紫雾，这些的确都有象征意义，至于象征什么，应该由读者去理解，不应该由我来多嘴。我在这里特别想就神秘问题说几句。我们讲科学并不就是否认神秘的存在，所有科学未达到的地方，其实就是神秘的地盘。我们生活中遇到的暂时不可解的神秘事情很多，这些当然应该进入我们的作品；另外，文学原本和神秘就有着紧密的关系，小说在某种意义上说就是制造神秘，写得越神秘才越有艺术魅力。

(11)

小说写作当然有技巧，比如叙述角度的选择，叙述节奏的确定，氛围的营造，故事情节的组接连缀，文字的挑拣组合等等。

我对中国20世纪以前的文学作品读过不少，不管是小说、散文、还是诗词。所以读这些，一是因为自己生活在20世纪，应该对过去世纪里中国人创造的东西有所了解；二是因为读这些确能给自己的写作提供帮助，读古文多了，会在语言表达上不知不觉地受其影响。文言文的精练和雅致，是我们今天应该汲取的语言遗产。

(12)

文学批评当然有意义。那些对一个时期的文学发展进行梳理概括从而发现新的创作现象的文章，那些对一个作家的作品进行系统研究从而得出相对准确结论的文章，那些对某一部作品进行细致的让人心服的理性分析的文章，我都爱读。一个作家写出一部作品后，人们阅读时获得的东西和他在写作时想要给读者的东西往往并不一样，有时甚至完全不一样。

评论家是有经验的挑剔的读者，好的评论家的文章会告诉作家他完成了什么，这种完成的价值和意义，哪些东西他想要完成而没有完成，为什么没有完成，这对作家今后的创作不会没有意义。就我个人来说，我从评论家那里得到的东西很多，我对他们心存感激。

(13)

一旦有了写一部作品的冲动，那心里肯定已有了这部作品的大致框架。开头最难，每部作品的开头都要写几遍，直到找准感觉能顺畅地写下去才行。写作中有写不下去的时候，这时当然得停下，或是读点书，或是先写点别的，或是外出走走。结尾在动笔时通常已有安排，但写着写着会有变化，作品的结尾总是写作结尾时才最后定下。

(14)

依靠个人经验写作显然不可能持续多久，作家主要的还是靠想象写作，想象力的强弱决定一个小说家创作生命的长短。当然，个人经验很重要，个人经验可以刺激自己的想象力张扬开来。

身为作家，我觉得以写作为职业还是充满了乐趣的。眼见得一个没有出世的人被你创造出来并演绎着悲欢离合的故事，感动得读者们或热泪盈盈或皱眉沉思，那的确能让人享受到一种快乐。

身为作家，如果没有修炼到一定程度，心里也会经常不平衡。眼见得那些同年龄的当了官的前呼后拥耀武扬威，而自己还是万事求人;眼见得那些同年龄的经商发了财的,腰缠万贯别墅美女样样都有而自己还在计算那点可怜的稿费过日子,心里不可能不难受。可谁让你自愿地做了这样的选择呢?

身为作家,重要的是沉下心来写自己的东西,不要为各种各样的诱惑所动,作家存在的价值就在于他能提供作品。如果你写出了能够传世的能对这个世界产生大影响的作品,社会不可能不给你回报,尽管那种回报可能是在你死后才到来的。

(15)

我读。同时代的很多作家的作品我都读。看看别人是怎样观察、认识、表现同时代的生活的,对自己有时会有启发。我认为优秀的作家很多,在这里就不一一列出名字了。再说,我认为不优秀的作家,不一定人家就真不优秀。

(16)

我自己的经历对我了解和认识人生当然很有帮助。我的乡村生活和城市生活的全部经历告诉我,人活到这个世上太不容易。以男人为例,一个农村人,五六岁就要放羊割草;十来岁就要学做田里活;然后日复一日的劳作,攒钱以便娶个老婆;千辛万苦把老婆娶到家,通常第二年就要为孩子的出世忙碌;接下来再为儿女们的成长操心;这同时要在地里同旱灾、涝灾、虫灾、风灾、雹灾搏斗,要同村里乡里县里的贪官、地头蛇作斗;到孩子们长大成人成家自立时,他已是白发满头了;疾病这时开始找上身了,疾病在乡村缠上人的时候总是早些,这之后，人便要在疾病的折磨中过日子了，吃药、打针，奔波在诊所和医院之间，直到体力衰竭；然后是张罗棺材，看着棺材做好，再去祖坟上看一眼自己墓坑的位置，这才回到家去等待最后时候的到来；最后时刻到来时，或是因为难以忍受的病痛或是因为想起了遗憾的事，会发出哭声……这就是一个乡下男人的一生。人生是什么？人为什么要活着？这些前人问了无数遍的问题，我也常常想问。

（17）

对我来说，写作首先是一种倾诉。我把自己心里想到的、认识到的、感觉到的东西通过作品向读者们倾诉，倾诉会带来快感，会让自己心里的压力缓解。人是需要倾诉的，尤其是像我这样性格内向的人。写作当然也是对当代生活的一种记录，只是这种记录是变形的，是掺了我的主观看法的，是一种艺术的记录，和史学工作者的记录是两回事。写作对我来说还有一个目的，那就是呼唤爱和善，我希望每个人的一生都能在爱的浸润中度过，我希望我们这个世界上能被善意充满，我期望自己的作品能对那些我看不惯的丑的恶的东西的消灭起些作用。

（18）

给我影响最大的作家是俄国的列夫·托尔斯泰。他在《战争与和平》《安娜·卡列尼娜》和《复活》三部书中所表达出的爱人、爱己和互爱的思想深深地影响了我。不管他在实际生活中是一个什么样的人，我都对他怀着敬意。

(19)

能谈谈你读书的情况和经验吗?

我读书并无一定计划,得到什么可读的书就赶紧读完它。而且读得很杂,哲学的、历史的、地理的、文学的、军事的、经济的、政治的书都读。在我读过的书中,翻译过来的外国书占有相当大的比例。我特别喜欢在冬天的夜里拥被半躺在床上读书。参加一些枯燥的会议时,我喜欢在读书中打发时间。坐火车、睡觉前、如厕时,没有书读是不行的。

(20)

你的小说《香魂塘畔的香油坊》改编成大型豫剧《香魂女》,并进京公演,受到了广大观众的喜欢,作品以现实主义的笔触,描写了环环等几个当代女性的人生际遇,且有较为深刻的批判精神和发人深思的哲学思考。你比较喜欢豫剧还是小说?它是否扩展了小说意义?戏剧与小说存在着什么样的关系?

豫剧和小说我都喜欢。其实小说改编成戏剧,要的只是小说的故事框架和人物形象,两者有很大不同。小说是靠文字来传达作家的思情寓意,戏剧则是要把所有的内容用唱词唱出来,前者留下许多空白让读者在阅读时用自己的想象来补充,后者只需你坐在剧场里看和听就行。我特别喜欢看豫剧,这是从小就养成的习惯。小时候在乡下,只要听说哪个村里来了剧团,不管有五里还是有十里远,宁可不吃晚饭,也一定要跑去看的。自己的作品改成豫剧,不管改成什么样,我都高兴。

(21)

在你的作品里和创作生涯里,你最大的遗憾是什么?

我最大的遗憾是身为军人却没有写出一部自己满意的有分量的军事题材的小说。

(22)

你怎样看阎连科的作品?

阎连科的作品质优量大,他是一个创新活力和创造潜力都巨大的作家。他写耙耧山脉和军营和平时期的作品都很富创造性,不论是题材发现还是思情指向,不论是文体样式还是语言形态,都给人一种新的感觉。他的《年月日》《日光流年》和《坚硬如水》几部作品,对人生对生命对人类命运对大自然对社会进程的追问越加峻厉和深刻,他的笔已经触及了一些埋在土下很深的别人还没发现的东西。

(23)

新技术引发的军事革命只会造成战争样式的改变,但战争中的生与死,敌对双方的恐惧与仇恨,战场上的被俘和生还,战争结局的胜与负,战后的苦难和重建这些基本的问题没变,军事文学作家主要关注的不是战争怎样打,而是引发战争的深层原因,人在战争中的感受和战争对人造成的伤害这些问题。所以军事革命对军事文学会产生影响,比如战争的残酷性更大,战争对人的精神压力更恐怖,但总体来看影响不大。决定军事文学作品成色的基本问题没变,变的只是作品中军人的活动背景。

(24)

19 世纪和 20 世纪都有十分辉煌的军事文学作品,21 世纪也会有辉煌的军事文学作品出现,这一点不应该怀疑。只是因为今天人们的审美习惯发生了变化,作家的创作方法也发生了变化,大约不会再出现《战争与和平》和《静静的顿河》这种样式的作品了。

(25)

科学技术的发展,对于文学和战争文学的影响主要表现在两个方面:一是会造成文学作品传播方式和传播手段的变化,比如过去的文学作品都是印在纸上,今天有不少文学作品直接在互联网上传播;二是使文学作品中的人的活动场景发生变化。

(26)

武器的变化对军事文学并没有决定性的影响,但影响是有的。1600 年,火炮被安置在舰船上,由此而产生了近代海军,这使描述海军生活的文学作品开始出现;也是从 1600 年起,手枪开始在世界上普及,这使得战争中一些短距离杀伤对方的故事开始出现,军事文学中又增加了吸引人的成分;1800 年,在合理的装备和参谋体系下诞生了近代陆军,写陆军生活的军事文学作品中开始出现了司令部里的参谋这类人;1850年,金属船体、蒸汽机、远程炮、潜水艇、鱼雷的出现,使海军的改革得以推进,也使军事文学作品中出现了许多新的术语,军人们在作品中的活动场地也由海面扩展到了水下;1860年,铁路的出现使作战的机动性增强,电信使通信发展,出现了步枪,这使兵力的大规模集结成为可能,长途开进中的故事开始在军事文学作品中出现;1920年,出现了坦克、航空母舰、战略轰炸机,这使强袭和登陆作战这些新的作战样式出现,军事文学作品中军人们活动的场所更多了;1945年,出现了核武器,这使军人和平民死亡起来更容易,使人们对战争的恐惧更甚了,也使《广岛之恋》这类作品开始出现;1990年,出现了微型芯片,也随之出现了科索沃这样的远距离精确打击的战争,作家们再写战争,不得不把目光由战场转向很远的地方。作家不能不注意到这些影响,但他们的主要任务还是描写军人们的悲欢离合、生死存亡、喜怒哀乐。

(27)

战争时期的军事文学对读者更有吸引力,也可以说是军事文学的正宗。战争生活是一般人很少经历的生活,这种生活所富有的那种刺激性本身对读者就有诱惑力。另外,战争总是和国家、民族的利益、命运相联系,容易激起人们的共鸣引起阅读的兴趣。新时期以来的军事文学作品,大家能够记住的,主要还是写当年南线战争生活的作品。

(28)

目前军事文学创作中存在的问题我以为有两个,一是作家精神上放不开,总是顾虑重重小心翼翼,唯恐写出问题和毛病。这恐怕不行,好作品总是在前人已达到的水平上再前进一步,这就要求你在思想上有新的发现,在艺术上有新的探索。而这些,没有精神上的极度放松,怕很难完成。二是急于求成,急于把作品拿出来让人喝彩获奖,耐不住性子打磨。药方我开不出,何况我的诊断还不一定正确,开出药吃坏了人我还要负责的。

(29)

莫言是一个极富创造活力的作家,他的作品在文体上总有创新,在思想上总有新的开掘,在语言上总有新的味道。他是一个不断超越别人也不断超越自己的作家,是一个活得十分清醒也活得自在潇洒的作家。读他的小说,常能获得一种真正的艺术享受。而且他还是一个劳动模范,不停地写作,作品的数量也十分惊人。他在中国军旅作家和整个中国当代作家中,都属一流的人物。

(30)

你对军事文学再创辉煌有无信心?

当然有。这种信心来自于三个方面:其一,由于大量翻译作品的出现,我们从事军事题材创作的作家,对外国作家尤其是欧美作家的军事题材作品了解增多,对他们已达到的水平心中有数,差不多可以说都有了一种世界眼光。其二,我们从事军事题材创作的作家,经过这些年的学习和历练,艺术准备相对充足,开笔写起来,起点应该不会很低。其三,世界各国包括我们自己大量的军事和战争历史资料开始解禁,使我们了解过去更为方便;今天世界上的局部战争正在不断发生,这也会给我们的脑子不断带来新鲜刺激。

关于玄想答吴君问

问：作为一个作家，你平常脑子里都想些什么问题？

答：什么问题都想，凡是常人应该想的问题，我都去想，比如吃、穿、住、用，爱情、结婚、养育孩子等等；一般人很少去想的问题，我也常去想，比如怎样才能让以色列人和巴勒斯坦人和睦相处？如何禁绝地域、种族和肤色歧视？一般人根本不想的问题，我也会去想，比如上帝为何只给人百十年左右的生命？为何不把生死的界限设计得复杂一点？人的肚子上为何不设计一道拉链？有没有一个幽灵世界？谁在掌控着男女出生的比例等等。我常常坐在那里陷入空想、幻想、瞎想、玄想，我想问题的目的很多时候不是为了解决生活中遇到的实际问题，而只是为了供自己虚构出的世界使用。

问：我今天就想同你谈点玄虚的问题，你怎样看待宇宙？

答：虽然就生活在宇宙里，可我思考宇宙的时候并不多。

因为它太大了,离自己的生活太远了。在我的脑子里,宇宙是一个大得无可捉摸的东西,我常把它想象成像秦岭那样大的一座山脉,把地球想象成这座山脉里的一块直径一米左右的圆形石头。这样想象,在这块石头上活动的几十亿地球人,境况就有些可怜。不过这样想象,倒能让自己看开人世上的许多事情。一个人相对于宇宙来说,那真是一粒尘埃,人千万不要以为自己了不起。每当我看见谁在那儿傲慢地说着他的什么本领时,我都替他担一份心:宇宙之主听见了会笑的!

问:地球的未来会是什么样子?你平时想过这个问题吗?

答:对地球的未来我倒是很关心,因为地球是我们人类赖以存身的地方,她的未来和我们人类的未来是紧紧联系在一起的。地球的最后的结局,据说是毁灭,但这个结局离我们今天还有很远很远,有许多亿年。我们暂时还不必去想这个结局。我们要想的是从今天到结局之前的事情。应该说,地球今天还年轻力壮,生命力旺盛,养育几十亿人不成问题。但我们作为被养育者,理应关心爱惜她的身子,不能无止境地朝她攫取。须知再多的奶水,也有喝尽的时候,如果我们只知不停地吸吮,不给她休养生息的机会,甚至边吃她的奶还边踢她砸她掐她弄得她遍体鳞伤,那她就会很快地苍老下去并最终停止供应奶水。我们想象一下,如果有一天地球变成了一个无草无树无水无鸟无油无煤无氧的光秃秃的老妪,我们人类可怎么办?那时我们人类去哪里存身?移民其他星球?哪一个星球可以容许一下子移去几十上百亿地球人?

我想,随着关爱地球成为全人类的一种共识,地球的未来处境可能会比现在好些,树会更多,草会更绿,水会更清,空气会更新鲜,也更适宜人类居住。

问:你对人类社会未来的组成形式有什么预测?

答:预测这类事情好像是政治家们的事。从历史上看,人类社会的组织形式,总是由生产力的发展水平所决定。至于未来社会的组织形式,我现在可以说的是,它会与社会生产力的发展水平大致相适应,可能会更加满足人的各种需要,会保障人更全面的发展,会使人们追求幸福的欲望得到更大程度的满足。当然,我们也要注意到,人类社会组织形式的变化,并不是直线式地向好处变,也有可能会出现曲折,出现违背人们追求幸福意愿的变化。

问:你对人类未来的命运怎么看?

答:有时候充满信心,有时候又非常忧虑,当然,我这是杞人忧天,一介书生,用得着你来忧虑这些问题?不过我还是想说说我的看法。当年知道苏联军队从东德撤出,冷战消失时心里非常高兴,认为人类还是能够妥善处理自己遇到的问题的,能够消除内部的矛盾和分歧,让爱和理解在人间充溢。后来接连看到几场战争,看到一些民族之间的相互仇杀,看到一些国家内部不同宗教和宗教派别之间的仇杀,心里又非常绝望,觉得人有时真是不可理喻,都是同类,干吗要互相残害?也是因此,对人类未来的命运就有些绝望。老是这样你打我我杀你的,什么时候是个头?万一哪一天有一个教派或有一个民族因为打杀被仇恨烧红了眼睛,碰巧他又弄到了核武器,他一扔核弹,对方再用核弹反击,那这个世界会变成什么样子?

关于历史文化答栗振宇问

栗：周先生，总体感觉，您的作品当中史的味道很浓，比如《战争传说》中对于土木堡大战和北京保卫战的演绎，《第二十幕》当中通过一个丝绸家族的发展史折射出中国近现代历史等等，为什么您对于过往历史的演绎情有独钟？这个是不是和您作为历史学的研究生有关？或者其他什么原因？

周：我没有做过历史学的研究生。我觉得今天的生活是对历史的延续，要把今天的生活琢磨透，表达透彻，没有对历史的分析研究是不大可能的。比如说战争，我们今天的战争和历史上的战争是不一样的，打法、武器和战争的残酷程度都不一样。但是和历史上的战争，在基本元素上是一样的。比如说，所有的战争都要经过谋划，都要有两军的接近，战争的结果都是双方损失惨重，一方宣告失败。今天发生的事情，因为离我们太近，没有给你时间来思考，或者思考起来表达起来有很多禁忌。这时候就特别需要到历史上去寻找类似的事情。同样写战争,要写今天的战争就会有很多顾忌。比如我们写台湾问题,写起来就会有很多难以展开的东西。但是如果在历史上能够找到一个类似的问题,把它写透,那么对今天是必然会有启示的。战争是这样,其他事情也是这样的。要想把我们民族当代生活表现出来,没有对历史的回溯,恐怕是很难写好的。因为人都是从历史中走过来的,身上都被烙上了历史的印痕。只有把这个弄透了,才能把今天的人写透。所以我的作品对历史的回溯比较多。再者,我想我的作品常对社会重大问题发表看法,要对这些重大问题发表看法,肯定要追溯历史的渊源。写小说,归根结底是要写出你对自然界、社会和人生的感悟,这些感悟没有对历史的回望,没有比较,就很难发掘出来。比如写今天的官场生活,如果对历史上的官场生活一点不了解,那就不可能有比较,实际上今天的这种官场腐败现象,历史上都曾经发生过。只是过去官场腐败送的是银子,现在是纸币;过去提拔是通过吏部,现在是组织部门。过去的官场生活和现在有相似的地方。只有把历史琢磨透,你才能在表现当代生活上游刃有余。只有通过比较,你才能发现一些深刻的,你在作品中想要表达的东西。

栗:您所说的重要的东西其实就是一部作品的主题吧?

周:是思想内涵。

栗:我在阅读您作品的时候,感觉从早期的《向上的台阶》《银饰》,到晚近一点的《第二十幕》《战争传说》等,您所要表达的主题似乎隐藏得越来越深了,是这样的吗?

周:是这样的。因为很多东西,把它在作品中直白地说出来,反而不好。给别人的感觉可能就是一种说教。通过人物故事把它隐藏起来,让读者在文字中间去感觉,可能得到东西会更多。我前期的作品确实有直白的情况，给人的东西比较清楚，读者可能马上就会感悟、把握。现在，我愿意给人相对混沌的感觉，让读者自己从中去琢磨去发现，也许读者这样得到的会比我最初想表现的要更多一些。

栗：我总觉得应该把您划分到新历史主义创作这一类型，因为新历史主义特别重视作品对于所涉及时代的文化的描述，这一点在您的作品当中体现得非常明显，比如《第二十幕》当中对于丝绸制作工艺的描述，《银饰》当中对于首饰制作工艺的描绘，《香魂塘畔的香油坊》中对于小磨香油制作工艺的描述等等，非常的细致，我估计很多南阳人可能都难以了解得这么清楚，那么，这些充满文化味道的内容是如何进入到您的创作的？此外，新历史主义的另一个特点就是对于过往历史的重新阐释，这一理念在您的《战争传说》中又体现得非常清晰，您是如何看待新历史主义的创作风格的？

周：我对新历史主义的理论没有研究，我在创作中也没有有意识地使用新历史主义的创作方法，我只是凭我的艺术直觉，感觉这样写好，能够把我想表现的东西表达出来。关于文化味的问题，我觉得我对历史着迷，首先是对文化的东西着迷。首先是这些东西激发我的创作冲动。比如说《银饰》中的制作工艺，我就非常着迷。因为今天很多人戴首饰，可对其制作过程却不清楚，我就非常想弄明白，这个首饰到底是怎么制作出来的。这样，我靠阅读地方上的方志、野史还有口头传说来了解。我甚至在南阳街头还找过现在仍然在制作银饰的老艺人，看他们到底怎么做。这些细部的东西就是这样进入我的创作的，不是我首先想表达对历史事件的看法，然后再去寻找文化的细部。《香魂塘畔的香油坊》中的小磨香油制作同样是这样的。最初感兴趣的就是小磨香油的制作方法，然后才要去塑造人物,表达对人生的感悟。

栗:这让我想到,《银饰》《香魂塘畔的香油坊》这一类小说,文化的东西只是一种依托,一种背景,真正写的还是人,表现的还是人生感悟,您觉得这样去创作有什么好处?

周:是这样的。这样写的好处就是让人物有生活的依托,给读者逼真的生活真实感。把人物放在非常具体的生活环境中,比如《银饰》中的银饰作坊,《香魂塘畔的香油坊》中的香油坊,具体的生活环境对人物性格有着非常深刻的影响。

栗:说到这里,让我想起沈从文先生写的《边城》。个中对于湘西风情的描述,对于人物的塑造起了非常大的作用。您的这种创作理念似乎和沈从文先生有异曲同工之妙。

周:沈先生是我敬重的人。人就是生活在历史的流程中,生活在特定的环境中,各种各样的文化遗产都在人物身上发生作用。如果把这些剥去了,留下孤零零的一个人,那这个人肯定是不真实的。

另外,我们谈历史时其实是对过往历史进行重塑。我觉得我们现在的历史,都是历史学家们根据他们的看法和当时的需要写的。完全站在公正的客观的角度撰写的历史书是没有的。

栗:正如西方有人说:所有的历史都是当代史。

周:有道理。所以说,作为作家,他不能盲从,不能满足于史书上的结论,要根据自己的艺术直觉和史料对那段历史重新判断、感觉。也可能他自己做出的判断是离历史真实很远的,但是谁敢说,现在史书上所得出的结论就都是对的?同样一件事情,就是前天发生的,今天找几个人来叙述,谈出的经过和得出的看法可能都不一样。那么,过去几百年的事情,让后人写出来,肯定是相差很远的。再者,文学的主要责任不是要告诉读者这段历史的真实情况是怎样的，它告诉读者的是某个人物对于这段历史的真实感受。在《战争传说》中，我的目的就是想把战争中人的感受比较真切地传达给读者。过去我们史书上对于一场战争的描述，只是讲是哪个皇帝哪个统帅领导的，打了多长时间，非常简短。你看明史上对于土木堡大战和北京保卫战的描述就那么几句话，死了那么多的人，几句话就打发了，这太不应该了。人死掉了，人在战争中痛切的感受都没有了，我特别不满足这样。我希望通过我这部作品告诉人们，历史上的每一场战争都曾经给人带来非常痛切的感受，非常大的痛苦。另外，在这部小说中，我得到的素材基本上都是传说（民间口头传说），这是些不会进入正史的东西，但是这些东西很可能让人们对于那段历史产生新的理解。

栗：通过对中国当代文学史的考察，我发现很多作家的作品和其故乡有着非常紧密的联系，比如莫言和山东高密等，这一点同样在您身上体现得非常多，《走出盆地》《银饰》《紫雾》《第二十幕》《香魂塘畔的香油坊》《左朱雀右白虎》等一大批作品都同您的故乡河南南阳有着非常密切的关系。故乡在您的心中是怎样的位置？在您的创作中又是怎样的位置？

周：故乡，是一个人的诞生地也是一个人人生长路上最初的出发点。不管是哪一个作家，在创作时都要进行回忆，故乡是他们最常忆起的地方。就像我吧，故乡的影响已经进入血液，让你无法丢弃。实际上，人一生要走很多地方，但是后来那些地方，都会促使你更深刻地认识故乡。人最初都是认为好地方肯定在他乡，于是想方设法离开故乡，但是等他经过大半生甚至一生的追寻之后，他会发现幸福没在他乡，还是在故乡。我走过济南、西安、郑州、北京，这些地方都会增加我对故乡的思念。同时，我觉得，因为人童年和少年时期的印象特别深刻,对很多事情的感受也特别真切,这种感受一直印在人的脑子里,就特别难以忘记。而后来走过的地方,就相对容易忘却。这也是人们为什么老是回望故乡的原因之一。我在山东生活了二十多年,在北京生活了十来年,在西安生活了两年,但是让我写这些地方的人,我都觉得难以把握,很容易失真。而我把人物放在故乡,无论怎么写,我都觉得很自如,写得游刃有余,写出来也会感动自己。有人说,你的故乡只是上一代人流浪的一个落脚点而已。据说我们周家是从山西洪洞县迁过去的,但洪洞县对我已经没有意义了,对我有意义的是南阳。是南阳给了我生命,给了我对世界最初的认识。那里的麦苗、青草、田埂都已经深印在我的脑子里。这是我生命的出发点,也是我作品最易进入的地方,这是没有办法的。另外,南阳是楚文化的发源地,因为楚国最早的首都在南阳境内;同时,南阳又受到秦文化的影响。所以南阳文化既有北方粗犷的一面,又有南方柔婉的一面,是一个文化交融地带,这造就了人们一些很奇特的性格和生活现象,所以我觉得这个地方值得我好好地加以表现。现在很多能在文学仓库里保留下来的作品,其实都是作家对于故乡的一种书写。当然这种书写是会变形的,作家流浪到哪里,就写哪里的生活,这样的著名作家也有,但是少。

栗:看来,这似乎可以说是创作的一条经验了!

周:也是一种宿命。我还没有从理论上去思考过这个问题,但我感觉这似乎是一条规律。

栗:在您的作品当中,我发现有一类人物形象,就是那种对于时势洞察清楚、忧国忧民的角色,比如《第二十幕》《战争传说》等中,这些人物的思想是不是主要就是您自己对于当时那个历史时期的思考?我觉得,如果将这类人物形象删去,似乎更可以增加作品的深度，也给读者更多一些思考的余地，您是怎么认为的呢？

周：是的，你的感觉很准。这些人物的观点实际上就是我对个中事情的观点，但是我又没法直接站出来说，不能像托尔斯泰在《战争与和平》中可以大段大段的说理，所以就采取了这种办法：设计一个我喜欢的人物，让他来替我说。这可能笨拙一点，但是的确有些故事难以把我的思想完全表达出来，只好用这种办法来完成。你觉得如果将这类人物形象删去，似乎更可以增加作品的深度，就我而言，我觉得如果删去这些人物，有很多话就难以说出来。可这些人物说出来后，把某些事情又说白了，读者思考的余地少了，这的确是个问题，我在今后的创作中会尽量避免这种情况。

栗：在您的作品当中，我感觉到，在您现实主义创作的基调之外，还或多或少地存在一些魔幻的色彩，这在《紫雾》《香魂塘畔的香油坊》《第二十幕》以及《战争传说》当中都有所表现，您将这些富有魔幻色彩的内容放进小说是出于怎样的考虑？您对于魔幻现实主义是怎样理解的？

周：我从小就觉得有些事情对我是非常神秘的，我还没有办法去理解它。比如说，村里有人在夜里迷路，其实就在村子附近，但他就是走不进村子。这些说不清楚原因的事情让我觉着神秘，让我感觉好像生活中还有一些领域，我们还没有进入。还有，我感觉生活中似乎存在着一种平衡法则，有些人仕途非常顺利，但家庭生活就很糟糕；有些人事业上非常不顺，但是身体非常好；有些人前半生很富贵，但老境苍凉。人的所得和所失总是呈现出一种平衡状态，好像是有只神秘的手，在平衡着人们的得失。当我创作的时候，这些东西就影响我对事情的看法，影响我对事物的表达。我觉得把这些写进小说没有什么坏处,能够引发一些歧义,让读者有更多的渠道来进入作品,来思考作品的思想内涵。西方有魔幻现实主义这一个流派,这一派的作品后来也得到了世界的承认。我读过他们的作品,但我的作品中出现一些神秘的事情,与他们无关。

栗:您认为军旅文学的内核是什么?军旅文学应该体现或者能够体现哪些审美特征?您认为当今军旅文学创作有哪些需要克服的弱点?军旅文学的前景如何?

周:军旅文学的内核,我觉得应该是呼唤和平。军旅文学的最终目的不是要宣扬战争如何伟大、呼唤新的战争,归根结底就是为了呼唤和平,让人们珍惜和平。军旅文学应该用各种手段和方法来达到这个目的。实际上,我们现在回顾一下历史上比较有名的军旅文学作品,像《西线无战事》《静静的顿河》《这里的黎明静悄悄》都是让我们看到美好的人生在战争中怎样被毁灭的,对战争产生一种厌恶感。对正义战争中的英雄人物进行歌颂,其目的也是想通过这些英雄来制止战争,创造一种和平的环境。军旅文学应该体现一种阳刚的、感伤的、粗犷的、男性的、激昂的、力量的美。军旅文学的内核和审美特征通常是通过英雄来完成的。

当前军旅文学创作首先要克服急功近利的毛病,不能急着去评奖,急着去获得各种现实的回报。其次,在人物塑造上,类型化的英雄太多,很多英雄人物都似曾相识。再者,在语言上,很多作品的语言是白开水,没有味道,缺少有独特语言风格的作家。总之,我们还缺少能够真正走向世界的军旅文学作品。当然,我们也应该看到,我们已有一部分作家,确实能够沉下心来,敢于独立思考,发出自己的声音。我相信,再过一段时间,会出现无愧于时代的大作品。

栗:您是如何理解战争的?

周:传统的说法:战争是政治的继续,我认为很对。另外,我觉得具有决策权的领袖人物的个性对战争的影响也很大。一场战争是否进行、多大的规模、进程怎样和战争决策者的个性有很大的关系。有时候战争是在非常偶然的情况下爆发的,是一种政治的继续同时还负载着很多另外的东西。我们一定要注意它的偶然性。两个民族间的战争,很可能是两方决策者心理决斗的结果,所以我们不能忽视决策者的作用。重大的历史事件,有些是民众所为,有些是非常偶然的,是决策者一怒之下发生的,历史上有过这样的事情。

栗:当前军旅文学创作有一个较为清晰的趋势,就是革命历史题材相对于其他题材更为受到作家们的重视,并且这些作品都产生了较大的影响,如石钟山的"激情系列"、都梁的《亮剑》、徐贵祥的《历史的天空》、项小米的《英雄无语》、姜安的《走出硝烟的女神》等,你是怎么看待这种趋势的?

周:革命历史题材可以大有作为,但在这个领域里写好也不容易。我们同时要放眼中国的整个历史,我们中国历史上发生过无数次的战争,这些战争都可以成为我们表现的对象。

栗:有人说当今已经进入了读图时代,的确,相对于过去,现代社会读小说文本的人越来越少了,电影、电视、互联网对于传统的小说创作产生了极大的冲击,您认为作家们该如何面对日益丰富的文学传播手段?另外,在当今风起云涌的大众文化背景下,戏说文学、白领文学、快餐文学等文学样式充斥了我们的文化市场,军旅文学怎样才能在其中找到自己的位置?

周:这个问题提得非常好。现在读书、读小说的人越来越少了,但是小说文本仍然有电视、电影图片所不可代替的东西,语言的美好韵味和引发的各种感觉,其实妙不可言,这个我们必须看到。另外，作为作家，面对这种情况不应该抱怨，相反应该抓住机遇，比如说让我们的作品更多地改编成电影电视、通过网络上网，让更多的人接触我们的作品。当然要防止另外一种情况，就是为了改编电影、电视剧而写作，把小说写得粗枝大叶只剩下了故事情节，如果老这样写作，作品的质量会越来越水，读者也会越来越少。说到这个问题，我想说，军旅文学其实可大有作为，军旅文学描写的是人间最惊心动魄的搏杀行动，这些事情对人们尤其是青年人有很强的吸引力。关键是怎么写好，写好了就会赢得读者，就会经得起市场的考验，能在市场上赢得很好的效应。军旅文学不必担心会被飞速前进的市场经济抛弃。

栗：苏联在近现代经历的战争时间比我国短得多，但相对于苏联文学而言，中国军旅文学缺乏经典，这种状况是让人相当遗憾的，您觉得这其中的主要原因是什么？中国军旅文学的经典还有可能出现吗？

周：苏联战争文学的成就确实是非常大的。我们国家缺乏军旅文学经典作品，我觉得有历史原因，过去我们常年打仗，没有来得及培养作家来表现战争；其次是政策上的原因，相当一段时间里，我们的创作管理过于严苛，使作家创作时有很多思想上的禁区，尤其是很多作家在“文革”期间受到了很大的打击，总是心有余悸，怎能写出好作品？再就是作家受到的教育不系统，作家的整体素质不是很高。我们中国发生过无数次战争，我们民族经历了无数次血与火的考验，一旦作家的创作准备完成了，肯定会出现经典作品的。

栗：这些作品会具备哪些特征呢？

周：首先是对战争这个怪物的全面思考，是站在人类的立场上来看待和思考战争，作品表达的思情寓意是全人类都能理解的。其次，结构上非常新颖，超过了前人，在结构上有崭新的创造。第三，人物形象不是那种战争狂人，不带有任何民族歧视。第四，语言上能够充分体现汉语的优美特质，即使以后翻译出去，别的语种的人们也能感受到这种优美。

栗：当前军旅文学创作似乎存在一种边缘化的趋势，原汁原味的军旅文学少了，这表现在：许多军旅作家都把自己的精力投入到地方题材的创作；许多军旅文学作品看似是军旅题材的，但其中主要内容却基本和军旅无关，军旅文学的内涵在逐步解构。从您的创作来看，非军旅作品占据了您所有作品中较大的比重，您是怎么看待这种现象的？或者，您认为在新的历史条件下军旅文学应该具有哪些必需的特质？

周：是这样的，的确存在这种边缘化的趋势，因为今天的主要生活内容是经济发展，军事活动作为经济生活的保障存在，而在战争年代，它是社会活动的主要内容，大家都很关注。现在随着整个社会的转型，作家们更多地把目光投入到经济建设和地方题材上，好像也是应有之义。当然，军旅作家还是应该有所作为，我想我以后肯定会写一部让自己比较满意的军旅文学作品。

栗：在《战争传说》中，我感觉到您在有意避开塑造我们常说的英雄，这是为什么？请您结合自己的军旅文学观念，谈谈对英雄文化和英雄主义的理解。这个问题也请您具体谈谈。

周：先说说为什么避开塑造传统的英雄这个问题，我觉得过去军旅文学作品展开的方式，大多是先从最高统帅写起，然后写将领，底层士兵是战争的主要参与者，涉及却很少。我们中国的史书一直写的是官员史、名人史，不是写的民间史，老百姓是从来不进入史书的，军事文学作品也是这样，很少写到百姓。我创作这部小说就是想用下边普通老百姓的眼光来看战争,看战争对普通人的生活造成了怎样的影响,对他们的心理产生了怎样的冲击。实际上,我写的这个女人从非传统意义上讲,她也是个英雄,她没有领兵打仗,她只是一个间谍,但她把一场更血腥的战争避免了。我是一个从底层走来的人,我希望我的作品能够对普通老百姓的心理进行展现。战争真正的参与者是普通老百姓。他们心里边的感受和上层是完全不同的。把这些东西写出来,就能够给读者传达比较新的和比较真切的对于战争的感受。

关于《第二十幕》答朱小如问

（一）

这部作品从开始构思写作到最后印出，差不多用去了近十年的时间。这十年间虽然也写了些其他作品，但主要精力在这件事上，总在想着怎样把这个活儿做完，做得尽可能好一些。十年间，它始终像一个沉重的背篓压在我身上，使我不得安生。当然，这背篓是我自愿背到身上的。忘记了是从什么时候开始，我生出了一个野心，想把我们这个民族在20世纪这一百年间走过的脚印用小说的形式保留下来，而且想在小说中对这溜脚印做番分析并得出自己的认识，进而弄清我们人类从20世纪究竟收获了些什么东西。我想这件事要是做好了，可能会有点意思。也就是因此，我背上了这个沉重的背篓。凭自己的学养和艺术准备，尤其是对20世纪50年代以前的事所知甚少，干这样一桩活儿就有点累，可我想，老百姓种庄稼不累？人活着总得干活儿，干吧！于是就干下来了。这个活儿是分段干的，也就是分卷写，写完一卷人民文学出版社出一卷，三卷分别写完后又作了一次修改，才又印成现在这个样子。我原来挺担心读者读时会有不连贯的感觉，你读后觉得是一气呵成，这让我放心了。至于书名，我想，如果把公元纪年以后人类在地球上的活动比作一出戏，那么20世纪的人类活动只是这出戏中的一幕，于是我就把书起名为《第二十幕》。这出戏还要演下去，但愿读者看完了《第二十幕》，对第二十一幕的剧情发展会有一个大致的预见。

第二十一幕戏会不会更加精彩？

（二）

你注意到这点很重要。我虽然读了一些经济学方面的书，但对经济发展规律并不懂，我只是在写人的过程中感觉到，人聚敛财富、博取荣誉的欲望，是社会经济发展的重要动力之一。人的经济活动只有和其自身的利益联系在一起，他才会全力去干。我们国家现在允许私营经济存在和发展，可能也是基于这种认识。书中所写的尚家的丝织业，只有当它成了尚家自己的家业之后，尚家人才能也才会全身心地投入进去干。全书开始的时候，尚吉利丝织业是私营经济；故事结束的时候，尚吉利丝织业又成为私营经济，这既是20世纪我们经济生活中的一种真实现象，同时也是一个象征，象征着我们的生活总是呈螺旋式变化，象征着人类迈步向前的轨迹在某些时候几乎成为一个圆圈，起点和终点极其相似。人类有时觉得自己无所不能，自以为自己可以跑出很远，已经远离幼稚，但实际上回头一看，离出发点依然很近，这有时真让人难以接受。这本书如果能让人读了以后自觉地回视并丈量我们所走过的直线距离，倒也算它存在的一种意义。

（三）

人最基本的生活空间是在家庭里和家族内，展示和透视这个空间的景致，由此来反映和表现一个民族的生存状态，并进而对人的生存意义和整个人类的生存境遇进行思考，是许多作家都在做的事情。但作家们做这件事情的本领、方法又各有不同，这有点像一群导游各带一队游客到异域旅游，有的导游让游客骑马去看各种奇异的植物，有的导游让游客坐车去看稀有动物，有的导游让游客坐船去看湖光山色，有的导游让游客徒步去看都市风景和系列雕塑。《第二十幕》与《古船》《白鹿原》不同的是，它领游客看的是一个设计独特、可以旋转升降的舞台，且那舞台连通一个山洞，进洞每下一个台阶，都可以看见一个人性花园，花园里林立着许多灵魂标本，逐一看去说不定会大开眼界。

这个问题我还是就此打住，相信读者读完作品会得出自己的看法。

（四）

一个早春的上午，我和一群文友到一处三国古城遗址游览，那古城据说当初是被突然毁掉的，如今已经全部沉入水下，我们能看到的只是一片水面。这片水面如今被一家人承包养鱼，养鱼人告诉我们，他平日为鱼塘清淤时，偶尔还能挖出一些陶罐和砖头；在一些月光凄迷的夜晚，他还能听到一些人的笑声；在另一些无月的夜晚，他又能听到人的哭声。他说完送给我一块砖头，说是从塘里挖出来的，还指给我看那砖头上横竖相交的纹印，说，在有些夜晚，这些纹印还会发出光来。我当时很惊奇地望着那块来自水下的砖头和它上边的纹印。

一个冬日的午后，我站在一栋高楼上向下俯瞰，注意到下边的街道、电线和远处的田埂、水渠、林带都成横竖相交形状，在那一刻里我想，如果要用一个最简单的图形来表现这个世界，那这个图形就应该是由横竖相交的线条构成。

一个灯下读书的夜晚，我留意到一页书上竟有五个“网”字，于是我想，外部世界在人类意识里的一个重要印象，就是“网”。水网、电网、公路网、法网、情网、关系网，这些词汇的出现，不是无缘无故。

一个寒风呼啸的夜里，我坠入一个噩梦中，一位持刀人对我说：你必须在天黑之前抵达旅馆，否则就杀死你！可旅馆所在的方向他又不告诉我，面前的路上又到处都是十字路口，我往哪里走？我糊里糊涂地拐着弯走，直到吓醒为止。

所有这些经历和遭遇，促使我在《第二十幕》中设计了那个类似族徽的符号。它确实具有很强的象征意味，体现了我对现实世界、历史文化、人本哲学和社会发展进步的一些思考，这些思考是什么，读者会从书中读出来，我还是别说出来的好，说出来就没有意思了。

关于《银饰》答术术问

这部小说讲的是发生在清朝末年古城南阳的一桩故事。南阳城有一家富恒银饰铺,小银匠郑少恒在为知府家的长媳碧兰打首饰时,意外地发现她漂亮的腿上有被人划下的伤痕。进一步的交往使他知道,碧兰的丈夫吕道景喜欢穿女装喜欢银首饰喜欢和男性接近却不喜欢妻子,碧兰自结婚后一直忍受着这种痛苦的生活。更深的交往使他们开始相爱并有了肉体关系。道景其实活得也不轻松,他常常要为打退自己内心想做女人的愿望而用香头来烧伤自己。一个偶然使得道景发现了碧兰和少恒的关系,可道景并没有生气,他觉得这倒是自己得到解脱的一个机会,他表示他不会说出去,他只是提出了一个小小的条件:让小银匠少恒隔一段时间为他做一件银首饰。可做首饰是要银子的,为了弄到银子,碧兰只得去婆婆的柜子里偷拿,这便使知府夫妇知道了她和小银匠的事,知府于是设计害死了少恒。老银匠以为是碧兰害死了自己的儿子，又想法害死了碧兰。道景在弄清真相后对父母对家庭彻底绝望而自杀。

我先说道景，类似道景这样的人物，我们只要仔细观察，在城里和乡下都可以发现他们的身影，这些人在旧中国的命运都十分悲惨。人们不知道他们表现异常是因为生理和心理原因所致，而把其一律斥之为下贱，视之为故意，借封建道德的力量给予他们残酷的迫害。可他们也是人，也是生命，人们应该给他们一份宽容和爱心。我对道景这个人充满了同情，他是社会上那些具有非常态心理需求的人的代表。再说碧兰，碧兰当然是受害者，漂亮的她本应该获得幸福，结果却长期置身于那样一个可恶的环境，她后来愤而反抗，大胆寻找自己的幸福，但最终消失在社会的重压之下。我想借碧兰之口发出勇敢反抗的呼喊，也想借碧兰的遭遇来展现旧中国女性命运的曲线。少恒是一个最值得同情的人物，他纯洁无瑕，仅仅因为他追求一份幸福，就活活被害死。我想通过他的死，让人们看清我们追求幸福的某些阻力藏在何处。

我已经看过电影。电影较好地表达了原著的思情寓意，我很满意。我的小说就是想呼唤以人为本，把为人们创造幸福生活作为我们全部社会活动的目的，尤其要给那些具有非常态心理需求的人以关注，把宽容和爱撒向人间的每个角落。电影把我的这些想法都表现出来了，这很不容易。电影把故事的发生地由河南南阳搬到四川，人物活动的外景是四川的街道，但这并未给故事和人物关系造成影响，这没有什么。

这部小说是十二年前发表的，写的时候完全不知道银饰品会在 2005 年变得时髦起来。我当时所以想到用“银”这个符号，原因很多，首先是因为我小时候按我们豫西南乡下农家的传统，戴过银质的长命锁，戴那锁的目的是保证自己生命的安全，那个银闪闪的东西给我留下了深刻记忆；其次是我们南阳城里过去有不少银饰铺子，南阳的银饰曾非常出名，而且至今还有做银器的人；再就是我喜欢银白这种颜色，银白这种颜色不晃眼，柔和而美丽。

在我的眼中，银这种金属首先很贵重，在我的故事发生时，它还是作为货币使用的。其次，它的延展性也好，可被塑造。再者，它的颜色很柔和，给人一种洁净的美感。我让它在我的小说中不停出现，是想提醒人们，世上还有比银子贵重的东西——人的感情和生命；是想告诉人们，碧兰、少恒和道景所追求的，是银白色的十分洁净的东西；是想向人们呼喊，书中那些年轻人的生活，原本也可以塑造成像银质饰物那样美的模样。

在20世纪90年代初，我的一批作品都在追寻苦难的由来，《银饰》这个故事是它们中的一个，它在我心里酝酿已久，它的直接起因是关于银饰的记忆，间接的起因是看到过同性恋者悲苦的命运。这部小说发表后，美国出版的《世界日报》很快进行了转载，很快译成了英、法、德几种文字。它的题材内容、故事情节、叙述角度、语言风格和任何人的小说都不相同。

我第一次是为老银匠流泪，他抱着儿子的尸体绝望地哭泣，儿子是他的全部希望，现在没有了，一想到他的伤痛，就知道那是无底的。第二次是当小银匠到吕府打首饰时，道景交代碧兰别让爹娘知道她和少恒的私情，一想到道景此时还在想着别人，心里就为他的善良一颤。第三次是当碧兰被老银匠勒死时，一想到这个消息传到她娘家的情景，心中就不由得酸了起来。

这部小说恰恰是反封建的，只要读一遍小说或是看一遍电影，就会知道，作品抨击的，恰恰是封建主义的伦理道德和人自身的愚昧无知。这部电影在今天能够公映，是科学精神的胜利，是人道主义精神的胜利。如果没有改革开放，没有科学精神的普及，没有人道主义精神的深入人心，没有我们政府以人为本的执政理念，这部电影就不可能投拍和上映。

《香魂女》的导演是谢飞先生，那部片子获得了四十三届柏林电影节金熊奖。我的作品有四部被改成电影，我自己觉得都很偶然，我不太清楚导演选小说的标准。

我不愿读掺水的小说，当然也不会让自己的小说去掺水。《银饰》现在的长度我认为已经把我想说的都说了，再拉长没有多少意义。

我最满意的是《香魂女》和《银饰》这两部，它们的成色差不多，不同的是一个是胶片电影，一个是数字电影。

我的新作正在写作之中，目前还不知道能写成啥模样，还是先不说吧，一待写完，我一定先向你报告。

关于《21 大厦》答项小米问

问:你前几年出版了《第二十幕》,今年又开始建《21 大厦》,你如何看待写作在你生命中的地位?

答:我很早就爱上了写作,发展到今天,写作已经成了我最着迷的事情,觉得这件事最值得我终生去做。我现在的全部生活其实就分作两部分,一部分是为写作做各种各样的准备,一部分就是写作。所以会出现这种情况,一是因为有兴趣,凭自己的力量去虚构一个世界,让虚构的世界对现实世界发生影响,那是一件奇妙的事情,是一种享受;二是因为没学会别的谋生本领,不会经商,不会炒股,不会研制计算机软件,也不太会种田,只有靠写点东西赚钱养家了。当然,这个行当也不太好干,收成难料,苦恼的时候很多。我常用这句话来安慰自己:这世上干啥都不容易。

问:你好像非常热衷于数字,你把你的上一部长篇命名为

《第二十幕》，把这一部长篇命名为《21大厦》，其间都有数字，用意是什么？

答：发明数字是先人们的一桩伟大的功绩。人只要活着，每时每刻都和数字发生关系。出生时，要用数字记录你的诞生时间；生病时，化验血要用数字记录你的血色素；死亡时，要用数字记录你的寿命长度。平时起床，要用数字记录你的起床时辰；吃饭，要用数字记录你的饭量；坐车，车次也是数字；上班，要用数字记录你的工作量。没有数字，人将活得多么艰难。也正是因此，我特别喜欢数字。我所以在我的小说名字中嵌进数字，是因为它们最能把我的一些想法概括出来。《第二十幕》是我对20世纪的一种概括，如果把人类公元纪年以来的历史比作一出戏，那么20世纪就是这出戏中的第二十幕。那部书是我个人对20世纪的一份纪念。《21大厦》是想把21世纪初年我们民族精神大厦内部的一些景观展现出来。每个民族都有自己的精神大厦，每个民族精神大厦的内部景观又是随时间发生变化的，我个人认为，展现这种变化是有益的。

问：你这本书里有一只鸟，你写它的用意是什么？

答：我在观察中发现，飞，不仅是鸟的运动方式，也是人的一种隐秘的欲望。人们对于此时此地的生活总是不甚满意，认为好的东西不在自己身边而在别处，因此人们便总是希望能飞离自己站立的地方，去寻找新的栖息地。那只鸟，就是人们这种欲望的一种象征。

问：你的《第二十幕》在去年的茅盾文学奖中呼声甚高但最后落选，你怎样看待这件事？你又如何看待所有的文学评奖？

答：我向去年获茅盾文学奖的作家表示祝贺。

文学评奖活动有点像长跑比赛中组织拉拉队,一个长跑运动员有拉拉队了跑得可能更提劲,如果没有拉拉队他也能跑下去也应该坚持跑下去。

问:在写作之外,你的生活状态是怎样的?爱不爱看电视剧和电影?你喜欢你的《21 大厦》拍成电视剧或电影吗?

答:写作之外,我白天多是读读书刊报纸,有机会就到外地走走看看,如果来了家乡人和老朋友,便和他们聊聊天,感叹一下日子过得多快。晚上,我不干什么活儿,通常总要看一部制成 VCD 或 DVD 的电影片子。我从小就爱看电影,看电影对我来说是最好的休息和享受。我爱看艺术片,不过没有好的艺术片其他片子也行。如果我下午买到或借到了一部好片子,那晚饭我会因为高兴而多吃一些。我很少看电视剧。

我喜欢我的作品被改编拍摄成电影或电视剧,那会使更多的人知道自己的作品。这年头有时间读书的人毕竟少。《21 大厦》目前已有三家电视剧制作单位来联系购买版权的事,但这部书的改编难度挺大,书中很多故事并不连贯,需要特别有想法的编剧和导演才能把它弄好。我个人更喜欢有人把它改编成一部电影或话剧。

问:现在各地的作家都有自己的圈子,你在北京属于哪个圈子?你喜欢哪些作家?

答:我哪个圈子也不属于,我一个人读自己的书,过自己的一份日子,写自己想写的东西,把自己的生命打发完了事。我有我尊敬的老师和投缘的朋友,可那和写作圈子是两回事。我喜欢的作家挺多,我读过很多老作家、中年作家和青年作家的作品,考虑到其中也有年轻的女作家,为避免引起误解,我就不一一说名字了。

问:听说《21 大厦》已遭盗版,你打算和出版社较真吗?

答:盗版本已经见了,一本是我的朋友从西客站买到的,一本是我自己在翠微大厦附近买到的。正版书二十二元一本,我买那本盗版书只用了八元钱。卖书的是一个推三轮车的老人,他说他是在西直门进的,就进了七本。我有心逼他领我去抓盗版的人,他说,人家早走了;我有心收走他还剩下的两本书,他说你可怜可怜我,你要把这两本书一拿走,我这一天算白干了,我拿啥吃饭?我只好让他走了。

北京的好多书摊上都有这本书,一位常年卖书的朋友说,看铺撒的样子,市场上至少有三万册书,而出版社当时才印了一万一千册。我为此找了出版社,他们说根本无法抓到盗版的,你只有自认倒霉了。想想也是,他们去哪里找?

关于《战争传说》答周百义问

问：你过去的作品，大多是以你的故乡为背景展开你艺术想象的触角的，即使涉及军队生活，也是写当代军人风貌的，这一次你却一下子跳到了15世纪，写了明代北京保卫战这场决定明王朝生死存亡的战事，这对于你的创作生涯而言，可以称得上是一次新的挑战与超越，我们不知为什么你要放弃自己熟悉的有把握写好的生活，而选择写这场对你来说十分陌生的历史上的战争？

答：战争是每个民族都躲不开的一个凶神，战争生活在每个民族的发展史上都占去了不少的时间，要想全面表现和反映人类的生存状况和经历，不能不涉及战争，因此，写一部表现战争生活的长篇小说，一直是我长存于心的愿望。再者，我当兵三十多年，对军旅生涯和战争这个怪物或多或少有了些认识，我也想通过自己的作品把这些认识传达给我的读者。

至于为何要选择“北京保卫战”作为表现对象，主要出于三点考虑：其一，这场战争离我较远，给我的想象空间很大，我可以充分张扬自己的想象力；其二，这场战争关系到一个王朝的生死存亡，其过程本身就很具戏剧性；其三，这场战争就发生在我所住的北京，战争中瓦剌人主攻的德胜门是我常常经过的地方，它让我深感兴趣。

一个作家就是在题材的选择上也应该不断地给自己提出挑战，这就是我这次没有再在熟悉的题材领域里寻觅的原因。

问：史书记载，瓦剌族在土木堡之战中大败明朝军队，并俘获明英宗，进而威胁北京，兵部右侍郎于谦力排众议，临危受命，终于守御了京师，拯朱明王朝于危难之中；等到“夺门之变”英宗复位，于谦却被杀。对于历史上这场惊心动魄的政治与军事斗争，你却没有正面展开，而是通过一个怀着家国之恨的瓦剌女子的目光，来侧面描写这场战争，你为什么这样来结构故事、剪裁素材呢？

答：要正面展开对这场战争的描述，像传统历史小说那样写，把目光集中在皇帝、官员和名人身上，那这本书的主角就还是他们，我讨厌这样做。战争固然是统治者发起和指挥的，但参加者却是民众，发起者和指挥者与参加者对战争的感受是完全不同的，我这次就是想写写普通人对战争的感受和态度，不再由上向下看一场战争，而是由下向上看一场战争。这就要求我选择好一个叙述角度，从侧面写。这样才能写得更真切。文学写战争的任务不是要写出战争的过程，而是要真切地写出人在战争中的感受和体验。

问：土木堡之战与北京保卫战都是历史上曾经发生过的战事，但你为什么又将此称之为“传说”呢？小说中的女主人公在历史上是实有其人还是你塑造的一个人物？

答:正式史书一般是不记普通人的经历的,任何一场战争中普通人的喜怒哀乐都很难保存下来,土木堡之战和北京保卫战也是这样,无数普通人的遭遇和痛楚大都和战死者的尸骨一起埋在了地下。要想写出他们的生活,你不可能凭借正史,你只能依靠民间传说,依靠想象,小说中的女主人公是真有其人还是塑造的,相信读者们是会看明白的,我这里先不说,有些话说透就没意思了。现在能说的是,在她身上,寄托了我对普通百姓的全部深情,我是一个普通百姓的儿子,我的心和她是相通的。

正因为我依靠的是民间对历史和战争的诠释,所以我不想把这部小说称作历史小说,而只称它为战争题材小说。

问:在作品中,你描写了于谦率众保卫北京的壮举,但你在作品中又用大量的篇幅塑造了一个复仇的瓦剌女间谍的形象,并对她的命运和遭际给予了同情。在你情感的天平上,我们看到了你内心的矛盾,为什么要将这样一个冲突的双方放在你的作品中来表现呢?

答:我承认我在写这部小说时内心充满矛盾,一方面,我对明王朝处理不好与瓦剌人的矛盾,不断造成许多普通瓦剌人死伤很生气;另一方面,我又对瓦剌人的上层统治者企图统治全国,想用落后的生产方式改造国家很反感。这样,在对这场战事的描写上,我的内心就处于两难之中,一方面,我对瓦剌女子的报仇行为表示理解和同情;另一方面,我又不愿京城被攻破使屠城发生给京城百姓造成更多的死伤。瓦剌族和明皇帝统治下的汉民族完全没必要发生这场战争,他们是兄弟,原本应该和睦相处。同室操戈是中外历史上一再发生的悲剧,我所以选择这场战争作为表现对象,也就是想把这种特别让人痛心的悲剧性的战争真切地展现在人们眼前,把它的生成过程和后果清楚地告诉读者,让人们对这种战争的出现给予特别的警惕。

问:你是一个军人,明白战争是政治的继续,有正义战争和非正义战争之分,包括你在内的许多军队作家都写了不少讴歌战争的作品,但我们在这部作品中,却看到你借骞老先生之口,认为战争是肮脏的;也看到你借女主人公的命运,表达了战争对所有人的伤害,特别是对于女人的伤害。你是否如参加了两次世界大战的海明威一样,又要呼吁"永别了,武器"?

答:首先要说明一点,书中人物对事情的看法并不全是作者的看法,书中人物的所作所为所言,虽受作者的指挥却自有其逻辑。至于战争对所有人的伤害问题,读者一看书自会明白,每一场战争的受伤害者都不会只是一方,战争就是一条疯狗,你只要把它放出笼子,它就可能乱咬,包括咬放它出笼的人。古往今来,多少场战争的发起者反受了战争的伤害,这样的例子还用举吗?具体到1449年的这场北京之战,它固然给了明王朝以重创,但它的发起者最后得到了什么?不也是马死人亡?连瓦剌人统帅也先的亲人也死在了战场上。把那么多的生命和钱财扔到战场上值吗?对这类同室操戈的战争,难道我们不应该与其永别?读者读完这部小说也会同时明白,一旦别人把战争强加到你的头上,你就只有挺身反抗,不然,你受的伤害就会更大,就会使战争的发起者更加猖狂。为了防身,武器是不应该放弃的,而且要有好武器,这样别人才不敢打你。

问:顺便问一个问题,今年北京举行了建都850周年纪念,你创作这部作品是否受到了这个事件的启发?或者也是这次纪念活动内容之一?

答:开始创作时没有想到这个问题,这部小说写了将近两年,那时还不知道北京要举行建都850周年纪念活动,不过现在我倒想把其作为一件纪念品,献给这次纪念活动,献给古老的北京城。北京建都之后,发生过不止一次战争,回首并研究发生过的这些战争,对北京的将来只会有好处。在这个不安定的世界上,经常想一想首都的安全是应该的。

问:从你的上一部长篇小说《21大厦》开始,我们注意到,你放弃了宏大叙事的史诗追求,转而表现小人物的感受和体验,从微观的角度对社会进行解剖,很受读者的喜爱。这部战争加美女加间谍的小说,肯定也会受到读者的喜欢。你估计这部作品的销量会超过上一部长篇的市场纪录吗?

答:《21大厦》的市场销量很大,有人估计在十五万册以上,但我个人所得并不多,主要是因为盗版者太猖狂,盗印太多,盗印书的卖价不高,吸引了很多人,使正版书卖不出去。我自信这部《战争传说》的可读性较强,人物能走进读者的心里,会受到读者的喜爱,希望你们能让爱读书的人都能见到这本书,能买到这本书。

问:你的很多作品都被搬上银幕和舞台,这部既是美女又是间谍再加上战争的小说,是否很快会被改编为影视戏剧等其他的艺术形式呢?

答:已经有一些从事别的艺术门类创作的朋友在关注这部小说,但因为我和他们都还没拿到书,不能最后说定。需要说明的是,我不希望把这部小说称作美女间谍小说,它只是一部女性视角的战争小说。

关于《湖光山色》答杨东城问

1. 我故乡的地图上没有楚王庄这个村子，它只存在于我的心里。文中的楚王庄是我虚构的，是供我那些虚构的人物活动的舞台。但它是依据我故乡的村子的模样来虚构的。住在虚构的楚王庄里的人，其实是我的乡亲。

2. 历史上的阴阳五行说在中国思想发展史上占有相当重要的位置，阴阳说是对宇宙起源的解释，五行说是对宇宙结构的解释，用现代科学的眼光看，阴阳五行说的缺陷显而易见，但它在当时对人类认识和把握外部世界所起的作用，是巨大的。直到今天，它还在或多或少地影响着我们的生活。《湖光山色》借用阴阳五行来结构全书，只在说明事物的对立统一彼此消长，说明事物的循环运转相生相克，并无重扬此一学说之意。

3. 我虽然是军旅作家，但许多年里，我主要写的是家乡那块土地。2001年,我发表了表现城市生活的长篇小说《21大厦》;2003年,我发表了历史题材小说《战争传说》。我想评论家说我又回到了当代乡村,大约是说我在经过了城市生活写作和战争历史写作之后,又回到了我最熟悉的故乡。

4. 暖暖这个人物,是由两位姑娘的形象重叠而成。一位生活在故乡,我和她相识于一个落雨的上午。那天上午我到故乡的一个小镇上采风,在镇文化站做事的她奉命来当向导,她的漂亮和气质令我眼睛一亮,容貌和体形都无可挑剔,加上不卑不亢的态度和标准的普通话,令我惊奇这个小镇还有这种美女。我问她可是本地出生,她点头,交谈之后才知道,她大学毕业后,先在武汉找到了一份工作,后因为种种骚扰和挫折,一气之下返了乡。我问她将来作何打算,她笑笑:就在镇上了,我跑来跑去,觉得还是生活在这儿最舒心,我已准备结婚了……另一位,是在京打工的山西姑娘,她初中毕业后来京在一家保洁公司里做工,平日受公司指派到一栋机关大楼里打扫卫生,双休日再到附近的居民家里做钟点工,一小时挣六到八块钱。她到我家只做了两天的活儿,可她的勤快和能干给我留下了深刻印象,她要擦一件东西就一定要把它擦得锃明瓦亮,洗一件东西就一定要洗得干干净净。在和她断续的交谈中,我了解到她想挣一笔钱供弟弟读书,同时为自己准备一份嫁妆。她说到对未来幸福的憧憬时,那副陶醉的样子令我感动。这两个姑娘的形象渐渐在我脑子里重合为一,最后变成了《湖光山色》中的主人公。

5. 有很多在城市里打工的农村人,俭省节约的程度是城里人很难想象得出的,因为他们的生活太艰难了,他们家里需要钱的地方实在太多,他们不会去乱花一分钱。我看见过一处建筑工地的民工,他们的晚饭就是每人三个馒头加一点咸菜，再就是开水。暖暖打工两年没尝过香肠，不是不可能的。

6. 在这个章节里，故事进展到了盖房子和盼游人的地方，表面上，此时情节的紧张性降低，但其实人物的心理紧张度却在升高，我相信读者们这时不会失去耐心，他们会渴望了解结果，对人物命运的关心已经超过了其他的东西。

7. 小说的结尾原本不是这样的，是青葱嫂为了替暖暖雪恨，利用船解体的机会，抱住开田和他同归于尽在湖水里……但后来我做了改动，我写的悲剧太多了，我不想再出现一个悲剧，何况，想凭借个人的力量来终结人间的丑恶也是不可能的。

8. 人类对自己栖居地的选择是在不断变化的，最初是山洞，然后是村庄，接着是城市。可这种选择并没有结束，不要因为我们今天的城市化发展，就以为人类最后的归宿就必是城市。一切都在变化之中，世上的事物都是循环运转相生相克。也许，最美好的栖居方式人们还没有找到。

9. 写这部小说耗去我两年时间，在写之前和写作中，我几次回到南阳故乡，去寻找感觉。故乡对我一向慷慨，她把我想要的东西都给我了，我对她充满感激之情。

10. 文学评奖是一种鼓励，有鼓励了自然好，没鼓励也不要紧。好作品不全是靠鼓励写出来的，作家所以去写作，是因为他心里有话要用文字去表达，不是因为可以获奖。

11. 为拍影视而写的小说不可能保有小说的品格，也不可能写出好小说，但好小说是可以改编成影视作品的。乔伊斯的《尤利西斯》和列夫·托尔斯泰的《安娜·卡列尼娜》被拍成电影就是一个证明。

12. 我对军事题材的影视作品没有研究，不知道它会怎样发展，但我以一个外行人的直觉感到，它还会走很远，当然，它需要不断变换路数。

13. 军事题材小说只要有深刻的思想含蕴，有崭新的人物形象，有别人没有使用过的叙述方式，就不会落入俗套。

14. 我看了这篇文章。乌托邦这个词有两种含义，一是指好的地方，一是指没有的地方。评论家说我在小说中构建了一个“好地方”，说我的写作带有理想主义的色彩，在这个意义上我觉得他说得有道理。我写这部小说的目的之一，就是想告诉我的父老乡亲，幸福也许不在别处，就在你的脚下。乡村在中国是不会也不应消失的，造物主和我们的先祖其实给每个人都留有一份幸福，关键看你能不能发现这份馈赠放在哪里。

关于“小小说”答任晓燕问

问：写长篇与写小小说在构思方法、艺术处理、谋篇立意上有什么区别和不同？

答：长篇小说写的人物多、生活面宽，故事展开的空间大。小小说写的人物通常只有一两个，表现的是片断的生活，故事展开的空间小。长篇小说可以写得从容。小小说必须节奏快。长篇小说可以有闲笔。小小说不能有闲句。长篇小说能给人一种命运感和厚重感。小小说能给人一种惊奇感和顿悟感。

问：小小说在反映生活及塑造人物上有何特点和优势？

答：写小小说和写诗有些近似，激情一来，立马挥笔，不要犹豫，一犹豫一篇小小说可能就会失去。写小小说不需要太多的沉淀，它和激情紧紧相连。小小说能对当下的生活很快地做出反应，与长篇、中篇、短篇小说相比，它离散文的距离最近。

小小说不可能用一连串的故事来展示人物的性格和心理，它得用最简洁的语言和最精彩的细节让人物尽快在读者面前立起来。小小说写人，要效果立现。

问：如何提高农村题材小小说的思想深度和艺术水准？

答：首先得对农村生活有新发现，也就是对农村生活有新思考。写农村生活的苦与艰难，别人已经表现过了；写农民的坚韧和自私，别人已经表现过了；写农村人对城市生活的向往，别人也已经表现过了；写农村当下的凋敝和农家的空巢，别人已表现过了；写农村封建遗存的严重，别人也已表现过了；写农村姑娘对爱情的执着与坚贞，别人已表现过了；写当下城市化对农村的冲击，别人也已表现过了。在我们的前边，已经有很多作家在表现农村生活方面走出了自己的路，他们成功的路对后人来说，就是死路。我们不能照着他们脚印走。我们得另辟新路，没有发现新路宁可暂时不写。

小小说在艺术上特别强调“巧”，故事巧妙地发展，人物巧妙地出现，寓意巧妙地展示。戏剧性的场景在小小说中出现很正常。小小说在艺术上和戏剧上有些像姐妹。

问：谈谈你记忆中的优秀小小说。

答：我读过的小小说很多，其中有一篇是汪曾祺的《陈小手》。汪先生写活了一个乡村医生陈小手。陈小手精于接生，经常骑着白马在乡间奔走，使很多孩子平安降生，使很多孕妇转危为安。小说结尾处的情节发展完全出乎我的预料：陈小手为一位联军团长的太太接生，使得母子平安，按说他该得到回报，但那位团长觉得他在接生时摸了他的老婆，突然掏枪射杀了他。我记得我读完这篇小说有些目瞪口呆，憋在胸口的是一团愤懑和无奈，小说读完已经很长时间了，陈小手被枪击后从马上跌下的情景还在我眼前乱晃。

好的小小说能给人的精神造成震撼。

问:对小小说作者谈谈如何提高写作水平。

答:首先是读书。多读,不停地读,不仅仅读小小说,也读其他的书。其次是多思。思考生活中的启示,思考令你激动的问题,思考拟写作品的结构等等。再者是多写。写他一篇又一篇,别怕他人的挖苦和讥讽。

问:小小说在中国拥有众多读者的原因为何?

答:第一个原因是小小说这种文体自有其魅力。有故事,能吸引人;有人物,可成为读者做人的一种参照;登载小小说的报纸和刊物都不贵,老百姓能买得起。第二是因为当代生活节奏太快了,普通人用于阅读的时间不多,一篇小小说十几分钟可以读完,费时不多。第三,小小说便于读后给别人讲,阅读者立刻可以获益。

问:小小说的发展前景怎样?

答:小小说的读者面在扩大。小小说的传播若和手机和网络结合起来,它可能会更兴旺。前提是得写好,写得不好,再短再小也没人看;写得好,吸引的人就多。现在有些手机段子,为什么那样受人欢迎,为何那么多人争相转发,因为它写得好。其实不少手机段子,就是小小说,或者说是小小说的雏形。

关于《预警》答刘慧问

军事题材的长篇小说我一直没有找到一个好的角度去写。我的军龄有四十年,早期写过一些军事题材的短篇小说,也有过中篇小说,但是长篇小说一直没写。这是因为,如果我要写长篇小说,一定要争取写得跟别人不一样,可是我一直没有找到不一样的题材和不一样的人物。我老觉得重复别人做的事挺没劲的,你起码得给人一些新的审美享受,得提供新的人物、新的思考或新的故事,我想作为军旅作家应该对自己有这个要求,所以一直到2009年才出版了军事题材长篇小说《预警》。

长篇小说在文学创作领域来说,算是对作家最考验的一种体裁了吧。真的是要费力气的,一旦要决定写,像我这个写作速度,一般得写一两年,所以要慎重。我曾经集中十年时间写了《第二十幕》,不久前中央台八套播的那个电视剧《经纬天地》,就是根据这部书改编的。是什么触动了我创作《预警》呢?其实我一直觉得恐怖主义的兴起,是我们人类文明发展进程中的一个大事件,作为军人应该对这个事件给予关注;而且我们确实也面临着恐怖主义的威胁。用一部小说来反映当下这种恐怖主义对人类生活的威胁,是我心中慢慢生出的一个愿望。于是,《预警》这部小说的雏形就在我脑子里渐渐出现了。我想用这部小说来提醒我的战友们,一场反对恐怖主义的战争已经悄悄来到了我们身边,我们应该做好迎接的准备。

小说的名字所以定为《预警》,有几层考虑。第一个层面,就是想提醒我的战友们,恐怖分子正在千方百计地接近我们的中枢指挥人员,就是掌握国家核心机密的一些军人。他们的目的是想在窃取这方面情报的同时,获得杀伤力巨大的武器。第二个层面,是想对每个人的人生发出一个预警,因为这里边的主人公,他生活在和平年代,在北京这个大都市生活,他没想到他的人生会出现这种突然的意外的变故。我们每个人的人生其实都有很多不确定的因素,谁也不知道自己的明天会遇到什么。在《预警》这部小说的主人公孔德武的人生计划里,根本没有这么一项,根本没准备迎接这么残酷的事情。可是没办法,人生之路上就有这种不可预测的陷阱。这些年来,地震、洪水、泥石流、空难等等,有多少人在毫无准备的情况下,就遇到了灾难,没有什么办法可以避开。第三个层面,就是想对我们整个人类社会的发展进程做一个预警。人类社会的发展并不是像我们想象的那样,一直是朝向更高更好的阶段发展,有时候它会有倒退,而且倒退得非常可怕,就像第二次世界大战,那么多国家卷入战争,几千万人的生命没有了,那是一次大倒退。当下的世界,也满是不安全的因素，从2001年美国遭受突然的恐怖袭击开始，世界上恐怖袭击事件几乎每天都在发生，我们的世界进入了一个恐怖事件频发的时期，人类原本已学会了保护儿童和老人，可现在却又拿他们的生命去达到自己的目的，这是人类社会发展进程中出现的一个倒退。这个倒退应该引起我们所有的人类学家、政治家，也包括我们军事家的注意。这就是说人类文明进程并不是一直向好的方面发展，它随时可能往后倒退。这应该引起我们的警觉。

我们那一代人刚好赶上了“文革”，大学都停办了。初中的时候就开始不好好上学，学校基本上停课了。在那之前有高小、初小，老师不断地向我们灌输，科学能够救国，科学家是世界上最伟大的人，科技强国，所以那会儿就想当科学家；这个愿望实现不了以后，就开始萌生参军的愿望，那时候我认为军队可以保卫国家，这是最直接的一种动因吧。当然内在还有一个，就是当时军队的生活条件好，我们在乡村的生活条件差，大家把当兵作为一条出路，也是改变人生的一条路。这是很实在的想法。

我家在河南邓州，现在叫邓州市，过去叫邓县。我们那儿的人主要是以种粮为生，但是当我1970年底走的时候，“文化大革命”还没有结束，生活条件非常差。我那时是十八岁，差不多天天吃不饱。当时觉得部队待遇好，至少能吃饱穿暖。农村那时穿衣缝被靠发布票，布票常常不够，做件衣服很难，因此大家都有一个逃离乡村的愿望。我参军最初到了山东的一个野战部队，在山东泰安管辖下的肥城县。一开始我当的是炮兵部队的测地兵，就是负责给炮兵射击提供方向、高程、距离等射击诸元的兵，经常用一种光学仪器经纬仪进行大地测量，然后通过三角函数计算，算出火炮射击的方向、高程和距离。

我是高中生，算是当时部队里的知识分子了，所以就来到这个需要有文化的专业分队。在这儿当了兵以后，就萌生一个愿望，想从事大地测量的研究，写一本关于大地测量的书，因为我从小就对写书的人非常敬佩，觉得能写出一本书才是人生真正的成功。不过后来领导很快就把我提升为排长，不久又把我调到团里政治处，开始写机关公文，写材料，这个时候我就没法再搞大地测量研究了。从这时开始，我又想和我的工作结合起来，写一本关于中国生产力状况的书。那时候虽然年轻，但就是一直想写书。这期间，我写了好多关于中国生产力发展状况的论文，寄到咱们中国社科院的经济研究杂志，但都给退回来了。

我当新兵时，一个月的津贴是六块钱，以后军龄每增一年，月津贴加一块。好在那时候书便宜，几毛钱一本，我通过内部书店，买了好多书。那会儿对经济学有那么浓厚的兴趣，主要是因为我觉得国家太穷了，当时就想着怎么把我们的生产力提高上去。年轻人什么都不怕，也没有什么顾虑，老读书就会有各种各样的想法。投出去的稿子都给我退回来了，因为那个年代你有思想是不行的，你写的东西稍微违反宣传的精神，那也是不行的。没过多久"文革"结束了，人的思想一下子解放了，诗歌热潮出现，小说也开始兴盛起来，老作家们都恢复了写作，出现了一些好作品。我就是在这个时候开始写小说的，开始用小说来表达我心中的想法。

我一开始就想写长篇小说。我想写一个反映台湾老兵思乡的军事题材的长篇小说。这是最初关于长篇小说的创意。小说名字就叫《思乡》吧，用铅笔写了三十来万字，让周围的朋友看了以后，都说："哎呀，这是什么东西？太差了。"第一篇小说就受到了打击，我也不敢拿出来了，到后来也没敢交给出版社，直到一次搬家时把它烧掉了。此后我就开始写电影剧本。所以想写电影剧本，是因为在“文革”期间，有几部电影一直在放，《南征北战》《铁道游击队》《地道战》，电影当时对人的影响非常大。我写了三个电影剧本，投出去以后，也都给我退回来了。当时电影剧本的成活率是五千分之一，很低的，因为全国一年就拍三四部电影。我很失望。恰好这时候短篇小说开始兴盛，一些文学刊物开始在全国发行，报纸的副刊也开始刊登短篇小说，这就又激起了我写短篇小说的兴致。那会儿我记得最有影响的短篇小说是卢新华的《伤痕》，当时大家都争着读，给我的刺激也很强，我想我要是不写那个长篇，写个短篇现在不也成功了吗？所以我就开始写短篇，写了好多，一开始寄出去也都没有发表。直到 1979 年，对越自卫反击战开始，我的一些战友去参战，他们给我写信，这个事启发了我，我写了一个短篇小说叫《前方来信》，刊登在《济南日报》1979 年 3 月份的一期副刊上，这是我第一篇在地方报刊公开发表的小说作品。现在回忆起来，只记得当时特别高兴，把寄给我的稿费都买东西给朋友们吃了。那时候稿费也不多，几十块钱，但几十块钱在当时就很不少了。

这件事让我信心大增，然后我就开始不停地写，在我们军区的报纸、刊物，山东省的一些地级刊物、省级刊物，一直到北京的国家级刊物，后来在 1985—1986 年度的全国短篇小说评奖中，我的小说《汉家女》获了奖。这一下激起了我不干别的的决心，彻底不想当官了，就想当一个作家。从那以后，我就写短篇、中篇，后来又写长篇，一直写到今天。

一直到 1986 年之前，我的创作都是在业余进行的。我是先当排长，当副指导员，然后到师里政治部当干事，这都是有工作的。到军区宣传部当干事后，每天你得写机关公文，写作只能放在晚上或者中午。我基本上是中午睡半个小时赶紧起来，一年四季都是这样。晚上一般是十二点以后睡觉，那时候就利用这个时间来写作。读书也是这样，只要有一点时间就赶紧读，所以那时候身体也受到了损失，那时不太懂得爱惜身体，总认为我有使不完的劲。总认为自己年轻，饭也不好好吃。那时候读书，好多书是通过内部渠道发行的一些所谓参考书，包括文学书它也让内部书店卖，我就跟泰安市、济南市卖内部书的人搞好关系，然后我自己去买。我的藏书还是比较丰富的。从那个时候开始，只要有时间就读书，各种各样的书，看到什么就读什么，买到了就把它读完，再有就是到图书馆里去，不过这样的机会不多，因为那会儿很少有机会让你上地方图书馆去借书，基本上是自己买。

写作没有大量的阅读是写不出来的。对我启发最大的是两位作家，一个是俄国的列夫·托尔斯泰，就是写《复活》的那个。我在连队当战士的时候，一位老班长有这样一本书，只是书皮和书脊都没了，他读的时候大概是1972年、1973年吧，我发现他读得非常认真，就悄悄地趁他不在的时候把书拿过来读，一读就把我吸引住了。玛丝洛娃与聂赫留朵夫那个情爱故事写得实在是好，这也是我以后开始写小说的一个动因吧。就觉得这部书这么抓人，一个人能写这么一部书真是很伟大。我也不知道是哪个作者，就觉得这本书写得好，以后才渐渐知道，这是列夫·托尔斯泰写的。然后我就买了他的《安娜·卡列尼娜》和《战争与和平》等书来读，我很快就读完了，读后觉得这个作家确实很伟大，他强调的是博爱，爱这个世界、爱所有的人，他提倡的这个东西对我影响很大，这个观念深植我心，因为人生活在世上不容易，爱是最重要的。

这是一个俄国作家对我的影响。对我影响大的中国作家是沈从文。改革开放以后,沈从文的作品开始大量印行。沈从文他是写湘西生活的,湘西和我们豫西南那种偏僻的程度、那种贫穷的程度很相似,人的生活状态、精神状态也很相似。他写的人物我都能理解,也都能在我们乡村中找到那种人。所以在看他的作品时,很能引起我的共鸣,感到特别亲切,也特别感动我。然后就启发我,以自己家乡作为观察表现的对象。我们豫西南南阳是一个小盆地,北边是伏牛山,西边是伏牛山,东边是桐柏山,南面是大洪山,就是武当山那一带。这些大山把南阳、邓州围起来,使得这些地方相对偏僻。我也写我熟悉的各种各样的小人物,我想把这些普通人活着的那种艰难、那种坚韧、那种对生活的执着,那种精神状态表现出来,因为这里面既有愚昧的,落后的东西,也有支撑我们民族前进的东西。这个地方虽然是一个小地方,但是从这个小地方能看出我们的民族、我们的中华文明历尽万难没有被毁掉的原因。

我有一个远房叔叔,他识字,看过《红楼梦》《三国演义》《水浒传》和《西游记》。冬天的晚上下大雪,那时候没有电视机,也没有收音机,书也不多,怎么办呢?村里有一个养牛的大棚子,在里边生上火很暖和,然后我们都坐在那儿听他讲故事,他的故事对我来说是一个最早的文学启蒙。他就把《三国》一段一段讲,《红楼梦》也一段一段地讲,《水浒传》也一段一段讲。我那时候识字还不是很多,文学世界通过他的口传达给我,使我对文学最早生了兴趣。这是一个人。还有一个人是我们附近一个村里说大鼓书的,就像北京的京韵大鼓,演员敲着鼓说书,我们河南也有大鼓书。这个说书人也是讲故事,什么三侠五义,他把它编成一段一段,夏天每天晚上月亮升起来的时候，大家都乘凉，都在外边，月亮照着，妇女抱着孩子，老人叼着烟袋，他就站在那儿说，几百个人坐在那儿听，鸦雀无声。那时候电影也很难到乡村，听鼓书就成为了我们为数不多的一种娱乐，一种文化享受，也是对我的文学启蒙。再有就是乡村戏曲，唱豫剧、曲剧、越调，我们河南三种戏，一个公社组织一个剧团唱戏，逢年过节的时候，搭简单的舞台，就像鲁迅先生写的《社戏》那个样，我们都坐在下边，夜壶里头倒上油，点很粗的捻子，然后我们就在灯下看，看得模模糊糊，看不清，可就是那种影影绰绰的效果特别好，因为那时的戏里面有男扮女装，我们觉得感动得不行，也觉得男子扮的姑娘长得非常漂亮。戏剧、说鼓书、远房叔叔讲故事，这些对我的文学滋养是最早的。那会儿也小，但听得懂，有兴趣。不知道怎么回事，我天生爱听故事，其实每个孩子都爱听故事，妈妈抱着他，给他讲故事他就听。你要光给他讲一些逻辑性很强的东西是行不通的，孩子都愿意听那种能激起紧张情绪的故事。很多人的童年记忆里，要么就是有一个很会说故事的外婆、奶奶，要么就是一个很会说故事的父亲、母亲，我这就有这样一个很会说故事的远房叔叔。

我们那个地方偏僻，母亲不识字，但是她喜欢抱着我去听鼓书。母亲非常勤劳，整天就知道干活养育我们，她没有接受教育的机会。母亲对于我来说教会了我善良，与人为善，要多为别人想想。我们家里再穷，如果有人来讨饭，一定要给人家，其实自己家里还吃不饱。我曾写过一篇关于母亲的散文，将来你可以看看。（说到此处落泪）我现在不想讲，一讲我就会非常激动。在乡下的时候，我们经历过饥饿，如果没有母亲我们就活不了了。那会儿家里有我和弟弟两个孩子。现在的孩子生活在很幸福的时代，饥饿从来不会来惊扰他们，但是我们那一代人确实是经历了这一个阶段。1960 年的时候,我曾经十八天没有吃过粮食,十八天没有一粒粮食供你吃,全靠母亲给弄野菜野草、树皮吃,棉花籽把那个壳去掉,让我吃仁儿。那年一个村死好多人。

父亲整天到地里去干活,很忙、很辛苦。我上学时,父亲老是挑着粮食,挑着柴火,挑着菜送给我。我们在学校吃饭,学校离家有六里地,上高小以后就没法儿回家了,就在学校那儿吃。那会儿也可以在学校交钱吃饭,可是我们家连吃饭的钱都没法给我,那时一个月四块五毛钱的伙食费对我们家来说已经很贵。今天是没法想象,四块五也就买一个冰糕,但是当时就拿不起四块五毛钱。没办法,母亲在家里把杂面条擀好,父亲把柴火挑上,把面条、红薯(就是地瓜)挑到学校附近,在一个村子里找一个亲戚家,然后给我弄好锅,盐,什么都放好,放学之后我自己烧饭。

我们那个村子,真正一直坚持让孩子上学的人家不多,我家是其中之一,其他人家孩子说不上就不上了。一个是我有上学的愿望,再者,家里一直支持,即使再穷也没有停止我上学。最后就我一个人读下来了。那会儿父母对我也没有提出一些具体的期望,希望你长大以后怎么样,他们就是希望你读书识字,因为他们吃够了不认字的苦,所以他们就希望你能识字。还有,就是他们坚信只有识字才能有出路。至于孩子识字将来能做多大的事情,他们没想那么多,他们就觉得识字好。我们那里春节的时候,家家都要在墙上贴一个红字条:敬惜字纸,就是你见到一张有字的纸,都要把它捡起来,不要烧掉。老百姓虽然不识字,但是对读书人一直怀有一份尊敬,对书籍怀有一份敬仰,这就是我当初为什么说我总想写一本书。我们那个地方是楚文化和汉文化的交汇地,虽然我们这个乡村识字的人不多,但是前辈传下来的对文化人的尊重是一直有的。

《湖光山色》关注的就是当代农村经历的巨大变革。因为我的亲人们现在还生活在农村,所以我经常回到农村,对乡村的一切事情都感兴趣,我希望我的父老乡亲们生活得好……(说到此处再次落泪)我是一个易动感情的人,因为经常写作吧,写着写着就能把自己感动得一塌糊涂。父老乡亲们的生活状态我一直在牵挂着,我希望用我的作品来反映当下乡村的变化。目前,城市资本开始向农村流动,部分乡村在资本的运作下开始变富。有人说一些乡亲被这种资本流动冲击得失去了方向,应该是一种实情。很多人并没有做好迎接这种变化的精神准备。你看现在一些小镇上,也有小洗头房,有网吧,有洗浴中心,对于乡村的一些年轻人来说,这些东西具有极大诱惑力,弄不好就会出问题。当然,城市资本在向乡村流动的过程中,也给乡村带去了正面的变化,这是没有问题的,乡村里很多楼房盖起来了,商品供应丰富了,人们的生活好起来了。但不能否认,有一些负面的东西,一些腐蚀人心灵的很不美好的东西也开始出现了。传统的乡村生活正面临着冲击,古老的乡村世界正在发生着巨大的变化,身为作家,我想把这种景况表现出来,以引起读者的关注。

在写《湖光山色》之前,我专门回到了我的故乡,在一个朋友的陪同下,沿着丹江口水库也就是书中的丹湖湖岸,走了很长时间。跟乡村里的各种人物都有接触,了解了各种各样的事情,也有了很多感受,就是在这种背景下我才动手写的。丹江口水库是我们南水北调中线工程的水源地,大概几年后,北京人就要喝到那边的水了。那边的人们都是我的乡亲,他们的喜怒哀乐,他们的惶惑忧虑,使我的心很不平静,所以我就写成了《湖光山色》。当时写作的时候很激动，沉在一种激情里，花了两年多一点的时间。我写作的时候就是想着要把自己的话说出来，把想写的人物写出来，仅此而已。

完成于1998年的作品《第二十幕》，是我用了将近十年时间来构思创作的一部作品，我说写完这个，就算我对家乡有了一份回报了。在这部书里，我把我对人生、对社会、对大自然和对南阳这块土地的认识、感受都写出来了，作为一个从南阳盆地走出来的人，我做完这件事情，松了一口气。我想，以后的人们在回忆20世纪中国人生存状态的时候，可以拿它作为一个标本。想了解中原地域人们的生活时，也可以把它作为一个样本来审看。我写的是南阳人，表现的是中国人，我想通过对这个地域里人们的生存状态的表现，展现我们中华民族在20世纪里的命运遭际。

当时书出来以后，评论界的反映还不错，至于有人说它是中国的《百年孤独》，那自然是鼓励之言，我自己明白它和《百年孤独》还是差得很远。当时人民文学出版社评奖的时候给它评了一个奖，还得了“国家图书奖”的提名奖吧，反正不管它得没得奖，我自己确实是用尽我的力量和当时所有的艺术准备，全力去完成这部书的。将近十年间，虽也写了一些中短篇小说，但主要在做这一件事。中间因为有病，还有其他的事情，我也担心我完不成，因为它毕竟太长了，将近一百万字。后来总算完成了，因为那时候没有电脑，全是手写的，一个字一个字写，写了以后还得改，改完了再抄，写的是一百万字，其实是三四百万字。

从1976年开始写，到现在三十四年了。这其中我觉得最难的就是突破自己。写一段时间以后，就面临除了超越别人，还得突破自己的问题，得有变化，也就是创新。创作必须是一部和一部作品完全不一样,这才是创造。如果重复自己或者重复别人,那都不行,所以这个是最困难的。突破和超越,其实就是折磨自己。作家为什么受折磨,可能主要是在这个方面,自我折磨。如何写得跟前一部作品不一样?题材是没触及过的,语言韵味是新的,人物是没写过的,故事是原创的,思想含蕴是独有的,这很难。需要不停地思考,不停地琢磨,这个是最痛苦的也是最艰难的。

写严肃文学或叫雅文学作品,最重要的是你得在思想上有新的发现,得给读者一点启示和启迪,让人读了以后,既得到了精神愉悦,又能在思想上有所收获。一本好书有时能影响人的一生,可以让人长久地记住,这才是严肃作家应该做到的。我一直就是这么想的,也是这样要求自己的,当然,这是个人美好的愿望,真正写出一本好书并不容易。总之,每写一篇作品每写一本书,你得能给别人提供一点新的东西,新的审美经验或对社会新的思考,不能没有新的,老是重复别人已经发现的东西,或者重复自己已经发现的东西,那就没意思了,那就是只为了赚钱。现在我们发现一些作家的写作就是在一个水平线上滑行,不做提升,只是为了赚版税,我觉得没有多少意义。

我最早的写作就是想倾诉,想把我心里的话告诉别人,想把自己对世界的感受告诉别人。当然也想要挣钱养家糊口,还想要成名,那种年轻人的功利心我都曾有过。写作一开始都是有这个的。但是写到今天,到我这个年纪,钱和名声都不重要了。就是希望能把自己活这么多年对人性和人生的一些认识,对社会和民族、国家的一些认识,对人与自然关系的认识,通过作品传达给我的读者,能在精神上和我的读者进行交流。我的书销量有一些,但不属于畅销书,一本书能对几万个人的精神世界产生一点影响，能让他们的精神生活因你而更有意思些，这就不得了了。不敢说去影响全世界、影响全中国，那不可能。

当年我去前线不是参战是采访，是随着几位新闻记者一块去的。到前线以后，我们可以走进军、师指挥部和团、营指挥所，可以和一些连排干部和战士交谈，能够近距离地感受战争的残酷和危险。我们去师指挥部的路上，有一段公路是敌人直瞄火炮封锁的地段，是直瞄的八五加农火炮轰击的路段。在这段路上，敌人看我们的车看得非常清楚，可能随时开火，我们去之前，敌人已经用炮弹打坏我们不少汽车。那段路大概有一千多米的长度，不能绕开，必须走。载着我们的汽车开上这段路后，开得很快，而且不时做猛停的动作，以躲开炮弹。我们到了位于大山洞里的师指挥部后，还能听到冷炮响，南方多雾，很多时候只能听见炮响，看不见炸点。这种冷炮实际上防不住，它突然就打了过来，我们一些军官和战士就是被冷炮打中死亡的。冷炮，就是只打一发，落到哪儿谁也不知道。敌人打冷炮其实也没有什么目标，但是知道这儿有我们的人，他就乱打，落到你身边就该你倒霉。听到冷炮响，有时就在洞口外边炸响，是有点让人心惊。我们往阵地走的时候，有两个战士护送，路是小道，两边都是灌木和深草，草都是一人多深，据说敌人的特工就经常潜藏在这些荒草里边，他们有时候会突然扑上来抱住途经的战士，往山下一滚就抓走了。那两个护送我们的战士，他们身上背着吃的，冲锋枪在腰里挎着，手指头都在扳机上扣着，一有动静，他只要手一动，一梭子子弹就可以打出去。为了保护我们，他们前面一个、后面一个。他们腰带上还挂了一个雷，敌人一旦抱紧他们，没法开枪时，只能弄响雷和敌人同归于尽。那天发给我们每个人一把手枪，没有冲锋枪，因为大雾弥漫所以我的确非常紧张，这可是在真正的战场上，面临着生与死的考验。那天我们没出任何事情，但这种紧张的战场气氛是强烈感受到了。然后就是采访，听官兵们讲他们战斗、负伤和战友牺牲的事迹，内心深受感动。回来后写了几个短篇小说和中篇小说，其中包括《汉家女》，在《汉家女》这个短篇小说里，我描绘了一个女军人的内心世界，当时赢得了许多人的喝彩，当然也引起了争论。

大概是因为我母亲的关系，我一直认为女性是在人生中牺牲最多、奉献最大的性别。在男女两性中，我觉得男性从事破坏性的事情较多，战争一般都是男性发动的，还有打架、酗酒、吸毒、抢劫、暗杀这些事，一般都是男性去干的。女性孕育孩子、护理病人、料理家务、赡养老人等等事情，都属于建设性的。所以在两性中，我愿把我的歌颂性文字更多地献给女性。这也可能与我接触了很多善良美好的女性有关，所以我的作品里好多都是以女性为主角的。我愿意歌颂她们，我愿意把她们描绘得非常好，非常美丽，非常善良，我希望通过这些美好的女性形象，能让我的读者对人生、对社会充满着美好的希望，让他们感受到我们人生活的这个世界是很温暖，很美好的，我就是这样想的。

现实生活中我的妻子人就很好，很善良很勤劳。我和她是中学同学，但成为夫妻却是别人介绍的，在学校时我们都还小，再说那时候也不许谈恋爱，也没有胆量谈恋爱，再加上我当兵在山东，她后来去武汉上大学。说起经营家庭，我做得很差，因为我写作的时候经常沉浸在思考状态中，过去一般一写就是一天，会很累，不想干什么活，我爱人她牺牲很多，家务活全是她干的，我在家里很懒，想想真的很对不起她。

虽然我大多把女性的形象刻画得很美好，但是一些爱情故事却多是以悲剧性的结尾告终。这可能和我的世界观有关系，因为人生不管多么美好，最后都要走向死亡，这是非常让人绝望可又无法改变的。就是这个大悲剧，这个人生结局的悲惨，让我去留心观察人生中很多不如意的地方，然后我就想把这种人生中不美的地方写出来，让人们对其心生警惕，别让这些东西再毁坏我们只有几十年长度的生活。很多人说我是个悲观主义者，我觉得也差不多，要从这个意义上讲，我可能也就是一个悲观主义者，我觉得生命过程中充满了遗憾，没有办法改变，可是又觉得太难受了。所以在写作中，不知不觉就把生命必死这个大悲剧变换成小悲剧来表现了。其实，生活中确实是时时都可能发生悲剧的。

英雄，其实是人类在成长过程中为自己创造的榜样。最初的英雄就是比别人多做了些事情的人，他们办事的能力比一般人大了点。接下来人们的生活标准更高了，这个时候体力好的、能保证大家安全的人，便成了英雄。再从民族过渡到国家，忠于自己的国家、保护自己国家的人就成为了英雄。到了今天，我们这个世界上分成这么多民族、国家，一个国家要有自己的军队，军人里边优秀的官员和士兵便被称为英雄。这是人类成长过程必会出现的事情。尽管今天西方有人说英雄已死，说如今已不需要英雄，但其实在人们生活中英雄一直存在。我们写军事题材的时候自然不能避开这个，一个国家一个民族如果不懂得发现英雄、尊重英雄，这个国家这个民族的命运就可能发生改变。身为军旅作家，自然应该去发现和表现我们军队中的英雄，用他们的榜样力量，提升全体军人的素质。

和平年代的军人仍然承担着繁重的任务，除了平时的训练，边疆的防务，还要应付一些突发的恐怖事件；还有非战争军事行动，就像抗震抗洪、泥石流救援等等，都是军人最先冲到抢险救灾的第一线。在这些事件中出现的特别的人物，其实就是英雄，英雄就在我们身边。

我从小喜欢看电影。虽然我写的是小说，但我的小说故事性相对强一些，而且我写东西的时候，总是会有画面在脑子里出现。写到什么场景，就有什么画面呈现在脑海里。我平时也是个爱幻想的人，一想到什么，画面跟着就出现了。我有时跟人谈话，不论谈到什么，都会有画面出现，我怀疑我的脑子被什么人改造过，其中充满了画面，随时都可以调出来一些供自己观看。这样，我写作的时候，画面感就强，这大概是一些导演喜欢我作品的一个原因。

我觉得现在的纯文学作品受众面是越来越小了，因为大家都很忙，看书成为一桩很奢侈的事情，除非我们这种喜欢阅读的人。大部分人都很忙，生活节奏很快，白天上一天班，回家又要处理家务，没有时间读那么厚的书。文学可以借助影视来扩大自己的影响，来吸引人们读书。但是文学作品不能等同于影视剧本，因为影视它全靠讲故事，电影还好些，还可以传达些思考；电视剧面向大众，基本上就是讲故事，讲的故事越紧张，观众就越喜欢看。可是这不是文学的全部任务，文学还要让故事含蕴深刻的思想，要带给读者精神上的震撼。

阅读严肃文学作品，是一个民族提升其精神素质的重要渠道。严肃文学作品的任务不是只提供愉悦，故它的读者不会很多，通常是社会的精英阶层才读的，但就是这种阅读，保证了一个民族当中总有一部分人在思考。写这种作品的人，赚钱不会多，可是每个民族都需要有这样一批人，由他们做出牺牲，过相对清贫的生活。这样，才能保证一个民族的素养不断往上提升。像美国那么商业化的国家，它的图书销售很多，一部畅销书能卖几千万美元，畅销书作家可以坐在自家的游泳池边写作，物质享受非常好。可是它们仍然有一些著作销量不多、有深刻思考的作家在艰苦地进行创作，他们的名声和收入没有那些通俗作家大和多，但正是他们让美利坚合众国不被人轻看。

现在，时尚写作、迎合式的写作越来越多，因为能赚钱，这在商业社会里是正常的现象。但还是我刚才说的，还要有一部分人要沉下心来，要思考一些大问题。像以前的一些科学家，他们去思考天体的变化，你说这能带来多少现实价值？可是对于整个人类来说，那却是性命攸关的事情。同样，我们社会的发展，人和自然的关系，人生很多不可捉摸的问题，需要作家来思考，当然人类学家也要思考，可是作家的思考具有形象性，它更能吸引人们，影响人群。影响的力量是很大的。这样的作家也不一定要很多，可就是得有一部分，要不然大家都去赚钱，那就是对民族不负责任，是民族的悲哀。

我近些年的创作明显向豫西南那个小盆地倾斜了，对于军旅文学我还是要写的，但是还在寻找，如果我找到了使我冲动的题材和人物，找到了新东西，包括新的表现方式，找到了让我不写就难以安生的东西，那我肯定会写的。我相信我还会有一部军事题材的作品写出来，但是什么时候写出来那说不好。

答《百家评论》高方方问

问:您曾说“生命是一条缓慢的河流,童年、少年是这条河的源头,它对一个人的影响是决定性的”。您能谈一谈您的童年时光吗?这段时光对您创作最大的影响是什么?

答:我的童年时光是在家乡周庄度过的。那时的周庄,是一个有天然草坪、茂密树木和很多池塘的村子。春天,我和小伙伴们在村边的天然草坪上玩闹,摔跤、踢鞋楼、打撬,弄得满身是草叶和土粒。夏天,我和小伙伴们在热烈的蝉鸣声中跳进池塘洗澡,游泳、打水仗、捉鱼、逮青蛙;到打麦场上疯跑;爬到树上捅鸟窝;偶尔也会去生产队的瓜园里偷甜瓜和西瓜吃。秋天,和伙伴们去村边的青麻地里捉迷藏,去田埂上逮蚂蚱。冬天,在雪地里与伙伴们用雪团打闹,去看大人们在田野里追野兔,跟着大人们去镇街上看热闹串亲戚。过春节时,坐在大人的肩膀上看乡村剧团的演员们唱戏……

那是一段无忧无虑的生活。那时不知道人生的艰辛就蹲在不远处等着自己，以为生活的目的就是追求快乐，天天就是玩乐。

不知不觉地，就进入到了少年时代。一变成少年，便开始尝到生活的苦涩滋味，我不能再一个人去玩，我需要照料弟弟，好让母亲下地干活；我需要割草挣工分，还要喂饱家里养的羊；我需要抓紧课余时间拾柴，供母亲烧锅做饭；我要跑四华里的路去上学读书，每天需跑四趟……更重要的是，遇到了大饥馑，开始每天为吃饱肚子操心。

少年时代的生活让我懂得了饥和累，让我窥见了人生的一点真相。

童年和少年时代的生活已经深深刻在了我的记忆里，给我提供了很多创作素材，也给了我很多创作灵感。同时，这段生活也让我产生了很多惶惑，把很多问号摆在了我的面前：人长大了要受苦为何要急着长大？人为何每天都要干活受累？每天都劳动的人为何还会挨饿？我开始了最早的思考。

童年和少年时代的生活，是我日后回忆能抵达的最远的地方，是我精神上的一片绿洲。

问：是什么促使了您萌发写作念头的？最初的文学启蒙源自于什么？

答：我们家乡的人，对书籍有一种由衷的爱意。过春节时，家家都要在墙上贴一个红纸条，上写："敬惜字纸"几个字。对有字的纸都要敬惜，对书更是爱惜备至。所以我对能写书的人从小就仰慕。当然，那时自己还不敢去想写书的事。

如今回想起来，对我最早进行文学启蒙的是母亲、村里一位外号叫鸭嘴的叔叔和鼓书艺人秀成。

在夏天的夜晚，母亲常会指着天上的星星给我讲牛郎、织女和勺子星的故事;在我为吃饭、穿衣等事哭闹的时候,母亲会给我讲小鸟和牛、羊等动物能说话的故事;为了哄我帮助干家务活时,母亲会给我讲些周围村子里的其他孩子勤快孝顺的故事。这些故事吸引了我,让我成了最愿听人讲故事的孩子。恰好,村里有一个外号叫鸭嘴的叔叔识字,他读了不少书,常在冬天的牛屋里给我们一群孩子讲《西游记》《三国演义》和《水浒传》里的片段故事,我听得非常入迷。后来,邻村一个叫秀成的鼓书艺人常到村里说大鼓书,说"薛刚反唐",说"杨门女将"等连本书,我听得如痴如醉。

上小学时读到了《一千零一夜》,书里的曲折故事令我更加着迷。此后,我就总想去书里找故事看,慢慢对读小说就产生了兴趣。后来看了那个时代流行的很多小说:《林海雪原》《青春之歌》《红旗谱》等等。但真正想到写书是在当兵以后。十八岁当兵来到部队时,"文化革命"还没有结束,有一天,我见到我的班长在偷偷地看一本书,看得很投入,我觉得好奇,就趁他出去时从他的褥子下偷偷拿过来看。那本书没有封面和封底,连书脊也没有,但里边讲的玛丝洛娃和聂赫留朵夫的情感故事却强烈地吸引了我。偷看完这本书后,心想,如果我将来也能写一本这样的书那该多好。写书的强烈欲望就是这样产生的。"文革"结束后,我才知道,那本书是俄国作家列夫·托尔斯泰的《复活》。

问:十八岁您就离家参军,军营的磨炼和部队文化又是如何潜移默化影响您的文学创作的?这期间您肯定读了不少文学作品,最触动您的作品有哪些?

答:最初参军的目的,就是想改变自己的命运,想吃饱饭。进了军队之后,才慢慢懂得军人与国家的关系,国家的概念才在心中确立。多年的军旅生活让我见识了艰险、苦难、死亡、紧张、动荡、沉浮、剧变，也见识了赤诚、豪爽、挚爱、高雅、奢华、背叛、冷漠，我对生命、对人生、对社会、对大自然有了自己的看法。也因此，我更喜欢去赞颂爱的美好，去发现爱的存在，去宣达爱的重要。

“文革”后期，我开始从内部书店买我喜欢的书看；后来，去图书馆借解禁的书看；再后来，就四处去买书看。读过的文学作品不少，最触动我的是列夫·托尔斯泰的《安娜·卡列尼娜》和《战争与和平》，还有沈从文写湘西的系列作品。这些作品中传达出的那种博爱和悲悯情怀让我感动和喜欢。

问：您的处女作是1979年在《济南日报》发表的《前方来信》，能跟我们谈一谈这部作品吗？发表后的心境如何？您是否能回忆一下？

答：从1976年起，我就开始创作了，一开始写的是电影剧本，一连写了三个剧本，可惜都没有被采用。那年头电影剧本的成活率是五千分之一。写电影剧本不成功之后我才开始写小说，一上来就写了一部长篇小说，内容是反映台湾老兵思乡的，因对老兵的生活不了解，故也没写好，有朋友看了直摇头，说这算什么小说？后来一气之下就把稿子烧了。

1979年南部边境战争爆发后，我的一些战友走上了战场，他们不断地来信，介绍前方的战况，介绍他们自己的战场经历，我根据他们的来信，创作了一个短篇小说《前方来信》，以一个参战者的视角，讲述了战场上的情况。作品写完寄到《济南日报》后，被全文发表了。这是我第一次在地方报纸上发表作品，心里非常高兴，稿费寄到后，我请几个朋友吃了一顿，以示庆贺。当然，今天回头看这篇作品，它的质量的确不高。但它的发表，给我增加了写作的自信，鼓起了我写作的勇气，让我觉得，自己是可以干这个行当的。

问：您曾说，小说《香魂塘畔的香油坊》的原型是您童年时期的一位年轻而善良的“花嫂”，您能给我们说一说这位“花嫂”吗？您在《第二十幕》《湖光山色》《21大厦》等作品中都对女性进行了非常细致深刻的刻画，给读者留下了深刻印象。这些女性形象创作的成功跟“花嫂”有某种潜在的联系吗？从1993年的“香魂女”到《湖光山色》的楚暖暖，您想通过这一系列女性群像来表达一种怎样的情感呢？

答：那位“花嫂”长得很漂亮，心地也好，可惜后来得了病，年纪轻轻就撇下几个孩子走了。在我还是个少年时，常去她家玩，有时端着饭碗去她家边吃边听她和大哥哥们聊天，逢了这时辰，她会用筷子插进她家的香油瓶，然后很快地提出筷子，把筷子头上蘸着的一滴香油滴到我碗里。那时香油极其金贵，她的慷慨让我感动，她给我留下了非常好的印象。所以后来我写《香魂塘畔的香油坊》时，是以她作为模特的。在我们豫西南乡下，大多数女性都很善良勤劳，她们给我的印象非常深刻，所以，我在写作中，愿意把赞颂给予她们。我自己觉得，在男女两性中，女性从事的主要是建设性的工作，如哺育孩子，照顾老人病人，操持家务，她们心里的爱意要更多一些；而男性，从事的破坏性事情很多，酗酒打架、放火杀人、发动战争等等，他们心中的破坏欲要更强一些。也因此，我总是让女性成为我作品中的主角，而且愿意把她们写得很美好。我希望这个世界安宁平静，希望人们互爱互助，在我的内心里，女性是安宁平静的代表。

问：《香魂塘畔的香油坊》这部小说后来被改编成电影《香魂女》，并一举夺得柏林国际电影节“金熊奖”，您对谢飞导演的这部影视作品还满意吗？您也有很多其他作品被改编成电影电视剧，如《走出盆地》《银饰》《汉家女》等，您是如何看待这种文学作品与影视联姻现象的？有作家认为，影视相对文学，是大众化的艺术门类，不够高端太过浮躁，请问您怎么看待这种说法的？

答：我对谢飞导演的《香魂女》和黄健中导演的《银饰》这两部电影比较满意。电影应该归入精英艺术，它同样可以对人、人生、社会、自然界作深刻的思考和表现。电视剧是大众艺术，通常只讲故事就行。文学作品被改编为电影电视剧，是一件好事，它可以扩大文学作品的影响，诱使读者去买原著看。在今天这个生活节奏很快的影像时代，人们用于阅读书籍的时间开始减少，文学作品被改编成影视剧，其实是影视在为文学做广告，何乐而不为？当然，作家在写作品时，不能为了被改编影视而写作。作家要完成自己的任务，迎合影视改编必会降低作品的品位。

问：《湖光山色》这部小说的结构很特别，您用“乾”“坤”把书分成上下两卷，又用“金木水火土”这“五行”作为各章的标题，当时有什么特别的考虑吗？您想用这种结构去表达什么呢？

答：乾和坤，是八卦中的两爻，乾代表天，坤代表地，乾坤两字后衍生为代表男女、阴阳，再后来又演变成江山社稷和国家的代名词。《湖光山色》借用这两个字，来表现乡村社会男女两性的境况和乡村改革给整个中国社会带来的巨大震动。

金木水火土五行学说，是我国古代的一种物质观。它认为大自然由金木水火土这五种要素所构成，随着这五种要素的相生相克，而使得大自然产生变化。《湖光山色》借用这种说法来表现乡村社会人事和精神领域的变化。

问：《湖光山色》这部长篇也是以你的家乡为创作背景的，它与你以往的作品《走出盆地》《第二十幕》《21 大厦》相比，“湖光山色”的书名似乎就显示了某种不同，有一种美好的意象和情感在里边，是这样吗？您是通过什么来书写这种美好的呢？是美好的女性形象吗？

答：是的，南水北调中线工程的水源地——丹江口水库，也就是我书中写的丹湖，自然风光非常美丽，可谓山清水秀。我一直担心人们膨胀的欲望会毁掉这种自然之美——湖光山色，会毁掉我们民族的传统之美——真诚和仁爱。我写这部书，我写暖暖这个人物的目的，就是想让人们看到我们所拥有的美好的东西，从而给以珍惜。

暖暖这个人物，是自然美和人性美的载体。在当下的现实生活中，这样完美的女性可能不存在，但她是应该存在的，我太希望她真的就生活在某一个村子里，她让我觉得生活有希望。

问：凭借《湖光山色》荣获第七届茅盾文学奖之后，您认为自己的创作是否达到了顶峰？这是否是您自己最满意的一部作品？您认为《湖光山色》最具特色的亮点是什么？

答：《湖光山色》是我比较满意的一部作品。这部书的特色是描述了城市资本向乡村流动过程中人被冲撞的图景。今天，资本开始在中国的各个地方流动，这种流动既会带来高楼大厦、带来时尚生活、带来欢声笑语，也会带来冷漠、暴力、垃圾、病菌和哭声叹息。资本终于可以在中国境内随意流动，这的确是一种进步，但身为作家，我们不能只是随众欢呼，我们还应该用文字去发出警示，去告诫人们：资本的那个本质特点从来没变——它只要利润！而我们人，只有利润只有金钱是没法幸福生活的。

问：十八岁参军离家，现在您离开故乡也已有四十余年了，但是您手中的笔却始终走不出家乡那片蕴含了太多故事的土地，依旧选择书写故乡的老树炊烟、山川河流，以及父老乡亲的生活和灵魂。可以说，乡土是您的文学世界当中始终绕不过去的一种情结、一个存在，是这样吗？您是如何看待乡土文学的，当下城市化速度的加快，乡土文学的受众面难免会遭逢挤压而萎缩，您是如何看待这种日渐式微的颓势的？以后的创作还会坚守乡土写作吗？都市文学会占据乡土文学的位置吗？

答：是的，我们这一代人，农村生农村长，乡村生活给我们留下了太多太深的记忆和影响，写作时自然绕不开乡土。但伴随着城镇化进程的加快，大量年轻人由乡村涌进城镇，乡土文学的读者在日渐减少，熟悉乡土对乡土有感情的青年作家也会越来越少，因此，乡土文学的颓势也就不可扭转。以后的文坛上，反映和表现城镇生活的文学作品会越来越多，它虽不会把乡土文学完全挤走，但会把它挤到一边去，挤到角落里去。

就我自己来说，可能会去写这种城镇化过程，但不会去写完全的都市生活，写都市生活我没有把握，我虽然每天都在与都市男女打交道，可我与他们仍然有隔膜，我担心我写不好。

问：您的文学作品多以家乡豫西南阳盆地为背景，这系列小说也被研究者称之为“盆地小说”，是中国当代文学版图中一个特异的存在。在这部分小说中，您将故乡历史与现实中的悲喜交集的故事作为艺术审视的中心，既有着清新鲜活的泥土气息，又蕴含悲怆酸楚的苦涩凝重，读后常给人一种欲哭无泪、欲笑无声的审美感受。您在这些作品中写农村人际关系的变化、写农民心态行为的变异、写乡土远逝的悲戚，为什么您的故事总是这样沉痛，总是指向悲剧的结局，指向生命的艰难呢？

答:原因可能有三个:一个是在生活层面上,我自己的视线所及,看到的生活不如意多,看到的人生伤痛多,看到的人生惨剧多,我无法回避也不想回避。另一个是在理论层面上,我认为人生本身就不是一场喜剧,人出生后不断地劳累辛苦,竟然是向虚无向黑暗向坟墓迈步,上帝用一点点快乐和幸福,逗引着人向前艰难迈步,直至死,这不是悲剧? 再一个是在艺术层面上,我从年轻时开始,不论是看小说、看戏剧还是看电影,奇怪地一直喜欢看悲剧,心里以为只有悲剧才能表现出人的真实处境,看悲剧时我会流泪,流泪之后心里会感到一点轻松。

可能是这三个原因,我写出了不少悲剧,有的作品,我一开始并没有准备写成悲剧的,可写着写着,就成悲剧了,我对自己也很不满意。我不想再写悲剧了。

问:您缘何如此执着于关注乡村变革呢? 您有一大批以改革为时代背景的作品,却又不是典型意义上的改革文学。改革文学多是通过形形色色的改革故事去强化时代背景,刻镂时代印记,而您的小说却指向主人公内心的挣扎,更多的是对时代变化下民族传统价值观念、文化心态的一种重新思考与重估。

答:因为我痛感乡村与现代文明的距离太远,我迫切地希望乡村发生改变,故我一直在观察它,甚至想用文字去促成这种改变。也是因此,我对乡村外在的变化和农人内心世界的变化都有书写和表现的兴趣。当然,我知道,在看上去闭塞落后的乡村,还保存着我们民族最宝贵的一些东西,我害怕这些东西在变革中流逝,所以我和我的人物一样,内心总是左右为难,陷入挣扎的境地。

问:《香魂塘畔的香油坊》是您众多爱情小说中知名度较

高的一篇，这固然有被搬上银幕获得成功所带来的轰动效应，但最根本的原因我认为还是在于作品本身的思想深度和人物独特的个性魅力。您用近乎纪实的笔法描述了郜家两代妇女不幸的婚姻和命运悲剧。婚姻对于郜二嫂、环环来说，不仅仅是夫妻间没有感情的结合，而且是一种因贫困伴随而来的屈辱、仇恨，一种精神与肉体的沉重创伤乃至人格的扭曲。而《蝴蝶镇纪事》《向上的台阶》中的女主人公的爱情悲剧则是来自极“左”路线的摧残和唯心主义血统论的影响。这些美丽女性的爱情却总以悲剧收尾，这是您的悲剧情结使然吗？还是有其他别的原因呢？

答：婚姻悲剧是人的生存困境的一种表现。我多么希望每个中国人都能找到自己喜欢的另一半，都能享受美丽的爱情带来的幸福，但是，无数的婚姻悲剧却轮番在我们面前上演。我不想闭着眼睛去瞎编幸福的爱情故事。

中国的婚姻悲剧，究其原因，一部分来自社会，一部分来自当事者自己。在改革开放之前，很多婚姻悲剧都源于社会而不是当事者自己。在改革开放之后，很多婚姻悲剧则源于当事者自己。我写这些婚姻悲剧的原因，是想引起人们对我们赖以生存的社会环境的关注、审察和思考，是想引起婚姻悲剧当事者对自己性格和行为的自审。

今天，爱情被摧残的实例依然很多，爱，何时才能顺心顺意？情何时才能随心倾注？我只能含泪呼唤，我写不出很轻松的东西。

问：您的小说中一直有两个世界，一个是豫西南小盆地的农村市镇生活世界，另一个则是现代军旅生活的世界，您是如何处理这两个世界的关系的？

答：我用我在军旅生涯中获得的认识能力，去审视生我养我的地方，然后去写小盆地里的农村市镇生活。我用我在小盆地里获得的生活知识和人生经验，去努力写活那些出生于乡村的军人。我在这两个世界里出入，它们都让我获益，我也因此对乡村和军营充满感激。

问：您小说创作的重点是盆地系列小说，但几十年军旅生活的深切体验，又使您的创作中不可缺少地充满了军旅题材。作为一名军旅小说作家，您能具体谈谈您的军旅小说创作吗？和平年代如何创作战争题材的作品，是很多军旅作家的困扰，您是如何把握的？能否谈谈目前军旅文学创作的困境？

答：我写战争的长篇小说是《战争传说》，另有一些写当年南部边境战争的中短篇小说。《战争传说》写的是明朝历史上瓦剌人与明王朝的一场战争，也可以归入历史小说。这部书没有写将领、皇帝等大人物怎样去发动、指挥战争，不是想全景性地去展示那场战争，我只想写普通战争参与者对战争的真切感受，是战争中小人物的故事，是由下向上看战争的小说。

和平年代写战争的确有难度，可战争是人类生活中的重大事件，在人类发展进程中占有重要位置，作家完全不去表现战争，也是文学家在审察、思考人类发展进程上的一种缺位。写战争不一定要亲眼目睹战争，这是一个可以充分施展作家想象力的地方，人的所有本能在战争中都会充分表现出来，作家完全可以用自己的心理去揣摩想象其他战争参与者的心理。

目前军旅文学的最大问题是作家自我束缚和限制，作家只怕写出问题，只怕因写作惹出麻烦，自划写作禁区，自设禁忌，不敢充分张扬自己的发现力、想象力和表现力。在题材发现、故事设计、叙述方法、人物塑造上，少有全新的东西，大都在重复前人和外国人。

问：您的几部大部头小说创作的时间跨度都很漫长，如《第二十幕》，花了您大概十余年时间。小说通过对一个小城百年间世相的描摹，把中华民族在20世纪留下的脚印凸现了出来，被认为是一部史诗性的长篇小说，是“中国的《百年孤独》”。不知道您对这种评价怎么看？现在很少有作家愿意去耗费十年光阴去写这类的长篇小说了，这种创作方式的初衷是什么？

答：写作《第二十幕》的初衷，是想通过对一个小城百年世相的描摹，把我对20世纪的看法和认识写出来。上帝把我人生最好的一段时间放在了20世纪，让我看到了20世纪的不少风景，这让我感到我有责任把20世纪中国人的生存境况记录下来，为后人了解这段历史留下一份生动形象的文学资料。20世纪对中国人来说，有太多的痛苦，也有很快乐的时刻，有血写的教训，也有可引以为傲的经历。记下这些，对中华民族，对人类发展历史，都不会没有意义。

书写出来，怎样评价，是别人的事，我会认真倾听，并加以分析。我会保持清醒。我只是一个普通的写作者。

问：长篇小说《预警》是您创作道路上与以往作品反差最大的一部，您想通过这部作品提醒世人什么呢？

答：《预警》写的是当下的军队生活，写军人被恐怖分子设计暗算的过程，其中把腐败可能滋生恐怖分子的情景作了展示。其实，腐败才是国家安全的大敌，腐败的受害者会以国家为敌。当然，这只是表层的故事完成的任务。我实际写的是人的命运的不确定性，写我们民族对未来不能盲目乐观，灾难其实离我们很近，近到随时可能毁掉我们。

问：您的近作《安魂》详述了您痛失爱子的苦难历程，小说题材原本是一个悲痛锥心、不敢触碰的话题，但小说却以“爸爸”和儿子对话回忆的方式，使“爸爸”捶胸追悔儿子得病原因和全家所承受的痛苦磨难，您为什么要写下这段伤痛的记忆呢？您能谈谈这部血泪之作吗？

答：为了安慰儿子的灵魂，也为了安慰我自己的灵魂。儿子远走之后，我心里有很多话想对儿子说，我更知道，儿子也有很多话想对我说，于是就有了这本书。我希望我的读者读完这本书后，能对我们最终都要去的那个世界不再恐惧，能平静地面对人生最后结局的到来，从而使自己的灵魂得以安宁。

问：走过艰苦年代的人，意志力特别坚强。而当下社会人们的政治信仰逐渐演变成争取幸福生活的信念，人们的意志力两极分化，市场竞争残酷性在增加，传统道德约束力在变松，人们的道德观念呈现多元化趋势。您是如何看待这种精神质素流失沙化的现象的？

答：这可能是社会转型过程中不可避免的现象。一个十几亿人组成的社会，在经济、政治制度发生重大变化之后，人们的精神层面随之发生大的震动和变化是正常的。多少年被压抑的物欲、情欲突然被释放出来，出现一些过头的现象是一种正常的反应，只要我们对这种变化保持清醒的认识，并采取相应的措施，情况会慢慢向我们期待的方向发展。想一想德国人在战败后的精神状况，想一想俄罗斯人在苏联解体之后的精神状况，他们当年也有一段时间精神质素出现流失沙化的现象，现在不是都解决了吗？关键是保持清醒，一方面要努力去找回我们民族的优秀传统，一方面要学习外国提高国民精神素质的做法。只要清醒地看到问题，就不可怕。

问：记得您曾经说过“习惯以享受者的身份去读同行的作品”，请问对您来说创作是不是更大的享受？

答:对于我来说,当一部新作出版见到新书时,的确是一种享受,很快乐。可很快就要投入到另一部作品的构思和创作中,享受的感觉就会消失,就又会陷入到持续的劳作中。在一部作品的创作过程中,我感受到的是一种轻微的焦虑,一种隐隐的担心:怕既定的写作目标实现不了。当然,如果一天的写作顺利,也会有一种享受的感觉。

阅读是另一回事,阅读没有任何精神负担,尤其是读到好书时,完全是一种享受。

问:读您的作品,发现在笔法上一直走平实的路子,每个故事都娓娓道来,一看就是您的风格,却又每部作品都有自己的独到之处,虽然说最大的技巧是无技巧,其实每个人都有自己的技巧,请问您真正的创作技巧是什么?

答:我自己觉得我没什么技巧。只是注意把故事讲好。我认为,小说区别于其他文体最重要的地方,是它有故事。没有故事,它就会混同于散文和报告文学。努力讲出新故事,努力用新的方法讲故事,努力讲出有崭新思想含蕴的新故事,是我追求的目标。每一部作品开笔之前,在我确定讲述的角度、节奏时,我首先会问自己:这样写你自己喜欢读吗?我自己喜欢了我才能写下去。

问:您的作品《第二十幕》获第三届"人民文学奖"和"国家图书奖提名奖"及"解放军新作品一等奖";长篇小说《21大厦》获解放军作品一等奖;长篇小说《湖光山色》更是获得了第七届茅盾文学奖。您能否谈谈每次获奖给您的创作带来什么样的影响?心境有变化吗?

答:获奖对作家来说是一种鼓励,就像喝彩对于体育运动员和演员一样。获奖会让作家的心境得到改善,会增强其自信心。当然,不获奖作家也会坚持写下去,因为作家的写作,大多是倾诉和表达的欲望在背后驱使。历史上没有文学奖的时候,作家们也在写作。

问:莫言先生获得诺贝尔文学奖这一精神性事件,的确给中国文学作品带来走出去的希望,那么,您觉得中国作家如何才能更好地走向世界呢?

答:首先是作家要写出具有恒久艺术价值的好作品,写出其他民族其他国度的人也能理解也喜爱读的文学作品。其次是组织好推介翻译工作,国家应想法鼓励更多的中介机构和个人来介入文学作品翻译事务,而且要让人家能获得一定的收益。

问:随着传媒的发达,中国人阅读率每年愈降,因此"文学穷途末路"论随之抛出。您是如何看待文学阅读量下降这一现象的?与大众文学相比,严肃文学的创作尤显孤独,您又如何看待?

答:我也为文学阅读量下降忧心,这对国民素质的提高显然不利。但也要看到两点:一是在其他发达国家,真正阅读严肃文学或叫纯文学作品的读者也不是很多,也是限于社会的精英阶层。大多数人读的也是通俗文学作品。从事严肃文学创作的,拥有很多读者当然好,拥有的读者少一些也不要泄气。每个国家都需要一批严肃文学作家来为国家的文学宝库添加库存,当浮华散去之后,这些作品还在,还能影响人们的心灵。二是现在的很多年轻读者,愿意在网上阅读文学作品包括严肃文学作品,不愿去买纸质书,作家应该积极地把自己的作品卖给网站,以获得尽可能多的网上读者。

问:有人把现在的文坛跟娱乐圈相提并论,认为它们同样浮躁,炒作、跟风、为博出位不择手段等等,您对此怎么看?

答:这些现象的确存在,但不可怕。任何一个社会领域,都是各种人物全有。在政界在学术界在演艺界存在的东西，也会在文学界存在，这儿不可能是纯粹的净土。同时还要看到，无论是30后、40后、50后的作家，还是60后、70后、80后的作家，都有一批人心境宁静，在潜心写作，在安静生活。我现在倒是希望一些出版社的领导也静下心来，别在出版上跟风，别为了钱让一些品位太差的作品出来。

问：身为河南籍作家，您觉得河南作家在创作上有哪些相似的地方？

答：我觉得相似的地方有两个：一是都对土地充满感情。因为大多数河南作家都来自农村，是农民的孩子，所以他们的笔很难离开土地。二是都特别勤劳。他们写作和父辈种地一样，不怕苦，不怕累，一季一季地种，一茬一茬地收。

问：您认为中原作家的整体特色是什么？您怎么看待这种文学区域性划分的？

答：中原作家的整体特色是文化背景相同，都是在中原文化滋养下长成，判断是非的标准近似，道德信条相近。

文学区域性划分只是为了言说方便，是一种简单的命名，不科学。其实作家的创作都是极具个性的，每个人的作品都很难归类。

问：每个作家都致力于构建一个完整的属于自己的独特文学世界，在这个世界里，承载着一个写作者的梦想、体验与思考，印记着生命独特的精神基因，您所想构建的文学世界是什么样子的？

答：那里有青山碧水沃野，有田园市井风光，有百鸟千兽万物，有男欢女爱之景，有弦歌在天空飘荡，有笑声在四野回响，枪炮声消隐，哭喊声降低，斥骂声远遁……

问：回顾几十年创作历程，您最大的感悟是什么？最大的收获又是什么？

答:最大的感悟是:每个人都活得不容易,每个人都有自己的一份痛苦要尝受。

最大的收获是:文字是心灵的最好安慰品。

问:对有志于走上文学道路的青年,您有什么建议吗？

答:这是一个后人随时可能超越前人的领域,不要害怕那些走在你前边的名人,你只要充分张扬自己的想象力,发挥自己的创造力,沉下心来写作,你就可能超过他们跑到最前边。

答央视网络台肖泽颖问

——文学是我倾诉的一个途径

肖泽颖:您觉得文学对您来说意味着什么?

周大新:文学是我向外部世界倾诉的一个途径吧。心里有很多话,对世界形成的看法,随着年龄的增长也对人生有很多感悟,希望把它说出来,告诉自己的读者,所以就特别需要通过文学这个途径来达成。

肖泽颖:是在什么时候知道自己对文学有了感觉?感觉自己和文学有了联系?想倾诉自己的心声是在什么时候?

周大新:对文学感兴趣,最喜欢读文学书是在上小学的时候,见到文学作品就喜欢读。那个时候可读的书很少,我记得我读的第一部文学的书就是阿拉伯的那个故事集《一千零一夜》。

肖泽颖:《一千零一夜》?

周大新:嗯,从那儿开始读文学书了,那个年代社会上流行的文学作品是《红旗谱》《青春之歌》《林海雪原》等。还有河北作家梁斌写的其他一些小说。曲波写的《林海雪原》，我当时最爱看，因为那里边写了爱情。这本书所以吸引我，还因为书里讲的剿匪的故事非常精彩。大概从这时，对文学的兴趣在心里就浓起来了。

有了兴趣就到处找文学作品读，那时候“文化革命”已经开始，学校的图书馆管理不严格，我们就悄悄地从一个破了的窗户进去，从那里边找了不少书看，找到一些外国、中国的小说，偷偷拿出来看。

肖泽颖：当时给你印象最深刻的小说，除了《林海雪原》以外，还有哪些作品？

周大新：我记得有一本叫《战火中的青春》，还有《敌后武工队》。从《奔流》杂志上读的一些作品；从《人民文学》杂志上读的一些作品，都让我觉得很新鲜。对我影响特别大的是列夫·托尔斯泰的作品，这时我已经当兵了，我十八岁当兵以后，看到班长找来一本没有封皮，没有封底，也没有书脊的一本书，看得非常痴迷，我就趁他外出时从他褥子下把书拿过来看，一看就吸引住我了。书中讲的是聂赫留朵夫和玛丝洛娃的故事，让我觉得非常有意思。但当时不知道书名是什么，后来，改革开放以后就是“文革”结束以后，才知道它是《复活》，是列夫·托尔斯泰的重要作品。这之后我就把他的其他作品都找来读了，他是对我影响比较大的一个作家。

乡村文学《湖光山色》

肖泽颖：我知道你的很多作品都关注女性的命运，你写了很多美丽的女性，写她们在艰难的生存环境下，努力奋斗，做出了一番不平凡的事情，我特别想知道，《湖光山色》里边的暖暖这样一个人物，有没有生活原型？

周大新：暖暖这个人物形象，是我把在生活中接触到的两个女性形象叠加融合在一起塑造的，也就是说，是有模特原型的。第一位女性是在北京打工的山西姑娘，大概也就是十九岁、二十岁这个样子，她到我家做钟点工，我跟她聊天，这个女孩非常勤快，你叫她做的事她给你做好了，你不叫她做的事，她也给你做好了，真心帮助你，主动给你做。我们非常喜欢她，就问她为什么到北京打工？她说我想挣点钱供我弟弟上学，然后我再挣一笔嫁妆钱。这个孩子长得也很好，很善良，给我留下了美好印象。另一位女性是我回家乡到丹江口水库周边采风时遇到的，她是一个大学生，长得很漂亮，在武汉上的大学，毕业后在武汉工作了一段时间，后来又回到了我们家乡，在一个镇政府工作。我问她为什么不留在武汉？因为大学生一般进了省城，通常不会再回到小镇上，她的选择让我觉得有点奇怪。她就说我不想在大城市生活，我在大城市接触了一些人，他们给我的感觉不好，我愿意回到家乡这个小镇上，因为这里的人我都熟悉，我原来就在这里生活，在这里让我内心安妥。她冒雨领我们到村里老百姓家，跟农人交谈，安排我们吃饭，把我们照顾得非常好，还对我们谈了她的生活理想，给我也留下了深刻印象。当我决定写《湖光山色》的时候，这两个生活中的真实的人物形象，给了我启发，我就创作了暖暖这个形象。我希望通过暖暖这个形象，给读者带去一些温暖和美好的感受。今天社会上冷漠、黑暗或者说不理想的东西很多，很多人觉得这个世界很丑恶，不值得生活下去，从而悲观厌世，我就希望暖暖这个艺术形象能驱除人们心里的一些冷感。

肖泽颖：您怎么看待根据你作品改编的《香魂女》这个电影？

周大新：这部电影改编拍摄得不错。把我小说的主旨，都表现了出来。女主角二嫂的扮演者斯琴高娃演得很好。二嫂这个人物年轻时因为家里穷，被卖做童养媳，她遭受了人世上很多痛苦，可是她在有了钱以后，又开始重新制造新的痛苦，她又用钱来迫使环环嫁给她的傻儿子。就是说受害者又成了迫害者，在制造新的痛苦，不过最终她觉醒了，解放了环环，使自己的人生走上了一个新的台阶。

电影中环环这个演员演得也很好。环环也是一个受害者，她对婆婆的理解促使了婆婆的觉醒。女性自己对自己进行解放，是一个很重要的问题，女性的解放不能全靠男性，还要靠自己。

我们中国的女性解放，已经走出了很长的路，已经取得了很大的成就。现在的科研教育领域和行政机关里都有很多女性在唱主角，女性办的各种企业也非常多，在社会生活中，用说惯的话就是“半边天”这个局面已经显示出来了。但生活中女性受歧视和压制的情况还严重地存在着，官场里大多数人是男的，只是在一个单位里，在一个地区点缀性地有那么一两个女同志。在一些企业里，男女同工不同酬的现象也存在着。女性在就业时会受到不公正对待。很多时候，女性只是作为一种被观赏的对象出现，没有得到应有的尊重。这些现象，随着我们社会经济的发展，会慢慢改变的。

战地女性小说《汉家女》

肖泽颖：《汉家女》是你20世纪80年代中期写的短篇小

说，你能谈谈这篇小说的创作过程吗？

周大新：20世纪80年代中期，我去了南部边境战场，但不是作为战斗员，而是进行战地采访。当时接触了很多女军人，就是战场上的护士、护士长、医生、文工团员，还有机关的女干事、通信部门的女通信兵，接触以后听到了很多关于女兵的故事，当时很感动。我觉得尽管战场上女同志不多，但她们确实扮演了很重要的角色。其中，有些故事特别让我感动。其中一个是我们战士要上一线执行突击任务时，女兵为他们敬酒，这些突击队的战士一般都不会再回来，女兵给他们敬完酒，常会主动扑到男兵怀里与他们拥抱，用这个方式和男战友告别。这个细节非常感动我。然后我就根据这些采访到的东西，创作了《汉家女》这篇小说。

我写《汉家女》，就是想写出一个能代表我们中华民族美德的女性，所以让她姓汉，就是告诉读者，这是汉族人的一个女儿。故事是说她在军用帐篷里洗澡的时候，刚好有一个第二天就要当突击队员到一线阵地的战士经过，他听到帐篷里的水声时，无意中撩开窗帘去看，这个战士才十八九岁，从来没有见过女性的身体，一看就入迷了，护士长汉家女发现有个战士在偷看她洗澡，穿上衣服就出来了，她抓住这个战士骂：你这个流氓！这个战士很害怕，说我刚才是无意中看到的，我想明天我就要去阵地，肯定回不来了，我还不知道女人的身体是个什么样子……

作品发表后，出现了很多评论，有叫好的，也有批评的，后来有一个电视剧制作单位把它拍成了电视剧，中央电视台在过春节时把它播了。这对我是一个支持。这个短篇在我的创作历程中挺重要，从那以后我就觉得，人们所以喜欢这篇小说，是因为我对人性在战场这个特殊场所的表现进行了展示和表现。后来我就懂得,应该把探索人性作为自己的一个任务。从此我就不再简单地写人写故事了,而是向人性这个洞穴的深处走去。

肖泽颖:你写部队生活写得挺好,怎么后来又转到写家乡了?

周大新:因为觉得自己的很多思考,军事题材没办法把它表现出来;或者说还有一些很受感动的人物和事件,值得写,但不在军队,于是就有了这种转换。

一个作家最重要的写作资源,通常都藏在自己的故乡里。我把笔转向我的故乡后,发现了很多值得写的东西,产生了强烈的创作冲动。我写家乡各种各样的人物,写家乡各种各样的事件,写家乡发生的各种各样的变化。把故乡人们当下的生存环境生动地展示出来,给读者提供一个观察乡村的标本。我觉得一个作家要是把自己的故乡写好了,就是对文学做出了贡献。

肖泽颖:您怎么看待您的母亲,她是一个什么样的女性?

周大新:我母亲是乡村里那种任劳任怨的女性。对生活没有太多的要求,只要能吃饱有房子住,孩子们能正常生活,她就很满足了。我记得很小的时候,家里来了讨饭的人,母亲总是很慷慨地给人家吃的东西,她告诉我们,只要我们有吃的,就一定要给讨饭的人饭食,自己活着也要让别人活着。而且教育我们,永远不要欺负别人,不要看人家家里穷或者穿得不好,或者有什么残疾,就欺负人家,这不应该,你今天欺负别人,别人有一天就也会欺负你。她还经常叮嘱我们兄妹,不能看不起比你穷的人,人的穷富是会变化的,今天他穷你富,明天就可能他富你穷,风水是轮流转的,不要觉得自己了不起。我记得她告诫我们:人可以说这话说那话,但不能说“过天话”，所谓“过天话”，就是高过天的大话，说大话的人早晚会摔跟头。母亲对我的教育，对我的一生都很重要。

肖泽颖：我看你写的很多关于家乡的作品里面，有一些人，就像暖暖的丈夫，他后来走向了恶的那一面，做了一些跟正义背道而驰的事情，你怎么看待农村里的这种人？

周大新：对于暖暖的丈夫，我是把他作为一个官员来写的，村官也是官，不过是最低一等的官员罢了。在中国官员这个序列里边，村主任虽然职务最低，但他也掌握着一定的权力，掌握着一定的资源分配权。如果他没有自知之明，没有自我约束能力，加上又没有制度对其进行制约，就这样一种职务，同样能叫一个人变得非常可怕。那些掌握更高权力的人，掌握更大资源分配权力的人，如果他不清醒，那就更可怕。最近的报纸经常公布部级、省级的领导贪污，有的单笔贪污就达一点二亿元，这让人震惊。我写这个暖暖的丈夫，就是想通过他来展示权力对人性的腐蚀，让人们看到权力怎样让人忘乎所以变得疯狂。写这个人物形象，也是表达我对官场生活的思考吧。

我的家乡邓州，是一片起伏不大的丘陵地，是南阳盆地里边的一个平底，是国家的粮仓，是盛产小麦的地方。夏天，小麦一望无际；到了秋天，玉米、红薯、芝麻什么庄稼都有，每年为国家贡献很多粮食。这个地方的百姓纯朴、勤劳，不怕吃苦，若是把这个地方的人物写活了，差不多就把中原人写活了。当然，他们身上也有人类共同的弱点、缺陷。中原文化负面的东西给他们造成的影响，都有。所以，我在写我的家乡人时，既歌唱他们身上那种美好的东西，也指出他们身上丑陋的部分。

中原文化负面成分的影响，人性的弱点和缺陷，是我写作时必须面对的问题。这是没办法的，这是作家们都会遇到的情况。每个人的内心都有黑暗的东西，世界上没有生来就完美的圣人,好人是在不断的人生历练后才出现的,是在成功控制内心黑暗部分后出现的。我笔下的故乡人活得其实都不轻松。

作家写作时当然会向前看,但更多的时候,作家会向后看,也就是向自己的来路看,在自己的来路两边,储存着很多值得写的资源。所以,我在不断回望通往故乡的路,那条路的两边,仍有许多我想写的东西。

肖泽颖:您从家乡到了山东,进到省城济南然后又到北京过起了城市生活,你觉得乡村和城市这两种生活能相融吗?

周大新:其实把农村和城市人为隔裂开来的做法已经过时,是完全不应该的,现在西方国家都已经不这样做了。你到西方,到欧美一些国家能够看到,他们那个乡村的建筑也非常时尚,跟城市的那种建筑没有什么不一样,屋里非常卫生,乡村人的文明程度跟城市人一样,生活水平是一样的。可是我们的乡下呢,那跟城市生活完全不一样,是两个世界,所以我们中国的农村人都盼着逃离乡村,赶紧到城市来生活。城市因为文明程度高,可以随时看到电影,看到歌舞表演,随便可以到商场里买东西,在农村呢,买个东西非常难,我小时候跟着老人跑六华里才能到一个镇子上去买油盐酱醋。中国将来的发展,肯定会使这二元社会融合起来。将来,人们生活在乡村和住在城市,都会一样地享受现代文明的成果,一样的有尊严,不会再有区分。

现在北京郊区的一些乡村,因为建设得好,已吸引了很多市里人到乡村去住,因为那儿环境好,空气好。北京市的很多白领愿到乡村去租一点点地,租几棵果树照料,去种种地摘摘果觉得很舒服,享受这种农家的生活。

中国的城镇化应该走出一条自己的路子。有一些村子比较大，条件比较好，可以以这个村子为主，让周围的那些小村子，那些零星的住户，特别是出去打工的人比较多的村子的住户，逐渐都往这个大村子里搬，使其逐渐变成一个镇子。变成有十来万人，或者十几万人那么大的一个镇子，镇里面也有下水道，有管道煤气，有楼房，大家都使用那种冲水马桶。这样的镇子多了，中国的城镇化就逐渐实现了。

都市题材作品《21大厦》

肖泽颖：我知道您后来又写了一些关于城市的作品，是吧？

周大新：对，主要是长篇小说《21大厦》。我住的那个地方在万寿路那儿，附近有几座大厦，最早的大厦是公主坟的城乡大厦，这部书就是以城乡大厦为模特写的。写这个大厦里边，既有商场，也有宾馆，还有商住的人家，各种各样的人都在这座大厦里边生活。我就是想通过这样一个大厦，去写21世纪初期，中国城市里边人们生活的真实境况和他们的精神状态。在这部书里，我既写了上流社会的人物，也写了中层社会的人物，还写了底层社会的人物，也就是在地下室停车场打工、保洁的这些人。我想把北京城里各个阶层的生活情景都写出来，都放在这一个大厦里表现出来。

书的主角是一个保安员，是出生在豫鄂交界处的一个小伙子，他来北京打工当保安，通过他的眼光来看这座大厦。因为他是由乡村来的，他的乡村生活背景我熟悉，写起他来我比较顺手，他想的是什么，关注的是什么，我都知道。

我在生活中接触过很多保安，各种年龄的保安我都见过。我们家乡还有一个年轻人在北京办了一个保安公司，那个公司还颇有名气。这个保安其实是我叙述的一个道具，我是借他的眼睛来看这个大厦里各种各样的人。

他一开始是在一个大餐厅门口站着，维护这里的安全。在这个大餐厅的门口，他每天看吃饭的人的表情和吃相，各种各样的人，白领、蓝领包括保洁员的就餐情景，他发现其中一个姑娘，是地道的北京人，总是吃到一定时候有个中年妇女抱个小孩在外边等她。这个姑娘匆匆吃完就来给这个孩子喂奶，他觉得很奇怪，故事就从这儿开始。然后因为他表现好又被调到高层商住区当保安，那是有钱人住的地方，房子很大，一套二三百平米。在那个地方，他又见识了高官的生活，画家的生活，还有其他一些人的生活。后来因为一次意外，他又一下子被弄到地下室看停车场，做车场的保安，在这儿，他又见识了底层人的生活。

他后来和一个女的爱上了，他付出了全部的真情，可对方并没有爱上他，人家只是玩玩他，这样，他一下子受不了了，想要自杀。农耕文化和现代都市文化这种巨大的反差，给他心理上造成强烈冲击，令他心理失衡，城市生活令他失望了。

我最后也没有写清他是否自杀了，只写他向那个窗户走去，想从大厦里跳下来，至于他跳不跳，就看他自己走到窗前以后的决定了……

这部书我开始并没想到要写一个悲剧，不想写着写着就写成悲剧了。我的作品中，悲剧比较多，这个可能和我的世界观、和我对人生的认识有关系。我觉得一个人，从生下来不久就开始吃苦，四五岁就开始要学东西，很辛苦。一直学到十七八岁，再考大学，经过那一番考学的折磨，再来经受大学的四年生活，一直到最后学成一门本领，再去找工作。费了很大的劲找到工作以后，又开始为找对象、买房子忙碌。之后就是结婚养育孩子，不断地经受烦恼、苦痛，欢乐的时候很少。到最后开始生病，老年阶段开始后，把你原来得到的东西又都一一收走，先是把你的活动能力收走了，将你限制在家里；然后让你视力变差，以至双目失明；接着让你吃饭的食欲变差，直到你最后死在床上。这么一个过程，这个人生过程非常不美妙，走了一个圆圈后终结。妈妈把我们生在床上，最后我们又死在床上。就这么一个过程，这就是人生，这难道不是一个悲剧？当然，我们在人生过程中，也确实享受到了很多欢乐和快乐。所以我就觉得，人活与不活，其实没有太大的区别。如果一个人一直没有出生，他也不知道社会是什么样的，他也就不会尝受苦恼和苦痛。大概是因为有这些看法，就导致了我不知不觉地就写出了悲剧。

人的老景、晚景确实令人伤感，你到养老院里看，原本非常漂亮的姑娘和小伙子，到最后都是没有了牙，眼也看不见了，皱纹满脸，头发落了，弄得非常凄惨。就是这个，让人乐观不起来。

人生就是这么一个过程，上天给每个人几十年时间，让你来人间体验一下，让你看看人生，看看社会，对社会的发展做一点贡献，然后你就退出舞台。一场一场的人生之戏不停地演下去，你上场的时候，不要太高兴；让你下场的时候，也不要太伤心。

纪念儿子的长篇小说《安魂》

肖泽颖：《安魂》这部书写你与儿子的对话，你能谈谈这部书的写作情况吗？

周大新：我的儿子非常善良。我书中也写过了，他有一次从西安放假回来，我托人给他买了一张卧铺票，那年头卧铺票不好买，他上车后看到一个老人有病，就把他那张卧铺票给老人了，他坐的硬座。我去西客站站台卧铺车厢前接他，没接到，我以为出什么事了，结果他从另外一个硬座车厢跑过来了。还有一次他从万寿路附近的天桥过，看到有乞讨的女孩，身有残疾，他回来就跟我和他妈商量，想把那个孩子收养下来，我们告诉他，那个残疾孩子的大人还指望她赚钱哩，人家肯定不会给我们收养……

儿子虽然走了，但我觉得他还在和我们一块生活。对他的记忆是抹不掉的，回忆每一天都在进行，只要你稍微一闭眼，他就会出现在你眼前，所以我决定写一本书，来对付自己的这种思念，来纪念他，这就是写《安魂》的起因。

《安魂》这部书写完以后，我就越来越相信有另外一个世界存在。人不是只有肉体，如果人只有肉体存在，那人活着就太没意思了。我相信人还有灵魂，在人的肉体消失之后，人们的灵魂还会到一个地方去。现在许多人怀疑，那究竟是个什么地方？因为那是一个不可逆的空间，凡去过的人，不可能再来告诉我们。但相信有这样一个地方会给我们带来很大的精神安慰。现在据说有的科学家也在研究这个问题，我前不久读到过一篇文章，说有一个科学家认为，在我们已知的物质世界之外，可能还真有另外一个空间。

一想到儿子在那个空间等着我，就让我觉得现世的生活可以忍受，即使再遇到什么新的灾难也能承受了……

这部作品与过去的作品有很大不同，过去的作品，写的都是关于人怎样活着的问题，写的都是怎么去追求幸福，怎么把生活过好，怎样让人世变得公正公平；这部作品呢，写的是我对死亡的认识。写应该怎样看待死亡这个人生的结局。每个人都要面临这个问题,平时我们都很害怕谈论死亡这件事,都不愿意触及这个问题,都很忌讳,连车号是14啊,楼号是4都不愿意。可这又是我们必须面对的人生结局。所以我想通过我这部作品,把我对死亡的认识和理解,和对抵达人生终点应该持有的态度,传达给读者。

肖泽颖:你这部书给许多失独家庭也带来了安慰。

周大新:写这部书,既是为了安慰儿子的灵魂,也是为了安慰我自己。同时呢,也安慰了很多和我命运相似的人的灵魂。我们国家目前失去独生子女的家庭已经有一百多万,而且每年都还在增加,各种自然灾害、车祸和疾病不断地给独生子女家庭带来冲击,失去孩子的父母需要抚慰,《安魂》这本书能起到这种作用,让我感到欣慰。现在,我已经接到好多失独父母的来信,说他们读了这本书,心里的难受减轻了。

肖泽颖:《安魂》中娓娓叙说着天国平等安宁、和乐悠美的情景,并借天国里的庄子、达尔文、爱因斯坦的故事,来表达对"社会、人生、死亡"等问题的深刻思考,充满人文关怀。

周大新:我对人死后要去的那个地方,做了一些想象,当然是一些艺术想象。在死亡这个问题上,世界上的各种宗教都能给我们带来一些安慰,比如中国的佛教告诉我们,人死后还会再轮回。比如基督教告诉我们将来会去天堂。文学呢,其实也可以安慰人,文学也可以在这个问题上有所作为,给惧怕死亡的人们送去安慰,完成类似宗教所能起的作用。所以我这个作品就对人死后要去的那个地方,展开了想象。我把天国分成好几个区域,让各种各样的灵魂到达他应该去的那个区域。凡是无罪的都会到一个叫享域的地方,在那里享受着一种平安、喜乐的生活……

我希望我的读者,读了这一部分内容后,对死亡不再惧怕,能够平静面对它。《安魂》这部书虽然遍布哀伤,但其实也传达了一种达观的精神,就是我们在面对人生结局的时候,能够将其视为一种新的开始,到另一个空间去生活的开始……

发现人性的新的内容

肖泽颖:你下一步打算写什么?

周大新:我正在写一部长篇,写得很慢,主要是因为体力不如过去了。这部长篇因为现在没写完,先不去细说它。能告诉你的是,这部新作还是在对人性进行探索和追问。因为我觉得人性充满奥秘,我把它形容成一个洞,一个很幽深的洞,我们走进去以后会看到各种各样人性的表现。为此,我曾经写过一篇散文,专门谈我在这个洞穴的前几个大厅里看到的情景。但我看到的,还不是人性成分和表现的全部。我的新作就是想继续这种对人性的探索和发现。文学的一个重要任务就是去认识人自身。认识人的身体构造及其变化靠医学家和人类学家,认识人的精神世界包括对人性的认识,得靠心理学家和文学家。我这些年写这么多作品,大都是在探索人性,都是把不同的人放到不同的环境下,让其人性得以展示和表现……

世界上很多作家留下的经典作品,都是在人性上有了新的发现和呈现。比如我刚才说过的托尔斯泰的《复活》,这本书里写的聂赫留朵夫,在当陪审员的时候,发现自己曾经玩弄过的一个姑娘玛丝洛娃成为被告,内心受到极大的震动。人家本来是一个非常纯洁的姑娘,就是因为他把人家勾引了,玩弄以后抛开了,那个女的才走到了这一步。这种刺激让他人性中那种美的东西开始复活，他开始了自我谴责，生出了歉意和愧意……这是托尔斯泰在他那个年代对人性的发现和表现。

又如马尔克斯的《霍乱时期的爱情》，写一个男的爱上一个女的以后，在遭到女方的拒绝时，始终爱着对方，一直把妻子的位置留给对方，直到女方七十多岁其丈夫死去之后，才终于将对方娶了过来。这就把人性里边另外一种东西表现了出来，把人的执拗和对爱情的笃信所形成的那种力量呈现了出来。

肖泽颖：你活到今天，后悔走了文学这条路吗？

周大新：不后悔。我觉得这条路刚好是我这个爱幻想、爱玄想的人应该走的，我这样一个爱冲动爱动感情的人走这条路是对的。如果真让我去做官呢，我可能不行。因为我总是想把生活理想化，而实际生活不是那样的，让我从事社会管理肯定会出问题，会碰壁。我现在生活在艺术领域里，经常从事虚构，虚构出一个理想的空间，让我的人物在里边生活，由我决定他们该怎么办，这样一个理想状态，和我的内心要求是相吻合的。所以我很庆幸我走了这条路，使我避免去尝受更多的痛苦。当然，上帝没有忘记我该受苦，照样把很多苦难抛到了我身上，这没有办法，只有去承受了。现在回首我的人生，我发现我受到的苦难一点也不别人少，我觉得我的人生其实很失败。我这些年能够对付下来，还能活到今天，就是因为文学给了我很多安慰。我在文学著作中认识了那么多人物，看到那些人都受了各种各样的磨难，他们的遭遇让我感到上帝对我并没有歧视，所以，写作对我既是一个安身立命的办法，也是支持我活下去的一个支柱。

关于《安魂》答问

（一）

儿子离去后，那种锥心的疼痛让我好长时间神思飘忽，什么事情都无心干也干不成，常常一个人坐在书桌前，眼望着窗外发呆，本来就性格内向的我，变得更加沉郁。朋友们劝我出去走走，但无论走到哪里，都感到儿子就站在眼前。我意识到，若不把窝在心里的痛楚倾倒出来，我可能无法再正常生活了。怎样倾倒？找人诉说？不好，这会干扰朋友们的生活。还是来写吧，用文字来诉说，不妨碍别人。于是就萌生了写一部书的愿望，为儿子，为自己，也为其他失去儿女的父母。

但写起来才意识到，倾倒痛楚的过程其实更痛楚。你不能不忆起那些痛楚的时刻，不能不回眸那些痛楚的场景。也是因此，这部书写得很慢，有时一天只能写几百字，有时因伤心引起头痛不得不停下去躺在床上，以至于有时我都怀疑我的身体能否允许我写完这部书。还好，写了几年，断断续续总算写完了。

我过去写的小说，都是写的别人的生活，人物的内心还需要去揣摩，故事还需要去虚构，喜怒哀乐还可以去控制；现在写自己的生活，真实的浸透着泪水的东西就放在那里，我需要做的就是把它变成文字，但把真实的生活变成文字与用文字去表现别人的生活是两回事，这次写作给我的煎熬超过了以往任何一次写作。

（二）

儿子虽然走了，但在我的意识里，在我的梦中，他还在家里，还在我的身边，我们还能交流，他还能听懂我的话。同时，我也希望他能听到我的忏悔。还有，我相信人不只有肉体，还有灵魂，肉体不得不走，灵魂却能留下。人若只有肉体，世上就不会有那么多的痛苦了。就是因此，我写作时选择了这种对话方式，这是我唯一愿意采用的方式，就像儿子在世时我们父子聊天一样。我们的谈话漫无边际，一会儿说这儿，一会儿说那儿，我相信我说的话他都能听到。他肯定听到了！

（三）

这部作品中，在述说真实生活的同时，我还想象和虚构了一些东西，特别是小说后半部中关于天国的部分。这是为了安慰儿子的灵魂也为了安慰自己，是为了让我和儿子得到解脱。在我想象和虚构的过程中，我渐渐相信了自己想象和虚构的东西，我觉得它们是可能存在的。想一想，如果真有一个天国享域那该多好！为何不能给天下将死的人们创造一个使他们的灵魂得到安慰的世界？让我们相信这个世界存在吧，这会让我们不再以死为苦，不再被死亡压倒。我不是在宣扬任何宗教，我只是想让人们在死亡面前减少压力和苦感。死亡是现世人间最令人感到惧怕和痛苦的事情，所有减轻这种痛苦的努力都应该是允许的。

（四）

完全走出来眼下还不可能。我还需借助时间的帮助。我现在只能这样安慰自己：儿子提前离开是上天的安排，我应该接受这种安排；死亡是每个人都必须经历的事情，他只是提前经历了；我只需走完自己的人生旅程，便可以去和儿子见面；生命的长度不是人自己可以决定的，我们不要抱怨……

伤心之境是一片遮天蔽日的原始森林，身在其中的人，需要在里面转很多圈才能摸到走出来的路径，让我慢慢摸索吧，我会找到路的。

（五）

认识。在我所在的这个大单位，就有独生女儿因病去世的一家。但我和对方没有联系，因为见面不可能不聊起孩子，聊起来就会伤心难受，还是不见为好。就在今天下午，我刚刚知道我在鲁迅文学院学习时的一位同学，他的独生儿子在执行公务时遇车祸牺牲，我不敢和他通电话，我怕我会哽咽得说不出话，我只给他发去了安慰的短信。在我儿子长眠的那片墓地里，就埋葬着不少去世的独生子女，有的是因为疾病，有的是因为车祸，有的是自杀。在清明节祭祀的时候，我会碰到那些失独的父母，大家彼此点头致意，不敢深谈，都怕引得对方伤心流泪。我和妻子在一些节假日去墓地看望儿子的时候，妻子总会把带去的祭品分一些给那些去世的孩子，摆到他们的墓前。

我从报纸上知道，全国现在有一百多万个失独家庭，而且每年还增加约七万六千家。这真是一个庞大的数字。独生子女政策是国家不得已时采取的一项控制人口政策，是一代人不得不做出的牺牲。我有时想，如果当年毛泽东听从了马寅初关于控制人口的建议，从 20 世纪 50 年代就号召一对夫妇生育两个孩子，那就好了，那后来就没必要强制实行独生子女政策了，也就少有今天的失独家庭问题。高层领导人的决策对普通人的生活影响太大了。身居高位的人对自己做出的每一项事关国计民生的决定，都要三思而行格外慎重呀！所有的决策都要考虑到负面的后果啊！

（六）

这是个政府应该考虑的问题。各地都应该建些养老院，专门接收这些失独的老人，让他们在其中互相安慰取暖度过余年。这些老人和有子女的老人若生活在同一个养老院，当然也可以，但当他们看到别人经常有子女来看望，精神上免不了会受刺激，可能会产生很大的失落感。

失独者也可以在精力尚好的时候，亲自去一些养老院看看做番考察，最后选定一家如意的，谈好入院的时间，或者预先把钱交上,做好准备。

现在我们国家的养老,基本上还是以家庭养老为主,正规的养老院很少,而且有的养老院管理也不好,使入院老人受到不好的对待。这个问题应该尽快解决。人生的两头都需要他人照顾,幼儿园和养老院一样重要。我们要向其他国家学习,把养老当作惠民爱民的一件大事办好!人人都有老的一天,把养老的事情办好,会让人们无后顾之忧地生活,是最大的人道主义。

(七)

把命运给我们的这份痛苦咬牙咽下去吧,不咽下去就会被痛苦压倒。孩子们在天国看着我们,他们希望我们坚强地活下去。每个人都该走完自己的人生,走下去吧,看看上天在我们的人生路上还放了些什么东西。尽量想办法安排好自己的余年生活,努力去找一点可让自己心情放松的事情做。让我们努力去相信这样一个说法:分发痛苦的那个神很公平,他可能不再给我们批发别的痛苦了。

与杨梦瑶对话

1. 父爱所达到的深度其实和母爱没有两样。但父爱和母爱又确实不同，这种不同在我看来有这样几点：其一，父爱的质地相对粗粝，如果比喻一下，就是颗粒大，不细腻，很快从孩子身上滚过去，不容易让孩子感觉出来；其二，父爱的表达方式通常比较简单，和孩子肢体接触少，且常伴以严厉的语言，容易让孩子对这份爱产生怀疑和误解；其三，父爱通常不与眼泪相掺，没有润滑剂，较难抵达孩子的心里。其四，父爱通常体现在为孩子找到学校、买到房子、成家立业、积储钱财这些大事上，不会像母亲那样时时呵护孩子，处处宽慰孩子，故孩子理解父亲的爱，通常是在成年之后。

父亲和孩子同样连心连肝，孩子经受的痛苦，都能在父亲心里引起共振。孩子感受的疼，父亲都能感受到。对于孩子，父亲和母亲一样，献上的都是血、是汗、是心……

2. 对于天国的描写，我主要是靠想象。不论是文化程度高的人，还是文化程度低的人；不论是乡下人，还是城里人；不管是有宗教信仰的人，还是没有宗教信仰的人，在死亡临近时，对要去的那个世界，其实都有自己的一番想象。只是大多数人不想、不好、不能把自己的想象说出来。在这部书里，我把自己的想象说出来了，这只是我的想象，和很多人肯定不一样，但它能安慰我和儿子的灵魂，也许还能安慰一部分读者的灵魂，我想，这就够了。

3. 有没有一个收留逝者的极乐世界？按当代科学的说法，肯定是没有。但这个回答不能让很多心灵包括我自己的心灵得到安慰。为了抚慰人们的心灵，我们可以在心里认为真有那么一个极乐世界，这不会给社会造成任何破坏。在这一点上，文学可以和宗教一样，去抚慰人心。制造幻影，也是文学的一个功能。小说中的场景和人物，在现实生活中通常是找不到的，文学可以在任何领域展开想象。

4. 在设置儿子的回答时，我设身处地站在他的角度，以他平日对我说的话为蓝本，以他对事物的认识为基础，来确定答话的内容，当然，其中也融入了我的思考。在他离去前，我们经常聊天，我知道他的所思所想。

5. 我的语句偏感性，是因为我还生活在现实世界中，对造物主的安排充满了不满和不甘，精神必须对外部世界做出反应；儿子的语句偏理性，是因为他已脱离了现实世界，他已经可以完全超脱地看问题。我还在俗世，他已到云端；我还在糊涂，他已经明白，他当然可以规劝父母。

6. 我的建议是：珍惜父子或父女在一起的时间，父亲尽可能多地抽出时间陪孩子玩乐；和孩子交朋友，平等地对待他们，不要动辄批评指责；在孩子的爱好、工作、婚姻选择上尊重他们自己的意见，不横加干涉；当孩子遇到困难、挫折时，不要抱怨别的，而是坚定地站在他们身后给予支持。

7. 我想说的是：既然造物主决定让我们尝受失去子女的苦难，那我们就努力咽下这份苦难吧，因为事实已无法改变。尽可能地不去回忆过去，多和同龄朋友们相处，寻找快乐。培养一种爱好，养花、养鱼、收藏、练书法、学绘画、去旅游都行，总之，不断地给自己找事情做。

8. 文学创作是一场没有终点的长跑，奖项等于路边的喝彩声。听到喝彩了，可能有助于长跑者提起精神来。其实，选择来长跑的人，不会太在乎路边有没有人喝彩。

衡量一部作品优劣的标准，是看它能否走进读者的心里，能否引起读者精神上的震动，能否对读者的情感造成冲击，能否对读者的心灵造成一定的影响。